2P1 –
W0224359

Will Self

Die Quantitätstheorie des Irrsinns

Will Self

DIE QUANTITÄTSTHEORIE DES IRRSINNS

Zusammen mit fünf unterstützenden Vorschlägen

Aus dem Englischen
von Klaus Berr

Luchterhand

Für K.S.A.S., der die merkwürdigere
Wahrheit hinter diesen Fiktionen kennt

Wohin man in dieser Welt auch reisen mag, man nimmt immer dieselbe Menge Raum ein.

Traditionelles Ur-Lalawei-Sprichwort

Das Nordlondoner Totenbuch

Ich vermute, daß die Form, die meine Trauer nach dem Tod meiner Mutter annahm, eine ziemlich konventionelle war. Anfangs war ich schockiert. Ihre letale Krankheit verlief zwar gnädig schnell, dennoch quälend. Der Krebs raste durch ihren Körper, als wäre er zu spät dran für ein wichtiges Treffen mit einer Menge anderer erfolgreicher Krankheiten.

Ich hatte immer erwartet, daß meine Mutter mich überlebt. Ich sah mich schon als geschlechtslosen Junggesellen, der Strickjacken trug und mit vierzig immer noch zu Hause lebte, aber so sollte es nicht kommen. Mutters Tod war eine Art Erlösung, aber er war auch bizarr und halluzinatorisch. In der Woche, in der sie sterbend im Krankenhaus lag, plagten mich merkwürdige Empfindungen; Windstöße wirkten personalisiert, und wenn ich in meinem Auto fuhr, hatte ich das Gefühl, daß nicht ich mich vorwärtsbewegte, sondern daß die Straße unter den Rädern zurückgespult wurde, als wäre ich in eine gigantische Filmkulisse montiert.

In der Nacht, in der sie starb, waren mein Bruder und ich im Krankenhaus. Wir wechselten uns mit der Wache ab; während der eine bei ihr saß, schlief der andere in einem kleinen Kämmerchen am Ende der Station. Ihr Atem ging röchelnd. Ihre Haut wurde immer gelber. Ich war mir durchaus bewußt, daß sie nicht mehr bei sich war. Der Krebs – so hatte es mir der behandelnde Arzt erklärt – war durchs Rükkenmark bis in ihr Hirn gewandert. Ich spürte den Krebs in ihrem Schädel wie eine Wolke tintigen Eiters. Ihr Selbstbewußtsein, ihr Empfindungsvermögen, ihre Identität, wie man es auch nennen mag, war von dieser Wolke umzingelt, zurückgedrängt worden in einen engen Winkel, wo es flakkerte und schließlich erlosch, so offensichtlich menschlich wie eine Digitaluhr.

In einem Augenblick war sie noch am Leben, im nächsten tot. Eine stämmige Krankenschwester kam zu meinem Bruder und mir gelaufen. Wir waren beide in dem Kämmerchen eingeschlafen, eingesperrt in seinen Plastikwänden. »Ich glaube, sie ist von uns gegangen«, sagte die Schwester. Und ich stellte mir vor, wie unsere Mutter über die Gower Street davonschritt, nackt und faltig.

Als wir das Zimmer erreichten, wurde sie bereits aufgebahrt. Ich hatte bis dahin nicht begriffen, was dieses Wort bedeutete; jetzt aber sah ich, daß der Körper, die Leiche, sich in Wahrheit selbst aufbahrte, sich darbot. Er war geglättet, als hätte ein starker Wind über das müde Fleisch gestrichen. Und diese Leiche, Mutter, wechselte vor meinen Augen die Farbe, aus altem Elfenbein wurde ein durchscheinendes Gelb. Die Schwester hatte Mutter aus irgendeinem Grund die Haare aus dem Gesicht gestrichen. Jetzt lag es wie ein Fächer um ihren Kopf auf dem Kissen, und zwei silbergraue Blitze schossen von den Schläfen nach oben. Die Schwestern hatten ihr schon vor längerer Zeit das Gebiß herausgenommen, und der ganze Anblick – Mutter mit eingefallenen Wangen und maskenhaft starrem Gesicht, wie sie in diesem kleinen Zimmer lag, mit all den Kabeln und Schläuchen lebenserhaltender Technologie um sie herum – erinnerte mich an die Königin eines fremden Planeten, prachtvoll auf einem High-Tech-Palankin, wie aus einem der Buck-Rogers-Filme aus den Dreißigern.

Ich meinte, etwas wie ein Rauschen im Zimmer zu hören. Das hielt auch an, als ein Arzt chinesischer Herkunft – lang, gelb und an der Wurzel gespalten – unter ihrem Baumwollnachthemd nach einem nicht mehr existenten Herzschlag tastete. Die schwarzen, dünnen Haare an seinem Kinn wakkelten. Er erklärte sie für tot. Das Rauschen hörte auf. Ich spürte, wie ihre Seele hinausflog ins orange Licht der Londoner Innenstadt. Es war etwa drei Uhr morgens.

Als ich dann zu akzeptieren begann, daß Mutter wirklich tot war, versank ich in einer tiefen Depression. Ich hatte das Gefühl, einen Gegner verloren zu haben. Jemanden, an dem ich mich beweisen konnte. Meinen größten Fan und meinen schärfsten Kritiker und vor allem einen guten Gesprächspartner, den ich als Menschen eben erst kennenzulernen begonnen hatte – endlich ohne die emotionalen Vorurteile, die jede Beziehung zwischen Eltern und Kindern zu einer Zwangsjacke machen.

Als meine Depression sich lichtete, fingen die Träume an. Nacht für Nacht begegnete ich meiner Mutter in merkwürdigen Situationen. In meinen Träumen tauchte sie bei Dinnerpartys auf (uneingeladen), kauerte hinter einem Aktenschrank in dem Büro, in dem ich arbeitete, oder baumelte in einem öffentlichen Transportmittel traurig an einem Haltegurt. In diesen Träumen machte sie kein Hehl aus der Tatsache, daß sie tot war, sie versuchte erst gar nicht, als eine Lebende zu erscheinen, sondern akzeptierte die Wirkung, die der Tod auf ihre Persönlichkeit hatte, so wie sie all die Scheiße hingenommen hatte, mit der das Leben sie überschüttet hatte: zwei gescheiterte Ehen und ein paar Kinder, die im großen und ganzen ein bißchen enttäuschend waren.

Wenn ich versuchte, zu argumentieren und sie darauf hinzuweisen, daß sie nach ihren eigenen Überzeugungen (sie war glühende Atheistin und Materialistin) eigentlich irgendwo sanft vor sich hin faulen sollte, starrte sie mich nur ungehalten an und erwiderte auf ihre typisch lakonische Art: »Na, dann bin ich halt tot, aber ich leg' mich nicht flach. Was heißt denn das schon?«

Es hieß einiges. Solange ich zurückdenken konnte, hatte sie von ihrer Abneigung gegen das Konzept eines Lebens nach dem Tod schwadroniert. Das äußerte sich vorwiegend in ausgedehnten Tiraden gegen das ganze Drum und Dran des Todes, das die Gesellschaft entworfen hatte. Ihr Haß richtete sich insbesondere gegen das Bestattungsgewerbe. Für Mutter war es nichts anderes als eine Gelegenheit, Trauernden Geld zu entlocken, die sich diese Ausgaben kaum leisten konnten.

Ein oder zwei Jahre vor ihrem Tod hatte sie mir gesagt, ich solle, falls das möglich sei, eine Art Do-it-yourself-Begräbnis für sie veranstalten. Anscheinend bot der Co-op ein solches Arrangement an, das es einem gestattete, die Kosten für das Ganze auf ungefähr 250 Pfund zu reduzieren. Man mußte dabei allerdings den Sarg selber bauen, und ich war in praktischen Dingen noch nie gut gewesen. In der Schule brauchte ich zwei Jahre, um mir einen Kapodaster aus Acryl zu bauen. Und dann funktionierte er nicht einmal.

So entschieden wir uns für ein konventionelles, wenn auch spartanisches Arrangement. Ihre Leiche wurde im Golders-Green-Krematorium verbrannt. Mein Bruder und ich waren die einzigen Anwesenden, da wir wußten, daß Mutter etwas gegen eine große Trauergemeinde gehabt hätte. Wir saßen in der Kapelle und betrachteten den Sarg aus dem untersten Preissegment. Einer der Leichenbestatter kam den Mittelgang entlanggewatschelt, bedeutete uns aufzustehen und verschwand dann durch eine Seitentür, wobei er sich ausführlich den graubetuchten Hintern kratzte, entweder unbewußt oder weil er uns für so unbedeutend erachtete. Elektromotoren schnurrten, und Mutter zockelte auf das zu, was als ihre letzte Ruhestätte gedacht war.

Als ich etwa eine Woche später die Unterlagen meiner Mutter durchging, fand ich einen Zeitungsausschnitt über das Begräbnis zum Selbermachen. Mit einem schlechten Gewissen warf ich ihn weg. Außerdem fand ich ein Kontobuch, aus dem hervorging, daß Mutter 370 Pfund in eine sogenannte Ökologische Bausparkasse investiert hatte. Ich rief bei dieser Institution an und erfuhr von einem Mr. Hunt, daß das stimme. Mutter war Eignerin eines Siebtels einer original mongolischen Yurte gewesen, die aus irgendeinem Grund auf einer Wiese bei Wincanton stand. Ich sagte Mr. Hunt, er könne das Siebtel behalten; es schien mir eine angemessene Gedenkstätte zu sein.

Unterdessen dauerten die Träume an. Und Mutter schaffte es, in ihnen genauso peinlich zu sein, wie sie es im Leben gewesen war, nur aus anderen Gründen. Der Tod hatte ihr eine Aufrichtigkeit und eine soziale Schärfe verliehen, die ich sonst eher mir als ihr zuschrieb. Bei den geträumten Dinnerpartys nahm sie mich ständig beiseite und mokierte sich über die Aufgeblasenheit der Leute und ihren schlechten Stil, und das mit einer lauten und affektierten Stimme, die, selbstredend, für die Objekte ihres Spotts unhörbar war. Nach einer Weile versuchte ich gar nicht mehr, ihr mit der Logik ihrer eigenen Auslöschung den Wind aus den Segeln zu nehmen; es hatte keinen Sinn. Für Argumente der Vernunft war Mutter schon lange nicht mehr zugänglich. Es mußte etwas mit meinem Vater zu tun haben, einem Mann, der die Dialektik benutzt hatte wie die Japaner im Krieg Bambussplitter.

Etwa sechs Monate nach dem Tod meiner Mutter wurden

die Träume seltener und verschwanden schließlich ganz. An ihre Stelle trat eine kurze, aber intensive Periode, in der ich immer wieder Leute auf der Straße sah, die ich für meine Mutter hielt. Ich ging im West End oder in der City spazieren, und plötzlich war da, für gewöhnlich auf der anderen Straßenseite, meine Mutter, die gemächlich dahinschlenderte und sich Schaufenster ansah. Daß es Mutter war, erkannte ich an der Kleidung. Mutter trug gerne Bundfaltenhosen, die aussahen wie von Flußpferden ausgeliehen, oder afrikanisch inspirierte Gewänder, in denen bequem ein Fähnlein Pfadfinder Platz fand. Außerdem baumelte an ihrem Arm immer eine bunte Mischung von Taschen aus Plastik und Leinen. Sie waren gesteckt voll mit moderner Literatur, Lebensmitteln und zerknüllten Papiertaschentüchern.

Doch wenn ich mich ihr näherte, verschwand die Ähnlichkeit regelmäßig wieder. Nicht nur war es gar nicht Mutter, sondern es schien mir auch absurd, daß ich diesem Irrtum unterliegen konnte. Diese Frau Mitte Fünfzig sah überhaupt nicht wie Mutter aus, sie war schlampig und konventionell. Nicht die Art Frau, die von verweichlichten jungen Männern sagt, sie »haben keine Eier«, und von affektierten jungen Frauen, sie »scheißen Schokoladeneis«. Und doch traf mich die Tatsache, daß meine Mutter tot war, jedesmal aufs neue, so als wäre es mir zuvor gar nicht bewußt gewesen, als hätte sie sich in den letzten sechs Monaten nur deshalb nicht bei mir gemeldet, weil sie so »höllisch beschäftigt« gewesen war.

Als ich dann aufhörte, falsche Mütter auf der Straße zu sehen, nahm ich an, daß ich ihren Tod nun endlich akzeptiert hatte. Hin und wieder dachte ich an sie, manchmal mit Trauer, manchmal mit Freude, aber ihre Abwesenheit nagte nicht mehr an mir wie eine Ratte an einer Telefonschnur. Ich war darüber hinweg. Allerdings spürte ich, wie Marcel nach

Albertines Tod, von Zeit zu Zeit, daß ich Mutter vor allem deshalb nicht mehr mit solcher Schärfe vermißte, weil ich ein anderer Mensch geworden war. Ich war nun nicht mehr der Mensch, der eine Mutter wie meine Mutter hatte. Mutter gehörte jemand anderem. Wenn ich ihr im Wachzustand bei einer Dinnerparty begegnet wäre, hätte sie mich wahrscheinlich gar nicht erkannt. Meine Mutter war tot.

All dies machte die Ereignisse, die im Winter nach ihrem Tod passierten, um so schockierender. An einem verregneten, trüben Dienstagnachmittag ging ich den Crouch Hill in Richtung Crouch End hinunter. Es war gegen drei Uhr. Ich hatte mir den Nachmittag freigenommen und war unterwegs, um einen Freund zu besuchen. Und plötzlich sah ich Mutter auf der anderen Straßenseite entgegenkommen. Sie trug einen bläulichen, tweedartigen Blazer und eine schwarze Hose, und an ihrem Arm hingen neben einer Büchertüte von Barnes & Noble eine große Handtasche und eine Einkaufstüte von Waitrose. An ihrem Revers steckte ein Sticker der Anti-Kernwaffen-Bewegung, und sie betrachtete die Welt mit einem vertrauten »Vor dem Zubettgehen wird's Tränen geben«-Blick.

Mein erster Eindruck von ihr war so scharf und klar, ihre Anwesenheit so greifbar, daß ich keinen Augenblick an meinen Sinnen zweifelte. Ich sah Mutter an und spürte eine Dreieinigkeit von Empfindungen: Zuneigung und Verlegenheit vermischt mit einer Art akuter Verlegenheit. Dieser unverwechselbare, vertraute Gefühlsansturm muß wohl das Entsetzen und die Verwirrung weggespült haben, die man erwartungsgemäß empfinden würde, wenn man seine tote Mutter den Crouch Hill hinaufgehen sähe.

Ich überquerte die Straße und ging auf sie zu. Sie bemerkte mich, als ich noch etwa sechs Meter von ihr entfernt war. Kurz bevor ein Willkommensgrinsen ihre Züge erhellte, entdeckte ich eine kleine Grimasse mädchenhafter Belustigung – auch die war vertraut und bedeutete: »Reingefallen!« Wir küßten uns auf beide Wangen, und Mutter musterte mich von oben bis unten, um zu sehen, wie ich mich im Lebenskampf schlug. Dann deutete sie auf das Schaufenster, das sie sich eben angesehen hatte. »Unglaublich, was sie für diesen Scheiß verlangen, aber anscheinend kauft jemand das Zeug.« Ihr Akzent war derselbe wie früher, entschieden mittelatlantisch, und sie hatte dasselbe kunstvoll vergilbte und unregelmäßige Gebiß. Es war Mutter.

»Mutter«, sagte ich, »was tust du denn in Crouch End? Du kommst nie hierher, außer du bringst die Katze zum Tierarzt, du magst Crouch End doch überhaupt nicht.«

»Na, ich lebe jetzt hier.« Mutter war die Gelassenheit in Person. »Ist ganz in Ordnung, zwar ohne U-Bahn, was lästig ist, aber die Busse fahren einigermaßen regelmäßig. An der Promenade gibt's ein paar gute Läden, und vor kurzem hat jemand ein echtes Delikatessengeschäft aufgemacht. Willst du ein Stückchen Halva?« Mutter hielt mir die geöffnete Hand unter die Nase. Darauf lag ein klebriges, halb gegessenes, aber noch in Goldfolie eingewickeltes Stück Halva. Sie grinste noch einmal.

»Aber Mutter, was tust du in Crouch End? Du bist doch tot.«

Mutter wurde ungehalten. »Natürlich bin ich tot, du Dummer, was meinst du denn, was ich die letzten zehn Monate gemacht habe? Eine Kreuzfahrt durch die Karibik?«

»Woher soll ich denn das wissen? Ich dachte, wir hätten dich im Golders-Green-Krematorium zum letztenmal gesehen. Daß ich dich an einem Dienstagnachmittag in Crouch End wiedersehe, hätte ich nie erwartet.« Mutter brachte mich völlig aus der Fassung; sie schien aufrichtig erstaunt, weil ich ihre Wiederauferstehung einfach nicht begreifen konnte.

»Aber was viel wichtiger ist, was treibst du eigentlich in Crouch End? Warum bist du nicht in der Arbeit?«

»Ich habe mir den Nachmittag freigenommen. Im Büro ist nicht viel zu tun. Wenn ich geblieben wäre, hätte ich nur Papiere hin und her geschoben, um mich zu beschäftigen.«

»Was ist denn das für eine Haltung, junger Mann? Du hast da eine gute Stellung. Was ist bloß los mit dir? Du willst immer gleich ganz oben anfangen, dabei mußt du erst mal lernen, dich im Leben hochzuarbeiten.«

»Im Leben, Mutter? Ich glaube, ums ›Leben‹ geht's hier nicht! Erzähl mir lieber, wie es ist, tot zu sein. Warum hast du keinem von uns gesagt, daß du in Crouch End ein Leben nach dem Tod hast? Du hättest doch anrufen können ...«

Mutter ließ sich von mir nicht aus der Ruhe bringen, sie sah auf ihre Uhr, eine billige Timex, genau wie die, die ich das letzte Mal an ihr gesehen hatte. »Es ist schon spät, ich muß zu meinem Kurs. Wenn du was über das Leben nach dem Tod erfahren willst, besuch mich morgen. Ich wohne 24 Rosemount Avenue, in der Souterrainwohnung, komm zum Tee, und ich backe dir ein paar Plätzchen.« Damit gab sie mir einen flüchtigen Kuß auf die Wange, wie sie es immer getan hatte, wenn sie in Eile war, und marschierte den Crouch Hill hoch. Ich blieb verwirrt zurück.

Was mir zu schaffen machte, war weniger die Tatsache von Mutters Leben nach dem Tod als die Beiläufigkeit, mit der sie davon sprach. Das und daß sie in Crouch End wohnte. Mutter war immer ein entsetzlicher Snob gewesen, wenn es darum ging, wo man in London wohnte; gewisse Vorstädte – wie zum Beispiel Crouch End – waren für Mutters Stilempfinden einfach indiskutabel gewesen. Die Offenbarung, daß es ein Leben nach dem Tod gab, war für mich relativ unbedeutend im Vergleich zu Mutters überraschend neuen Einstellungen.

Vermutlich hätte ich mich aufmachen und jemandem von meiner Begegnung erzählen sollen. Aber wem? Ein Psychiater hätte mir wohl nichts anderes angeboten als eine Gummizelle und medikamentöse Ruhigstellung. Und je mehr ich darauf beharrte, wie real dieses Erlebnis gewesen sei, desto überzeugter wäre jeder Gesprächspartner, daß ich Opfer eines unglaublich komplexen Wahnzustands sei.

Da ich keine Lust hatte, psychiatrisches Kanonenfutter zu werden, ging ich zu meinem Freund und verbrachte einen befriedigenden Nachmittag mit Trivial-Pursuit-Spielen. Nur mal angenommen, die Geschichte war wirklich passiert? Ich mußte mehr über die Wiederauferstehung meiner Mutter herausfinden, schließlich war sie doch immer so unbeirrbar darin gewesen, was mit den Leuten nach ihrem Tod passiert: »Sie verfaulen, sonst nichts. Man legt sie in die Kiste, und sie verfaulen. Der ganze religiöse Quark, das ist doch nur ein Haufen Unsinn.« Vom Aspekt des Wunderbaren mal ganz abgesehen, wollte ich unbedingt erleben, wie meine Mutter bei diesem Thema zu Kreuze kroch, und deswegen tat ich die nächsten dreißig Stunden so, als wäre nichts geschehen. Es war eine Übung in magischem Denken. Ich dachte mir, wenn ich mich so verhielt, als wäre nichts passiert, würde Mutter auf mich warten, mit Plätzchen, in der Rosemount Avenue, aber wenn ich auch nur ein Wort zu irgend jemandem sagte, könnten die Götter beleidigt sein und sie wegzaubern.

Rosemount Avenue war eine dieser Hügelstraßen im vorstädtischen London, deren Kuppe so tückisch gekrümmt ist wie der Rücken eines geteerten Wals. Die Häuser sind spitzgieblige viktorianische Bauten aus roten Klinkern und mit Stuckverzierungen, die aussehen wie aus solidem Rotz geformt. Den Namen Avenue verdankte die Straße wahrscheinlich den ungefähr acht Platanen, die sie zu beiden Seiten säumten. Die Bäume waren so brutal gestutzt, daß sie aussahen wie umgedrehte, amputierte Beine. Mich überlief ein Schauer, als ich auf dieser Kuppe stand. Was brachte mich nur auf diese makabren Bilder? War es das bevorstehende zweite Treffen mit einer Toten? Verlor ich mein inneres Gleichgewicht? Nach eingehender innerer Prüfung konnte ich dies verneinen. Es ist einfach so, daß Vorstadtstraßen, wenn man sie nur lange genug anstarrt, immer Bilder der Sterblichkeit heraufbeschwören – des Schädels unter der Haut. Hinter dem Wartehäuschen lauert immer der Sensenmann. Man sieht sein Gewand bis zum Knie, der Rest ist hinter dem Fahrplan verborgen.

Das Souterrain von Nr. 24 wirkte von der Straße aus ziemlich schäbig; ohne die Treppe hinabzusteigen, konnte ich nicht durch die Fenster sehen. Doch bevor ich das tun konnte, erschien Mutter mit dem Teefilter in der Hand. »Willst du den ganzen Nachmittag da oben stehenbleiben? Der Kessel ist schon aufgesetzt.« Der Tod hatte Mutters Ungeduld in keinster Weise gelindert. Noch immer verströmte sie eine Aura kaum unterdrückter nervöser Energie; in einem aktiveren, körperbetonteren Zeitalter hätte Mutter wahrscheinlich Pferde zugeritten oder wäre mit Beduinen auf Beutezüge gegangen.

Als ich die Wohnung betrat, fiel mir auf, daß Mutters Name unter der Klingel stand. Aus irgendeinem Grund schockierte mich das. Ich fand, Mutter sollte inkognito sein. Es war schließlich ziemlich merkwürdig, daß sie nach dem Tod lebendig war. Was, wenn die Sonntagszeitungen davon Wind bekamen? Das könnte peinlich werden. Ich sagte: »Mutter, warum hast du deinen Namen behalten? Meinst du nicht, daß du ihn ändern solltest, wenn du weiter in London wohnen bleibst? Haben die für den Tod Verantwortlichen keine Angst vor Publicity?«

Mutter stöhnte genervt auf. »Hör mal, es gibt keine ›für den Tod Verantwortlichen‹. Wenn man stirbt, zieht man einfach in einen anderen Teil Londons, das ist alles. Punkt.«

»Aber Mutter, was war das dann in Golders Green? Warst du nicht in diesem Sarg?«

»Na gut, ich gebe zu, dieser Teil ist ein bißchen obskur. In einem Augenblick war ich noch im Krankenhaus – wo ich mich übrigens ziemlich beschissen fühlte –, und im nächsten war ich schon in Crouch End, und ein paar Immobilienmakler führten mich in dieser Wohnung herum.«

»Immobilienmakler! Tote Immobilienmakler?«

»Ja, die waren auch tot, die ganze Sache ist selbstverwaltet, ein bißchen wie eine Kommune.«

Mutters eschatologische Enthüllungen setzten mir ein wenig zu, und ich ließ mich aufs Sofa sinken. Diese neue Position brachte mich dazu, mir die Wohnung genauer anzuschauen. Schließlich hatte ich noch nie eine elysische Immobilie von innen gesehen. Was mir sofort auffiel, war, daß Mutters letzte Ruhestätte, falls sie das war, auf erstaunliche Weise der Wohnung ähnelte, in der sie die letzten zehn Jahre ihres Lebens verbracht hatte.

Da war ein identisches großes Zimmer mit darin verteilten Sofas und Sesseln. Auf der einen Seite befand sich eine Kochnische, und hohe Flügeltüren am Ende des Hauptraums führten ins Schlafzimmer. Durch eine weitere Tür auf der gegenüberliegenden Seite sah ich eine Terrassentür und dahinter einen kleinen, gepflegten Garten. Ausgestattet war die Wohnung etwas willkürlich mit diversen Postern und Gemälden und jeder Menge Bücher, einige in Regalen, andere auf Tischen gestapelt. Ein Stapel halb korrigierter Druckfahnen lag auf der Armlehne eines Sessels.

Der größte Unterschied bestand darin, daß früher Fotos von meinen Brüdern und mir, entweder gerahmt oder in

Plastikwürfeln, auf jeder verfügbaren Oberfläche herumgestanden hatten, mir die Utensilien, die jetzt die Zuneigungen meiner Mutter verrieten, jedoch völlig unbekannt waren. Es gab Fotos von Menschen, die ich noch nie gesehen hatte. Junge Männer, die für meinen Geschmack etwas zu glatt aussahen. Und andere, ältere Leute. Ein fröhliches Paar, das aus einem besonders reich verzierten Silberrahmen grinste, sah aus, als kämen beide aus Zypern. Ich nahm eine Postkarte in die Hand, die irgend jemand meiner Mutter ausgerechnet aus Madeira geschickt hatte, und als ich sie umdrehte, erkannte ich weder die klare weibliche Handschrift noch den hingekritzelten männlichen Gruß und die Unterschriften wieder.

Mich schockierte das alles, aber ich sagte nichts. Wieder einmal war ich mir sicher, daß meine Mutter, wenn ich sie drängte, mir nichts Wesentliches über das Leben nach dem Tod erzählen würde.

Das Wasser kochte. Mutter goß die Kanne voll und stellte sie, zusammen mit Tassen, Zucker, Milch und einem Teller mit meinen Lieblingskeksen, denen mit Schokostückchen, auf ein Tablett. Sie trug es ins Zimmer und stellte es auf den niedrigen Tisch vor dem Sofa. Dann goß sie mir eine Tasse ein und bot mir einen Keks an. Das Gespräch versiegte für eine Weile. Ich kaute, und Mutter ging in die Küche und öffnete eine Dose Katzenfutter. Dann ließ sie zwei schwarze Kätzchen aus dem Garten herein.

»Wie ich sehe, hast du neue Katzen.«

»Mhm, das ist Tillie und das ist Margaret.« Die Katzen schlichen und strichen um die Möbel herum. Ich fragte mich, ob sie Hausgeister waren und ob meine Mutter nicht vielleicht doch immer eine Hexe gewesen war, wie mein Vater behauptet hatte.

Ich sah mir die Bücher an. Es waren nicht die aus ihrer

sterblichen Sammlung – die waren in meinen Besitz übergegangen –, aber sie gingen in die gleiche Richtung: Virago Classics, viel Henry James und Proust in verschiedenen Ausgaben, Unmengen von Romanen, Garten- und Kochbücher. Inzwischen suchte ich ziemlich unverhüllt nach etwas, nach einem Hinweis. Ich konnte mir nicht eingestehen, daß Mutter es schaffte, mich als Tote ebenso zu ärgern, wie sie es als Lebende getan hatte.

Ich ging zum Telefontischchen. Dort lag aufgeschlagen ein Adreßbuch, in dem ich zu blättern begann. Wieder war es dieselbe Art von Namen, aber sie gehörten ganz anderen Menschen, vermutlich denen auf den Fotos, denen, die Karten schickten. Mutter hatte immer ziemlich leicht Bekanntschaften geschlossen. Weniger, weil sie besonders freundlich wäre, sondern weil sie eine gewisse bekömmliche Aura verströmte, die so fühlbar war, als hätte man an ihrer Stirn eine Backofentür geöffnet und der Duft frischen Brotes strömte heraus. Meiner Ansicht nach war diese bekömmliche Aura eine Täuschung der schlimmsten Art. Wenn es so etwas gäbe wie eine Prüfungskommission für Standards in der Persönlichkeitswerbung, wäre Mutter zum Gegenstand zahlreicher Beschwerden geworden.

Unter dem Tisch stapelten sich Telefonbücher – Telefonbücher und etwas anderes, das zwar aussah wie ein Telefonbuch, aber keins war. Ich bückte mich und zog es am Rücken heraus. Es war doch ein Telefonbuch. *Nordlondoner Totenbuch* lautete der Titel, und darunter stand: *A–Z*. Der Buchdeckel bestand aus dem gewohnten gelben, dünnen Pappkarton, und die gewohnte künstlerisch angehauchte Strichzeichnung war ebenfalls zu sehen – in diesem Fall zeigte es einen Friedhof, den Kensal Green Cemetery. Ich blätterte es durch.

»Also, du bist noch nicht mal fünf Minuten da und willst

schon telefonieren«, sagte Mutter, die eben von der Kochnische zurückkam.

»Was ist denn das, Mutter?« Ich hielt das Telefonbuch in die Höhe.

»Ach das. Na, ich schätze, man könnte es eine Art religiösen Text nennen.« Sie kicherte nervenaufreibend.

»Mutter, meinst du nicht, daß es an der Zeit wäre, mir reinen Wein einzuschenken?«

Wir setzten uns an den Tisch (ähnliche Kunstharzbeschichtung, ähnliches blaues, blumengemustertes Tischtuch wie in ihrer alten Wohnung), das *Nordlondoner Totenbuch* zwischen uns.

»Nun, es ist so«, begann Mutter. »Wenn man stirbt, zieht man in einen anderen Teil Londons. Und damit hat sich's.«

»Was soll das heißen, damit hat sich's?« Schon jetzt sah ich alle möglichen Schwierigkeiten, die diese radikal neue Betrachtungsweise des Todes aufwarf, obwohl ich doch mitten in einem Beispiel dafür saß. »Was soll das heißen, damit hat sich's? Wer entscheidet, in welchen Teil Londons? Wie kommt es, daß noch kein Mensch je was davon gehört hat? Und warum bemerken die Leute all die Toten nicht, die die öffentlichen Transportmittel verstopfen? Was ist mit Rechnungen, müssen die bezahlt werden? Und was hat es mit diesem Telefonbuch auf sich? Du kannst mir nicht erzählen, daß es alle Leute auflistet, die je in London gestorben sind, dafür ist es nicht dick genug. Und was ist mit den toten Immobilienmaklern, für wen arbeiten die? Für einen Allerhöchsten Immobilienmakler? Und warum Crouch End? Du haßt doch Crouch End.«

»Es hätte schlimmer kommen können, einige Tote wohnen in Wanstead.«

»Und was ist mit den Leuten, die in Wanstead gewohnt haben, als sie noch am Leben waren?«

»Die leben jetzt woanders, in East Finchley oder Grays Thurrock oder sonstwo.«

»Mutter, hast du vor, meine Fragen zu beantworten, oder nicht?«

»Ich hol nur noch schnell frischen Tee, mein Lieber.«

Schließlich konnte ich es aus ihr herausquetschen. Es lief ungefähr auf folgendes hinaus: Wenn man stirbt, zieht man in einen anderen Teil Londons, wo man ziemlich genau die gleiche Art von Leben führt wie vor dem Tod. Es gibt viele tote Leute in London, und eine ganze Reihe toter Firmen und Geschäfte. Wenn man ein paar Jahre lang tot ist, wird man ermutigt, aufs Land zu ziehen.

Die Totengemeinden sind selbstverwaltet, und es gibt Tote in den meisten größeren Firmen, Organisationen und Behörden. Es gibt einige autonome Dienste für Tote, aber im großen und ganzen operieren die Totendienste Seite an Seite mit den »lebendigen«. Die meisten Toten haben Jobs, einige arbeiten sogar für lebendige Firmen. Mutter zum Beispiel arbeitete für einen lebendigen Verlag.

»Okay. Ich glaube, soweit habe ich das verstanden, aber du hast mir noch immer nicht erklärt, warum niemand das weiß. Jetzt, da ich es weiß, könnte ich es in alle Welt hinausposaunen. Ich könnte meine Geschichte an die Sensationsblätter verkaufen.« Ich war inzwischen ziemlich aufgeregt, vornübergebeugt saß ich da und spülte Schokoladenkekse mit großen Schlucken Tee hinunter. Ich bemerkte nicht einmal, daß die Kätzchen meine Schnürsenkel anknabberten. Mutter ließ sich nicht aus der Ruhe bringen.

»Das Komische ist, daß offensichtlich nur wenige Leute Tote treffen, die sie kennen. Da sieht man mal, wie groß und anonym die Stadt tatsächlich ist. Und auch wenn Leute tote Freunde und Bekannte treffen, scheinen sie nicht gerade erpicht darauf zu sein, das publik zu machen.«

»Aber Mutter, du warst doch schon immer sehr wißbegierig, und du hast immer geglaubt, daß man verfault, wenn man stirbt. Warum bist du dieser Sache nicht auf den Grund gegangen? Wer steckt dahinter? Ist es der Typ mit dem großen ›G‹?«

»Woher soll ich das wissen? Ich arbeite, ich gehe in meinen Kurs, ich füttere die Katzen, ich besuche ein paar Freunde, ich reise. Ich bin nicht so schlau wie du, und wenn ich über das alles nachdenke, scheint es mir völlig angemessen. Und wenn ich Tage damit zugebracht hätte, mir das Leben nach dem Tod vorzustellen, hätte ich mir wahrscheinlich nur eine ziemlich blasse Version des echten Crouch End zusammengestopselt, in dem ich jetzt lebe.«

»Was für ein Kurs ist das?«

Mutter deutete auf das Telefonbuch. »Die Leute, die das Telefonbuch zusammenstellen, veranstalten regelmäßig Kurse für die frisch Verstorbenen. Sie gehen die blauen Seiten am Anfang des Buches durch und erklären uns, wie man sich als Toter am besten und angemessensten verhält.«

»Ich kann mir vorstellen, daß es eine Menge frisch Verstorbener mit ziemlich schlimmen Traumatisierungen gibt.« Ich sagte das wahrscheinlich mit unangebrachtem Enthusiasmus. Ich suchte noch immer nach den klaffenden Löchern in Mutters vorstädtischer Nekro-Utopie.

»O nein, überhaupt nicht. Ich will es mal so sagen: Die meisten Leute, die schmerzhafte Krankheiten hatten oder einsam waren, sind über die Maßen erleichtert, wenn sie erkennen, daß sie anstelle der Auslöschung Winchmore Hill oder Kenton bekommen. Die Kurse dienen nur dazu, das durch und durch Reale der Situation herauszustreichen. Es hat etwas unglaublich Beruhigendes, wenn man auf einem Plastikstuhl in einem unbeheizten Pfarrsaal sitzt, ein Telefonbuch liest und dabei einem pickeligen Jugendlichen zusieht, der mit einem quietschenden Magic Marker etwas auf eine Tafel zu zeichnen versucht.«

»Ich weiß, was du meinst. Aber Mutter, du warst immer so spritzig und lebhaft. Es paßt überhaupt nicht zu dir, daß du jetzt alles so locker nimmst. Bist du denn nicht neugierig auf die ganze Wahrheit? Was passiert in anderen Städten? Ist es dort genauso? Wenn die Toten nach einer Weile aufs Land ziehen, werden dann diese Gegenden nicht überfüllt und zombifiziert? Es gibt unzählige Fragen, auf die ich eine Antwort möchte. Du hast Gruppen immer gehaßt, und jetzt läßt du dich indoktrinieren von einer Sekte, die offensichtlich von toten Angestellten der British Telecom geführt wird. Warum? Um Himmels willen, warum?«

»Ja, ist schon irgendwie komisch, nicht? Ich glaube, der Tod hat mich sanfter gemacht.«

Wir quatschten noch eine Weile. Mutter fragte mich nach meinem Sexualleben und ob ich mein Konto überzogen hatte oder nicht. Sie fragte mich auch nach dem Rest der Familie und gab ihrer Meinung Ausdruck, daß meine beiden Brüder verrückt und einige unserer schwulen Freunde recht »nette Jungs« seien. Das alles war typisch für sie und beruhigend für mich. Sie gestattete mir einen ausführlichen Blick in das *Nordlondoner Totenbuch*. Es war völlig uninspirierend, da es nur Fakten enthielt und keine Prophezeiungen oder Gebote. Die Einführungsseiten bestanden vorwiegend aus so banalen Aussagen wie: »Ihre (tote) Identität sollte den allermeisten offiziellen Anfragen standhalten. Da Tote in fast allen Abteilungen des öffentlichen Dienstes arbeiten, ist sichergestellt, daß die Daten der Toten immer auf dem neuesten Stand gehalten werden. Sollten Sie bei irgendeiner Gelegenheit einmal in Schwierigkeiten geraten, rufen Sie eine der in diesem Telefonbuch verzeichneten Beratungsstellen für tote Mitbürger an.« Und so weiter.

Irgendwie beruhigte mich die Lektüre dieses Buchs, und ich hörte auf, meine Mutter mit Fragen zu bestürmen. Nach ungefähr einer Stunde sagte sie, daß sie jetzt zu einer Party müsse, die eine Freundin von ihr veranstalte. Ob ich mitkommen wolle. Ich erwiderte: »Ich kann mir was Schöneres vorstellen, als mit Toten Partys zu feiern«, und bedauerte es sofort. »'tschuldigung, Mutter.«

»Macht doch nichts, mein Sohn«, entgegnete sie lächelnd. Das war völlig untypisch für sie, und ich war richtig verzweifelt, weil sie auf diese Unverschämtheit nicht mit einem heftigen Wutausbruch reagierte. Ich verließ ihre Wohnung, als eben ein kleiner, bleicher Mond über dem Alexander Palace aufging. Und als ich mich auf den Weg machte in Richtung Stroud Green Road, schwirrte mir der Kopf vor wirren Gedanken und Vorahnungen.

In dieser Nacht warf ich mich im Bett herum wie ein Tümmler. Schweiß durchtränkte mein Federbett. Ich kam mir vor wie umklammert von der feuchten Hand einer riesigen ... Mutter! Ich wachte entsetzt auf, der Wecker blinkte rot 3:22. Ich setzte mich auf die Bettkante und stützte die tropfende Stirn in die Hände. Dann dämmerte mir, warum ich einen solchen Alptraum hatte. Ich wollte Mutter verraten. Nicht weil ich den Wunsch hatte, ein für allemal den metaphysischen Status quo zu ändern, oder weil ich den Leuten die Augen für die Realitäten ihres Lebens öffnen wollte, ja nicht einmal, weil es mich drängte, den Allerhöchsten auffliegen zu lassen. Es war etwas viel Egoistischeres – verletzter Stolz. Mutter hätte sich wenigstens einmal melden können! Sie hatte mich all diese Trauer durchleiden lassen, während *sie* in den Geschäften von Crouch End herumstöberte. Sie hätte irgendwas mit einer Séance oder einem Medium auf die Beine stellen oder wenigstens einen Brief schreiben oder anrufen können. Ich hätte es verstanden. Nun, ich hatte nicht vor, sie noch von jenseits des Grabes die Knöpfe meines Lebens drücken zu lassen. Ich war fest entschlossen, den ganzen Hokuspokus auffliegen zu lassen.

Doch dann kam der nächste Tag, und als ich an einem U-Bahnsteig stand und den Rand eines zerdrückten Styroporbechers betrachtete, als enthielte er weitere Enthüllungen, schwand meine Entschlossenheit. Den ganzen Vormittag saß ich wie betäubt an meinem Schreibtisch, wobei das nichts zu sagen hat. Aber zur Mittagszeit ging ich in ein Café und saß auch dort wie betäubt.

Als ich nach dem Mittagessen an meinen Schreibtisch zurückkehrte, klingelte das Telefon. Es war Mutter.

»Wollte nur mal hören, wie's dir geht.«

»Gut, Mutter.«

»Ich habe schon mal angerufen, als du nicht da warst, und mit einem Mädchen gesprochen. Hat sie es dir ausgerichtet?«

»Nein, Mutter.«

»Ich habe ihr doch extra eingeschärft, daß sie es dir ausrichten, daß sie es sich aufschreiben soll. Was ist denn los mit den Leuten in deinem Büro?«

»Nichts, Mutter. Wahrscheinlich hat sie es einfach nur vergessen.«

Mutter seufzte. Für sie waren nicht weitergeleitete telefonische Nachrichten schon immer der Gipfel babylonischer Dekadenz gewesen. »Und was tust du gerade?«

»Arbeiten, Mutter.«

»Du klingst etwas niedergeschlagen heute. Was ist denn los, hast du schlecht geschlafen?«

»Ja. Was ich gestern erlebt habe, war mir alles ein bißchen zuviel.«

»Du gewöhnst dich schon daran, Junge. Komm heute abend vorbei, da kannst du Christos kennenlernen, das ist ein Freund von mir – ein griechischer Zypriot –, er hat einen Gemüsegroßhandel, aber in seiner Freizeit schreibt er. Du wirst ihn mögen.«

»Ja, ich glaube, ich habe sein Foto gestern in deiner Wohnung gesehen. Ist er tot, Mutter?«

»Natürlich ist er tot. Sei um acht hier. Ich koche was. Und bring ein paar Hemden mit, du kannst sie hier bei mir bügeln.« Und damit hängte sie auf.

Ray, der am Tisch mir gegenüber arbeitet, sah mich komisch an, als ich auflegte.

»Alles in Ordnung?« fragte er. »Das hat eben geklungen, als hättest du am Telefon ›Mutter‹ gesagt.«

Ich war verwirrt und wußte nicht so recht, was ich sagen sollte. Wie konnte man denn so etwas erklären? »Nein ... nein, äh ... ich habe nicht ›Mutter‹ gesagt, ›Mudder‹ war dran, ein Kerl namens ›Mudder‹, ein alter Freund von mir.«

Ray sah nicht sehr überzeugt aus. Wir arbeiteten schon eine ganze Weile miteinander, und er wußte fast alles über mich, aber was sollte ich ihm denn sagen? Ich konnte ihm nicht sagen, wer *wirklich* angerufen hatte. Die Schande, eine Mutter zu haben, die mich im Büro anrief, könnte ich nie ertragen.

Station 9

»Hahaha, ha-ha ... Hu, h', hu, weit, weit weg singt eine Meerjungfrau im seidigen Sonnenlicht«, krähte ein Idiot vor sich hin, der auf der Parkbank auf der Kuppe des Hügels saß. Unter ihm erstreckte sich der Rasen bis zur Aschenbahn. In mittlerer Entfernung thronte das Krankenhaus zwischen den Häusern, eine belebte Zikkurat, die sich aus einer zerbröckelnden Ebene erhob.

Die Haare des Idioten waren zu einer fransigen Tonsur gestutzt. Er trug einen blauen Kapuzenanorak und Cordhosen mit Schlag, und er schaukelte beim Singen hin und her. Als ich an ihm vorbeiging, sah ich ihm ins Gesicht; es war ein Gesicht wie die Bank, auf der er saß, ein trauriges, einsames Stück städtischen Mobiliars – obwohl die Morgensonne hell schien, wurde sein Gesicht ständig benieselt.

Dieser spezielle Idiot lag außerhalb meiner Zuständigkeit. Er war, wie es aussah, kein Offizieller. Indem ich die Gelegenheit ignorierte, dem armseligen Magengrimmen selbstmitleidiger Fürsorge zu frönen, bestand ich, das war mir klar, meine erste berufliche Herausforderung. Wenn ich Erfolg in meinem neuen Beruf haben wollte, mußte ich emotional unverletzbar, abgeschottet bleiben. Denn an diesem Vormittag sollte ich eine unbefristete Anstellung als Kunsttherapeut auf Station 9 antreten. Mein Ziel war dieses stämmige, fünfzehngeschossige Gebäude, das sich aus dem Straßengewirr von Camden Town erhob.

Ich eilte den Hügel hinab, und bei jedem Schritt machte die Verringerung der Höhe sich als zunehmende Verdichtung der Atmosphäre bemerkbar. Die Frische der Luft auf dem Parliament Hill machte der vergifteten Baumwolle des ebenerdigen, sommerlichen London Platz. Schon jetzt, um 8 Uhr 45, waren die Straßen im Gospel Oak dick verstopft mit Metall, in dem Fahrer in Hemdsärmeln saßen und Dämpfe ausstießen.

Während ich die Straßen entlangging, tauchte das Krankenhaus abwechselnd auf und verschwand wieder. Seine schiere Größe machte den Anblick problematisch. In einer Straße kam der Horizont so völlig ohne das Gebäude aus, als hätte es nie existiert, doch kaum bog ich um eine Ecke, erhob sich seine Masse wie das graublaue Hinterteil eines gigantischen Wals, der, von mir abgewandt, mit einem trägen Schlag seiner riesigen Schwanzflosse den terrassierten Beton einer Wohnanlage aufwarf.

Ich ging und ging, und das Krankenhaus schien nicht näher zu kommen. Seine steil ansteigenden Flanken waren umgürtet mit mächtigen Balkonen, vorspringenden Betongesimsen, groß wie Flugzeugträgerdecks. Die Front des Gebäudes war versteckt hinter einem Zickzack aus Gehwegen und Rampen, die kreuz und quer vom Untergeschoß bis in den zweiten Stock verliefen. Zu Füßen des Krankenhauses und hingekuschelt in die Armbeugen seiner mächtigen Flügel befand sich ein Gewirr von Nebengebäuden: Schwesternwohnwaben und Parkfestungen, zweistöckige Generatoren in riesigen, jalousienverhängten Kisten und gespenstische Verbrennungsanlagen, die Wände und Kamine geschwärzt von einer unheilvollen Substanz.

Hinter der Biegung am Ende der Straße fand ich mich

unvermittelt am Fuß einer Rampe wieder, die direkt zum Haupteingang führte. Bei meinen letzten beiden Besuchen war das Krankenhaus ein Arbeitswespennest voll alltäglicher Emsigkeit gewesen. Aber jetzt waren die photoelektrischen Zellen der automatischen Türen abgeschaltet, und die Flügel wurden von orangefarbenen Milchträgern offengehalten. Ich ging durch das lange, niedrige Foyer, vorbei am Kiosk, der zu dieser Stunde noch sein stählernes Rollgitter zeigte, und zwischen den Inseln aus freistehenden Stühlen hindurch, die man, scheinbar beliebig, in Vielfachen von Zwei zusammengestellt hatte. Sie waren dünn gepolstert, im gleichen Blau wie der Bodenbelag. Erhellt wurde der Raum von flackernden Neonröhren an der Decke, was ihm eine gespenstische Wirkung verlieh; man wurde das Gefühl nicht los, daß dies ein Ort des Übergangs war, ein Flughafenterminal für die Sterbenden.

Es war unmöglich, die Kranken von den Pennern zu unterscheiden, die von der Straße hereingesickert waren und ihre Altkleidergestalten auf den Plastikstühlen deponiert hatten. Die sterile Masse des Krankenhauses reduzierte und verkleinerte alle zu schlampigen Parasiten. Hin und wieder hastete eine Schwester, ein Arzt oder eine Hilfskraft vorbei. Sie waren uniformiert und korrekt, ganz offensichtlich Angehörige einer anderen, genetisch verschiedenen Gruppierung.

In dem verglasten Korridor, der zu den Aufzügen führte, gab es eine Gemäldeausstellung – nicht von Patienten, sondern vom blassen Schüler einer vergessenen Landschaftsschule. Die bleichsüchtigen Blaus und Grüns, die man hier zur Darstellung von Hügeln und Ebenen gewählt hatte, waren nichts als ein flacher Abglanz hinter Glas, in dem sich das tote architektonische Zentrum des Krankenhauses reflektierte: ein Atrium, in dem eine Fläche aus Pflastersteinen unbequeme Betonkübel stützte, aus denen dürre, spastische Bäume wuchsen.

Den Lift in den neunten Stock teilte ich mit einem stillen jungen Mann in Grün, an Kehle und Hüfte geschnürt. Seine sandfarbenen, eingedellten Schläfen mir ihren sanft pulsierenden Venen provozierten bei mir einen Anfall von juckender Hypersensibilität – ich mußte berühren, was mich anekelte. Ich kratzte mir die Handflächen und hätte am liebsten die Schuhe ausgezogen, um mir die Sohlen zu kratzen. Der Juckreiz breitete sich über meinen Körper aus wie ein Bienenschwarm, und dennoch konnte ich den Blick nicht von dieser pulsierenden Blutröhre nehmen, die so dicht sowohl am Knochen wie an der Oberfläche lag.

Im neunten Stock streckte der Mann sich, seufzte und machte sich mit einem völlig menschlichen Achselzucken davon.

Ich war schon einmal auf der Station gewesen, allerdings nur zu einem Kurzbesuch, bei dem Dr. Busner mich nach dem Einstellungsgespräch herumgeführt hatte. Was mir damals aufgefallen war und was mir jetzt wieder auffiel, war der Geruchsunterschied zwischen Station 9 und dem übrigen Krankenhaus. Überall sonst war die Luft ein schales, gefiltertes Gebräu, an der Oberfläche geruchlos und undifferenziert, latent jedoch geschwängert von einer erinnerten Mischung aus Dynastien von – zwischen Daumen und Plastiklöffel ausgedrückten – Teebeuteln, verzweigten Familien von Bleich- und Desinfektionsschäumen und großen, verschwundenen Stämmen von Plastiktüten. Aber in Station 9 hatte die Luft ein reales Aroma, es legte sich einem aufs Gesicht wie ein Wattebausch, getränkt mit dem süßen Chloroform abgrundtiefer Traurigkeit.

Ein kurzer Gang führte von der Lifttür zum zentralen Versammlungsbereich der Station. Es war ein ungefähr rechteckiger Raum, an dessen schmaler Liftseite sich der Glasverschlag der Schwesternstation befand; rechts lag ein Eßbereich, von dem man durch hohe, schmale Fenster über die Stadt hinaussah; links führten Türen in Büros und diverse Behandlungszimmer, und auf der gegenüberliegenden Schmalseite führte ein weiterer kurzer Gang zu den beiden Schlafsälen.

Man hatte keine Anstrengung gescheut, Station 9 als völlig gewöhnlichen Ort darzustellen, an dem Menschen mit Geisteskrankheiten behandelt wurden. Überall im Versammlungsbereich gab es Anschlagtafeln voller Mitteilungen, kleiner Anzeigen, Flugzettel für vom Krankenhauspersonal veranstaltete Theateraufführungen, Zeitungsausschnitte, Zeichnungen und Karikaturen von Patienten. Auf einigen Tischen im Eßbereich standen grobe Tonskulpturen, hingeklatscht wie psychotische Kothaufen. Ich nahm an, daß es sich um Produkte der letzten Kunsttherapiesitzung meines Vorgängers handelte. Im offenen Bereich standen überall Stühle herum, von der kurzbeinigen, gepolsterten Art, wie man sie nur in Institutionen findet. Und wohin der Blick auch fiel – ob Eßbereich, Schwesternstation oder offener Bereich –, waren Aschenbecher. Standaschenbecher, Kristallglasaschenbecher, schiefe spiralische Tonaschenbecher, Aschenbecher mit den Namen berühmter Biere; und alle quollen über von Kippen.

Es gibt zwei Arten von Institutionen, die bei der Frage des Rauchens eine Sonderstellung einnehmen. Während man überall sonst auf Batterien von Schildern stößt, die einem Verzicht auferlegen und die Zigarette mit herrischen roten Balken durchstreichen, schreit es einem auf Polizeirevieren und in psychiatrischen Abteilungen förmlich entgegen: »Rauche! Rauche! Wir haben nichts dagegen, wir verstehen es, wir mögen das Rauchen!« Station 9 war keine Ausnahme von dieser Regel. So leer die Station zu dieser Stunde war (die Patienten hatten keinen Grund aufzustehen, sie drehten sich nicht Punkt acht im Bett herum und dachten: »Oh, ich muß schnell aufstehen und mir meine Dosis Thorazin geben lassen ...«), wirbelten und waberten in ihr doch die beißenden Produkte von letzter Nacht.

Ich ging den kurzen Gang entlang zur Schwesternstation. Hinter dem Schreibtisch saß ein junger Mann, der völlig in ein eselsohriges Taschenbuch vertieft war. Er trug ein schwarzes T-Shirt und schwarze Levis; seine beturnschuhten Füße hatte er gegen eine Ablage voller Kugelschreiber und Klemmbretter gestemmt, so daß der Rest seines Körpers auf zwei Rollen seines Drehstuhls balancierte. Während ich dastand und ihn beobachtete, schaukelte er leise von einer Seite zur anderen, wobei sein Körper unbewußt die kleinen engen Bögen kopierte, die seine Augen über die Seiten machten.

Ich scharrte ein wenig mit den Füßen auf dem Linoleum, um ihn darauf aufmerksam zu machen, daß er nicht mehr allein war. »Guten Morgen.«

Mit einem Lächeln sah er von seinem Buch hoch. »Hi. Was kann ich für Sie tun?«

»Ich bin Misha Gurney, der neue Kunsttherapeut, ich fange heute auf der Station an, und Dr. Busner hat mich gebeten, ein wenig früher zu kommen, damit ich mich eingewöhnen kann.«

»Ja dann, hallo, Misha Gurney, ich bin Tom.« Tom schwang die Füße von der Ablage und streckte mir die Hand entgegen. Es war eine schlanke, weiße Hand, mit herausstehenden Gelenkknöcheln und langen, sich verjüngenden Fingern. Sein Händedruck war leicht und trocken, aber fest. Seine Stimme hatte die gekünstelte Sanftheit eines Hollywood-Pilgervaters. Es lag etwas Beunruhigendes im Kontrast zwischen dieser Stimme und seinem schönen Gesicht: sandelholzfarbene Haut und violette Augen. Der Körper bewegte sich in seiner elastischen, schwarzen Kleidung auf geschlechtslose, fließende Art. »Tja, um die Zeit gibt's hier noch nicht viel zu sehen. Zack ist noch gar nicht da. Wahrscheinlich steht er gerade erst auf.« Tom verdrehte die Augen in ihren weichen, duftenden Höhlen, als würde er sich die morgendliche Routine des Psychiaters vorstellen. »Wie wär's mit Tee?«

»Ja, toll.«

»Wie nehmen Sie ihn?«

»Braun, ohne Zucker.«

Ich folgte Tom den Korridor entlang, der zu den Personalbüros und den Sprechzimmern führte. Auf der einen Seite befand sich eine kleine Kochnische. Tom knipste das Licht an, das einmal flackerte und dann einen flachen, grellen Neonschein verbreitete. Seine Turnschuhe quietschten übers Linoleum. Ich betrachtete die ordentlich an die Küchenschränke geklebten handschriftlichen Mitteilungen. Nach einer Weile fragte ich: »Was tun Sie hier, Tom?«

»Ach, ich bin Patient.«

»Ich nehme an, nicht zur Isolationstherapie.«

Er lachte. »O nein. Nein, natürlich nicht. Ich habe mich selbst eingeliefert. Ein erstklassiger Freiwilliger, mit beispielhaftem Mut, wie geschaffen für die erste Schlachtreihe im Krieg gegen die Geisteskrankheit.« Wieder die feine, spöttische Ironie, aber in keinster Weise wahnsinnig, ohne das verhängnisvolle Gekicher echten Schizo-Geplappers.

»Sie wirken nicht sehr gestört auf mich.«

»Bin ich auch nicht, deshalb darf ich auch so ziemlich überallhin und tun, was ich will, solange ich nur auf der Station bleibe. Ich bin ein seltener Vogel, müssen Sie wissen.« Ein leichtes Zucken im Winkel des schöngeschwungenen

Mundes. »Die medikamentöse Therapie wirkt bei mir tatsächlich. Zack ist zwar nicht sehr begeistert davon, aber es stimmt. Solange ich meine Tabletten regelmäßig nehme, bin ich okay, aber sooft sie mich in der Vergangenheit entlassen haben, habe ich es geschafft, sie irgendwie zu vergessen, und dann bricht die Hölle los.«

»Das heißt ...?«

»Ach, Anfälle, Wahnvorstellungen, Hypermanie, das übliche eben. Ich schleppe die Bibel mit mir herum und versuche auf der Straße spontane Exegeseseminare zu veranstalten. Aber ich wette, Sie haben schon genügend derartige Verrückte gesehen.«

»Aber ... aber, Sie müssen mir verzeihen, aber ich bin noch nicht ganz überzeugt. Wenn Sie unter Medikamenten stehen, unter welcher Dosis auch immer ...«

»Ich weiß, ich sollte ein bißchen verlangsamt sein, ein wenig wirr, *un peu absent.* Wie gesagt, ich bin eine Ausnahme, ein Unikum, ein permanenter Beweis für die Wirksamkeit der Produkte von Hoffman La Roche. Zack gefällt das überhaupt nicht.«

Der Kessel pfiff, und Tom goß Wasser in zwei Styroporbecher. Wir stocherten mit Plastikstäbchen darin herum, bis wir die aufgeblähten Teebeutel herausgefischt hatten, und schlenderten dann in den Versammlungsbereich zurück. Tom führte mich zu einem Fenster. Unter uns ragten die tieferen Decks des Krankenhauses hervor. Hier oben im neunten Stock konnte man die eigentliche Form des Gebäudes erst richtig begreifen – ein steil ansteigender Edelmetallbarren, jedes nächsthöhere Stockwerk ein wenig kleiner als das darunter. Auf dem breiten Balkon unter uns schwebten Gestalten in Krankenhauskleidung umher, in grünen Kitteln und blaugestreiften Nachthemden, alles mit Bändern zusammengehalten. Sie bewegten sich mit unendlicher Behutsamkeit, als wollten sie die Luft nicht verwirbeln. In kleinen Wellen strömten sie zur Brüstung des Balkons, standen dann, von Fersen auf Zehen wippend, von einer Seite zur anderen schaukelnd, da und zogen sich wieder unter unseren Vorbau zurück, so daß sie nicht mehr zu sehen waren.

»Chronische«, sagte Tom und ließ sich das Wort auf der Zunge zergehen wie den Tee, den er trank. »Da unten sind mindestens sechzig davon. Das ist ganz was anderes als hier. Da unten könnten Sie mit Ihrem Ton und Ihrem Buntpapier wenig anfangen. Die haben da einen Fettkloß von einem Mann, der ist eines Tages durchgedreht und hat Bleichmittel getrunken. Man hat ihm die Speiseröhre mit einem Stück aus dem Darm ersetzt. In einer stillen Nacht kann man ihn durch den Mund furzen hören. Das ist vielleicht ein komisches Geräusch, Misha.«

Ich schwieg, es gab nichts zu sagen. Ich hörte, wie hinter mir die Station langsam erwachte und den Tag in Angriff nahm. Schritte erklangen und knappe Begrüßungen. Eine Hilfskraft kam aus dem Lift in den Versammlungsbereich und begann, mit eifriger Ineffizienz den Boden zu wischen, wobei sie den Zinkeimer mit einem gummierten Fuß vor sich her stieß. Wir standen da, tranken Tee und sahen über den Chronikerbalkon hinweg zur Heath hinüber, deren Kuppe sich grün in die Sonne reckte, während das Krankenhaus noch im Schatten lag. Es war, als würde man durch einen langen Korridor ein separates Arkadien erblicken. Ich bildete mir ein, ich könnte die Parkbank erkennen, an der ich vor vierzig Minuten vorbeigekommen war, und darauf einen blauen Fleck: den Idioten mit der Tonsur, noch schaukelnd, noch frei.

Zack Busner stieg aus dem Lift und eilte durch den Gang. Er war ein untersetzter Mann Mitte Fünfzig mit spitz zulaufendem Haaransatz. Die stahlgrauen Haare hatte er nach hinten gekämmt. Er trug eine überquellende Aktentasche, eine von der weichen Art, mit zwei Riemen zum Schließen. Die Riemen waren offen, weil zu viel in der Tasche war, zu viele Akten, zu viele Instrumente, zu viele Zeitschriften, zu viele Bücher und außerdem zwei unverschweißte Frischkäse-Bagels. Busner bevorzugte gestreifte Leinen- oder Popelineanzüge und offene Hemden, und seine Schuhe waren anomal, schwarze Springerstiefel mit Stahlkappen. Er entdeckte mich mit Tom beim Fenster, und während er zu seinem Büro ging, bedeutete er mir mit einem schnellen Schlenkern seiner Hand, ihm zu folgen. Ich warf meinen Styroporbecher in einen Abfallkorb, lächelte Tom zu und ging hinter dem Chefarzt her.

»Nun, Misha, wie ich sehe, haben Sie bereits einen Freund gefunden.« Busner grinste mich spöttisch an und winkte mich auf den Stuhl vor seinem Schreibtisch. Wir setzten uns. Sein Büro war winzig, kaum mehr als eine Kabine, und ziemlich nackt bis auf ein paar Lehrbücher und vier Kunstwerke. Die meisten Psychiater bemühen sich, ihre Büros mit solchen Objekten menschlicher zu gestalten. Sie glauben, daß auch der größte Schrott irgendwie beweist, daß sie zu »hehreren Empfindungen« fähig sind. Busners Kunstwerke waren ungewöhnlich dominant, vier große Keramik-Basreliefs, eins an jeder Wand. Diese rechteckigen Tafeln minimaler Dreidimensionalität, erdfarben und unglasiert, schienen imaginäre Topographien darzustellen.

»Ja, er ist recht sympathisch. Was fehlt ihm denn?«

»Eigentlich ist Tom sehr interessant«, entgegnete Busner ohne jede Spur von Ironie und tastete auf seinem Schreibtisch herum, als suchte er nach einer Pfeife. »Er leidet an etwas, das ich eine mimetische Psychose nennen würde …«

»Und das heißt?«

»Das heißt, daß er die Symptome diverser anderer Geistesstörungen nachäfft, zumindest solche, die eine klar umrissene Pathologie haben: Schizophrenie, chronische Depression, Hypermanie, depressive Psychose. Das Interessante an Toms Verkörperungen – oder sollte ich sagen, den Verkörperungen seiner Krankheit – ist, daß es schlechte Nachahmungen sind. Tom imitiert zwar sorgfältig jedes bekannte Detail anomalen Verhaltens, aber mit einem erstaunlichen Mangel an Überzeugungskraft, seine Nachahmungen sind hölzern und unglaubwürdig. Ihr Vater hätte das sehr faszinierend gefunden.«

»Nun, auch ich finde es ziemlich faszinierend, auch wenn mein Interesse nicht unbedingt ein ähnlich wissenschaftliches ist. In welcher Phase ist Tom im Augenblick?«

»Sagen Sie es mir.«

»Na ja, er scheint gerade die Rolle des wissenden Patienten zu spielen, der den naiven Kunsttherapeuten in die Hölle der Station einführt.«

»Und wie gut macht er das?«

»Jetzt, da Sie es erwähnen, nicht sehr überzeugend.«

Busner hatte seine Suche nach der Pfeife aufgegeben, falls es das gewesen war. Jetzt drehte er sich und präsentierte mir seine Seitenansicht vor dem Fenster. Im Profil konnte ich sehen, daß er in Wahrheit ziemlich verwittert war und daß auch der Eindruck kaum zu kontrollierender Energie, den er unbedingt vermitteln zu wollen schien, nur eine Illusion war. Busner saß da, redete mit mir und spielte dabei mit der braunen Zunge der Strickkrawatte, die er locker um den Hals trug. Alles in allem gesehen, erinnerte er mich an einen riesigen Frosch.

Hinter ihm huschten Licht und Schatten in hektischem, unnatürlichem Tempo über die Fassade des Krankenhauses. Die Wolken, die über den Himmel zogen, blieben außer

Sicht. Sehen konnte ich nur ihr Abbild auf der groben, grauen, verkrusteten Haut des Krankenhauses.

Das Krankenhaus war groß. Wirklich groß. Mit seinen blinkenden Lichtern, den hustenden Lüftungsrohren und dem Antennengewirr glitt es unter der Wolkenlandschaft dahin. Seine Masse war dergestalt, daß dem Betrachter noch größere Raumschiffe (oder Krankenhäuser) in den Sinn kamen, die dieses, durch eine Luke oder Laderampe, zur Gänze in sich aufnehmen konnten. So war das Krankenhaus. Ich konnte nicht beurteilen, ob die Rechtecke, die sich an dem vorspringenden Flügel gegenüber Dr. Busners Büro abzeichneten, Glasbausteine oder zwei Stockwerke hohe Fenster waren. Die Straße lag so tief unter uns, daß ich jedes Gefühl für den Maßstab verlor. Ich hatte nur das Krankenhaus und die huschenden Schatten der rasenden Wolken.

Busner hatte das Krawattendrehen aufgegeben und sich einem Aschenbecher auf seinem Schreibtisch zugewandt. Er war ziemlich grob aus einer spiralförmig gewundenen Tonschlange geformt und mit galliggelber Farbglasur überzogen. Busner strich mit seinem fleischigen Zeigefinger um den Rand und sagte: »Ich möchte, daß Sie heute vormittag immer in meiner Nähe bleiben, Misha. Wenn Sie einen echten Beitrag zu dem leisten wollen, was wir hier zu tun versuchen, müssen Sie gut vertraut sein mit den Abläufen auf der Station: wie wir Patienten beurteilen, wie die Aufnahme aussieht, wie wir zu einer Entscheidung über die richtige Behandlung kommen. Wenn Sie mir heute vormittag folgen, können Sie am Nachmittag einige der Patienten ein wenig informeller kennenlernen.«

»Das klingt okay.«

»Außerdem haben wir mittags eine Stationskonferenz, bei der Sie Ihre Kollegen und deren Funktion in unserem System kennenlernen können.«

Busner stellte den Tonhaufen mit einem Klacken wieder auf den Tisch und stand auf. Ich machte ihm Platz, damit er um den Tisch herum und zur Tür gehen konnte. Obwohl er der Chefarzt der psychiatrischen Abteilung war, hatte Busner ungefähr soviel Büroraum wie ein Botenjunge. Ich folgte ihm über den kurzen Korridor zum Versammlungsbereich. Inzwischen war die Sonne hinter den Wolken hervorgekommen, und die Fensterreihe am anderen Ende des Eßbereichs glänzte hell. Vor den Fenstern bewegte sich als Schattenriß eine langsame Schlange von Patienten, die zur Schwesternstation schlurften, um ihre allmorgendliche Medikamentendosis abzuholen.

Die Patienten waren wie leere Kleiderbündel, von einer statischen Ladung aufrecht gehalten. Hinter den doppelten Schiebefenstern an der Vorderseite der Schwesternstation saßen zwei junge Leute. Während der eine in den Krankenblättern nachsah, sortierte der andere Pillen und Kapseln aus Schubfächern in ein Plastikförmchen. Das gab er dann dem Patienten am Anfang der Schlange, zusammen mit einem Pappbecher voll Wasser, der ein spitzes Ende hatte, so daß man ihn, wie einen Bestseller, nicht mehr aus der Hand geben konnte.

»Nicht ideal, aber notwendig.« Busner krümmte die rechte Hand, als wollte er die Schlange umfassen. »Wir müssen ihnen Medikamente geben. Warum? Weil unsere Patienten ohne Medikamente nicht ruhig genug sind, damit wir mit ihnen reden und herausfinden können, was eigentlich los ist. Aber mit den Medikamenten sind sie oft so neben sich, daß wir nichts Vernünftiges aus ihnen herausbringen. Ein Teufelskreis.«

»Guten Morgen« murmelnd, schob Busner seine Schutzbefohlenen beiseite und zwängte sich durch die Schlange zum Eßbereich. Wir setzten uns an einen Tisch, an dem eine junge Frau in einem ausgefransten weißen Kittel einen trüben Nescafé trank. Busner stellte uns vor.

»Jane, das ist Misha Gurney, Misha, Jane Bowen – Jane ist die Stationsärztin hier. Misha wird von jetzt an die Kunsttherapie übernehmen – ein guter Fang, würde ich sagen. Wissen Sie, sein Vater war ein guter Freund von mir, ein Zeitgenosse.«

Jane Bowen streckte mir so nachlässig die Hand hin, als wollte sie sagen, du bist mir absolut egal und deine Vorfahren ebenfalls, aber weil ich ein aufgeschlossener und freundlicher Mensch bin, schenke ich dir ein Begrüßungslächeln. Ich drückte kurz ihre Hand und sah sie an. Sie war mager, hatte einen dieser Körper, die nur aus Konkavitäten zu bestehen scheinen – ihre Wangen waren hohl, die Augen lagen tief in den Höhlen, an ihrem Halsansatz zeigte sich eine Kuhle. Den Körper unter ihrem losen Kittel spürte ich als Abwesenheit, ihre Brüste als Inversionen. Ihre Haare waren zu einem langen Zopf geflochten, der von einer Ethno-Lederspange zusammengehalten wurde. Ihre Oberlippe tastete nach dem Styroporbecher. Die aufgedröselten Enden ihres schlabberigen Pullovers ragten aus den ausgefransten Manschetten ihres Baumwollkittels. Ihre Taschen waren vollgestopft. Sie quollen über von Kugelschreibern, Thermometern, Uhren, Stethoskopen, Tabakpäckchen und Streichholzschachteln. Die Aufschläge des Kittels waren geschmückt mit Namensstickern, selbstgemachten Stickern, politischen Stickern und Stickern mit ausgeschnittenen Comicfiguren: Roadrunner, Tweety, Bugs Bunny und Scooby Doo.

»Nun, Misha, schon irgendwelche Vorstellungen, wie Ihre Beteiligung am kreativen Leben der Station dazu beitragen könnte, die Monotonie zu durchbrechen?« Sie deutete zum Nachbartisch, auf dem mehrere unförmige Tongefäße aneinanderlehnten wie betrunkene Rotarier.

»Na ja, wenn die Patienten Tonaschenbecher machen wollen, dann soll man sie lassen.« Ich zündete mir eine Zigarette an und sah sie durch den Rauch hindurch an.

»Natürlich könnten sie auch versuchen, das RÄTSEL zu lösen.«

Mir war es nicht aufgefallen, als ich mich setzte, aber jetzt sah ich, daß sie die vier Teile einer tragbaren Version des RÄTSELS auf der Resopaltischplatte hin und her schob. Ihre Fingernägel waren bis zum Nagelbett abgekaut. Busner wurde rot und rutschte verlegen auf seinem Stuhl hin und her.

»Hrrm! Äh ... Konkursmasse und so. Wir haben eine ganze Menge dieser RÄTSEL-Sets hier. Ich, äh ... habe sie für 'nen Apfel und 'n Ei bekommen, müssen Sie wissen. Wie auch immer, ich halte sie noch immer für recht nützlich, und die Patienten scheinen sie zu mögen.«

Busner war es gewesen, der das RÄTSEL in den frühen Siebzigern entworfen oder, genauer, gestellt hatte. Es war eins dieser Pop-Psychospiele, die zu der Zeit kurz in Mode gewesen waren. Busner hatte sich damals eine bescheidene Karriere als Medienpsychologe gezimmert, indem er sich zum eloquenten Kritiker der Moralvorstellungen der konventionellen Gesellschaft aufschwang. Das RÄTSEL paßte dazu und auch zu der Arbeit, die Busner in seinem revolutionären Concept House in Willesden leistete. Auch seine Beteiligung an der Entwicklung der Quantitätstheorie begann zu dieser Zeit.

Auf den Fernsehschirmen meiner Kindheit war Busner ein häufiger Eindringling gewesen. Immer interviewte er, wurde interviewt, diskutierte ein Interview, das eben wiederholt wurde, oder er tauchte in diesen Diskussionssendungen auf, in denen übergewichtige Leute auf unbequemen gestellähnlichen Stahlstühlen vor einem gewebten Studiohintergrund saßen. Doch Busners Medienaktivitäten waren rarer geworden, je übergewichtiger er wurde. Inzwischen erinnerte man sich, wenn überhaupt, nur noch an ihn als den Steller des RÄTSELS – und das vorwiegend, weil die kurzlebige Popularität dieses Selbstbefragungsspielzeugs Millionen von Acrylquadraten produziert hatte, die gerade groß genug waren, um verlorenzugehen und dann, zusammen mit Mikadostäbchen, Legosteinen und Haarnadeln, an den klassischen Plätzen im Haus wiederaufzutauchen. Inzwischen war es, wenn man eins dieser Quadrate zwischen Teppich und Unterlage oder hinter einem Heizkörper hervorfischte, schon fast zum geflügelten Wort geworden, »Ich löse das RÄTSEL!« zu rufen. Das eigentliche RÄTSEL jedoch – was man mit den vier Teilen in hellen Pastelltönen tun sollte – war völlig in Vergessenheit geraten.

»Entschuldigung, Zack, ich wollte nicht so sarkastisch sein.« Jane Bowen legte Busner überraschend zärtlich die Hand auf den Popeline-Ärmel.

»Ist schon gut, ich hab's ja wohl verdient, auch nach all diesen Jahren. Das Komische ist nur, daß ich das RÄTSEL noch immer für recht nützlich halte. Ich schätze, ein Zyniker würde sagen, daß man leicht etwas für recht nützlich halten kann, das einem genug eingebracht hat, um sich ein Haus mit vier Schlafzimmern in der Redington Road zu kaufen.«

»Sogar Seelenklempner müssen irgendwo wohnen«, sagte Jane Bowen. Die beiden grinsten gequält über diese Bemerkung – ein bißchen gequälter, als es angebracht gewesen wäre.

»Also, wir helfen niemandem, wenn wir hier herumsitzen, oder?« sagte Busner. Auch dies war eines seiner geflügelten Worte. Es war sein Leitmotiv bei all diesen Diskussions- und Interviewsendungen gewesen – immer ausgesprochen mit Falsett-Betonung auf dem »helfen«. Das geflügelte Wort hatte, wie das RÄTSEL, Busners persönliche Popularität überlebt. Ich erinnere mich noch sehr gut an das Ende seiner TV-Karriere, als er nur noch bei diesen »Prominenten«-Gameshows auftreten durfte, bei denen die Prominenten nebeneinander in Kabinen sitzen. Zack sagte seinen obligatorischen Spruch auf, und die Kandidatin drückte brav auf den Knopf des Tonbands – wenn ich mich recht erinnere, gewann sie damals eine Garnitur Gartenmöbel. Das war dann schon ziemlich weit entfernt vom Geist der radikalen Psychologie. Jetzt benutzte Busner diesen Satz wieder, mit einem deutlichen Anflug von Ironie – aber auch wieder nicht; es steckte noch etwas anderes dahinter, beinahe so etwas wie Stolz.

»Ich will, daß Sie mich bei der Stationsvisite begleiten.« Busner führte mich, indem er mir eine Hand auf die Schulter legte. Wir nickten beide Jane Bowen zu, die uns bereits vergessen und ein Gespräch mit einer Krankenschwester begonnen hatte. Busner verstaute seine überquellende Aktentasche auf der Schwesternstation, nachdem er mit einiger Mühe ein Klemmbrett und ein paar Blätter unbeschriebenes Papier herausgezogen hatte. Nebeneinander gingen wir den kurzen Korridor entlang, der zu den Schlafsälen führte. Aus irgendeinem Grund waren wir beide nicht bereit, dem anderen vorauszugehen, so daß die Leute, die uns entgegenkamen, sich an der Wand entlangdrücken mußten. Wir waren wie ein Teenagerpärchen – verzweifelt darum bemüht, jeden Kontaktabbruch zu vermeiden, der Gleichgültigkeit aufkommen lassen könnte.

Die Schlafsäle waren in Buchten unterteilt, vier Betten pro Bucht und vier Buchten pro Saal. Jede Bucht war etwa so groß wie ein durchschnittliches Zimmer, und die Betten waren so gestellt, daß es maximalen Freiraum außen herum gab, den der Bettbenutzer als Privatsphäre gestalten konnte.

Einige Patienten hatten Fotos und Poster mit Tesa an die Wände geklebt, andere hatten Krimskrams auf die Regalbretter gestellt, und wieder andere hatten nichts getan und lagen bewegungslos auf dem Bett, wie Asketen oder Gefangene.

Busner befleißigte sich mir zuliebe eines erklärenden Kommentars, während wir von Bett zu Bett gingen und uns mit den einzelnen Patienten unterhielten. Der erste war ein Mann Mitte Dreißig mit hervorquellenden Augen. Er trug einen alten, an Knien und Ellbogen fadenscheinigen Burton-Anzug. Er saß in einem Sessel neben seinem Bett und starrte geradeaus. Seine schulterlangen Haare waren streng in der Mitte gescheitelt. Seine Augen quollen nicht nur hervor, sie fielen halb aus ihren Höhlen, so daß sie aussahen wie Tischtennisbälle, mit Pupillen wie aufgemalte schwarze Punkte.

»Clive neigt zu manischen Anfällen, nicht, Clive?«

»Guten Morgen, Dr. Busner.«

»Wie geht's Ihnen, Clive?«

»Danke, gut, Doktor.«

»Irgendwelche Probleme mit Ihren Medikamenten? Sie werden uns bald verlassen, nicht?«

»Als Antwort auf Ihre erste Frage, nein. Als Antwort auf Ihre zweite Frage, ja.«

»Clive hat es gern, wenn alles präzise formuliert ist, nicht wahr, Clive?«

Zu der Zeit dachte ich, Busner wäre sarkastisch. Doch das war, wie ich erst später erkannte, nicht der Fall. Wenn, dann war Busner fürsorglich. Er wußte, daß Clive sich gern über seine Verhaltensweisen und Methoden ausließ, und gab ihm so die Möglichkeit dazu.

»Sie starren stur die gegenüberliegende Wand an, Clive. Möchten Sie Misha erklären, warum Sie das tun?«

Ich folgte seinem Blick; er sah ein Poster mit zwei flauschigen Kätzchen an, die an ihren Pfoten vom Henkel eines Strohkorbs baumelten. Darunter verkündete ein schnörkeliger Schriftzug: *Wahrer Glaube ist, wenn man keinen anderen Halt hat.*

»Das Kätzchen ist mächtig.« Clive lächelte geheimnisvoll und deutete mit schmutzrändrigem Fingernagel auf das Poster. »Das Kätzchen hält das Gleichgewicht in seinen Pfoten, das Ei der Schöpfung und noch mehr.« Nachdem er dies verkündet hatte, fiel er wieder in starres Schweigen. Busner und ich verließen ihn.

Obwohl nur ungefähr dreißig Patienten auf der Station waren, lösten sie sich bald zwar nicht in Namen oder Individuen, aber in unterschiedliche Gruppen auf. Busners Einzugsgebiet für diese Station war eine L-förmige Zone, die sich vom Krankenhaus aus wie ein Hundelauf ins Stadtzentrum erstreckte. Das Krankenhaus bezog seinen Nachschub aus allen erdenklichen Schichten der Gesellschaft. Aber auf Station 9 erwies sich der Wahnsinn als großer Gleichmacher. Ein Flüchtling scheint manchmal keiner Schicht anzugehören. Die Engländer sind abhängig von Schichten, in einem Ausmaß, daß sie, wann immer zwei von ihnen sich treffen, Nanosekunden mit Hochgeschwindigkeitsberechnungen zubringen. Jede Nuance des Akzents, jedes Detail der Erscheinung, jede Implikation der Wortwahl werden analysiert, bis man die letztgültige Formel in Händen hält. Diese wiederum liefert die Koordinaten, nach denen das Individuum eingeordnet und das Verhalten ihm gegenüber bestimmt wird. Die Patienten auf Station 9 hatten sich hiervon distanziert. Sie konnten nicht auf diese Art definiert werden. Statt dessen unterteilte ich sie im Geist in die folgenden Gruppen: Magersüchtige, Junkies, Traurige, Schizos und Manische. Die ersten vier Gruppen waren etwa gleich stark vertreten, während die fünfte deutlich in der Überzahl war; es gab viele Manische auf Station 9, und mit Manischen meine ich weniger die kulturell populären irren Schlächter, sondern ihre entfernten pflanzenfressenden Cousins, die Hypermanischen, die eher manisch-depressiv als manisch blutrünstig sind.

Wie Tom sich bereits früher an diesem Morgen charakterisiert hatte, sind die hypermanischen Typen so eine Art Dozenten; fakultätsfreie Ad-hoc-Professoren, die, wie zunehmend ausufernde oder synkopierte Wittgensteins, die ganze Welt über ein theoretisches Potpourri aus Kabbala, Astrologie, Tarot, Numerologie und Bibel (speziell der Offenbarung) belehren. Sie sind traurig-verrückt, sie wissen, daß sie krank sind, sie haben Perioden der Konformität, aber sie sind immer irgendwie aus den Fugen.

»Die Kunsttherapie ist hier sehr populär, Misha.« Im Vorraum zwischen den beiden Schlafsälen blieb Busner kurz stehen. »Wir können die Patienten nicht ausreichend beschäftigen, vormittags haben sie verschiedene Behandlungssitzungen, aber am Nachmittag sind Sie alles, worauf sie sich freuen können. Manchmal können wir eine Art Ausflug veranstalten, oder Freunde oder Verwandte erhalten die Erlaubnis, mit ihnen nach draußen auf die Heath zu gehen, aber ansonsten stecken sie hier in ihrem verwirrten Dämmer fest.«

Wir betraten den Frauenschlafraum. Auf den ersten Blick schien hier alles ganz anders zu sein. Im Männerschlafraum hatten Busner und ich mit ein paar isolierten Individuen gesprochen, die sich alle in die Privatsphäre ihrer Buchten zurückgezogen hatten. Hier schienen die Patienten miteinander Umgang zu pflegen. Sie lagen plaudernd auf Betten oder saßen an den Resopaltischen, die eine Art Mittelpunkt des Saals bildeten.

Ein Skelett mit langen, üppigen Haaren saß schaukelnd

auf einem Bett in der Bucht rechts von uns, ein obszön dikker Katheter ragte aus dem Lutscherstielarm. Busner nahm mich ins Schlepptau und stellte uns vor.

»Hilary ist nicht besonders scharf aufs Essen – na ja, manchmal ist sie es ja, aber was sie nicht mag, sind die nutritiven Nebenwirkungen des Essens. Hilary, das ist Misha Gurney, er ist unser neuer Kunsttherapeut.« Hilary hörte auf zu schaukeln und lächelte mich unter ihrem ordentlich frisierten Pony hervor gelassen an.

»Hallo. Ich freue mich schon auf heute nachmittag. Ich male sehr gern, vor allem mit Wasserfarben. Die da sind von mir.« Sie deutete zur Wand am Kopfende des Bettes, wo eine Fläche von etwa einem halben Meter im Quadrat mit winzigen Aquarellen gefliest war, schmerzhaft penible kleine Bilder – offensichtlich alles Porträts von jungen Frauen. Busner ging weiter, aber ich blieb und ging zum Kopfende des Bettes, damit ich mir die Bilder genauer ansehen konnte. Ausgeführt waren sie mit einer fanatischen Detailgenauigkeit in bezug auf Make-up und Haare, was beinahe grotesk wirkte. Hilary und ich saßen nebeneinander. Da sie den Hals drehen mußte, um mich anzusehen, spannte sich Hilarys Butterbrotpapierhaut, so daß ich die verschlungenen, knotigen Windungen von Sehnen und Adern sehen konnte, die darunterlagen.

»Sie sind sehr gut. Wer sind diese Leute?«

»Es sind meine Freundinnen. Ich male sie von Fotos ab.«

»Ihre Bilder sind sehr detailgenau. Wie schaffen Sie das?«

»Ach, ich habe spezielle Stifte und Pinsel. Ich zeige sie Ihnen später.«

Ich verließ Hilary und ging zu Busner, der an einem der Tische in der Mitte des Schlafsaals saß.

»Hat Hilary Ihnen von ihren Freundinnen erzählt?«

»Ja ...«

»Hilary hat überhaupt keine richtigen Freunde. Sie schneidet Fotos von Models aus Anzeigen in Magazinen aus und übermalt sie. Seit drei Jahren haben wir sie immer wieder auf der Station. Jedesmal, wenn sie kommt, sieht sie aus wie jetzt. Sie ist dem Tod so nahe, daß wir sie an den Tropf hängen müssen. Normalerweise ist sie vollkommen schwachsinnig, weil ihrem Hirn sämtliche Aminosäuren entzogen wurden. Nachdem sie eine Weile am Tropf gehangen hat, stellen wir sie um auf ein striktes, auf Belohnung und Strafe basierendes System kontrollierten Essens, während sie gleichzeitig von Jane Bowen psychotherapeutische Intensivbetreuung erhält. Jane ist Expertin für Eßstörungen. Nach sechs Wochen bis zwei Monaten hat Hilary wieder ein gesundes Gewicht und ißt vernünftig. Dann verläßt sie uns, und wir können ihre Rückkehr für gewöhnlich auf den Tag genau vorhersagen – vier Monate später.«

»Ich dachte, daß viele Anorektiker und Bulimiker im Lauf der Zeit drüber hinwegkommen.«

»Einige schon, aber es gibt immer einen harten Kern, und der scheint im Augenblick eher zu wachsen. Diese Langzeitanorektiker sind anders, sie sind friedlich, resigniert und sich anscheinend keiner Motivation für ihr Tun bewußt. Die Vorübergehenden sind eher eigensinnig, stur und offensichtlich hochgradig neurotisch. Diese Langzeitler, wie Hilary, könnte man psychologisch beinahe als makellos bezeichnen. Viele von ihnen leben sogar in einigermaßen stabilen Beziehungen. Sie können nicht erklären, was da über sie gekommen ist, es scheint irgendwie äußerlich zu sein, wie von außen auferlegt.«

Ich hätte darauf achten sollen, was Busner mir erklärte, aber ich konnte mich nicht konzentrieren. Es lag vor allem an der Merkwürdigkeit der Situation – bis dahin hatte ich immer nur wenige Minuten am Stück auf psychiatrischen Stationen verbracht. Ich hatte ungefähr gewußt, was mich erwartete, aber es war die Unbarmherzigkeit des Ambientes, die mir allmählich zu schaffen machte. Die Atmosphäre im Frauenschlafsaal hatte etwas Kloakenhaftes. Keine der Patientinnen hatte sich die Mühe gemacht, sich richtig anzuziehen; sie saßen da und unterhielten sich in einer Mischung aus Nacht- und Tageskleidung. Aufgerauhte Baumwolle herrschte vor. Ich spürte Feuchtigkeit und roch Haferschleim, Porridge, Krankenhausküche; undefinierbare, abgestandene Gerüche.

Von dem Idioten mit der Tonsur auf der Heath konnte ich davongehen, aber hier auf Station 9 war ich gefangen. Und diese Leute waren keine Hypochonder. Es waren keine Hobbyneurotiker oder posierenden Exzentriker, Bohemiens. Sie waren echt. Echter Verlust des seelischen Gleichgewichts, echte Verwirrung, echte Traurigkeit, die aus dem Inneren hervorquillt wie ein unstillbarer Blutfluß aus einer durchtrennten Arterie. Ich spürte, wie mir die Galle hochkam. Ich spürte, daß meine Stirn schleifpapiertrocken war. Busner hatte sich von mir abgewandt und sprach mit einer kurvenreichen Krankenschwester. Die Schwestern auf Station 9 trugen keine richtige Uniform, sondern stellten nur diverse Teile medizinischer Tracht zur Schau: weiße Jacken, Mäntel und Kittel, Namensschildchen und an der Brust befestigte Uhren. Diese Schwester hatte sich eine Männer-Ingersoll mit einer Sicherheitsnadel ans Revers gehängt. Sie hatte blonde Babylöckchen, Wespenstich-Lippen und die bleiche, leicht schwammige Gesichtshaut, die unweigerlich auf säuerlichen koitalen Schweiß hindeutet. Ich zwang mich zum Zuhören und bekämpfte Übelkeit mit Konzentration.

»Dann bringen Sie sie zum Optiker, Mimi, wenn sie hinmuß.«

»O ja, das muß sie, Zack, sie sieht ja kaum noch einen Meter weit. Wie soll sie denn mit der Realität zurechtkommen, wenn sie sie nicht sehen kann.« Die üppige Mimi hockte auf der Tischkante. Hinter ihr stand eine kleine Frau Mitte Dreißig mit der hydrozephalen Stirn und dem schräg sich auftürmenden Haarschopf eines intelligenten Kindes. Sie starrte mich mit blinden Augen an.

»Rachel sollte die Station eigentlich nicht verlassen, bei den Medikamenten, die sie bekommt.«

»Aber Zack, es ist doch nur ein kurzer Spaziergang zum Einkaufszentrum, höchstens zehn Minuten. Gönnen Sie es ihr.«

»Na gut.«

»Dann kommen Sie, Rachel, ziehen Sie Ihren Mantel an.« Rachel verschwand in einer der Buchten. Mimi erhob sich von der Tischkante und zwinkerte mir träge zu.

»Kommen Sie, Misha, wir haben eine Neueinweisung, die Sie sich ansehen müssen. Ich bringe Sie zum Empfang. Anthony Valuam wird Sie abholen und Sie hinunter zur Notaufnahme bringen.« Wir verließen den Frauenschlafsaal und kehrten zum Versammlungsbereich zurück. Tom, mein frühmorgendlicher Freund, saß wieder in der Schwesternstation und las in seinem eselsohrigen Penguin-Schmöker. Mit einem sanften Schubs ins Kreuz entließ mich Busner in seine Obhut, winkte dann mit gekrümmtem Finger einen skrofulösen Jugendlichen in einem abgetragenen Kammgarnanzug zu sich und verschwand mit ihm in seinem Büro.

»Hat der gute Doktor Sie ein wenig rumgeführt?«

»Wir haben uns auf der Station umgesehen, ja.«

»Und, kapieren Sie schon, wie's läuft?«

»Wie meinen Sie das?«

»Na ja, wen haben Sie alles kennengelernt? Nein, sagen Sie es mir nicht. Lassen Sie mich raten. Sie haben mit Clive gesprochen und dann ziemlich flüchtig eine Menge anderer Patienten besucht, bis Sie schließlich bei Hilary gelandet sind, deren Aquarelle Sie sich angesehen haben.«

»Äh … ja.«

»Und, hat Zack sein geflügeltes Wort zum besten gegeben?«

»Ja, als wir mit Jane Bowen redeten.«

»Hab' ich mir gedacht. Er ist so berechenbar. Das ist einer der wirklich therapeutischen Aspekte dieser Station, das Immergleiche des Doktor Busner. Was haben Sie jetzt vor?«

»Ich soll hinunter in die Notaufnahme, um bei einer Neueinweisung mit einem Dr. Valuam dabeizusein.«

»Tony, ja. Der ist eher meine Art von Seelenklempner, nicht wie Dr. B., irgendwie praktischer, chemischer.«

Nun öffnete sich eine Tür rechts der Schwesternstation, die ich bis jetzt noch nicht bemerkt hatte. Ein sehr kurzer Mann kam heraus und verschloß sie mit präzisen Bewegungen wieder, wobei er einen Schlüssel benutzte, der an einem enorm großen Gefängniswärterring hing. Er wandte sich mir zu. Er war ein merkwürdiges kleines Exemplar. Er hatte ein Büschel blonder Haare, das er sich recht wirkungslos über den kahlen Schädel gekämmt hatte. Es war nicht so, als würde er eine Glatze bekommen, sondern eher so, als wären ihm überhaupt noch nie Haare gewachsen. Dieser Eindruck wurde noch verstärkt durch die wässerig blauen Augen und die Nase und das Kinn, die weich und anscheinend knochenlos waren. Er trug einen steifen blauen Synthetikanzug im Stil der Siebziger und Vinylschuhe.

»Sie müssen Misha Gurney sein. Ich bin Anthony Valuam.« Sein Händedruck war verdreht und gummig, als würde man eine Retortenklemme aus einem Labor umfassen, aber seine Stimme war absurd sanft und tief. Sie klang eher nach Off-Kommentar als nach echter Stimme. Sein fötales Gesicht bemerkte meine Überraschung und tat sie ab, offenbar war er daran gewöhnt. Tom hinter seinem Taschenbuch unterdrückte ein Kichern. Valuam ignorierte ihn, und ich tat es ihm gleich. Wir gingen den kurzen Korridor entlang zum Lift. Valuam setzte zu einer Einführung an.

»Es ist sehr ungewöhnlich, daß wir um diese Zeit eine Einlieferung über die Notaufnahme kriegen. Auf dieser Station haben wir es fast ausschließlich mit Überweisungen zu tun, aber wir kennen diesen speziellen jungen Mann, und es gibt sehr gute Gründe, warum er auf Station 9 behandelt werden sollte.«

»Und die sind?«

»Ich will nicht zu geheimnisvoll tun, aber Sie werden schon sehen.«

Valuam verstummte. Wir warteten auf den Lift, der kam und aufging und sich wieder schloß und uns hinunter in die Notaufnahme brachte, die sich im ersten Untergeschoß des Krankenhauses befand. Der Lift hielt auf jeder Etage, um Fahrgäste aus- oder einsteigen zu lassen.

Die Architekten, Dekorateure und Farbberater, die das Krankenhaus entworfen hatten, waren sich der Schwierigkeiten, die ein solches Projekt aufwarf, durchaus bewußt, und sie hatten sich ehrlich bemüht, das riesige, labyrinthische Gebäude bewohnbar und menschlich wirken zu lassen. Zu diesem Zweck hatte jede Etage etwas anders gestaltete Wände und Böden, etwas anders geformte Neonleuchten, etwas andere Betongesimse, etwas andere Lüftungsschlitze und eine etwas andere Farbe erhalten: die Virologie ein eindringliches Hellblau, die Urologie ein neckisches (aber geschmackvolles) Grün, Chirurgie und Kardiologie ein vitales Rosa und so weiter. Auch die Patienten und Pfleger auf jeder Etage hatten eine andere Farbe. Die Gesichter und Hände der Patienten, die auf stählernen Rollbahren oder in Rollstühlen, wuchtig wie Belagerungsmaschinen, von Station zu Station transportiert wurden, waren von Krankheit gezeichnet, so deutlich wie bei formalinisierten Exponaten, denen man Tinte injiziert hatte.

Die Pfleger waren von einer brutalen Lässigkeit, sie schafften die Patienten in die Aufzüge wie unhandliche Fünfzig-Kilo-Säcke spanischer Zwiebeln. Sie standen drohend in den Ecken, beugten sich finster dreinblickend über ihre Schutzbefohlenen, die Schläfen pochend vor beleidigender Gesundheit. Gelegentlich wurde ein Patient in den Lift geschoben, der offensichtlich die falsche Farbe hatte für die Richtung, in die wir fuhren (dies zeigte sich, sobald wir die nächste Etage erreichten), und dann bugsierte der Pfleger den Stuhl oder die Bahre wieder aus dem Lift, wobei sich in den Mienen von Pfleger und Patient wegen der neuerlichen purgatorischen Wartezeit leichter Überdruß spiegelte.

Wir erreichten das Untergeschoß. Valuam wandte sich vom Lift aus nach links und führte mich den Korridor entlang. Die Farbe hier unten war ein gedämpftes Beige. Das beständige Surren der Klimaanlage war lauter als im neunten Stock und wurde noch untermalt vom tieferen Brummen der Generatoren. Das industrielle Ambiente wurde verstärkt durch die technischen Geräte, die in Abständen an den Wänden standen und deren Stahlstangen, Gummiräder, Plastikzylinder und herabhängende Ganglien aus Kabeln keinen offensichtlichen Zweck verrieten.

Der beige geflieste Boden war mit schmutzigen Reifenspuren übersät. Wir eilten an Türen mit kryptischen Aufschriften vorbei: HAL-G-SCHRANK, DEKON-KAM, BESENKAMMER. Der Korridor zerfaserte in eine Reihe voneinander abgetrennter Gänge, durch die sich Valuam mit absoluter

Sicherheit bewegte. Wir betraten einen weiten Bereich, dessen Decke jedoch nicht höher war als die des Korridors. Zu beiden Seiten befanden sich Kabinen mit weichen Trennwänden und Plastikvorhängen vor den Öffnungen. Die beige Deckenbeleuchtung sirrte im Unterschallbereich. Wir kamen an gebeugtem Personal vorbei – Gesundheitsbergleute, die sich mit schwerem Gerät bemühten, den Krankheitsflöz abzubauen. Ihre Anweisungen erhielten sie von größeren Vorarbeitern, erkenntlich an ihren weißen Mänteln, die sie trugen wie flatternde Parodien. Valuam wandte sich nach rechts, nach links, noch einmal nach links. In dem unnatürlichen Licht kam ich mir schrecklich empfindsam vor, als wir an Kabinen vorbeigingen, in denen sich Gestalten vor Schmerzen krümmten. Ich spürte das Reißen, Schneiden und Zermalmen von Gewebe und Knochen wie einen elektrisierten Wattebausch, den man mir auf Mund und Nase drückte.

Schließlich erreichte Valuam die richtige Kabine. Er schob den Vorhang beiseite. Ein Junge von zwanzig oder einundzwanzig Jahren saß zusammengesunken auf einem Plastikstuhl an der Rückwand. Links lehnte eine heftig konservierte Frau an der Untersuchungscouch. Rechts stand ein Aluminiumtisch auf Rädern. Auf dem Tisch lagen Papiertücher, eine Nierenschale mit Zungenspateln, und aus einer Spenderbox schlängelte sich ein Streifen mit Einmalspritzen.

Valuam schob mit seinem blauen Fuß einen kränklich gelben Abfalleimer beiseite und zog sich einen zweiten Plastikstuhl heran. Er streckte sich und gab der Frau, die »Anthony« murmelte, die Hand. Valuam setzte sich dem Jungen gegenüber und zog sein Klemmbrett aus der Achselbeuge hervor. Mir blieb nichts anderes übrig, als linkisch in der Öffnung zu lehnen, so daß ich die Versammlung überragte wie ein feindseliger Eindringling. Ich wurde ostentativ übersehen.

»Guten Morgen, Simon«, sagte Valuam. Simon zupfte ein Wollfädchen aus dem Bund seines Pullovers und ließ es unhörbar zu einer engen Spirale zurückschnurren. Simon trug einen sehr hübschen Pullover, der aus ungefähr zwanzig unregelmäßigen Stricklappen in Beige-, Grau- und Schwarztönen bestand. Er zupfte noch einmal an dem Fädchen und wandte sich dann dem blutigen Stengel eines Niednagels zu, der sich aus seiner abgeknabberten Nagelhaut gelöst hatte.

»Simon und ich haben uns gedacht, es wäre vielleicht nicht schlecht, wenn er eine Weile bei Ihnen auf der Station bleibt, Anthony.« Die Frau stellte die zuvor gekreuzten Beine gerade und hüpfte dann auf die Untersuchungscouch. Ihre Stahlfrisur zierte ein strenger Pony, von dem eine Strähne auf den Jungen zeigte, der ihr hilfsbedürftiger Sohn war. Sie zog eine glänzende Handtasche unter ihrem Arm hervor, öffnete sie und holte ein Röhrchen mit Minzdrops heraus, das sie auf mich richtete.

»Polo?«

»Äh ... danke.« Ich nahm eins. Sie lächelte schwach und nahm sich selbst auch eins.

»Wie denken Sie darüber, Simon?« Valuam stützte sein fötales Gesicht in eine Hand, sein Baß klang besorgt.

»Stimmt schon.« Simon drehte den Niednagel mit einer Fingerspitze. Außerdem fing er an, vor und zurück zu schaukeln.

Valuam las in den Papieren auf seinem Klemmbrett. »Mmm ... mmm...«, nuschelte er und blätterte in den Unterlagen, während die Stahlhaarfrau und ich uns von der Seite her betrachteten. Sie war wirklich ziemlich schick. An Hals und Handgelenk war sie umfaßt von Gliederketten aus gestanzten Silberformen; ihre Kleidung bestand aus Variationen von Alpaka und Hase; ihre Strümpfe waren so reinseiden, daß man den Maulbeerbaum sah. Ich verstand nicht so recht, warum sie Simons Selbsteinlieferung so kalt ließ. Echte Gefühlskälte? Ein Selbstschutzmechanismus? Oder etwas Schlimmeres?

»Sie wurden letzten Oktober entlassen, Simon«, Valuam hatte die richtige Stelle gefunden, »und sind dann zur Beschäftigungstherapie ins Galston Work Scheme gekommen. Wie ist das gelaufen?«

»Ach, eigentlich nicht schlecht. Ich habe ein paar gute Sachen gemacht, an meinen Konstruktionen gearbeitet. Es hat mir Spaß gemacht.« Simon hatte den Niednagel seinlassen, er sah Valuam an und redete lebhaft. Sein Gesicht war ziemlich grün und von einem nässenden Ausschlag verunstaltet. Es war, als würde man einen Farbbildschirm betrachten, dessen Röhre den Geist aufgibt.

»Aber jetzt sind Sie wieder in ziemlich schlechter Verfassung, nicht?«

»Ja, glaub schon. Mir reicht's, ich will nicht mehr bei dieser Kuh wohnen.« Simons Mutter zuckte zusammen. »Sie setzt mich die ganze Zeit unter Druck. Mach dies, mach das. Kein Wunder, daß ich wieder anfange durchzudrehen.«

»Verstehe. Und Durchdrehen bedeutet, daß Sie Ihre Medikamente nicht mehr nehmen, nicht mehr nach Galston gehen und Ihre Therapie abbrechen und schließlich so aussehen wie jetzt.«

Simon war in Apathie verfallen, bevor Valuam ausgeredet hatte. Der Niednagel nahm wieder seine ganze Aufmerksamkeit in Anspruch. Wir sahen nichts anderes mehr von ihm als seinen strubbeligen Haarschopf.

Valuam seufzte. Er kreuzte einige Kästchen auf dem obersten Blatt auf seinem Klemmbrett an und drehte sich dann auf seinem Plastikstuhl der Frau zu. »Na, ich schätze, es wird wohl das beste sein, wenn er ein paar Wochen bei uns bleibt.«

»Ich bin froh, daß Sie das auch so sehen, Anthony.« In einem Rascheln von Seide und Wolle stemmte sie sich von der Untersuchungscouch und strich sich die Kleidung glatt. »Na, dann auf Wiedersehen, Simon. Ich komm' dich am Wochenende besuchen.«

»Mach's gut, Mum.« Simon sah nicht hoch; er hatte ein Antiseptikum gefunden und betupfte sich jetzt den blutenden Finger in engen kleinen Bögen. Seine Mutter lächelte Valuam abwesend an, als würde sie sich über die mangelnde Eleganz seiner Kleidung amüsieren. Ich wich zur Seite, und sie nickte mir zu und rauschte aus der Kabine und davon.

Valuam stand auf und schob den Stuhl an die Wand.

»Ich muß mir hier noch jemanden anschauen, Misha, hätten Sie was dagegen, Simon auf die Station hochzubringen?«

»Ich, äh, bin mir nicht sicher, ob ich da wieder hinfinde.«

»Ach, das ist schon okay, Simon kennt sich im Krankenhaus viel besser aus als in seinem eigenen Kopf.«

Ich war mir nicht sicher, wie ich auf diese kranke Ironie reagieren sollte, aber als ich in Valuams mißlungenes Gesicht sah, erkannte ich, daß er überhaupt keinen Witz gemacht hatte. Simon schien nichts bemerkt zu haben.

Ich folgte den Abstraktionen von Simons Pullover auf den gewundenen Pfaden der Notaufnahme. Noch bevor wir den Korridor wieder erreichten, merkte ich, daß ich völlig die Orientierung verloren hatte. Doch Simon zögerte nicht, mit langen, flüssigen Schritten stürmte er unbeirrt vorwärts. Wir gingen wie ein Paar im Streit; immer wieder gewann er einen Vorsprung von gut zwanzig Metern, und ich mußte einen Zwischenspurt einlegen, um ihn einzuholen. Anfangs befürchtete ich, daß er tatsächlich versuchte, mich abzuhängen, aber immer wenn er vor mir eine Weggabelung erreichte, wartete er, bis ich nahe genug war, um zu sehen, welche Richtung er einschlug.

Der Charakter der Korridore, die wir entlangeilten, veränderte sich merklich. Die Maschinen, die in Abständen an den Wänden standen, wurden immer funktionalistischer: Ihre Komponenten waren jetzt schwarz lackiert anstatt verchromt oder mit Gummi ummantelt, sie hatten Dieselmotoren, keine Elektropumpen. Auch die Wände veränderten sich, sie verloren ihre therapeutischen Tönungen und beschränkten sich auf Betonfarbe, wie auch der Boden. Die Beleuchtungskörper wurden nackt, zuerst fehlte nur hin und wieder einer Neonröhre die Verkleidung, schließlich allen.

Dieser Teil des Krankenhauses lag jenseits der Welt der Arbeit, es war eine geheime Unterwelt. Ab und zu trafen wir Arbeiter in merkwürdiger Schutzkleidung: gummierte Schürzen oder Plastikgesichtsmasken oder Gummistiefel oder lederne Schulterpolster. Sie musterten uns mit unergründlichen Blicken. Es war klar, daß sie ganz auf ihre Arbeit konzentriert waren: die Wartung des Jaulens, das Schüren des Summens, das Dirigieren des Heulens. Außerdem war klar, daß Simon mich nicht zur Station zurückführte, er hatte hier etwas vor. An einer Ecke fing ich ihn ab.

»Wo gehen wir hin, Simon?«

»Etwas anschauen, das wirklich sehenswert ist. Ich verspreche Ihnen, Sie werden es nicht bereuen.«

»Können Sie mir sagen, was es ist?«

»Nein.« Er eilte davon und rief mir über die Schulter zu: »Kommen Sie, es ist nicht mehr weit.«

Die verputzten Wände machten nacktem Mauerwerk Platz. Darin eingebettet waren die aufgefüllten Überreste längst toter Fenster. Ich erkannte, daß wir die Ebene erreicht hatten, wo das neue Krankenhaus seinem Vorgänger aufgepfropft worden war. Es gab Spuren von gußeisernen Geländern, zusammengepreßt und schwach, wie versteinerte Grashalme. Mehr denn je spürte ich das große Gewicht des Krankenhauses, das über uns hockte. Feuchtigkeit schwängerte die Luft, in Abständen trat Wasser in Lachen durch den Boden. Schließlich blieb Simon vor einer Schiebetür stehen, einer alten Tür, die zu dem ehemaligen Krankenhaus gehörte, mit Flügeln, deren obere Hälften mit vielen kleinen Scheiben verglast waren. Er stieß sie auf altersschwachen Führungsschienen auf.

Wir befanden uns in einer Art Wintergarten. Er war rund, etwa acht Meter im Durchmesser, und in fünf Metern Höhe gingen die Wände in eine schmutzige Glaskuppel über, die sich, in der Dämmerung kaum mehr zu sehen, hoch über unseren Köpfen wölbte. Tageslicht sickerte durch die trüben Scheiben. Hörbar tropfte Wasser. In der Mitte des Raums stand eine riesige Maschine, mit der man Menschen Dinge antat. Das zumindest war ersichtlich an der schrägen Liege, die sich seitlich auf halber Höhe der Maschine befand. Ansonsten ähnelte sie einem riesigen Mikroskop, dessen Zylinder schief in die ungewisse Höhe des Raums ragte und dessen Linse direkt auf die Couch zeigte. Das ganze Ding war behängt mit Hydraulikkabeln. Ursprünglich war es küchencremefarben lackiert, jetzt aber korrodiert, atrophiert.

Simon und ich standen da und starrten.

»Gut, was?« Seine Stimme klang volltönend. Sein Trübsinn war verschwunden.

»Ja, sehr eindrucksvoll. Wozu war es gut?«

»Ach, keine Ahnung. Eines Abends hat man mich in der Notaufnahme zurückgelassen, und da bin ich einfach herumgewandert und habe das da gefunden. Ich glaube, daß seit

Jahren niemand mehr hier war. Was eigentlich komisch ist, weil es direkt hinter dem KSB liegt.«

»KSB?«

Simon winkte mich zu einem trübgrauen Fenster gegenüber der Tür, durch die wir eingetreten waren. Ich umkreiste die Maschine, trat über die Kante der riesigen Metallplatte, mit der sie am Boden verankert war. Einzelteile waren von der Maschine herabgefallen – Bolzen, Klammern, andere kleinere Komponenten –, aber bei der Größe des Dings waren sie immer noch so groß, daß man sich das Schienbein aufschlagen konnte, wenn man dagegenstieß. Simon rieb heftig an dem Fenster.

»Schauen Sie, sehen Sie?« Vom Himmel oder vom Freien war nichts zu erkennen, aber von irgendwoher kam Licht. Licht, das ein gedrungenes, mit massiven Betonplatten verkleidetes Blockhaus beleuchtete. Es sah aus wie eine Verteidigungseinrichtung. »Das ist der Katastrophenschutzbunker. Wenn es je einen nuklearen Angriff oder ein Erdbeben oder sonstwas gibt, ist da drin alles, was man braucht, um so was zu überstehen.«

»Und was zum Beispiel?«

»Weiß ich nicht, das sagt mir niemand. Ich kenne das hier nur, weil ich die Tür mit der Aufschrift entdeckt habe.«

Eine Weile standen wir am Fenster. Der wintergartenähnliche Saal, die riesige Maschine, das Blockhaus. Alles schwach erhellt von einem unsichtbaren Tag. Die Atmosphäre hatte etwas Unheimliches. Das Unheimliche, das einen plötzlich überfällt, wenn man verstohlen einen bevölkerten Bereich verläßt – aus einem überfüllten Park in ein kleines graues Wäldchen tritt – und sich dann umdreht und das Leben betrachtet, das hinter einem weitergeht, Hunde und Kinder.

Oben in der Station eilte Busner durch die Gänge und rief das gesamte Personal zusammen. Im Versammlungsbereich waren hastig ein paar Stühle im Kreis aufgestellt worden. Anthony Valuam und Jane Bowen saßen bereits und waren in eine ernsthafte Diskussion vertieft, als wir ankamen. Valuam schien nicht zu interessieren, wo wir gewesen waren. Simon selbst hatte sich in den trübsinnigen, gestörten Typen zurückverwandelt, kaum daß wir den neunten Stock erreicht hatten. Er verschwand in einem wabernden Knäuel aus Schlurfern und Schauklern und war nicht mehr zu sehen.

»Setzen Sie sich, Misha, bitte setzen Sie sich.« Busner wedelte mit seinen popelineknittrigen Truthahnhautarmen. Ich setzte mich neben Mimi, die dralle Schwester, die beim Optiker gewesen war. Der Rest tröpfelte nun in den Versammlungsbereich, Hilfskräfte ebenso wie das medizinische Personal. Es gab Kantinendamen in Nylon mit Plastikhäubchen auf dem Kopf und Psychiatriesozialarbeiter mit zusammengerollten Zeitungsbeilagen. Sie redeten sehr ungezwungen miteinander, boten sich gegenseitig Zigaretten an und gestikulierten. Die Patienten nahmen keine Notiz von dieser Versammlung – was in meinen Augen mehr als alles andere ihren Ausschluß aus der Welt der Richtigdenkenden betonte.

Busner rief die Versammlung zur Ordnung.

»Ähm! Guten Tag. Wir haben heute viel zu besprechen, deshalb möchte ich gleich beginnen. Wir wollen nicht überziehen, wie wir es letzten Monat getan haben. Bevor wir zum ersten Punkt der Tagesordnung kommen, möchte ich Ihnen allen einen neuen Mitarbeiter vorstellen, Misha Gurney. Einige von Ihnen haben sicher von seinem Vater gehört«, Busners Gesicht rötete sich an den Rändern vor Sentimentalität, »der ein Zeitgenosse von mir und ein lieber Freund war. Es ist für mich deshalb eine besondere Freude, daß Misha als neuer Kunsttherapeut auf unsere Station kommt …«

»Warten Sie, bis Sie hören, was mit dem alten Kunsttherapeuten passiert ist …!« Bevor ich Zeit hatte, mich umzudrehen und nachzusehen, wer mir das ins Ohr geflüstert hatte, hatte Tom sich auf leisen Sohlen über den Korridor davongemacht.

Von da an verflachte das Treffen zur Besprechung der üblichen Banalitäten, die – meiner Erfahrung nach – alle Abteilungskonferenzen zu charakterisieren scheinen. Es gab Diskussionen über den Zeitpunkt des Teekochens, Diskussionen über Schichtpläne, Diskussionen über Patientenbesuche. Meine Aufmerksamkeit schwand. Ich starrte gebannt über die Schulter einer Frau mittleren Alters, die im Auftrag des Sozialamts mit der Station zusammenarbeitete. Durch die Flügeltüren zwischen ihr und dem Eingang zu den Schlafsälen konnte ich Clive sehen. Er starrte mich gebannt an, so wirkte es zumindest; seine großen Glubschaugen waren nur zum Starren fähig. Er schaukelte hin und her wie ein menschliches Metronom. Wenn ich die Augen zusammenkniff, sah es aus, als würde seine bizarre messianische Frisur rhythmisch aus der Wange der Sozialarbeiterin lodern. Der Anblick hypnotisierte mich.

Mimi stieß mir in die Rippen. »Misha, aufpassen!«

Busner sagte etwas in meine Richtung. »Und, Misha?« fragte er.

»Er will wissen, was Sie in der Kunsttherapiesitzung heute nachmittag vorhaben«, flüsterte Mimi.

Ich stotterte schuldbewußt. »Hm … na ja … äh. Eigentlich wollte ich mich meinen Patienten mit einer Demonstration verschiedener Techniken vorstellen und sie dann einladen, mir ihre Arbeiten zu zeigen, damit wir darüber sprechen können.«

Busner schien sich damit zufriedenzugeben. Er wandte sich an Jane Bowen und flüsterte ihr etwas ins Ohr, sie lächelte und nickte und klopfte mit einem gelben Kuli auf die Kante ihres Klemmbretts.

Bald danach endete die Besprechung. Ich nahm Mimi beiseite.

»Danke für eben, Sie haben mir den Hals gerettet. Ich war meilenweit weg.«

»Ja, absurd, das Ganze, nicht? Zack ist wie die meisten gütigen Diktatoren, er glaubt anscheinend, daß wir, wenn er uns einen Haufen Belanglosigkeiten besprechen läßt, das Gefühl haben, wir wären an wichtigen Entscheidungsprozessen auf der Station beteiligt.«

»Wie lange arbeiten Sie schon hier?«

»Ach, schon ziemlich lang. Eigentlich schon seit dem Abschluß meiner Ausbildung. Diese Station hat irgendwas. Man könnte sagen, daß sie und ich füreinander geschaffen sind.« Die Sozialarbeiterin mittleren Alters kam zu uns, Mimi stellte uns vor, und dann gingen beide davon, um über einen Patienten zu reden. Die Sozialarbeiterin war tiefrot im Gesicht. Erst später erfuhr ich, daß sie gedacht hatte, ich hätte sie während der ganzen Besprechung angestarrt.

Zum Mittagessen ging ich mit meinen Sandwiches auf die Heath und setzte mich auf die Bank zu dem Idioten. Er schaukelte und schwadronierte leise vor sich hin, zweifellos hemmte ihn meine Anwesenheit. Ich bot ihm ein Sandwich an, das er nahm und mit dem er dann eklige Sachen anstellte.

Ich sah auf die Stadt hinunter. Die Lichtverhältnisse hatten sich umgekehrt, als ich vom Krankenhaus hierherging, und jetzt war die riesige Zikkurat in strahlendes Licht getaucht, während die Bank, auf der der Idiot und ich Käse mit unseren Zähnen zermalmten, in tiefem Schatten lag. Tom hatte mir gesagt, daß er das Krankenhaus für sich »Ministerium der Liebe« nenne; und es stimmte, dieses Grabesschiff, das durch das Gewirr der Straßen pflügte, hatte etwas Zukünftiges an sich, etwas Korporatives, vermengt mit der despotischen Vergangenheit.

Als ich wieder den Haupteingang passierte, fegte der Wind über das Flugzeugträgerdeck des Krankenhauses. Wohlhabende Patienten und Besucher landeten in Taxis und Minicabs, während ihre ärmeren Kollegen gegen den Aufwind ankämpften, der um die schrägen Wände des Krankenhauses pfiff – Männer und Frauen des Luftwaffenbodenpersonals, nur ohne die übergroßen Tischtennisschläger zum Signalgeben.

Im neunten Stock traf ich Jane Bowen. Sie stand direkt vor dem Lift. Ihre Hände zuckten um ihren Mund, als die Türen sich öffneten.

»Na, Misha, wo waren Sie denn?«

»Ich hab' meine Sandwiches auf der Heath gegessen. Ich hab' tagsüber gern etwas frische Luft.«

»Lassen Sie das nicht zur Gewohnheit werden.«

»Warum denn nicht?«

»Zack sieht es lieber, wenn das ganze Personal in der Kantine auf der Station ißt ...«

»Das meinen Sie doch nicht ernst ...«

»Natürlich wird niemand dazu gezwungen. Sie können tun, was Sie wollen. Aber Zack hat gute Gründe dafür, und Sie müssen das Mittagessen miterleben, um die zu verstehen.«

Im Versammlungsbereich wimmelte es von Patienten, sie schwappten um die Buffettheke des Eßbereichs – eigentlich eher eine übergroße Durchreiche – und wogten dann von dort zur Schlange vor der Medikamentenausgabe. Busner stand mittendrin, wie ein Gott des Tumults. Er trug eine kurze weiße Jacke, die ihm über die gerundeten Hüften hochgerutscht war. Die Jackentaschen waren vollgestopft zum Überquellen, und so wie er dastand, sah es aus, als würde er einen Hosenbeutel tragen. Busner fuchtelte mit den Händen hinter dem Kopf herum und drehte sich auf den Absätzen, sein Gesicht war verzerrt – vor Schmerz oder vor Fröhlichkeit? Man konnte es nicht sagen.

Ich näherte mich ihm durch die Wirbel der ihm Anvertrauten.

»Ah, Misha, meine Brillenschnur hat sich da hinten in meine Krawatte verwickelt. Können Sie mal schauen, was da los ist?« Er drehte mir den Rücken zu, und ich mühte mich mit den beiden Schnüren ab. »Ah, so ist's besser.« Er setzte sich die Brille auf den rot gefurchten Nasenrücken. »Jetzt seh' ich wieder was. Wir sollten uns besser mal um die Materialien kümmern, die Sie brauchen.« Er führte mich zu einem Wandschrank auf der der Durchreiche gegenüberliegenden Seite des Eßbereichs und öffnete die deckenhohen Türen. Drinnen befand sich ein Durcheinander aus Materialien und halbfertigen Versuchen in dieser und jener Technik. »Gerry war nicht gerade ein Ordnungsfanatiker mit den Materialien«, sagte Busner, der nun in den Schrank trat und Stücke von Kohlestiften unter seinen Absätzen zerdrückte, »aber es ist alles da, was Sie brauchen könnten. Ich würde es locker angehen, lassen Sie die Patienten auf Sie zukommen und Ihnen zeigen, was sie vorhaben – versuchen Sie einfach, Vertrauen aufzubauen.«

Busner legte mir plump vertraulich den Arm um die Schultern, bemerkte nicht, daß ich zusammenzuckte. Wir standen nebeneinander vor einem Regal voll fleckiger Dosen mit Farbpulver.

»Ihr Vater wäre stolz auf Sie gewesen, Misha. Er hätte verstanden, was Sie tun. Wissen Sie, in gewisser Weise kommt es mir so vor, als würden Sie zu uns hier auf die Station heimkommen, als wäre es genau der richtige Ort für Sie, meinen Sie nicht auch?« Ich murmelte etwas Gegenteiliges. »Freut mich, daß Sie das auch so empfinden, kommen Sie doch nach der Sitzung zu mir, und erzählen Sie mir, wie es gelaufen ist.« Er rauschte davon, und seine Sohlen zeichneten Kohlebögen auf das Linoleum. Ich war allein – aber nicht lange.

Tom tauchte auf. Neben sich hatte er einen etwa dreißigjährigen Mann von mittlerer Größe und Statur, unauffällig in Holzfällerhemd und Jeans, auffällig aber wegen seiner Arme und seines Gesichts: Arme, die seinem Körper zu entkommen versuchten und ihm voraneilten, lange, muskulöse, mechanische Arme. Sein Gesicht war straff gespannt und floh in Richtung seiner abstehenden braunen Haare. Der Gesamteindruck war der von gezügelter Geschwindigkeit.

»Das ist Jim«, sagte Tom, »er hält das Warten nicht mehr aus, er will gleich anfangen.«

»Ja. Hi, Jim.« Er streckte mir eins seiner Werkzeuge hin, ich schüttelte es, er zog es zurück.

»Ich freue mich wirklich auf diese Sitzungen. Ich würde gern die ganze Zeit an meinem Ding arbeiten, aber sie lassen mich nicht.«

Ich zog die Flügeltüren weiter auf. »Welches ist es?«

»Hier.« Von einem der höheren Regale zog er eine Art Skulptur aus Ton herunter und hielt sie beschützend in seinen langen Armen. Dann drehte er sich um und stellte sie auf einen der rechteckigen Resopaltische.

Es war ein großes Stück, gut einen Meter lang und etwa halb so breit. Jim hatte ein Brett als Sockel benutzt und darauf mit Ton gebaut. Die Arbeit besaß den naiven Realismus, den ich mit Kindersendungen assoziierte, in denen sich Animationspuppen durch Modelldörfer bewegen. Die Arbeit stellte die absteigende Kurve einer Hochstraße dar, die ich sofort als den Marylebone Flyover erkannte. Jim hatte präzise den Punkt gestaltet, an dem die beiden Hochstraßenspuren sich mit der Marylebone Road wiedervereinigen, winzige Tonautos kamen die Hochstraße herunter, und eins davon war mit einem kleinen japanischen Gemüsetransporter zusammengestoßen, der aus der Edgware Road kam. Zwei winzige Tonfiguren standen auf der Straße und gestikulierten. Das Ding endete im Osten dort, wo die Lisson Grove die Marylebone Road kreuzt, und im Westen an der Stelle, wo die Hochstraße ihren Scheitelpunkt erreicht.

»Es ist fast fertig«, sagte Jim. »Heute werde ich es lackieren und glasieren, und dann möchte ich, daß Sie es zum Brennen bringen.«

»Also, das dürfte kein Problem sein. Aber sagen Sie mir, was steckt hinter dieser Skulptur?«

»Es ist keine Skulptur.« Er saugte Luft durch die Zähne, das unwirsche Seufzen eines Kindes. »Es ist ein Altarbild.« Er nahm das Hochstraßenmodell und ging damit zu einem Tisch am Fenster. Tom kicherte.

»Jim hat einen Messias-Komplex. Er glaubt, daß die Apokalypse nicht kommt.«

»Was soll das heißen?«

»Das ist ein bißchen kompliziert. Die Apokalypse kommt erst, wenn genügend Leute akzeptiert haben, daß sie nicht kommt.«

»Das klingt reichlich bescheuert.«

»Na, das ist es aber verdammt noch mal nicht, Sie sind der, der bescheuert ist, Sie Klugscheißer, kapiert!« Toms Stimme schaltete plötzlich von feinem Spott auf die unvermittelte Aggressivität des anomalen Gewalttäters um. Es war eine verblüffende Verwandlung, als wäre er besessen von einem unheimlichen Dämon. Er stolzierte davon und gesellte sich zu seinem Freund. Ich sah über die Beleidigung hinweg. Busner hatte mich ja über ihn informiert; er war eindeutig in eine andere Rolle geschlüpft.

Im Verlauf der nächsten halben Stunde tröpfelten fast alle Patienten der Station in den Versammlungsbereich und gesellten sich zu ihren Leidensgenossen, die bereits bei der Arbeit waren, Farbpulver mischten, Ton kneteten und Fotos aus Zeitschriften ausschnitten und zusammenklebten. Ich war erstaunt über ihre stille Emsigkeit als Gruppe. Es schien kaum jemanden auf der Station zu geben, der ein echter Störfaktor war. Zwei oder drei Patienten standen wie Metronome dazwischen und markierten schwankend und schaukelnd den Takt der Arbeit der anderen.

Hilary saß am Fenster und arbeitete mit Haarpinseln an einem ihrer winzigen Aquarelle. Sie hatte das Fetzchen Zeichenkarton auf eine kleine Staffelei aus Lutscherstielen gestellt und arbeitete mit geschickten Strichen, die den Infusionsständer, an dem der Katheter in ihrem Arm befestigt war, hin und her zogen. Der Plastikbeutel, der von dem Ständer baumelte, enthielt eine klare Flüssigkeit und irgendein Sediment. Die Bewegungen des Ständers verwirbelten das Sediment in dem Beutel, und hin und wieder glänzten einige Flocken in der Nachmittagssonne, die durch die großen Fenster hereinströmte.

Simon kam zu mir und bat mich um Schere, Kleber und Karton. Er nahm eine halbfertige Collage aus einem der Schrankfächer und setzte sich in meine Nähe. Die Collage stellte die Maschine dar, die er mir vormittags gezeigt hatte, hier nun neu erschaffen aus Fotos von Haushaltsgeräten, die er aus Farbmagazinen ausgeschnitten hatte. Ich ging zu ihm und stand einen Augenblick neben ihm. Er lächelte zu mir hoch, und dabei platzte der eitrige Schorf in seinen Mundwinkeln auf.

»Eine unfertige Arbeit, hab' sie letztes Mal zurückgelassen ...« Er beugte seinen schmutzigen Karottenkopf wieder über die Arbeit.

Ich beschränkte mich darauf, Material auszugeben. Ich spürte, daß jetzt nicht der Zeitpunkt war, die Arbeiten, mit denen die Patienten beschäftigt waren, zu kommentieren. Wenn sie erst einmal Vertrauen zu mir gefaßt hatten, würden sie sie mir freiwillig erläutern. Über den gesenkten Köpfen schwebte eine stille Aura der Konzentration. Ich ging zum Fenster und lauschte den schwachen Geräuschen des Krankenhauses, das sich durch den Nachmittag arbeitete. Dem entfernten Brummen von Generatoren, Klappern von Schritten, Rattern und Klirren von Rollwagen und Toren. Auf dem Balkon unter mir kämpften ungeschickt zwei Chroniker in blauen Kutten, der eine drückte den anderen gegen das Geländer. Eine Weile starrte ich ihre schlecht koordinierte Aggression an, ohne sie wirklich zu sehen. Das »O«, in das ich schaute, entpuppte sich als der aufgerissene Mund eines Senilen. In dem Augenblick, als ich aus meinem Tagtraum aufwachte und merkte, daß ich etwas tun sollte, tauchte ein Pfleger auf dem Balkon auf und trennte die beiden. Er zerrte den Jüngeren weg, und die beiden verschwanden unter meinen Füßen.

Schließlich setzte ich mich an einen Tisch, der nur von einem lockenköpfigen Mann besetzt war. Er hatte den Kopf auf die Armbeuge gelegt wie ein gelangweilter Schuljunge. Mit seinem anderen Arm tat er etwas, aber ich konnte nicht sehen, was. Ungefähr zehn Minuten saßen wir uns gegenüber. Nichts passierte. Um uns herum zündeten die Arbeitenden sich frische Zigaretten an und verdickten den Mief.

»Pscht ...!« Es war Tom. »Kommen Sie her.« Er winkte mich zu sich und Jim. Ich ging zu ihnen. Sie arbeiteten eifrig an dem Altarbild. Jim malte, und Toms Aufgabe war es, die Pinsel zu waschen und die Pigmente zu mischen. Den blaubraunen Straßenbelag hatte Jim bereits fertig, und jetzt fing er mit den weißen Linien an. Tom drehte sich träge, ein lächerliches Spagatlasso lässig in der einen Hand, und jaulte näselnd wie ein verrückter Kalifornier. Er konnte die Rolle aus dem Effeff, nur eben falsch.

»Der Mann da drüben.« Er deutete auf den Lockenkopf.

»Ja.«

»Der ist ein echter Knüller für Dr. B.«

»Warum das?«

»Eine richtige Kokainpsychose im Vollstadium. War früher Buchhalter. Nicht irgendein Straßenjunkie. Ein echter Knüller. Dr. B. hat ihn diagnostiziert, alle anderen Abteilungen hier sind echt sauer. Gehen Sie mal hin und schauen Sie, was er macht, Sie werden sich in die Hosen machen vor Lachen. Und auf dem Rückweg bringen Sie uns einen Krug Wasser mit, okay, Kumpel?«

Ich tat, wie geheißen. Als ich an Lionel, dem Drogensüchtigen, vorbeikam, bückte ich mich, um einen unsichtbaren Gegenstand aufzuheben, und drehte dabei den Kopf, um nachzusehen, was er in seiner Armbeuge versteckte. Es war nichts. Mit flinken Bewegungen sortierte er seine persönliche Sammlung unsichtbarer Objekte auf dem winzigen Stück Tischplatte. Als ich mich bückte und zu ihm hinsah, wandte er mir das Gesicht zu und lächelte mich verschwörerisch an. Sein Blick blieb zu lange an meiner Hand hängen, die halb geschlossen war und mit den Fingerspitzen die Vertiefungen und Erhebungen meines eigenen unsichtbaren Gegenstands nachfuhr. Ich richtete mich hastig auf und ging den kurzen Korridor entlang zur Personalküche.

Auf halbem Weg dorthin bemerkte ich links eine Tür, die mir bis dahin noch nicht aufgefallen war. In Augenhöhe war ein Glasrechteck eingesetzt, das zum Hindurchsehen förmlich einlud. Ich stellte mich davor. Die Szene, die sich mir bot, bekam durch das ins Glas eingelassene Drahtgitter etwas Graphisches, Exemplarisches. Es war eine stumme Szene, die in einem hellerleuchteten, gelben Zimmer spielte. Ein Mann Anfang Vierzig, der mir vage bekannt vorkam, saß auf einem der allgegenwärtigen Plastiksessel. Er trug lose schwarze Kleidung, und seine schwarzen Haare waren aus der hohen Stirn zurückgekämmt. Er saß im Profil. Die Beine hatte er übereinandergeschlagen, und er schrieb etwas auf einem Klemmbrett, das er auf dem Oberschenkel balancierte. Mund und Kinn hatten das nackte, überbrühte Aussehen häufigen Rasierens. Das Zimmer war offensichtlich für Behandlungen gedacht. Wie alle solchen Räume wirkte es abgelegen, unbenutzt. An einer Wand hing die Reproduktion einer Reproduktion, ein leeres Drahtgestell für Zeitschriften trieb nutzlos auf dem Linoleumboden – der arme Linoleumboden, sein Fleisch zerschunden von Zigarettenbrandnarben. In der entfernten Ecke des Zimmers, dem Mann in Schwarz diagonal gegenüber, kauerte eine Gestalt, das verwirrte Gesicht abgewandt. An dem mit Stickern überladenen Revers, das in der emotionalen Brise flatterte, erkannte ich, daß es Jane Bowen war.

Der Rest des Nachmittags verging in Schweigen und Konzentration. Um 17 Uhr 40 sammelte ich die Materialen ein und verstaute die Kunstwerke der Patienten so ordentlich, wie ich konnte, im Wandschrank. Es dauerte eine Weile, bis ich die Materialien aufgeräumt hatte. Die Patienten blieben größtenteils, wo sie waren, saßen zusammengesunken an den Tischen und schienen nicht gehen zu wollen. Tom und Jim flüsterten vor dem Fenster. Sie verströmten die pantomimisch verschwörerische Aura von Sechsjährigen, die immer noch glaubten, wenn sie nicht schauten, könne man sie nicht sehen.

Busner fand ich in seinem Büro. Er saß da und starrte zum Fenster hinaus auf die Maßstabslosigkeit. Am entfernten Ende des Krankenhauses spuckte ein Stahlkamin, den ich bis dahin noch nicht bemerkt hatte, eine feste Säule weißen Rauchs aus. Busner folgte meinem Blick.

»Ein Zug nach Nirgendwo, was, Misha?«

»Warum sagen Sie das?«

»Weil es stimmt. Wir sind eine Verwahranstalt, ein staatlich finanziertes Fegefeuer. Die Leute kommen hierher, und sie warten. Sonst passiert nicht viel; eine spürbare Besserung erfahren sie hier auf jeden Fall nicht. Es ist, als wären sie, einmal klassifiziert, an eine riesige Karteikarte geheftet. Dasselbe könnte man von uns auch sagen, was?« Er erschauerte, als müsse er zusehen, wie ein Patient mit einer riesigen Nadel durchstochen wird. »Aber ich vergesse mich, hören Sie nicht auf mich, Misha, es ist das Ende eines langen Tages.«

»Nein, was Sie sagen, interessiert mich sehr. Die Patienten hier scheinen ganz anders zu sein als die, die ich in Halliwick oder St. Mary kennengelernt habe.«

»Ach, finden Sie? Wie das?« Busner drehte sich mit seinem Sessel herum und sah mich über die Brille hinweg an.

»Na ja, die Kunst, die sie machen. Sie ist anders … sie … wie soll ich es sagen … ist ziemlich weit hergeholt, als würden sie damit etwas ausdrücken wollen. Wie Tom mit seinem Verhalten.«

»Eine Involution?«

»Das ist es. Eine sekundäre Referenz. Ihr Zustand ist selbst schon ein Kommentar, und die Objekte, die sie produzieren, sind eine weitere Interpretation.«

»Interessant, interessant. Ich kann nicht so tun, als wäre uns selbst das noch nicht aufgefallen. Ihr Vorgänger hatte eine sehr dezidierte Meinung dazu. Er war Psychologe, wissen Sie, sehr talentiert, und er sah den Kunsttherapeutenjob als Möglichkeit, funktionelle Beziehungen zu den Patienten aufzubauen, die so weit wie möglich frei sind von der Dialektik einer orthodoxen Behandlung. Ein sehr engagierter junger Mann. Die Richtung, die die Patienten in ihrer Arbeit eingeschlagen haben, könnte durchaus etwas mit seinem Einfluß zu tun haben.«

Busner fing an, seine Aktentasche mit Papierfüllung vollzustopfen, als wäre sie ein gigantisches Pittabrot. »Ich muß los, Misha. Ich sehe Sie dann morgen früh, in alter Frische, wie ich hoffe. Ich glaube, es wäre wirklich eine gute Idee, wenn Sie morgen in diesem Materialienschrank Ordnung schaffen könnten.«

»Ja, ja, natürlich.« Ich stand auf, schob meinen Stuhl zurück und verließ das Büro. Im Korridor summten und säuselten die Neonröhren vor sich hin. Die Station war still und verlassen. Aber als ich an der Tür zu einem der Wandschränke vorbeikam, ächzte die plötzlich auf, eine Hand tauchte auf und zupfte an meinem Ärmel.

»Komm rein. Komm, keine Angst.«

Ich trat durch den Spalt, und die schwere Tür schloß sich hinter mir. Es war dunkel, und der Raum, in dem ich mich befand, war eng und stickig. Der Geruch nach Stärke und warmer Wäsche war überwältigend. Ich mußte beinahe würgen. Die Dunkelheit war vollkommen. Die Hand, die meinen Ärmel gepackt hatte, näherte sich meinem Gesicht. Ich spürte sie auf meiner Haut.

»Du bist es«, sagte die Stimme, »sag nichts, das verdirbt es nur.« Es war Mimi. Ich roch ihren säuerlichen Schweiß, er stach durch den warmen, baumwolligen Mief.

Die Hand führte meine zu ihrer Brust, die in der Dunkelheit riesig wirkte, ich spürte das Gewebe ihres BH und darunter die erhöhte Schwellung ihrer Warze. Sie drückte sich gegen mich, ihr Körper war so weich und ergeben. Ihr Fleisch hatte das Wammenartige eines Körpers, an dem nach starkem Gewichtsverlust Hautsäcke hängen. Der Reißverschluß ihrer Jeans war offen; sie zerrte an meiner Hose, ein feuchte, kühle Hand rupfte an meinem Penis und drückte ihn gegen ihren Körper. So standen wir da, ihre Hand an mir, meine auf ihr. Sie zog mich vorwärts und hüpfte auf etwas, das wohl ein Regalbrett oder ein Sims war, und dann schob sie mich, nur halb steif, in sich. Mein Penis bog sich um den harten Schlitz ihrer Jeans, scheuerte über kantigen Saum und kalten Reißverschluß. Es lag etwas eher Verzweifeltes als Erotisches in dieser gequälten Kopulation. Ich grapschte nach ihrer Brust, riß die zwei Nylonschichten weg. Ich stieß steif in sie. Sie quiekste, der Schweißgeruch kam in Wellen und stach mir in die Nase. Ich ejakulierte fast sofort und zog mich zurück. Einen langen Augenblick keuchten wir gemeinsam in der Dunkelheit. Ich hörte, wie sie ihre Kleidung ordnete. Dann »Bis morgen«, eine flüchtige Berührung auf meiner Stirn. Die Tür zerriß die Dunkelheit von der Decke bis zum Boden, ächzte einmal, und dann war Mimi verschwunden. Nach einer Weile zog ich mir die Hose hoch, verließ den Wäscheschrank und ging nach Hause.

Erst als ich die U-Bahn verließ und mich auf den zehnminütigen Fußweg zu dem Haus, in dem ich wohnte, machte, fiel mir die frische Luft auf. Der Geruch der Station und des Krankenhauses war für mich zum einzigen Geruch geworden. Der kalte Liguster an der feuchten Straße, die ich entlangging, roch jetzt fremd und unangenehm.

Zu Hause kochte ich mir etwas in einem Beutel, saß dann da und schob Reislarven über den fleckigen Teller. Freunde riefen an, um mich zu fragen, wie mein erster Tag in der neuen Arbeit gewesen sei. Ich ließ den Anrufbeantworter an und hörte ihre Stimmen, die aus der Ferne mit meinem Maschinen-Ich sprachen. Später lag ich auf dem Bett und starrte die Wände an, an denen meine diversen Konstruktionen hingen, merkwürdige Dinge aus Stoff, die ramponierte Fledermäuse oder Regenschirme hätten sein können. Die Holz- und Metallgestänge siebten das Licht der Straßenlaternen, das orange auf das Kissen fiel. Ich schlief ein.

Ich träumte, daß der Mann in dem Behandlungszimmer, der Mann, der schreibend auf dem Stuhl saß, während Jane Bowen in der Ecke kauerte, irgend etwas vorführte. Ich war im Publikum. Wir saßen in einem sehr kleinen Hörsaal. Er war eng und dunkel, aber die steil abfallenden Ränge der Sitze waren Steinsimse in halbkreisförmigen grasbewachsenen Reihen.

Der Mann in Schwarz stand in der Mitte der runden Bühne und bediente eine Art holographischen Projektor. Ein Bild meines Kopfes wurde in die Luft geworfen, etwa eineinhalb Meter hoch. Das Bild, obwohl deutlich dreidimensional, war ziemlich schlecht, es waberte und zeigte eine elektrische Käsigkeit. Im Publikum waren alle versammelt, mit denen ich auf der Station gesprochen hatte: Busner, Valuam, Mimi, Jane Bowen, Tom, Simon, Jim und Hilary. Clive stand schaukelnd im Mittelgang.

Der Mann in Schwarz nahm einen langen Zeigestab oder Spazierstock und zog ihn vertikal durch meinen holographischen Kopf. Es war ein billiger Trick, weil ziemlich klar war, daß das Hologramm kein fester Gegenstand war, aber zu meiner großen Verärgerung klatschte das Publikum kriecherisch. Ich schrie sie an, sagte ihnen, daß sie keine Ahnung hätten von Technologie oder wozu sie in der Lage sei …

Der nächste Morgen. Ich hatte Schwierigkeiten, die steifen Schnecken meiner Socken zu finden. Und als ich sie fand, steckte etwas Hartes und Rechteckiges in der salzigen Falte des einen. Es war ein Stück des RÄTSELS. Ich hatte keine Ahnung, wie es dort hingekommen war, dennoch murmelte ich automatisch, wie ein Mantra: »Ich löse das RÄTSEL …« Plötzlich erschien mir alles, was ich tags zuvor auf Station 9 erlebt hatte, bizarr. Zu der Zeit hatte ich alles fraglos akzeptiert, aber jetzt … Busner und sein Spiel, die konkave Bowen, der fötale Valuam, Simons gefühllose Mutter, Tom mit seiner mimetischen Krankheit, die Begegnung mit Mimi im Wäscheschrank. Jedes dieser Erlebnisse hätte allein schon genügt, um einen durcheinanderzubringen, in ihrer Gesamtheit …

Ich nahm mich zusammen. Jede Psychiatrieabteilung ist ein Test für die Fähigkeit des Therapeuten, einen fundamentalen Widerspruch zu verarbeiten: Er muß Sympathie aufbringen und zugleich Distanz wahren. Der vergangene Tag war bizarr gewesen, weil es mir nicht gelungen war, die Distanz zu wahren … es hieß, wenn man zu sehr mit den Irren sympathisiere, werde man selber irre. Sogar Busner hatte nach dem Zusammenbruch seines Concept House in den frühen Siebzigern eine Zeit gehabt, in der er in verdunkelten Aufnahmestudios Elektrobässe zupfte, bei Interviews Knittelverse aufsagte und andere Akte revolutionärer Identifikation mit den als irre Klassifizierten unternahm. So war es nur passend, daß ich unter seiner Ägide denselben Impulsen zum Opfer fiel. Heute würde ich auf der Hut sein müssen.

Ich nahm den langen Weg über die Heath, der mich an der Skulptur meines Vaters vorbeiführte. Ich habe keine Ahnung, warum er gerade diese der Gemeinde geschenkt hat. Er hatte keine spezielle Vorliebe für diesen Verwaltungsbezirk. Und auf keinen Fall lag ihm die ästhetische Erziehung der Massen am Herzen. Nicht daß die Massen unbedingt hierherkommen. Es ist ein uneingezäuntes Reservat der Wohlhabenden, hier können sie, überwacht von adretten Aufsehern in braunen Anzügen, frei umherstreifen.

Die Skulptur ist ein großer Bronzeguß, der zwei Schienbeine darstellt. Jedes ist etwa zweieinhalb Meter hoch und mißt drei Meter im Umfang. Es sind keine Füße und keine Knie vorhanden. Keine Sehnen sind herausgearbeitet, keine Haare stehen ab, keine Adern wölben sich. Nur die Umrisse der Schienbeine sind zu sehen. Es ist typisch für die Arbeit meines Vaters. Sein ganzes Arbeitsleben lang hatte er sich bemüht, die Teile des Körpers zu finden, die, wenn vom Ganzen isoliert, abstrakt werden. Ich glaube, mit den Schienbeinen hatte er seinen Zenith erreicht.

Ich ging auf den Hügel zu, von dem aus ich am Morgen zuvor das Krankenhaus betrachtet hatte. Der Idiot lag in einem Müllsack unter seiner Bank, das Gesicht vom Tag abgewandt. Seine Brust war mit einem Gewirr von Papierschnipseln bedeckt, das an Simons Collage erinnerte. Ich hob den Kopf. Das Krankenhaus hatte heute eine neue Großtat der Verzerrung vollbracht. Im milchigen Licht war, zweidimensional, ohne jede Tiefe, ein Streifen Stadt zu sehen, ein Streifen Himmel, und zwischen den beiden das Trapezoid des Gesundheitstempels.

Geistige Gesundheit riecht. Wie konnte ich das vergessen? Unter dem allgegenwärtigen Einfluß der olfaktorischen Institution kann niemand den Verstand verlieren. Dazu ist sie viel zu prosaisch. Die Lifttüren öffneten sich, und der Wattebausch legte sich über mein Gesicht. Alles war wie am Tag zuvor. Tom saß in der Schwesternstation, und seine violetten Augen suchten die meinen, sobald ich den kurzen Korridor betreten hatte, der vom Lift wegführte.

»Sind wir heute morgen farbkodiert, was?« Toms Akzent war eine merkwürdige Mischung aus forschen Vorkriegsvokalen und Tuntensingsang. Ich sah an mir herab und bemerkte, daß ich einen besonders ekligen V-Ausschnitt-Pullover angezogen hatte.

»Nicht mit Absicht.«

»Das ist es nie, mein Lieber, nie.«

Ich verließ ihn und ging zum Materialienschrank. Nachdem ich die deckenhohen Flügeltüren geöffnet hatte, sammelte ich alle Filzschreiber zusammen und legte sie auf einen Haufen. Dasselbe tat ich mit den Kreiden, den Kohlestiften, den Pastellfarben, den fleckigen Blechkästen mit verklumpten Wasserfarben, den wenigen eingedrehten Tuben mit vertrockneter Ölfarbe, dem Buntpapier, den Zeichenkartons, den Linealen und den verkrusteten Pinseln. In dem ganzen Durcheinander lagen Klumpen vergessenen Tons wie versteinerte Embryos.

Nach einer Weile kam Tom zu mir. Er hatte sich eine Stola aus rosa Toilettenpapier um die Schultern gelegt und rauchte mit mokanter Konzentration eine Selbstgedrehte. Mit in die Seite gestemmten Armen stand er da und betrachtete mich wortlos.

Ich fing an, mich durch die Arbeiten selbst zu arbeiten. Sie waren wirr durcheinandergeworfen, wie die Materialien. Die geschichtete Haut einer Übung in Papiermaché war von der grob geschnitzten Bugspitze eines Holzboots aufgerissen worden. Plumpe Kleckse Pulverfarbe auf farbigem Zeichenkarton waren ineinandergelaufen und schließlich auf die allgegenwärtigen Spiralgefäße getropft. Ich löste all diese Objekte vorsichtig voneinander. Nur die hoffnungslos zerstörten warf ich weg. Den Rest ordnete ich.

Während ich arbeitete, blieb der Versammlungsbereich leer. Bis auf Tom, der von der Schwesternstation zu den großen Fenstern, zur Durchreiche und dann wieder zu mir stolzierte, sein wasserspülungsfähiges Accessoire und einen zweiten Umhang aus Rauch hinter sich herziehend. Hin und wieder blieb er stehen und nahm eine Pose so lächerlicher Tuntenhaftigkeit ein, daß ich ein Kichern mühsam unterdrücken mußte. Er kam wieder zu mir, als ich mich den höheren Fächern zuwandte.

»Das würde ich nicht tun …«, sagte er.

»Was?«

»Die Arbeiten da oben anfassen.«

Ich zog mir einen Plastikstuhl heran und stieg hinauf. Jetzt, auf Augenhöhe, konnte ich sehen, daß die Arbeiten dort oben die besten dieser Sammlung waren. Simons Collage, Hilarys Miniaturen, Jims Altarbild und ein paar andere, die ich noch nicht gesehen hatte. Ein Exemplar war besonders eindrucksvoll. Es war ein abstraktes Werk, konstruiert ausschließlich aus Teilen des RÄTSELS. Die roten Acryl-Rechtecke waren so zusammengeklebt, daß sie einen oben offenen Kasten bildeten, in dem hochkant und die Frontflächen einander zugewandt vier weitere Teile standen.

Dort oben auf dem Plastikstuhl, in Augenhöhe mit dem obersten Schrankfach, erlebte ich so etwas wie eine emotionale Spätzündung. Ich drehte mich um und hörte mich zu spät etwas Dummes sagen: »Na, hier scheinen die Cracks ihre Sachen abzustellen …«

Tom zupfte an meinem Hosenbein. Ich stieg herunter, und er zog mich vertraulich in eine Ecke des großen, niedrigen Raums, der jetzt in schäbiges Licht getaucht war. Meine Hand lag schlaff auf dem Lüftungsgitter der Klimaanlage. Tom sagte: »Verschwinden Sie von hier, Misha.«

»Was soll das heißen?«

»Verschwinden Sie von hier. Das ist ein beschissener Laden, die Leute hier sind beschissen. Sie sind versaut und verrückt, verrückter, als Sie sich das vorstellen können. Sie sind viel verrückter als Geisteskranke. Geisteskranke sind im Vergleich zu denen amüsante Unterhaltung.«

»Was soll das heißen? Das müssen Sie genauer erklären.«

»Na, nehmen Sie Simon zum Beispiel.«

»Was ist mit ihm?«

»Sie waren dabei, als Valuam ihn aufgenommen hat?«

»Ja …«

»Wie viele Ärzte müssen einen Psychiatriepatienten vor einer stationären Aufnahme untersuchen?«

»Zwei.«

»Und …?«

»Na, ich dachte mir wahrscheinlich, Simon war schon so oft auf der Station, daß da eben ein bißchen geschummelt wurde. Zwar nicht ganz den Vorschriften entsprechend, aber eigentlich ganz okay.«

»Falsch. Simons Mutter hat einen Lehrauftrag auf dieser Station … und sie sorgt dafür, daß ihr Sohn in regelmäßigen Abständen hier aufgenommen wird.«

»Das klingt wirklich ein wenig vorschriftswidrig.«

»Vorschriftswidrig! Das ganze Ding hier ist ein gottverdammter Freizeitspaß für Busner & Co, Mann …« Tom legte mir die Arme um die Taille und drückte mich an sich. »… Aber das tut unserer Liebe keinen Abbruch, Misha, wir können trotzdem rammeln wie ein Sechszylinder …« Ich riß mich los. »… Schlampe!« Und als ich mich umdrehte, stand Jane Bowen vor mir, die mich spöttisch musterte.

Später an diesem Vormittag machte ich mich daran, einige Gruppenarbeitspapiere zu zeichnen. Sie sind meine eigene Erfindung. Große Bögen, an denen drei oder vier Leute gemeinsam arbeiten können. Ich gebe darauf ein Grundmuster aus Linien vor, das die jeweilige Gruppe mit Materialien ihrer Wahl entweder bearbeiten und ausschmücken oder auch völlig ignorieren kann. Ich arbeitete stetig und konzentriert. Zwei Patienten, die ich noch nicht kannte, saßen an einem Tisch im Versammlungsbereich. Sie schlossen irgendeine Abmachung. Von meinem Platz aus konnte ich kein Wort verstehen. Hin und wieder richtete sich einer der beiden, ein kleiner, frettchenhafter Mann mit einer Seglerkappe, auf, um mich anzustarren. Mir kam der nicht abwegige Gedanke, daß die Abmachung, die sie hier mit solcher Detailversessenheit aushandelten, in Wirklichkeit wohl ohne jede Bedeutung war.

Schließlich hörte ich ein Murmeln, das auf Einigung schließen ließ. Als ich mich zu ihnen umdrehte, sah ich, daß sie Stapel mit Teilen des RÄTSELS austauschten. Die in einer Ecke durchbohrten Acrylwürfel waren auf eine Schnur oder einen Draht aufgezogen. Beide Männer trugen Halsketten, die ausschließlich aus abgelegten Teilen dieses Pop-Psycho-Potpourries bestanden.

Die Gruppenarbeitsbögen beschäftigten mich den ganzen Vormittag. Niemand achtete mehr auf mich. Jetzt merkte ich, daß die Atmosphäre auf der Station so matschig war wie Kompost. Es war nur eine Frage von Stunden, bis man darin versank und anfing zu faulen. Ich war bereits Schnee von gestern.

Busner war nicht da. Irgendwann an diesem leeren Vormittag tauschten Valuam und ich gezwungene Grüße aus. Heute zeigte er sich keß kleinkariert. Seine Schritte klangen noch mehr wie ein Uhrwerk, noch lächerlicher autoritätsheischend. Ich dachte mir, was tue ich eigentlich auf dieser Station? Das Geld brauche ich nicht. Ich weiß nicht einmal, ob ich überhaupt daran glaube, daß meine speziellen Fähigkeiten den Patienten helfen können. Busners Zynismus hatte es auf jeden Fall bereits geschafft, den Rest Idealismus, den ich noch in mir gehabt hatte, zu ersticken – ich frage mich, ob das seine Absicht war?

Gegen Mittag hatte eine Patientin mittleren Alters namens Judith einen kleineren Anfall in dem kurzen Gang, der vom Versammlungsbereich zum Frauenschlafsaal führte. Zuerst schien es, als hätte sie nur einen ziemlich hitzigen Wortwechsel – allerdings mit sich selbst. Doch dies steigerte sich zur Hysterie. Außerdem übergab sie sich. Mimi und eine andere Schwester waren sehr schnell zur Stelle, während ich noch dastand, unentschlossen zwischen meinem Impuls, so zu tun, als hätte ich nichts bemerkt, und dem Wunsch zu zeigen, daß ich mit so etwas umgehen konnte. Die Schwestern bogen Judiths Glieder gerade, richteten sie auf und führten sie weg. Das Erbrochene und das Leid wurden irgendwie registriert und absorbiert.

Den ganzen Vormittag über war ich mir bewußt, daß ich Tom und Simon aus dem Weg gehen wollte. Eigentlich wollte ich auch Jim nicht sehen. Mittags aß ich allein in der Personalkantine. Ich verstand nicht, warum ich hier sein sollte. Vom Personal der Station war sonst niemand da. Später erfuhr ich, daß irgend jemand Geburtstag hatte und sie alle auf einen Drink in den Pub gegenüber gegangen waren.

Am Nachmittag versuchte ich, die Patienten, die in meine Stunde kamen, für meine Arbeitsbögen zu interessieren. Einige zeigten wirklich Interesse, andere waren in ihre eigenen Projekte vertieft. Clive erwies sich als erstaunlich effektiver Gruppenleiter. Er verdonnerte drei ziemlich tranige Depressive dazu, nasse Farbschlangen über mein Linienmuster auf dem Bogen zu ziehen. Ihre regelmäßigen Bewegungen produzierten Kringel um Kringel. Er stand etwas abseits und überwachte ihre Tätigkeit wie eine Art Vorarbeiter. Bei Clives Anblick, der mit mahlendem Kiefer auf den Ballen schaukelte wie eh und je, fiel mir ein, daß er eigentlich heute hätte entlassen werden sollen. Ich wunderte mich, warum er noch auf der Station war, aber seine

Glubschaugen und seine glänzenden Ellbogenflecken hielten mich davon ab, ihn zu fragen.

Weder Tom noch Jim kamen zur Nachmittagssitzung. Das Hochstraßenmodell blieb im Schrank. Simon schnipselte und klebte an seiner Collage. Auch er hatte das Interesse an mir verloren. Er war in seine übertriebene, schorfkratzende Parodie grämlicher Pubertät zurückgefallen. Ich fragte mich, wo Mimi war, fragte es mich mit der schwachen, kränklichen Lust eines Pubertierenden. Ich fragte mich, ob sie mich für einen Schwächling oder Feigling hielt, weil ich ihr mit Judith nicht geholfen hatte.

Der Nachmittag ging vorüber und ich war auf dem Weg zum Lift. Diesmal war es die Tür zum Besenschrank, die einladend aufschwang. Ihr Hintern knirschte und schwabbelte auf einem Plastiksack mit Sodakristallen. Wieder war es gräßlich kurz. Doch diesmal gab sie mir, bevor sie ging, zwei kleine grüne, glasierte Pillen, die ich schlucken sollte.

»Was ist das?« fragte ich.

»Parstelin – eine Kombination der Monoaminoxydasehemmer Tranylcypromin und Trifluoperazin. Für Kinder ungeeignet.«

»Warum sollte ich die nehmen?«

»Um zu begreifen, Dummkopf. Und da du nicht verrückt bist, werden sie bei dir kaum Wirkung zeigen, oder?« Ihre Stimme klang beiläufig, leichthin, spöttisch. Es war keine große Sache.

»Wahrscheinlich nicht.« Ich schluckte sie trocken.

»Iß keinen Käse und trink keinen Chianti. Sonst könnte es zu einer bösen Reaktion kommen.« Sie schlüpfte durch den Spalt in der Tür. Eine Brust, umfaßt von fleckigem Nylon und gerippter Baumwolle, zeichnete sich kurz gegen den Türstock ab und war verschwunden.

Der Rest der Woche auf der Station verging. Ich machte weiter mit den Arbeitsbögen und schien auch einige Erfolge zu erzielen. Immer mehr Patienten kamen zu den nachmittäglichen Kunsttherapiesitzungen und blieben, um einen Versuch zu wagen. Mit den ruhigeren Patienten kam ich inzwischen ganz gut zurecht. Doch das war ein zweischneidiges Schwert. Bei mehr als einer Gelegenheit hielt Hilary mich über eine Stunde lang gefangen, um mir von ihren Freunden zu erzählen und von den Techniken ihrer exakten Wiedergabe als Aquarellbilder. Auch Lionel, der mysteriös psychotische Buchhalter, bestand am Donnerstag nachmittag darauf, sich mit mir zusammenzusetzen und, einen Arm freundschaftlich um meine Schultern gelegt, in Hochglanzbroschüren für Büroausstattung zu blättern. Jeder Artikel war eine Offenbarung für ihn, die er mit rein ästhetischen Augen betrachtete. »Schauen Sie sich den an«, sagte er und deutete auf einen champignonfarbenen PC, »wunderschön, nicht?« Mir blieb nichts anderes übrig, als zustimmend zu murmeln.

Was Bowen und Valuam anging, so nuschelten die beiden mir freundlich zu und gingen weiter. Es gab keinen offensichtlichen Grund für Kontakt, und Busner blieb abwesend. Ich vermutete, daß seine Untergebenen mir wegen meines Vaters und des ganzen sentimentalen Quarks, den Busner bei meiner Ankunft von sich gegeben hatte, ablehnend gegenüberstanden, aber es war mir ziemlich gleichgültig. Und in der Mittagspause redete ich mit Hilfskräften oder Schwestern.

Jeden Abend traf Mimi sich mit mir in einem anderen Wandschrank. Ich wußte nie, welcher es sein würde, aber irgendwie wußte sie immer, wo sie mich abfangen konnte, wenn ich mit dem Aufräumen der Materialien fertig war und die Station verlassen wollte. Unsere Kopulationen blieben kurz und stilisiert. Mein unausgesprochenes Drängen nach mehr Intimität wehrte sie mit dem wiederholten Angebot der grünen Pillen ab, die ich auch annahm in der Hoffnung, daß sie uns einander näherbringen würden. Am Freitag gab sie mir, nachdem ich meine gewohnten zwei genommen hatte, noch vier weitere, und sagte mir, ich solle sie übers Wochenende einnehmen.

Am Samstag abend ging ich mit einem Freund ins Kino. Wir trafen uns etwa einmal im Monat, und natürlich brachten wir etwa die Hälfte der gemeinsamen Zeit damit zu, uns in groben Zügen zu erzählen, was wir in der Zwischenzeit getrieben hatten. Diesmal war ich umsichtiger als sonst. Ich hatte den Verdacht, daß ich über das, was mir auf der Station passiert war, vor allem die Geschichte mit Mimi, mit Außenstehenden nicht reden sollte. Dabei war es ja nicht unbedingt falsch – es war nur eher so, daß das Erlebnis einfach nicht in diesen Rahmen paßte.

Außerdem war ich mir deutlich der grünen Pillen bewußt, die in dem weichen Flusengewirr auf dem Grund meiner Tasche lagen. Mein Finger ertastete sie, während wir redeten, und an der forschenden Kuppe fühlten sie sich unglaublich groß und greifbar an, so wie sich Dinge im Mund auf der Zunge anfühlen.

Wir saßen im Kino. Ich sah mir gelangweilt den Film an, als ich zum erstenmal etwas spürte, das eine Wirkung des Medikaments gewesen sein mußte. Es war dem Gefühl erstaunlich ähnlich, das ich auf der Station hatte, als ich auf dem Stuhl stand und zum erstenmal die Kunstwerke der Patienten im obersten Fach des Materialienschranks ansah. Es war ein Gefühl der Distanzierung, aber nicht von der Außenwelt; es war eine innere Distanzierung, ein membranöses Reißen in mir drin.

Nach dem Film gingen wir zum Essen in einen Kebab-

Laden. Als wir durch den Spanplattentürbogen das Lokal betraten, spürte ich dieses Reißen in mir wieder. Aus irgendeinem Grund fühlte ich mich nicht in der Lage, über den Film zu reden. Gedankenverloren fing ich an, mit den Fingern beiläufig das Fleisch von dem vor mir hingestreckt liegenden Stubenküken zu reißen. Ich hatte schon einen ziemlichen Stapel aufgehäuft, als mein Freund mit besorgtem Abscheu reagierte. Ich ging achselzuckend darüber hinweg.

Am Ende des Abends verabschiedete ich mich von meinem Freund und ging nach Hause. Als ich dann im gelben Licht der Straßenbeleuchtung in meiner Wohnung saß und meine Socke auf- und wieder entrollte, beschloß ich, still und ohne emotionales Tamtam, ihn nie wiederzusehen.

Es ist komisch. Es ist komisch – aber danach wurde es sehr einfach, das emotionale und spirituelle Gerüst meines Lebens zu demontieren. Verwandte, Freunde, Exgeliebte; es wurde offensichtlich, daß die Beziehungen zu ihnen schon immer so substanzlos waren, wie ich vermutet hatte. Schon wenige Unregelmäßigkeiten reichten, ein oder maximal zwei nicht erwiderte Anrufe, eine nicht eingehaltene Verabredung, und ganze Bahnen menschlichen Kontakts lösten sich vom Gestänge und rauschten zu Boden.

Nach wenigen Wochen auf Station 9 und einer großzügigen Handvoll mutierter M&Ms löste sich alles in die Muster auf, die zu spüren ich schon immer dunkel vermutet hatte. Die violetten Wirbel, die purpurroten Strahlen und die glühenden Kringel, die die Welt hinter den geschlossenen Augenlidern bevölkern – die gequälte Netzhaut. Ich schien eine luftgefederte Seele entwickelt zu haben. Ich mußte mich nicht überwinden, Dinge zu tun, die in der Vergangenheit mein Gewissen gequält hätten, zumindest empfand ich es so. Mir fehlten allerdings konkrete Beispiele für diese Dinge, von der Einnahme des Parstelins einmal abgesehen.

Meine Rendezvous mit Mimi? Aber das waren doch nur reflexhafte Übungen.

Warum habe ich mich so abgekapselt? Meine einzigen menschlichen Kontakte finden jetzt in der Arbeit statt und vorwiegend mit den Patienten der Station. Ich habe keine Ahnung. Ich kann nicht behaupten, deprimiert oder entfremdet zu sein. Genaugenommen scheine ich in meinem Leben weniger an Lieblosigkeit gelitten zu haben als die meisten meiner Zeitgenossen, vielleicht wegen des Todes meines Vaters. Dennoch fühlte ich mich auf der Station mehr zu Hause, als ich es je … zu Hause gefühlt habe.

Die Patienten haben sich mit Begeisterung auf die Arbeitsbögen gestürzt. Die Größe und Komplexität der Aufgabe war etwas, das sie wirklich reizte. Außerdem gab die Methode ihnen die Möglichkeit, ihre verschiedenen Stile zu verschmelzen. Wenn sie spätnachmittags still an den Bögen arbeiteten, konnte man sich fast vorkommen wie in einer normalen Arbeitssituation. All ihre Marotten und psychischen Ticks schienen in ihrer Konzentration aufzugehen. Clive schaukelte nicht mehr. Hilary, die ihre Miniaturen in Simons neue Schnipselkleberei integriert hatte, begnügte sich damit, an den Hintergründen zu arbeiten. Ihr Beutel am Ständer schwirrte um sie herum, ein Fixpunkt, der den Wirkungskreis ihrer Tätigkeit definierte.

Nur etwas fehlte in dem Ganzen: Busner. Obwohl ich jetzt mit allem und jedem auf der Station gut auszukommen schien; obwohl ich mich akzeptiert fühlte; obwohl ich, wenn die Lifttür aufging und ich am Anfang des kurzen, vertrauten Korridors stand, der zum Versammlungsbereich führte, die Atmosphäre nicht mehr als bedrückend empfand; sie war im Gegenteil gemütlich, bettheimelig. Trotz alledem war da Busners absolute Abwesenheit. Eine Abwesenheit, die in mir überraschend zwiespältige Gefühle weckte.

Busner ist der Hierophant. Er überwacht die Augurien, braut die Arzneien, leitet die Rituale, die den Alltag zur Teesiebwirklichkeit vertröpfeln. Und er ist der Mahner an alles, was ich mit meiner Kindheit begraben möchte. Eine Welt der Selbstgefälligkeit, der Theorie angesichts echten Leids. Mein Vater und Busner saßen oft stundenlang am Kopfende des Eßtisches und brachten die Welt in Ordnung. Ihre Unterhaltungen – das erkannte ich erst später – waren aufgeladen mit dem Gewäsch der Banalität und Sentimentalität, das ein direktes Resultat ihrer Versagensangst war. Die Gattinnen zogen sich dann immer in ein anderes Zimmer zurück und taten dort, was getan werden *mußte*, während die beiden immer weitermachten und noch im mittleren Alter ihre Jugend unterdrückten. Die abscheulichen beigefarbenen Teppiche meiner Kindheit und die Schande, Teil all dessen gewesen zu sein. Wenn ich jetzt an Busner denke, ist er ein gräßlicher Atavismus, der droht, mich in eine Verschwörung zur Realitätsflucht hineinzuziehen.

Wo ist er? Valuam erzählte mir bei Bourbon und Tee, er sei in Helsinki und halte dort bei einer Tagung ein Referat. Valuam tauchte seine Kekse ein und saugte geräuschvoll daran, etwas, was ich von diesem armseligen kleinen Stuhlverhalter gar nicht erwartet hätte. Wir redeten ein wenig über meine Kunsttherapiearbeit, aber er hatte eigentlich keine Zeit dafür und strich dagegen den Erfolg heraus, den er mit einem neuen Antidepressivum habe. »Scheinbar unbehandelbare Zustände, die an völlige Introversion grenzen, jetzt mit deutlichen Zeichen der Besserung.« Er meinte Lionel, der nicht mehr vor dem Fenster saß und stier zum Chronikerbalkon hinunterstarrte, sondern im Männerschlafsaal auf und ab ging wie ein Löwe im Käfig, ganz heiß darauf, wieder ins Geschäft zurückzukehren. Wo war Busner? Ich glaubte Valuam nicht; ich wartete ständig darauf, daß die Tür zum Besenschrank aufschwang und dort, schweißfeuchte Pillen in der schwammigen Faust, der diskreditierte Guru kauerte, den Arm liebevoll ausgestreckt, um mir um der alten Zeiten willen einen runterzuholen.

Wieder einmal Montag morgen. Die Sonne kann eine tiefe, regenschwere Wolkendecke nicht durchdringen, und das Licht quillt dahinter hervor, steigt durch eine dicke, schwammige Schicht Bodennebel von der Erde auf, als ich über den Rasen gehe. Die Luft um mich herum verzerrt sich, um Zimmer und Korridore zu formen, und Kabinen darin und verschiebbare Trennwände, die ich noch nie gesehen habe. Die Station ist heute herausgekommen, um mich zu begrüßen; ich spüre sie um mich herum, die abgeschabten Fußbodenleisten an meinen Knöcheln, während ich auf die Idiotenbank zugehe.

Er liegt darunter, kalfatert mit kostenlosen Werbeblättchen. Armselige Kleinanzeigen sind in seinen Hals eingraviert. Er dreht sich in der Enge und schlägt sich das Schienbein am Bankbein an. Kurz ist sein Gesicht über dem schmierigen Kragen seines Anoraks zu sehen. Seine Lider sind geschwollen und zerplatzt zu einer Reihe von geborstenen Wällen und Gräben kranken Fleisches. Ich spüre, wie mir der ölige Tee aus dem Magen hochschwappt, die Übelkeit ist klar und rein wie Schmerz. Ich übergebe mich mit Präzision und dann noch einmal, bis meine Übelkeit keine Funktion mehr hat und ich wieder hinsehen kann.

Es ist nicht klar, was mit dem Idioten passiert ist. Hat er Bleiche getrunken? Ofenreiniger? Oder ist es eine Krankheit der spezielleren Art, eine menschliche Myxomatose, die den Abschaum vom Rand der Gesellschaft auslöschen, die Penner davon abhalten soll, zu kopulieren und mehr von ihrer degenerierten Art zu produzieren? Was auch immer.

Auf jeden Fall ist offensichtlich, daß er noch nicht lange tot ist – die Leichenstarre setzt eben erst ein. Er ist in der Nacht gestorben, und ich bin der erste, der zufällig vorbeikommt. Ich habe die Pflicht, die Behörden zu benachrichtigen. Und jetzt spüre ich das Parstelin in meinem Blutkreislauf. Es ersetzt, als – zum erstenmal – positives und nicht negatives Attribut, die Übelkeit. Das Medikament bietet mir einen anderen krausen Bezugsrahmen, in dem mir aus dem Tod des Idioten keine Verpflichtung erwächst. Ein anderer wird den Tod melden, ein anderer wird ihn finden. Auf meiner flauschigen Luftmatratze gleite ich den Hügel hinab. Die Argumente meines Gewissens klingen entfernt, wie Erinnerungen an eine Fernsehdiskussion zwischen streitenden pompösen Professoren, die ich vor Jahren gesehen habe …

Ein langer Vormittag im Krankenhaus. Auf der Station herrscht eine untypische, forsche Geschäftigkeit. Valuam läuft mit einem Klemmbrett hin und her und stellt offenbar Inventarlisten auf. Aus irgendeinem Grund ist er heute salopp angezogen oder trägt zumindest oberflächlich saloppe Kleidung. Es war immer klar gewesen, daß er seine Jeans und Karohemden bügeln würde, und außerdem, daß er graue Pullunder tragen würde. Nicht zum erstenmal fällt mir auf, daß eine merkwürdige Symmetrie zwischen dem Modebewußtsein des psychiatrischen Personals und dem der Patienten existiert. Valuam mit seiner formellen Kleidung, die hoffnungslos aufgesetzt wirkt, Bowen mit ihrem Stadtstreicherinnen-Chic, Busner mit seiner vorlugenden Unterwäsche. Sie alle passen zu den Patienten in ihrer Obhut …

Ich arbeite an etwas Eigenem, von dem ich hoffe, daß es den Patienten neue Inspiration bietet. Es ist ein Arbeitsblatt, knappe zwei Meter im Quadrat, mit verschiedenen Darstellungen des Krankenhauses, und zwar jede in einer anderen

Technik: Feder und Tusche, Gouache, Ölfarben, Kohle, Farbstifte, Ton. An diesem Morgen bin ich damit beschäftigt, die Schablone für einen Siebdruck herzustellen.

Patienten, die zur Therapie unterwegs sind oder von der Medikamentenschlange kommen, bleiben bei den Tischen stehen, die ich im Eßbereich zusammengeschoben habe, und erkundigen sich nach meiner Arbeit. Eine Hilfskraft, eine Filipina mittleren Alters, hält in ihrer wirbelnden, feuchten Arbeit mit struppigem Mop und Zinkeimer auf dem Stationsboden inne und jammert ausführlich über geschwollene Knöchel, Ungerechtigkeit und die Unwägbarkeiten der öffentlichen Verkehrsmittel. Ich höre zu und arbeite abgelenkt; plötzlich drängt sich mir das Bild des toten Idioten auf. Mit einem hörbaren Klicken springt es mir hin und wieder vor die Augen: der Rand des schmierigen, nylongefütterten Kragens, der stoppelige, dürre Hals, das lange Gesicht, die geplatzten Augen …

Dann die Mittagspause. Jane Bowen setzt sich an meinen Tisch, grüßt mich, redet aber nichts. Sie dreht sich eine ihrer kümmerlichen Zigaretten, starrt abwesend zum Fenster hinaus und zieht heftig an dem Stengel. Die Haare sind von den violetten Dellen ihrer Schläfen straff nach hinten gekämmt. Sie sieht zu dem Hügel hinüber, wo der Idiot liegt. Ich spüre den plötzlichen Drang, ihr von ihm zu erzählen, unterdrücke ihn aber. Das Wetter vor dem Krankenhaus spielt wieder einmal Streiche: Breite, hohe Cirruswolkenhaufen filtern das fahle Sonnenlicht, das in vertikalen Streifen die Fläche zwischen Krankenhaus und The Heath zerschneidet und so Schatten verkürzter Perspektive schafft, wie eine Künstlerskizze mit sichtbaren Hilfslinien.

Nach einer Weile stehe ich auf und stelle mich neben sie. Ich spüre, wie ihr Körper in der gestärkten Front ihres weißen Mantels vor mir zurückweicht und einen weißen

Schutzschild hinterläßt. Wir sehen beide schweigend zum Fenster hinaus. Mein Blick senkt sich von der Bankbahre des Idioten (ich kann keinen Hinweis darauf erkennen, daß er schon entdeckt wurde, keine Einsatzfahrzeuge oder sonstiges) zum Chronikerbalkon unter uns, dessen Freifläche von der Station 8 herausragt.

Wie schon einmal umklammern sich zwei Kretins in einem schmerzvollen, stummen Kampf. Ihre Kittel flattern im Wind, vereint in linkischer Umarmung raufen sie miteinander. Der eine bewegt sich mit überraschender Geschwindigkeit und Geschicklichkeit, er verändert seine Stellung, so daß er jetzt den anderen von hinten umfassen und seine Arme einklemmen kann – und gleichzeitig lehnt er sich rückwärts über das Geländer, das oben an der Betonbrüstung des Balkons verläuft. Die beiden Gesichter schauen hoch zu Jane Bowen und mir, weiße Flecken, die sich auflösen in ... Mark, Busners Sohn, der mit mir in der Schule war, der in der Universität einen Zusammenbruch hatte und einen Selbstmordversuch unternahm. Er wird festgehalten von dem dunklen, attraktiven Mann, den ich mit Jane Bowen in dem Behandlungszimmer gesehen hatte. Das Gesicht des Mannes ist starr vor stumpfer Triebhaftigkeit. Wieder steigt Übelkeit in mir hoch, ich schwanke und stütze mich an der Fensterscheibe ab. Jane Bowen sieht mich mitleidig an und deutet mit ihrer Kippe nach unten.

»Das ist übrigens ihr Vorgänger, Misha, unser ehemaliger Kunsttherapeut. Der nebenbei, wirklich rein zufällig, mein Bruder Gerry ist.«

»Das bei ihm ist Mark, Busners Sohn!«

»Ja, Zack hielt es für eine gute Idee, die beiden für eine Weile auf Station 8 zu verlegen. Er dachte, daß es Sie vielleicht ein wenig schockieren könnte, die beiden hier als Patienten zu sehen.« Sie drehte sich zu mir um und sagte sehr ruhig, mit ausdrucksloser Stimme: »Verschwinden Sie von hier, Misha. Und zwar schnell.«

Das war kein Rat in bezug auf meine Karriere. Es war ein Feueralarm. Ich reagierte schnell darauf, zögerte dann aber auf dem Weg über die weite Fläche industrietauglichen Bodenbelags und schlitterte auf einem Bein wie eine Comic-Figur, die um eine Ecke rast, die sich in eine Vase verwandelt. Unvermittelt erkenne ich, daß das Parstelin mein Körperbewußtsein völlig verändert hat. Ich bin mir deutlich der Verbindung zwischen jedem Impuls, jeder Botschaft und der Nervenendung, von der sie kommt, bewußt. Meine Körperorientierung hat sich verändert, aber ganz ist sie noch.

Diese Erkenntnis beschäftigt mich, als ich zum Lift renne. Patienten »o«en mich hysterisch an, aber es herrscht Stille oder, genauer, das abfallende Jaulen, das nichts mit Sprache zu tun hat, sondern mit dem, was Kinder hören, wenn sie sich die Knorpellappen auf die Ohröffnungen drücken, immer wieder, sehr schnell. Schwaaooo-schwaaooo.

»A, hehehahahoohoohoohoo!« Clive tanzt Twist vor dem aufgerollten Wasserschlauch in einer anonymen Nische des kurzen Korridors, den ich in Richtung Lift hinunterrenne.

»Misha, auf ein Wort, bitte.« Valuam kommt aus seinem Büro, Hosenstoff hoch oben an den Schenkeln, zusammengeknüllt in Krallenaffenhänden. Sein geschältes Gesicht ist mir zugeneigt, ein Pilz, der aus der Tür ragt. Fünf Meter weiter geht eine zweite Tür auf, eine Hand schnellt hervor, um an meinem Ärmel zu zupfen, eine runde Hand mit Grübchen am Ende eines tropfenden Eisbecherkörpers. Ich laufe vorbei; im Aufblitzen der Erinnerung wirkt das Stoßen hart und mechanisch, mein Penis ist eine gummierte Klaue, aus einer Laborretorte gerissen und in die Flanke eines verwesenden Tiers gestoßen. Ich muß die Treppe nehmen.

Vier Etagen tiefer bleibe ich stehen. Sie werden mich aus

dem Krankenhaus rauslassen. Ein Medikament ist nur ein Medikament. Es war verdammt dumm von mir, es überhaupt zu nehmen, mit Mimi zu vögeln, aber wenn ich jetzt damit aufhöre, ist mein Kopf in ein paar Tagen wieder klar, und ich bin wieder ganz normal. Dann werde ich dieses merkwürdige Gefühl nicht mehr haben, ein anderer zu sein, jemand, der gezwungen wird, vernünftig zu sein.

Es gibt keinen Grund für Besorgnis. Den quintessentiellen Charakter des Treppenschachts kann ich auf jeden Fall nicht anzweifeln. Sein objektiver Status ist nicht zu leugnen. Dicke Platten nackten Betons, durchstoßen von Vier-Zoll-Bolzen. Der Handlauf ein feuerwehrrotes Rohr, dick wie eine Kletterstange. Parstelin ist ein Medikament – das erkenne ich jetzt –, das einem die Dinge an sich deutlicher bewußt macht. Ihr Sein in der Welt ist nicht länger übelkeiterregend, sondern wunderbar vollkommen. Worauf ich ein wenig würge und einen weißlichen Klumpen hochhuste, etwas zwischen Spucke und Erbrochenem, der in die Dreckverwehung an der Hinterkante der Stufe tropft, auf der ich stehe.

Zwischen den Fetzchen Staniolpapier, den Sicherheitsnadeln und namenlosen Müllfragmenten ein Stück von mir. Ich werde aus der Betrachtung gerissen von einem Schwall toter Luft, der von unten den Treppenschacht hochweht. Irgend jemand hat das Treppenhaus betreten, hat eine pneumatische Tür aufgestoßen, vielleicht drei Stockwerke unter mir. Die Fenster des Treppenhauses sind in schiefen Winkeln in die Außenwand des Krankenhauses geschnitten. An der Aussicht, die mir keinen Blick auf den riesigen, mich gefangenhaltenden Kasten ermöglicht, merke ich, daß das Treppenhaus an der äußeren Kante der schiefen Wand der Zikkurat in die Tiefe führt.

Ich steige weiter nach unten und bleibe hin und wieder

stehen, um ein Ohr zu spitzen und auf Verfolgungsgeräusche zu horchen, aber es ist nichts zu hören. Jetzt ist mir klar, daß ich einer Täuschung erlegen bin, daß die Station auf mich abgefärbt hat. Ich habe nie abgestritten, daß ich leicht erregbar bin. Ich brauche ein wenig Bettruhe und Gelegenheit zum Zeitunglesen. Je tiefer ich komme, desto freier fühle ich mich. Ich weiß, daß ich eigentlich noch nicht in Sicherheit bin – und dennoch bin ich in Versuchung, zu lachen und zu hüpfen, Posen einzunehmen.

Ich schätze, daß ich noch zwei Stockwerke über dem Erdboden bin, als plötzlich die Fenster aufhören. Das Licht kommt jetzt von gelben Scheiben, die an den Wänden leuchten. Das gelbe Licht raubt mir die Orientierung. So muß es wohl sein. Ich weiß jetzt wirklich nicht mehr, ob ich noch über oder schon unter der Erde bin. Die Türen, die aus dem Treppenhaus herausführen, sind kahle Rechtecke. Ich gerate in Panik und drücke gegen eine, sie öffnet sich unter meiner Hand, und ich stolpere in einen Korridor.

Sofort ist klar, daß das Treppenhaus deutlich vom geraden Weg abgewichen ist, daß es nicht dem Aufzugschacht gefolgt ist und mich zu einem der offenen Bereiche geführt hat, die auf jeder Etage eine Art natürlichen Empfang bilden. Statt dessen hat es mich weit zur Seite abgetrieben, ins Hinterland des Krankenhauses, und außerdem befinde ich mich nicht im Zwischen-, sondern im ersten Untergeschoß. Ich erkenne jetzt, wo ich bin. Ich bin irgendwo auf dem Weg, den Simon mir an meinem ersten Tag gezeigt hat. Ich bin unterwegs zu der obsoleten Riesenmaschine. Ich bin in diesem feuchtglänzenden Betonkorridor. In beide Richtungen stürzen die nackten Neonröhren davon; sogar sie fliehen von diesem erdrückenden Ort.

Welche Richtung? Wer immer das Treppenhaus betreten hat, als ich nach unten ging, ist jetzt auf dem Weg nach oben.

Ich höre das kalte Patschen hochsteigender Schritte, und das beschleunigt meine Entscheidung. Ich wende mich nach links und vertraue darauf, daß meine Intuition mich zur Notaufnahme und zum Ausgang führt. Im Gehen wird mir bewußt, daß ich mich chemisch im Auge des Sturms befinde. Ich fühle mich nicht mehr benommen; ich weiß zwar, daß mein Körper gesättigt ist mit Parstelin, aber ich bin in eine Luftblase der Klarheit eingetaucht. Trotzdem scheine ich noch nicht fähig zu sein, mir ein eindeutiges Bild von Busner und seiner Station zu machen. Was ist passiert? Diese Patienten mit ihrer Verrücktheit, so stilisiert wie ein Ballett. Waren sie das logische Resultat von Busners Philosophie? War ihr Verhalten die Aufführung von Verrückten, die Idealisten spielten? Oder nur von Idealisten? Ihre Symptome – stimmte es, daß sie die aktenkundigen Pathologien wirklichkeitsgetreu imitierten, sie alle, nicht nur Tom, oder war meine Wahrnehmung eine Funktion des Parstelins?

Diese Überlegungen machen mir Mut. Ich spüre mein altes Ich wieder. Ich bleibe stehen und schaue in die Edelstahlverkleidung einer Tür. Mein Spiegelbild, hier und dort vom Metall eingedellt, sieht mich an, amüsiert, schüchtern. Ich fühle mich wohl bei dieser Selbstbetrachtung und unglaublich beruhigt von diesem Augenblick gewöhnlicher, gedankenloser Eitelkeit.

Aber wo bin ich? Kein Stückchen näher an der Notaufnahme. Der Korridor hat seinen Betonboden nicht gegen Fliesen eingetauscht, die Wände sind ohne Farbe. Ich bin in die falsche Richtung gegangen. Ein paar Meter vor mir sehe ich die Flügeltür, die in den Wintergarten führt. Was soll's? Ich werde noch mal kurz vorbeischauen, schließlich dürfte es für eine ganze Weile das letzte Mal sein, daß ich in die Nähe des Krankenhauses komme. Die Türflügel wiehern auf ihren rostigen Führungsschienen, und als ich mich umdrehe, um sie hinter mir zuzuziehen, sperren sie die stetige Unterströmung des Brummens aus, das diesen Bau befeuert. Das Licht in dem hohen Kuppelsaal ist dasselbe wie damals, und die obskure Maschine mit ihren cremefarbenen Bakelitoberflächen ragt unversehrt über mir auf.

Tom und Jim treten hinter dem geflanschten Sockel hervor, sie bewegen sich ziemlich ungekünstelt, als würden sie keine bestimmte Reaktion erwarten. Ich habe große Angst.

»Misha, wo gehen Sie hin?« fragt Tom. Jim läßt, mit einem schnellen Rucken seines Kopfes, den Blick durch den Raum huschen. Immer wieder beugt und streckt er die Arme, und als er die Hände öffnet, entdecke ich Plastikmundröhrchen – wie sie benutzt werden, um zu verhindern, daß sich Leute während eines Anfalls die Zunge abbeißen –, die er zu einer Art Handtrainer umfunktioniert hat.

»Ich gehe für heute nach Hause, Tom, ich bin nur zufällig hier. Eigentlich suche ich die Notaufnahme.«

Tom hört mir nickend zu und winkt mich dann zu sich und Jim. Zu dritt hocken wir uns zwischen die ausgestreckten Pranken der großen Maschine, die mit starken Bolzen am Boden befestigt sind. Wir sind wie Afrikaner unter einem dickstämmigen Baum, die zeitlos reden, bis Jim seine umfunktionierten Muskelexpander klappernd auf den Fliesenboden fallen läßt.

»Ich bin froh, daß Sie meinen Rat befolgt haben, Misha. Sie gehen weg, nicht?«

»Nur für ein paar Tage. Ich ... ich muß ein wenig ausspannen. Die Atmosphäre auf der Station ist ziemlich überwältigend.«

»Ja, das kann sie sein, nicht. Deshalb kommen Jim und ich auch gerne hierher und spielen mit der Maschine, es ist so friedlich hier unten, so still. Glauben Sie, daß ich verrückt bin, Misha?«

»Was ist mit mir, bin ich auch verrückt?« ergänzt Jim. Ich merke, daß ich verlegen werde, was absurd ist. Angst zu haben ist ja noch in Ordnung, aber verlegen zu werden, das ist lächerlich.

»Macht die Frage Sie verlegen?« Tom dreht sich mit geschickten Fingern eine Zigarette. Er rollt das Papier ein und hebt sich das gummierte Ende an die knospenden, sinnlichen Lippen.

»Mit diesem Begriff würde ich es nicht beschreiben.«

»Aha, verstehe, Sie sind ein Schüler des guten Doktor Zet, das heißt wir verhalten uns nur auf eine Art, die andere gern als verrückt beschreiben. Wir sind einfach Nonkonformisten.«

»Ich glaube, Sie vereinfachen da seine Theorie ein bißchen.«

»Natürlich, natürlich. Sind Sie verrückt, Misha?« Jim kichert und kratzt mit langen, schartigen Fingernägeln über die Fliesen.

Ich kann nicht antworten. Mein Blick wandert zur Glaskuppel knapp sieben Meter über mir. Sie ist innen verdreckt wie von Ruß. Darunter befindet sich ein umlaufender Kreis von schmutzigen Gaubenfenstern, die das graue Licht hereinlassen. Von der Kuppelmitte hängt ein Kabel, an dem eine Traube nackter Birnen baumelt, direkt über der höchsten Schulter der Maschine.

Nach einer Weile beugt Tom sich zu mir und berührt mich leicht am Arm. »Tut mir leid, Misha, kommen Sie, lassen Sie uns klettern.«

»Au ja.« Jim springt sofort auf und hat einen Fuß schon auf der nierenförmigen Stufe, die in einem halben Meter Höhe in den Sockel der Maschine eingelassen ist. Einer nach dem anderen ziehen und stemmen wir uns in die Höhe. Tom bildet das Schlußlicht. Die Maschine ist wie geschaffen zum

Klettern; wir steigen bis zu einer horizontalen Plattform in gut zwei Metern Höhe. Diese ruht auf einer massiven kardanischen Aufhängung, die dazu dient, die Plattform unter dem Hauptzylinder der Vorrichtung zu positionieren. Was die Maschine je mit den Patienten anstellte, die auf dieser Plattform lagen, bleibt im dunkeln. Vielleicht schickte sie etwas durch sie hindurch: Strahlung, Ultraschall, einen Lichtstrahl, vielleicht sogar etwas Feststoffliches ... Der Zylinder selbst wurde entkernt; übrig ist nur noch ein Zopf geflochtener schwarzer Kabel, der aus der Öffnung quillt.

Zu dritt sitzen wir dann nebeneinander auf der Plattform und lassen den feuchten Tabakstengel kreisen. Der Bogen toten Lichts, der auf uns fällt, und das schwere Gerät, auf dem wir sitzen, wirken zusammen und produzieren Zeitlosigkeit. Juden kurz vor dem Erschießen oder dem Vergasen stehen vor geradem Gestänge und rundem Rad einer Lokomotive. Unfallüberlebende krabbeln aus zerknautschten Aluminiumteilen, die im Kompostboden des Regenwalds stecken. Wir sitzen da und rauchen, und ich höre das »Pieppiep« eines Vogels draußen vor dem Krankenhaus – es klingt wie der Piepser eines Arztes. Das Geräusch rundet die tote Endgültigkeit meiner Lage ab. Mein Genick, steif vor unterdrückter Anspannung, schlaff vor Tranquilisern, fühlt sich an, als würde es über meinen Kopf hinauswachsen und eine Kapuze bilden.

Die Beschaffenheit der Dinge parodiert sich selbst. Die cremige Härte der Maschinenhaut, das staubige Klirren des Fliesenbodens, die stinkende Abschürfung am Ärmel von Toms Pullover. Nicht einmal Oberflächen meinen es ehrlich mit mir. Toms Profil ist zum Zerfetzen perfekt, ein Riß der Reinheit. Jims Knollennase und seine modisch geschnittenen kragenlangen Haare lassen ihn absurd wirken, ein Eindruck, der noch verstärkt wird von seinen äffischen Armen, die auf der Plattform ruhen wie die Hebezinken eines abgeschalteten Gabelstaplers. Aber jetzt tröstet er mich. Beide trösten sie mich. Ich lege die Arme um sie, und sie kuscheln sich an mich, Erwachsene, die Kinder spielen, Eltern spielen. Sie sind meine Kameraden, meine Blutsbrüder.

»Gehen Sie jetzt, Misha.« Tom löst sich von mir und stubst mich sanft an, um mir zu bedeuten, daß ich von der Plattform herunterklettern soll. Ich tue es mit schwerfälligen Bewegungen. Meine Glieder fühlen sich triefend, schmelzend an, was, wie ich weiß, auf die Absorption von weiterem Parstelin hindeutet. Aber ich weiß nicht, warum, ich habe keine Pillen genommen. Auf dem Boden angelangt, drehe ich mich, aber nicht zur Tür, sondern weg davon, und umkreise die Maschine. Jim und Tom beobachten mich, sagen aber nichts. Ich steige über ein Lianengewirr nutzloser Kabel, die früher am Boden befestigt waren, jetzt aber lose herumliegen. Hinter der Maschine, der Tür zum Korridor direkt gegenüber, entdecke ich die Tür, durch die man den Katastrophenbunker sieht. Sie steht offen.

Draußen befindet sich eine kleine Freifläche, etwa zimmergroß, offen zum Himmel und der Luft, die fünfzehn Stockwerke in die Tiefe fahren muß, um diese Freifläche und ihren verfilzten Streifen namenloser Büsche zu erreichen. Dort steht, schief auf dem unregelmäßigen Schotterbelag, einer der rechteckigen Resopaltische aus dem Eßbereich der Station. Ich sehe eine Bauchfalte, einen Kehllappen, eine weiße Hand, die mit einem Acrylrechteck spielt, das fransige Ende einer Mohairkrawatte. Dr. Busner versucht, das RÄTSEL zu lösen.

»Ah, da sind Sie ja, Misha. Kommen Sie raus, kommen Sie raus, bleiben Sie doch nicht so zwischen Tür und Angel stehen.« Busner ist flankiert von Valuam und Bowen. Vor ihnen auf dem Tisch sind Dinge ausgebreitet, die eindeutig mit mir zu tun haben: ein Gefäß mit grünen Pillen, Jims Basrelief, das mich so beeindruckt hatte, eine Nachricht, die ich Mimi in einem müßigen Augenblick geschickt hatte. Ich überquere den kleinen Hof und setze mich neben Valuam, der mich mit einem freundlichen Lächeln überrascht. Aufblitzendes Wiedererkennen: das Riß-Profil. Wenn das Gesicht nicht so verweichlicht wäre? Valuam und Tom sind Brüder.

»Wir sind hier alle eine Familie, Misha.«

»Wie bitte?«

»Wir sind alle eine Familie ... Ich sehe, daß dieser Gedanke bei Ihnen allmählich eine Heimat findet, so wie Sie zu uns heimgefunden haben. Es ist unwichtig, ob wir Ärzte oder Patienten sind, nicht, Misha? Wichtig ist nur, daß man eine Heimat hat.« Busner erhebt sich und beginnt, den kleinen Platz abzuschreiten. Die gigantischen Wände des Krankenhauses stoßen in schiefen Winkeln an die geduckte Zitadelle des Katastrophenbunkers. Busner beschreibt auf der unebenen Fläche ein Trapezoid, seine Füße zeichnen den Aufriß des Krankenhauses nach.

»Sehen Sie, wir haben hier eine Situation, die nach gegenseitiger Hilfe verlangt. Mein Sohn, Janes und Anthonys Geschwister, Simon, Jim, Clive, Harriet, ja, alle Patienten der Station sind, so könnte man sagen, Opfer eines Krieges, den wir selbst geführt haben. Deshalb hielten wir es für unsere Pflicht, sie in einer speziellen Umgebung zu betreuen. Sie, Misha, haben die merkwürdige Involution der Pathologie, die sie zeigen, natürlich bemerkt, und das war gut so – die erste Hürde haben Sie genommen. Sie sind nicht verrückt in einem traditionellen Sinne, sie sind eher meta-verrückt. Ihre Verrücktheit ist eine bewußte Parodie der Beziehung, in der die Psyche zu sich selbst steht ... aber das wissen Sie ja. Leider haben Sie bei den anderen Tests nicht so gut abgeschnitten ...« Busner schüttelte einige Parstelin aus dem Gefäß. »Sie haben die da genommen, Misha, und sie haben Mimi in so ziemlich jedem Wandschrank auf der Station gevögelt. So verhält sich kein verantwortungsvoller Therapeut. Sie hatten die Wahl, Misha. Auf Station 9 hätten sie Therapeut oder Patient sein können; es scheint, daß Sie beschlossen haben, Patient zu werden.«

Busner blieb stehen und setzte sich wieder an den Tisch. Ich saß da, gefangen in süßer Opulenz. Was er sagte, klang einleuchtend. Ich hatte nichts dagegen einzuwenden. Jane Bowen putzte sich mit der Kante eines RÄTSEL-Teils die Fingernägel. Derselbe Vogel wie zuvor piepste Natur. Zu viert saßen wir an diesem merkwürdigen Ort, schweigend. Nur eins verwirrte mich.

»Aber Dr. Busner ... Zack, meine Eltern, mein Vater. Sie hatten mit der therapeutischen Anwendung von Psychologie nicht das geringste zu tun, sie waren beide Künstler. Wie kann ich da für die Station in Frage kommen?«

»Später, Misha, später ... Ihr Vater wurde erst Mitte Dreißig Bildhauer. Davor studierte er bei Alkan. Er hätte ein exzellenter Analytiker werden können, aber vielleicht war ihm der Preis zu hoch.«

Die Türen hinter mir klapperten in einem Abwind. Das Gespräch war ganz offensichtlich vorüber.

»Würden Sie Misha wieder auf die Station hochbringen, Anthony? Wir können uns nach dem Mittagessen zusammensetzen und den Papierkram erledigen.«

Ja, Mittagessen, ich war ziemlich hungrig. Aber hier unten gefiel es mir nicht. Es war etwas Moribundes an diesem Fleckchen Erde mit seinem Bewurf aus weißen Spritzern, die die hohen Wände streiften und den verkrusteten Boden sprenkelten. Ich wollte wieder nach oben – ich will wieder nach oben – ha! Vielleicht ist das ja die Wirkung des Chloropromasins, eine Art permanente Zeitverschiebung zwischen Gedanke und Selbstbewußtsein – ich will wieder nach oben … und mich auf mein Bett legen. Ich brauche eine Zigarette.

Die Erforschung der Ur-Lalawei

Als ich Janner Anfang der Siebziger in Reigate kennenlernte, hatte er ein wenig einnehmendes Wesen. Er war ein getriebener junger Mann, dessen schwächliche körperliche Erscheinung seinen obsessiven Charakter nur zu präzise ergänzte. Sein Körper sah aus, als bestünde er aus Pfeifenreinigern, die man wiederholt in fleischfarbenes Wachs getaucht hatte. Sein Gesicht war konturlos und weich, bis auf die Nase – sie war der Wachstropfen, der aushärtet, während er am Kerzenschaft herunterläuft. Außerdem hatte Janner etwas Fungöses, es war nicht genau zu fassen, aber irgendwie drängte sich mir der Verdacht auf, daß Janner Fußpilz hatte, und zwar am ganzen Körper.

Bitte verstehen Sie mich nicht falsch, in gewisser Weise waren Janner und ich die besten Freunde. Na ja, das ist vielleicht etwas dick aufgetragen, eher hieß es, wir gegen den Rest – Janner und ich versus die gesamte Fakultät *und* die gesamte Studentenschaft.

Inzwischen habe ich wohl erkannt, daß Janner für meine Gefühle nichts kann und nie etwas konnte. Er hatte einfach nur das Pech, mir an dem Punkt meines Lebens zu begegnen, an dem ich weit offen war für das Geheimnisvolle. Janner übernahm die Rolle des Prospero; ich klapperte mit den Zähnen und jaulte – und irgendwo auf der Insel schlummerte das Schöne, das Verlockende, schlummerten die Ur-Lalawei.

Nicht jeder hat in seinem Leben die Chance, auf ein wirkliches Geheimnis zu stoßen. Ich zumindest hatte sie, auch wenn die Desillusionierung, die dem Aufdecken meines Geheimnisses folgte, mir manchmal schlimmer erscheint als die vernagelte Unwissenheit, die ich ansonsten genossen hätte. Hier also ist die Geschichte einer Initiation. Ein Erwachsenwerden, das zehn Jahre dauerte. Und obwohl es um meine Reife ging, ist doch Janner die Hauptfigur der Geschichte.

Ich kann mir vorstellen, daß in einer anderen Umgebung, wo intellektuelle Qualitäten bewundert und soziale Exzentrizitäten gefordert werden, Janner enormen Erfolg gehabt hätte. Er war ein ausgezeichneter Gesprächspartner, geistreich und informiert. Und auch wenn es ziemlich abstoßend war, wie Schleim in seiner Luftröhre gurgelte und röchelte, wenn er redete, so wurde das doch mehr als wettgemacht von seiner Lebhaftigkeit, seinem Engagement und seiner Fähigkeit, völlig in Ideen aufzugehen.

Janner und ich wurden vom Rest der Studentenschaft nicht eben geschätzt. Wir hielten sie für unreif und erbärmlich, mit ihren überholten Hippy-Frisuren und ihrer verzehrenden Leidenschaft für unglaublich lange Gitarrensoli. Und ich glaube, daß sie von uns überhaupt nichts hielten. Wir waren Randerscheinungen.

Sie haben es erraten: Ich war neidisch. Ich wollte nicht mit dem wachsweichen Janner in eine Ecke gestellt werden. Ich wollte meine honigsüßen Locken mit ähnlich honigsüßen Locken zum Klang dieser besaiteten Dudelsäcke vermischen. Ich wollte den Filzläusen ideale Einfallstraßen bieten, aber ich durfte nicht mitspielen. Es waren die Studenten der kunst- und geisteswissenschaftlichen Fakultäten, die im Mittelpunkt der meisten Cliquen standen. Wer wie ich Geographie und Leibeserziehung studierte, wurde disqualifiziert –

vor allem, wenn man nicht richtig aussah oder nicht richtig redete. Ohne diese grundlegenden Qualifikationen stand ich abseits. In der Schule hatte mich meine Fähigkeit, die vierhundert Meter Hürden in weniger als fünfzig Sekunden zu laufen, zum Helden gemacht, hier wurde sie verspottet.

Geächtet von den Cliquen, die zählten, fand ich Janner, und ich habe es bereits bereut. Hätte ich mir nur das Hirn mit Halluzinogenen weichgekocht! Dann könnte ich heute ein friedvolles Leben führen, könnte mit einem widerspenstigen Sozialamtssachbearbeiter im ländlichen Wales feilschen oder hinter einem besetzten Haus in irgendeiner Großstadt feuchte Flickenteppiche auf einer durchhängenden Wäscheleine klopfen. Janner hat mich darum betrogen, sein extremes Beispiel hat mich zum Maßhalten gebracht. Mit neunzehn standen mir noch beide Wege offen.

Meine Freundschaft mit Janner festigte ich auf langen Spaziergängen in dem, was rund um Reigate als Natur durchging. Auch damals schon war dieser Teil von Surrey nur der kümmerliche Rest, der beim Zusammenprall benachbarter Gemeinden vergessen worden war. Die unregelmäßigen Streifen grauen und braunen Agrarlands, die zwecklosen, unkrautstachligen Betonplatten und das niedrige, bucklige Hügelland mit seinem Bewuchs aus rußigem, fleckigem Gestrüpp. Wir durchquerten das alles, und während wir wanderten, redete Janner.

Janner war Anthropologiestudent. Jetzt ist er natürlich *der* Anthropologe, aber damals war er nur ein Student von mehreren, von fünf, um genau zu sein. Warum gerade Reigate ein anthropologisches Seminar hatte, war für einen Großteil des Lehrkörpers und für so gut wie alle Studenten ein Geheimnis. Kaum jemand kannte die Lurie Foundation, die es gestiftet hatte, und kaum jemand wußte – auch ich erfuhr es erst Jahre später –, warum.

In der Zeit, die Janner und ich in Reigate (»oben« in Reigate kann man kaum sagen) verbrachten, wurde der Fachbereich von Dr. Marston geleitet. Er sah beeindruckend aus. Zu behaupten, er hätte einen Überbiß, wäre eine krasse Untertreibung gewesen. Sein Unterkiefer sprang in perfekt rechtem Winkel vom Hals vor und erstreckte sich ein beträchtliches Stück. Wenn man den Rest des Gesichts betrachtete, drängte sich einem die Erklärung auf, daß das Kinn seinen ehrfurchtgebietend buschigen Brauen zu entkommen suchte. Diese wölbten sich über seine Augen wie mächtige drohende Sturmwolken. Fügt man noch zwei starrblickende schwarze Augen, winzigkleine Zähne, einen Kiel als Nase und einen Mund, der sich hinter einem wüst gestutzten schwarzen Bart zu verstecken suchte, hinzu, erhält man einen Menschen, dessen Schädel aussieht wie von jemandem zusammengebastelt, der viktorianischen Physiognomikern einen Bären aufzubinden versucht.

Sah man Dr. Marston und Janner im Gespräch miteinander, konnte man meinen, man sei Zeuge der Begegnung von zwei völlig verschiedenen Spezies, die eben eine gemeinsame Sprache entdeckt hatten. Nicht daß ich die beiden oft zusammen sah; für mich hatte Dr. Marston keine Zeit, und Janner war nach seinem ersten Jahr von regelmäßiger Anwesenheit im College entbunden, damit er seinen eigenen Forschungen nachgehen konnte.

Es wäre wohl angebracht zu sagen (und bitte vergessen Sie nicht, daß diese Formulierung ausschließlich für die extrem Überheblichen und die hoffnungslos Schüchternen reserviert ist), daß ich in diesem Jahr eine einigermaßen umfassende anthropologische Bildung aus zweiter Hand erhalten habe. Janner hatte nur sehr wenig Interesse an meinen Studienfächern. Im besten Fall benutzte er mein spärliches geographisches Wissen als eine Art Kartenindex, und wenn er sich über die Sitten und Gebräuche dieses oder jenes isolierten Volkes ausließ, konsultierte er zuweilen meine internalisierte Weltkarte. Doch fast die ganze Zeit, die wir zusammen verbrachten, hörte ich zu, und Janner redete.

Janner erzählte von den Pionieren seines Fachgebiets. Er hatte große Ehrfurcht vor der kolossalen geistigen Größe jener ersten Männer und Frauen, die beim Studium der Menschheit nach Objektivität gestrebt hatten. Er berichtete mir von ihren Theorien und Hypothesen, ihren Intrigen und Schlachten, ihren Sammlungen von Objekten und Artefakten, und immer wieder kam er während unserer Wanderungen in den braunen Hügeln auf ihre Feldforschung.

Für Janner war das ganze Leben nur ein Präludium zur Feldforschung. Reigate war nichts als ein Vorzimmer zur realen Welt. Einer Welt, in die Janner völlig eintauchen wollte – um zum reinen Beobachter zu werden. Die relativistischen, strukturalistischen und poststrukturalistischen Theorien der Anthropologie mit ihrer übertriebenen Sorge um die Wirkungen des Beobachters auf das Beobachtete ließen ihn kalt. Janner hatte keinen Zweifel: Sobald er vor Ort wäre, würde er garantiert verschwinden, so ähnlich wie eine in einem Baum versteckte Batterie hochempfindlicher Aufnahmegeräte. Sein ganzes Leben war auf diesen Zeitraum reiner Beobachtung ausgerichtet. Janner wollte der ultimative Voyeur sein. Er wollte in einer Ecke der Welt auf einem Küchenstuhl sitzen und zuschauen, wie die Gesellschaften miteinander spielen.

Wenn Janner mir nicht von der Infibulation bei den Sühnezeremonien der Tuareg und der Shan erzählte, teilte er mit mir die Früchte seiner umfassenden Beobachtung der Reigater Gesellschaft. Janner war fasziniert von Reigate. Er sah es als einzigartige Gesellschaft am Kulminationspunkt ihrer Entwicklung.

Wenn ich mit ihm spazierenging, oben am Bezirkskrankenhaus oder unten in dem Geflecht von Gassen, das die Altstadt bildete, wand ich mich regelmäßig vor Verlegenheit, wenn Janner Passanten anhielt, Milchmänner, Angestellte und Hausfrauen. Janner forderte sie auf, über sich zu reden, über ihr Leben und was sie taten, einfach so, improvisiert und ohne Erklärung. Selbstredend taten sie ihm unweigerlich den Gefallen, und meistens im Übermaß.

Wenn wir auf unseren endlosen Wanderungen an Kinoschlangen oder Discos vorbeikamen oder in Cafés Rast einlegten, um Specksandwiches zu essen, formte und gestaltete Janner das, was er beobachtete, zu einem zarten Tableau aus Alltagspraxis, Ritual und Glauben. Reigate war für ihn eine »Gesellschaft«, und als solche so respektwürdig wie jede andere Gesellschaft. Er maßte sich kein Urteil an über den relativen Wert der Tötung eines Bandikuts im Vergleich zu einer Spritztour, bei der man mit einem Mädchen auf dem Rücksitz einer 250er Yamaha mit einhundertfünfzig Sachen über die A23 rast; beides waren gleichermaßen gültige Initiationsriten.

Nach seinem ersten Jahr in Reigate zog er aus seinem möblierten Zimmer bei Mrs. Beasley an der Station Road aus und in einen Schuppen am Rand der North Downs. Es war seine Absicht, so schnell wie möglich mit dem authentischen Leben anzufangen – in Harmonie mit seinem erwählten Forschungsgegenstand –, denn inzwischen war Janner in den Bann der Ur-Lalawei geraten.

Wenn es schon ungewöhnlich war, in Reigate Anthropologie anstatt eines anderen Zweigs der Geisteswissenschaften zu studieren, so war es noch ungewöhnlicher, daß ein Student in den Anfangssemestern davon träumte, nach seinem ersten Examen Feldstudien in einem anderen Kontinent zu betreiben. Dr. Marston hatte es sich eher zur Gewohnheit gemacht, seine Schützlinge nach Prestatyn zu schicken, um den Niedergang der Methodistengemeinden in Nordwales zu studieren, oder nach Yorkshire, um den Niedergang der Unitariergemeinden im Heidemoor zu studieren, oder auf die Orkneys, um den Niedergang der Möwenessergemeinden auf den küstennahen Inseln zu studieren. Reigate war, wenn nicht gerade berühmt, so doch einigermaßen bekannt für seine Erforschung stagnierender gesellschaftlicher Subgruppen. Entsprechend auch der Titel von Dr. Marstons eigener Dissertation: »Rituelles Tiffin und was zum Tee tabu ist: Traditionsverfall unter pensionierten Obersten der Indischen Kolonialarmee in Cheltenham«.

Darüber hinaus muß jedoch auch erwähnt werden, daß Marston selbst für eine kurze Zeit Feldstudien im Ausland betrieben hatte. Und zwar unter den Ur-Lalawei der Paquatyl-Region am Amazonas. Es war Marston, der in Janner die Begeisterung für den bis dahin völlig unbeachteten Indianerstamm geweckt hat. Ich weiß nicht, was er Janner erzählt hat, mit Sicherheit hat es ein Körnchen Wahrheit enthalten, was Janner aber an mich weitergab, war eine stark eingeschränkte Version. Wenn man Janner zu diesem Thema reden hörte, fand man bald heraus, daß seine Information über die Ur-Lalawei fast ausschließlich aus negativen Aussagen bestand. Was über sie bekannt war, war Hörensagen, und es war nur sehr wenig bekannt; das Wenige, was an Hörensagen bekannt war, war hoffnungslos veraltet – und so weiter. Ich machte mir erst gar nicht die Mühe, deswegen mit Janner zu diskutieren, denn inzwischen war er für mich nicht mehr erreichbar. Er hatte sich in seine Hütte in den Downs zurückgezogen, wurde kaum noch im College gesehen und gab mir höflich, aber deutlich zu verstehen, daß er von mir keine Besuche wünsche.

Trotzdem besuchte ich ihn ein paarmal. In gewisser Weise wollte ich ihn wohl bitten, mich nicht im Stich zu lassen. Denn Janner mit seinem Pfeifenstieltorso in der Strickröhre eines ärmellosen Fair-Isle-Pullovers und seinen Augen, die feucht hinter runden Brillengläsern glänzten, war für mich viel mehr als ein Freund. Ich wollte es mir zwar nicht eingestehen, aber ich war ein wenig verliebt in ihn. Er sagte mir, seine Hütte sei eine getreue Rekonstruktion einer traditionellen Ur-Lalawei-Behausung. Ich glaubte ihm das keine Sekunde; jeder, der die Hütte sah, merkte sofort, daß sie aus einem Heimwerkermarkt stammte. Die kreosotgetränkten Schindelwände, das Teerpappendach, das kleine Fenster in Bleifassung, die Art, wie der Boden nicht plan auf der Erde auflag – das alles verriet ihren vorgefertigten Charakter. In dieser Hütte tranken wir Tee aus derbem Tongeschirr. Und wieder versicherte er mir, daß es aus traditioneller Ur-Lalawei-Herstellung stamme, aber ich verstand nicht so recht, was er damit sagen wollte. Inzwischen mußte ich ihn nur ansehen, um zu wissen, daß ich ihn verloren hatte. Er brauchte mich nun nicht mehr als passiven Mittler zwischen seinem Geist und der Welt, die er studierte. Er hatte seine Bestimmung gefunden.

Ich verließ die Hütte, ohne ihn überhaupt um etwas zu bitten, und radelte nach Reigate zurück. Ich hatte akzeptiert, daß ich von nun an allein sein würde. Aber es ist schwer, in Reigate so wertherisch zu werden, vor allem, wenn man in einer manikürten Straße hinter doppelverglasten Gaubenfenstern wohnt. Meine Depression fraß sich bald selbst. Ohne Janner als Gesprächspartner war ich gezwungen, mich wieder meinen Kommilitonen zuzuwenden. Ich fand ein paar Freunde, hatte sogar eine Freundin. Es war nicht so, daß ich Janner vergaß, das wäre unmöglich gewesen, es war einfach nur so, daß ich mir ein Leben aufzubauen versuchte, für das er keine Bedeutung hatte. Ich hatte damit Erfolg, aber das zeitigte auch ganz eigene Konsequenzen.

In den nächsten zehn Jahren passierte kaum etwas in meinem Leben. Gut, ich verließ Reigate und ging als Lehrer an eine Schule in Sanderstead. Ich lernte die Erdkunde- und Leibeserziehungslehrerin einer Nachbarschule kennen, verliebte mich und heiratete ziemlich schnell. Wir kauften ein Haus und bekamen ein Kind, das klein, gut gemacht und voll ausgebildet war und zugleich verträumt und introvertiert bis zur Blödheit. Wir hatten Freunde und Meinungen, beides in Maßen. Es war ein erfülltes Leben, allem Anschein nach ohne schwerwiegende Probleme. Nach einer gemäßigten, unturbulenten Jugend war aus mir ein gemäßigter, unturbulenter Erwachsener geworden. An meiner Schule erreichte ich dank meines Phlegmas sogar eine gewisse Berühmtheit, denn ich bestand jede Machtprobe mit aggressiven Schülern, indem ich ihnen die kalte Schulter zeigte. In einigen meiner Kollegen wuchs die Überzeugung, daß in mir ziemlich gewalttätige Impulse schlummern mußten. Doch ich fürchte, das war weit von der Wahrheit entfernt. Tatsächlich fühlte ich mich gepolstert, so als wären alle Ritzen in meiner Weltsicht mit lebensdämmender Isoliermasse abgedichtet. Ich fühlte mich grotesk gezügelt und statisch. Ich sah das Leben um mich herum ablaufen. Ich fühlte, ich empfand, aber der Lautstärkeregler war immer unten. Irgendwann hatte mir irgend jemand einen Dämpfer übergestülpt, und ich hatte keine Ahnung, wer oder warum.

In dieser ganzen Zeit hörte ich nichts von Janner. Ich wußte, daß er seinen Abschluß in Reigate mit unerhört guten Noten gemacht hatte und daß er, mit Marstons Segen und einem nicht zu großzügigen Stipendium der SSRC, der Staatlichen Stiftung für Sozialwissenschaften, ins Ausland gegangen war, um seinen ihm so teuren Stamm zu besuchen. Darüber hinaus wußte ich nichts. In diesen zehn Jahren erhielt ich nur einen einzigen Hinweis auf Janners Existenz, als ich nämlich beim beiläufigen Durchblättern eines Stapels Weltmusik-Platten auf ein Album stieß, bei dem Janner als »beratender Produzent« fungiert hatte. Es hieß *Gesänge mißratener Kulturen*. Ich kaufte es sofort und eilte nach Hause.

Falls ich auf eine Erleuchtung oder wenigstens ein Wiederaufflackern der Verzückung unserer gemeinsamen Heidespaziergänge gehofft hatte, sollte ich enttäuscht werden. Das Album war schwermütig und pervers. Die Produzenten hatten diverse Eingeborenengruppen auf der ganzen Welt besucht, die einzig wegen ihrer Beharrlichkeit im sinnlosen Singen bemerkenswert waren. Da gab es die Ketchem aus Belize mit ihren gemurmelten Seelenrülpsern: »Fall aus dem Wasser – Fisch«, oder die I-Arana aus Guinea, desillusionierte Kulturensurfer, die schwachstimmig stöhnten: »Zimmerservice bitte«, und viele andere, die viel zu langweilig und zu deprimierend waren, um einer Erwähnung wert zu sein.

Das Wesentliche über diese mißratenen Gesänge erfuhr ich vom Cover, dessen Infotext Janner verfaßt hatte. Die Gesänge selbst waren schlecht aufgenommen und unverständlich. Nach zwei- oder dreimaligem Abspielen fing unsere Nadel an, Vinyl-Spiralen aus den Rillen zu kratzen – und das war das Ende der Platte. Janners Text war, zumindest was mich anging, uninformativ und weitschweifig. Ich erfuhr nichts über seinen Anteil an diesem Projekt und ebenso wenig über seinen gegenwärtigen Aufenthaltsort. Als ich versuchte, über die Plattenfirma Genaueres herauszufinden, zog ich noch eine Niete. Ha-Cha-Cha Records war bankrott gegangen.

Ich hatte zwar den Freund meiner Jugend nicht wiedergefunden, aber die Platte hatte mich aus der Fassung gebracht. Ich hatte angenommen, daß Janner inzwischen im sicheren Hafen irgendeiner provinziellen Anthropologiefakultät gelandet war und sein enormer Enthusiasmus und Elan sich allmählich in der Tretmühle des Lehrens erschöpften. Aber die Platte und ihr Cover zeichneten ein gegensätzliches Bild, das Bild eines ganz anderen Janner und einer kabbeligeren Karriere. An dem Abend, als ich die Platte nach Hause brachte, nutzte ich die Zeit, in der meine Frau noch in der Schule war, saß stundenlang im Wohnzimmer und versuchte Janners Schicksal zu ergründen, mit dem dürftigen Plattencover als einzigem Hinweis.

Mein Sohn James war mir dabei auch keine Hilfe. Er hatte ein paar der mißratenen Gesänge aufgeschnappt, und als ich ihn an diesem Abend ins Bett brachte, sagte er, in passablem Uraisch: »Schaut! Die Ernte verdorrt.« Irgendwie klang das, sogar zwischen den Comic-Bildchen und den bunten biegsamen Gliedern schmiegsamer Spielzeuge, nicht so unpassend, wie es vielleicht hätte klingen sollen.

Danach nichts. In den folgenden zwei Jahren kein Wort und keine Spur von Janner. Ich forschte nicht nach ihm, aber ich machte mir die Mühe, mich über die Lurie Foundation zu informieren, die Stiftung, die, wie ich wußte, Janners Erforschung der Ur-Lalawei zum Teil finanziert hatte. Der Direktor der Stiftung war nicht eben mitteilsam. Er schrieb mir einen Brief, in dem er mit dürftigsten Worten Zweck und Ziel der Stiftung beschrieb: »Zur Förderung des Verständnisses der Ur-Lalawei wird alle zwanzig Jahre ein Postgraduierten-Stipendium vergeben. Im Anschluß an seine Feldforschung hat der Student ein Essay von nicht weniger als 30 000 Worten beim Lurie Archive in der British Library zu hinterlegen.« Der Brief war unterschrieben von Dr. Marston. Ich sprach mit einer Bibliothekarin der British Library, aber die sagte mir, daß alle Unterlagen der Lurie Foundation unter Verschluß gehalten würden. Also wieder eine Sackgasse.

Janner hatte Möglichkeiten verkörpert, die in meinem Leben uneingelöst geblieben waren. Auch nach zwölf Jahren strahlten diese weiteren Horizonte noch über meinem Mittelmaß auf. So kam es gelegentlich vor, wenn ich in einer Freistunde im Lehrerzimmer saß, daß ich mich beim Weinen ertappte. Ich spürte die Tränen feucht auf meiner Wange, und in meiner Magengrube blubberte süß die Sentimentalität. Aber ich packte die *Erziehungsbeilage* nur fester und hielt sie mir zu steif vors Gesicht. Das Gespräch um mich herum drehte sich um Zinssätze. Hin und wieder ragte ein Cordhosenbein in mein Blickfeld.

Dann, eines Tages im Spätsommer, ging ich nach dem Schulsporttag den Hügel hinunter in Richtung Purley, als mir im Fenster eines Waschsalons etwas ins Auge stach. Ein mageres, wächsern bleiches Individuum hatte eine Auseinandersetzung mit einer rundlichen Frau mittleren Alters. Es ging laut her, Handgreiflichkeiten schienen kurz bevorzustehen. Sehr deutlich hörte ich die Frau sagen: »Sie sollten sich schämen, hier so herumzusitzen und die Wäsche anderer Leute anzustarren. Haben Sie keine eigene Wäsche, die Sie anstarren können, Sie elender Perverser?« Sie hob die Hand, um den Mann zu schlagen. Als er den Kopf drehte, um dem Schlag auszuweichen, sah ich sein Profil. Es war Janner.

Ich betrat den Waschsalon. Janner war dem ersten Schlag entgangen und wich jetzt vor dem zweiten zurück. Ich berührte ihn an der Schulter und sagte in meiner besten Pädagogenart: »Würden Sie bitte für einen Augenblick nach draußen kommen, Sir?« Die Beschützerin der Zwickel war sofort überzeugt, daß nun die zuständigen Autoritäten zur Stelle waren. Mit Anstand verzichtete sie auf ihr zeitweiliges Ordnungshüteramt. Janner kam mit nach draußen.

Und setzte eine Unterhaltung mit mir fort, als wäre sie nur für eine Stunde und nicht für über ein Jahrzehnt unterbrochen gewesen.

»Ich lebe hier in Purley« (ein katarrhöses Gurgeln) »in einer ziemlich komischen Gegend. Ich bin erst seit ein paar Monaten aus dem Ausland zurück. Und ich war eben dabei, diese Angewohnheit des Wäschebeobachtens zu beobachten. Ich bin überzeugt, daß die Drehbewegungen der Wäsche etwas von einem Mandala an sich haben.«

Wir gingen inzwischen forschen Schritts den Hügel hinunter. Janner war nicht zu bremsen, er versuchte, Purleyer Waschsalonpraktiken in ein komplexes und alles andere als überzeugendes Porträt der Gesellschaft der südlichen Londoner Vorstädte einzufügen. Er hatte nichts von seinem Elan verloren. Jeden meiner Versuche, seinen Monolog zu unterbrechen, interpretierte er als Wunsch, noch mehr zu erfahren. Schließlich landeten wir am Bahnhof. Janner redete und gestikulierte noch immer.

»Weißt du, Wingate Crescent stellt eine Art Epizentrum dar; um zur High Street zu kommen, muß man einen Kreis beschreiben. Und die vier Waschsalons – Washmatic, Blue Ribbon, Purley Way und Allnite – sind ebenfalls in einem Kreis angeordnet.« Er hielt inne, als hätte er eben einen selbstverständlichen Schluß gezogen. Ich faßte die Gelegenheit beim Schopf.

»Wo warst du denn, Janner? Warst du die ganze Zeit am Amazonas? Ich habe eine Platte entdeckt, für die du den Covertext geschrieben hast. Hast du noch mehr mißratene Gesänge gesammelt? Bist du verheiratet? Ich bin es. Krieg' ich jetzt noch ein paar Fakten zu hören oder nur Theorien?«

Janner war wie vor den Kopf gestoßen. Während unserer Zeit in Reigate hatte ich es kaum gewagt, ihn so frech anzureden. Meine Einwürfe hatten einzig und allein den Zweck gehabt, die Maschinerie seines Vortrags zu ölen. Er antwortete ausweichend.

»Ach ... im Augenblick erhole ich mich ein bißchen. Ja, ich war weg. Eigentlich ziemlich langweilig, ein bißchen Feldforschung, muß jetzt ein Essay drüber veröffentlichen. Im Augenblick unterrichte ich ein wenig in Croydon. Und wohne hier in Purley. Das ist eigentlich alles.« Er blieb mitten auf dem Bürgersteig stehen, der harte Tropfen seiner Nase zeigte zu Boden, und ich konnte das leise Gurgeln von Schleim in seinem Kehlkopf hören. Ein Zug von der Victoria Station ratterte über die Weichen von Purley Junction. Ich spürte, daß Janner kurz davor war, mir wieder zu entwischen.

»Ich habe auch ein bißchen recherchiert, Janner. Über diesen Stamm, die Ur-Lalawei, habe ich gelesen, was ich auftreiben konnte. Anscheinend existiert so eine Art Stiftung für Anthropologen, die bereit sind, Feldforschung über sie zu betreiben. Der Mann, der sie gegründet hat, Lurie, war ein exzentrischer Amateur. Er hat seine Forschungsnotizen der British Library vermacht, aber nur unter der Bedingung, daß sie ungelesen bleiben. Ausgenommen nur diejenigen Anthropologen, die bereit sind, Luries Feldforschung weiterzuführen. Offensichtlich sollte auch der Kreis der Empfänger eines Lurie-Stipendiums stark eingeschränkt werden. Seit Luries Gründung der Stiftung in den Dreißigern hat es nur zwei gegeben – Marston und dich.«

Ein Doppeldeckerbus fuhr von der Haltestelle auf der anderen Straßenseite los. Einen Augenblick lang wirkte er wie erstarrt in der Beschleunigung, eine groteske Rakete, die zu schwer ist, um von der Erde abzuheben, doch dann brauste er ratternd und dröhnend den Hügel hinauf, eine Wolke klebriger Dieseldämpfe, schwerer und greifbarer als die Erde selbst, hinter sich herziehend. Janner spuckte gelben Schleim in den Rinnstein. Im Licht des späten Nachmittags war sein Mund mißbilligend gerunzelt wie ein Anus.

»Ich schätze, dann willst du alles drüber wissen, was?«

»Genau, Janner. Ich habe in den letzten zehn Jahren viel an dich gedacht. Ich habe immer gewußt, daß du etwas Bemerkenswertes tun wirst, und jetzt will ich wissen, was es ist – oder war.«

Er nahm meine Einladung zum Abendessen bei mir zu Hause für den folgenden Tag an, und ich ließ ihn auf der High Street stehen. Auf mich wirkte er auffällig unauffällig. Seine nichtssagende Kleidung, sein Jedermanngesicht. So als wäre er speziell dafür ausgebildet, Purley zu infiltrieren. Ich kaufte mir eine Fahrkarte und ging zur Schranke. Als ich mich noch einmal zu ihm umdrehte, war er bereits völlig in seiner Rolle aufgegangen. An eine Betonröhre gelehnt, stand er da und las allem Anschein nach eine Zeitung. Aber ich wußte, daß er aufmerksam die Pendler beobachtete, die den Bahnhofsvorplatz bevölkerten.

Am folgenden Abend traf Janner pünktlich um halb acht ein. Er brachte eine Flasche Wein mit und begrüßte meine Frau mit den Worten: »Sie müssen ziemlich hart im Nehmen sein, wenn Sie es mit dem da aushalten.« Worte, die zustimmend aufgenommen wurden. Er zog seinen Gabardineregenmantel aus, setzte sich und fing an, mit James zu spielen. Janner schlug bei ihm groß ein. Wenn man mich zuvor gefragt hätte, hätte ich wohl gesagt, daß Janner kaum der Mann sei, der gut mit Kindern umgehen könne; er hatte jedoch einen solchen Erfolg, daß James ihn bat, ihm eine Gutenachtgeschichte vorzulesen.

Während Janner oben war, sagte meine Frau zu mir: »Ich

mag deinen Freund. Du hast mir noch nie von ihm erzählt.« Das Essen selbst war ein noch größerer Erfolg. Janner hatte ein Geschick für gesellige Konversation entwickelt, das mich erstaunte. Er zeigte lebhaftes Interesse an all den Kleinigkeiten unseres Lebens: James, unseren Berufen, unserem Garten, unserer Hypothek, unserem sozialen Engagement. All das war Wasser auf die Mühle seiner Neugier, und doch wirkte er weder herablassend noch wißbegierig lediglich um der Erweiterung seines anthropologischen Datenfundus willen.

Nach dem Essen ging meine Frau. Sie hatte noch eine Stunde in der örtlichen Abendschule zu halten. Janner und ich setzten uns ins Wohnzimmer und ließen mit immer trägeren Bewegungen die Flasche Piat d'Or zwischen uns hin und her wandern.

»In Reigate warst du nie so wie heute«, sagte ich schließlich. »Damals war alles, was du sagtest, gewichtig und weitschweifig. Wie hast du es nur geschafft, ein so gefälliger Unterhalter zu werden?«

»Den Smalltalk habe ich bei den Ur-Lalawei gelernt.« Und mit dieser merkwürdigen Einleitung eröffnete Janner seine Geschichte. Er redete so brillant wie eh und je, ohne Pause, als hätte er eine Vorlesung vorbereitet, die er jetzt vor einem Ein-Mann-Publikum hielt. Es war natürlich genau das, was ich sehnlichst erwartet hatte. Den ganzen Tag lang hatte ich gefürchtet, daß er nicht kommen würde und daß ich wochenlang die Waschsalons Südlondons würde absuchen müssen, um ihn wiederzufinden. Ich hatte auch Angst gehabt, daß er, falls er käme, mir nichts erzählen würde. Daß er ein Rätsel bleiben und diesmal endgültig aus meinem Leben verschwinden würde.

»Die Ur-Lalawei sind ein Stamm oder eine locker verbundene Gruppe von Großfamilien, die in der Parasquitos-

Region im Amazonasbecken leben. In gewisser Hinsicht sind sie den eingeborenen amerindischen Stämmen des brasilianischen Regenwalds sehr ähnlich: Sie sind Jäger und Sammler. Ihre Ernährung besteht vorwiegend aus Maniokwurzeln, ergänzt durch tierisches Eiweiß und diverse Gemüsearten. Sie sind Halbnomaden, das heißt, sie folgen festgelegten Routen, die sie im Jahreszyklus durch ihr gesamtes Territorium führen. Ihre Gesellschaft ist straff strukturiert gemäß der Beziehungen des einzelnen zur Familie, zu den Ahnen und dem Stamm als Ganzen. Richtschnur der sozialen Interaktion ist die strikte Beachtung des Inzesttabus. Ihr Glaube kann als animistisch bezeichnet werden, wobei wir allerdings sehen werden, daß diese Definition nur oberflächlichster Betrachtung standhält. Das vermutlich einzige sichtbare Charakteristikum, das sie von ihren Nachbarstämmen unterscheidet, ist die extreme Schlichtheit ihrer handwerklichen Produkte. Keramik, Holzbearbeitung und Hüttenbau der Ur-Lalawei dürften unerreicht sein in ihrer Derbheit und Schmucklosigkeit – das ist es, was dem Außenstehenden sofort auffällt. Das und die Tatsache, daß die Ur-Lalawei rassisch verschieden sind …«

»Rassisch verschieden?«

»Psch …« Janner hob die Hand, um mich zum Schweigen zu bringen.

In der kurzen Pause, bis er fortfuhr, hörte ich das leise Gurren der Tauben im Garten, und als ich den Kopf hob und über den Schienenstrang, der unterhalb unseres Zauns verlief, hinwegsah, erkannte ich die Zinnen und Kamine der Doppelhausreihe gegenüber, die die Dunkelheit anzog wie ein vorstädtischer Dschungel.

»Es heißt, daß die Lebenswirklichkeit jedes Volkes von seiner Sprache definiert wird. Nur wer ein subtiles Verständnis der Sprache besitzt, kann in das kollektive Bewußtsein einer Stammesgruppierung eindringen oder gar die zarten und komplizierten Beziehungen zwischen diesem Bewußtsein, dem individuellen Bewußtsein und der begrifflichen Welt erforschen. Sprache bei den amerindischen Stämmen am Amazonas wird charakteristischerweise ergänzt durch miteinander verflochtene semiologische Systeme, die ihrerseits das Nebeneinander von Verwandtschaftsbeziehungen und natürlicher Ordnung darstellen. So ist es ein Merkmal der Stämme wie etwa der Iguatil, daß Körper- und Gesichtstätowierungen, Narbenschmuck, Keramikverzierungen, Lippenpflöcke und Lendenschurze ein wesentlicher Teil der Gesamtsprache sind.

Was nun an den Ur-Lalawei auffällt, ist, daß sie keins dieser semiologischen Systeme aufweisen. Sie tragen weder Tätowierungen noch Narben, und ihre Kleidung ist sehr einheitlich.«

»Kleidung?«

»Psch...! Lurie drang bis zur Lebenswirklichkeit der Ur-Lalawei vor und war entsetzt von dem, was er fand. Er schloß sein Geheimnis weg. Marston lebte nur ein paar Monate unter den Ur-Lalawei und hatte am Ende zwar einen gewissen Verdacht, ließ sich aber doch noch von ihnen täuschen. So war es mir überlassen, die geheimen Triebfedern hinter der Weltsicht der Ur-Lalawei zu entdecken, und mir war es überlassen, sie der Welt bekannt zu machen.«

Janner hielt inne, um der größeren Wirkung willen, wie es mir schien. Er trank einen Schluck von seinem Piat d'Or und zog ein Päckchen Embassy Regal aus der Tasche. Er zündete sich eine an und sah sich nach einem Aschenbecher um. Ich gab ihm ein kleines Gefäß, wie man es umsonst bekommt, wenn man bei Sainsbury's Entenleberpastete kauft. Dies untersuchte er interessiert und drehte es im gelben Licht der Stehlampe, bevor er in seiner Erzählung fortfuhr.

»Die Kernsprache der Ur-Lalawei ist relativ simpel und für einen Europäer leicht zu erlernen. Weder Syntax noch Vokabular ist bemerkenswert. Die Beziehung zwischen ihr und der Welt, die sie beschreiben soll, ist gekennzeichnet von schlichter Wortwörtlichkeit. Die Nebeneinanderstellung von Subjekt-Objekt-Prädikat scheint in ihrer Striktheit eine Kosmologie zu reflektieren, die bestimmt ist vom gleichen konzeptuellen Dualismus wie die unsere. Aber das täuscht. Ich habe die Kernsprache der Ur-Lalawei in wenigen Monaten des Zusammenlebens mit ihnen gelernt. Während unserer Wanderung durch den Regenwald nahmen mich die Stammesältesten abwechselnd unter ihre Fittiche, um sie mir beizubringen. Sie deuteten auf Gegenstände, ahmten Handlungen nach und so weiter. Als ich dann diese Alltagskommunikation beherrschte, wandten sie sich komplexeren Ideen und Konzepten zu.

An diesem Punkt möchte ich hinzufügen, daß ihre Haltung mir gegenüber in dieser Zeit eigenartig war. Weder waren sie besonders erstaunt über mich – obwohl ich meines Wissens erst der dritte Europäer war, den sie je gesehen hatten –, noch begegneten sie mir besonders argwöhnisch. Doch erst Monate später war ich in der Lage, ihr Verhalten angemessen zu beschreiben: Sie waren gleichgültig.

Anfangs erschien mir die konzeptuelle Sprache der Ur-Lalawei ziemlich unproblematisch. Sie beschrieb eine Welt voller animistischer Gottheiten, die günstig gestimmt, Verwandtschaftsrituale, die vollzogen werden mußten, und so weiter. Das Erstaunliche war jedoch, daß es im Leben der Ur-Lalawei keinerlei Hinweise auf derartige religiöse oder rituelle Handlungen gab. Einmal hörte ich, wie einige der älteren Männer sich mit größter Ernsthaftigkeit über eine Initiation unterhielten: Die nächste Generation heranwachsender Knaben müsse in einem abgelegenen Langhaus im

Dschungel eingesperrt und ihre Beschneidung vorbereitet werden. Sie redeten so, als würde dies unmittelbar bevorstehen, aber danach geschah nichts.

Die Gründe dafür wurden mir klar, als ich anfing, ihre konzeptuelle Sprache bis ins Detail zu entschlüsseln: Die Ur-Lalawei sind ein langweiliger Stamm.«

Janner hielt wieder inne.

Ein langweiliger Stamm? Was konnte das heißen?

»Wenn ich sage, daß die Ur-Lalawei ein langweiliger Stamm sind, ist das nicht abwertend oder, schlimmer noch, ironisch gemeint.« Janner setzte sich auf, kniff die Augen zusammen und umklammerte den Couchtisch mit beiden Händen. »Die Ur-Lalawei sind objektiv langweilig. Sie sehen sich auch selbst als langweilig. Trotz der, oberflächlich betrachtet, faszinierenden Charakteristika des Stammes, seiner geheimnisvollen rassischen Abstammung, der vorgetäuschten Ähnlichkeit mit anderen amazonischen Stämmen und dem geschichteten Aufbau ihrer Sprache wurden die Ur-Lalawei, je länger ich bei ihnen war, um so gnadenloser banal.

Die Ur-Lalawei glauben, daß sie vom Himmelsgott erschaffen wurden, daß diese Gottheit ihre Vorväter und Vormütter aus primordialer Schlutze formte. Doch das war es nicht, was der Himmelsgott hätte tun sollen, eigentlich hätte er letzte Hand an den Himmel und die Sterne legen sollen. Die Erschaffung der Ur-Lalawei war etwas, das man eine göttliche Übersprungshandlung nennen könnte. Im Gegensatz zu einer Vielzahl isolierter Stammesgruppen betrachten die Ur-Lalawei sich nicht als ›typische‹ oder ›eigentliche‹ menschliche Wesen. Viele solche Stämme bezeichnen sich als ›die Leute‹ oder ›die Menschen‹ und alle anderen als Barbaren, Halbtiere und so weiter. ›Ur-Lalawei‹ ist eine bequeme Übersetzung des Namens, den Nachbarstämme für sie benutzen und der nichts anderes heißt als ›Hier vor den Lalawei‹. Die Ur-Lalawei selbst bezeichnen sich mit der ihnen typischen, irritierenden Selbstverachtung als ›Die Leute, von denen man auf einer Party auf keinen Fall in Beschlag genommen werden will‹. In ihren Augen führen andere Stämme ein unendlich verlockenderes Leben als sie selbst, und oft sprechen sie, ohne eine Spur von Beleidigtsein, von den vielen Partys und anderen gesellschaftlichen Ereignissen, zu denen sie nie eingeladen werden.

Ich habe zuvor von einer ›tieferen‹ konzeptuellen Sprache, die die Ur-Lalawei verwenden, gesprochen. Das stimmt nicht ganz. Die Ur-Lalawei haben eine Ebene der Nuancierung, die auf alle ihre Glaubenskonzepte anwendbar ist, und diese entspricht mehr oder weniger den verschiedenen Ebenen der Modifikation in ihrer Alltagssprache. Anders gesagt: Die Ur-Lalawei reden oft von verschiedenen religiösen Überzeugungen oder allgemein akzeptierten kosmologischen Situationen, jedoch immer mit der Implikation, daß sie ihnen bestenfalls mit Skepsis gegenüberstehen. Meistens drückt die ›Nuancierung‹ Gleichgültigkeit aus.

Durch Zusätze ergibt sich für jedes Wort in der Ur-Lalawei-Sprache eine Reihe verschiedener Varianten, die unterschiedliche Arten der Langeweile oder mit Langeweile assoziierter Gefühlszustände ausdrücken wie etwa Apathie, Ennui, Mattigkeit, Entnervung, Depression, Gleichgültigkeit, Ermüdung und so weiter. Lurie machte den Fehler, die Ur-Lalawei-Sprache zu interpretieren, als wäre ›langweilig‹ das Grundwort. Als Folge davon identifizierte er nicht weniger als zweitausend Substantive und Verben, die in der Bedeutung alle diesem unserem Wort entsprechen. Wie etwa langweiliges Jagen, langweiliges Sammeln, langweiliges Fischen, langweiliger Geschlechtsverkehr, langweilige religiöse Zeremonie und so weiter. In einer Hinsicht hatte er recht, insofern nämlich, als die Ur-Lalawei fast alles, was sie tun, als Zeitverschwendung betrachten. In der Tat bedeutet der Ur-Lalawei-Begriff, der in etwa unserem ›jetzt‹ entspricht, ›Zeitverschwendung‹.«

Janner hielt wieder inne und betrachtete das leere Glas in seiner Hand.

»Willst du einen Kaffee?« fragte ich.

»Oh, äh … Ja, okay.«

»Ich fürchte, wir haben nur Instant.«

»Macht nichts.«

Während ich wartete, bis das Wasser kochte, betrachtete ich all die vertrauten Gegenstände in unserer Küche. Den Geschirrspüler, der am Anfang unserer Ehe unser ganzer Stolz gewesen war, die lustigen, wie griechische Statuen geformten Essig- und Ölfläschchen, die ich auf dem Markt in Brixton gekauft hatte, und James' kindische Kleckserereien, die wir mit Isolierband an den Kühlschrank geklebt hatten. Ich kam mir vor, als hätte ich diese Dinge tausend Tage lang jeden Tag gesehen, und nichts hätte sich verändert. Und das stimmte ja auch. Noch nie hatte das Vertraute so … vertraut gewirkt. Erschüttert über diese Offenbarung kehrte ich ins Wohnzimmer zurück.

Wir lehnten uns in unseren Sesseln zurück, und einige Augenblicke lang herrschte freundschaftliches Schweigen, während wir mit unseren Löffeln die nicht aufgelösten Klumpen brauner Pampe in unseren Kaffeetassen zertrümmerten. Nach einer Weile erzählte Janner weiter.

»Ich hatte neun Monate unter den Ur-Lalawei gelebt. Ich jagte mit den Männern und sammelte mit den Frauen. Anfangs wohnte ich bei den heranwachsenden Knaben in deren Langhaus, doch dann baute ich mir eine eigene Hütte und zog dort ein. Ich hatte das Gefühl, daß ich jetzt genügend Einblick in die Ur-Lalawei-Gesellschaft gewonnen hatte. Ich war dünn geworden und hatte mir einen langen Bart wachsen lassen. Die Ur-Lalawei bedrängten mich nun nicht mehr mit banalen Allgemeinplätzen über das Wetter, das sich sowieso nie änderte, und betrachteten mich mit völliger Gleichgültigkeit. Sie wußten sehr genau, was ich unter ihnen tat, und betrachteten auch die anthropologische Forschung mit Gleichgültigkeit. Die Ur-Lalawei haben ein Sprichwort, das übersetzt in etwa lautet: ›Wohin man in dieser Welt auch reisen mag, man nimmt immer dieselbe Menge Raum ein.‹

Mit jedem neuen Tag, der über dem Blätterdach des Regenwalds anbrach, spürte ich die Wahrheit dieses Spruchs stärker. Trotz der Einzigartigkeit der Ur-Lalawei beschlich mich das Gefühl, daß ich, alles in allem genommen, ebensogut in Reigate hätte bleiben können.

Meine Notizen waren vollständig, und ich wußte, wenn ich jetzt nach England zurückkehren würde, könnte ich meine Dissertation abschließen, aber ein merkwürdiges Gefühl der Trägheit hatte mich gepackt. Eigentlich war überhaupt nichts merkwürdig daran, ich fühlte mich einfach nur träge. Irgendwas stimmte nicht mit dem Wald. Er wirkte senil. Kaskaden schwammüberwucherter Lianen stürzten fünfzehn, zwanzig, dreißig Meter aus den vegetabilen Kuppeln und Verstrebungen herab. Die komplizierten Windungen und die versteinerten Stränge erinnerten mich an nichts so sehr wie an eine uralte Strickjacke, leicht überzuckert mit Schuppen und Popeln, an einem Träger, der nickend in den Nebel des Alters dämmert.

Die Ur-Lalawei behaupten zu glauben, daß in jedem Baum, jedem Busch und jedem Tier ein Geist wohnt – alles Lebendige hat einen Geist. Die Art, wie sie das glauben, ist jedoch ziemlich verschwommen, es ist kein positiver, bejahender Glaube. Sie sind einfach bereit, diese Hypothese zu akzeptieren, bis das Gegenteil bewiesen wird. Diese Geister befinden sich – wie die Ur-Lalawei selbst – in einem Dauerzustand gedankenlosen Tagträumens. Völlig auf den Augenblick reduziert, dümpeln sie im Leben.

Vielleicht war es nur meine Einbildung oder eine Folge meiner langen Zivilisationsferne, aber auch ich begann, den Regenwald als transzendentes Wesen zu empfinden. Der große, feuchte, gesprenkelte Raum war unfertig und ungemacht. Irgendwo lümmelten die Geister, lagen aufgebläht auf Sofas, schliefen ihren Kohlehydratrausch aus. Alle Tage verschmolzen zu einem einzigen, langen Dienstagnachmittag. Ich wußte, ich sollte die Ur-Lalawei verlassen, aber als ich mich endlich zum Aufbruch entschlossen hatte, passierte etwas. Ich verliebte mich.

Es war die Zeit im Jahreszyklus der Ur-Lalawei, in der der Stamm wieder einmal das Lager abbrach. Zweck der Wanderung war es, den trägen Fisch zu fangen. Diese schlaffen und kraftlosen Kreaturen leben ausschließlich unter einer Reihe von Wasserfällen an dem Nebenfluß des Amazonas, der die Nordgrenze des Ur-Lalawei-Territoriums bildet.

Der Stamm brach in der Morgendämmerung auf. Unterwegs ging die Sonne auf. Der Dschungel wich mit Buschwerk bewachsenem Flachland, über das Nebelfetzen zogen. Es war eine urtümliche Szene, in der nur das unablässige schrille Geschnatter der Ur-Lalawei störte. Das war etwas, das mich immer wieder erstaunte: Trotz ihres eingestandenen äußersten Gelangweiltseins hatten die Ur-Lalawei stets den Drang, einander noch mehr zu langweilen.

An diesem speziellen Morgen – so wie an jedem Morgen in der ganzen Zeit, die ich bei ihnen verbracht hatte – erzählten sie einander die Träume, die sie in der Nacht davor gehabt hatten. Alle betrachteten sie ihre Träume gern als einmalig und einzigartig. Das lieferte ihnen einen Vorwand für die ständige Wiederholung. Tatsächlich aber gibt es nichts so niederschmetternd Offensichtliches wie eine Traumanekdote der Ur-Lalawei. Unaufhörlich ging die alte Leier, stets die gleichen Muster und die gleichen Karikaturen der Realität. Es war wie eine Art surreale Kinderzimmertapete. ›Und dann verwandelte ich mich in einen Fisch‹, sagte einer. ›Das ist komisch‹, kam dann unweigerlich die vorhersagbare Antwort, ›in meinem Traum habe ich mich auch in einen Fisch verwandelt, und heute gehen wir fischen.‹ Und so weiter. Die strikte Entsprechung von Traum und Wirklichkeit, das ist es, was sich die Ur-Lalawei unter Tiefgründigkeit vorstellen, und entsprechend irritierend sind die Interpretationen ihrer Träume. Meiner Erkenntnis nach haben die Ur-Lalawei keine feste Meinung zum Status des Unbewußten – auf jeden Fall messen sie ihm keine mystische Bedeutung zu. Insgesamt vermittelten ihre Träume den Eindruck einer Art psychischer Verrechnungsstelle, wo all der Schutt des Wachseins zu hübschen Entsprechungen verpackt und verstaut werden konnte.

Ich knabberte an meinem Wangenfleisch vor Verärgerung, während ich mir dieses Gewäsch anhören mußte:

›In meinem Traum war ich in einem Wald.‹

›Einem Regenwald?‹

›So ähnlich. Ich ging zusammen mit ein paar anderen im Gänsemarsch. Weißt du, was ich meine?‹

›Waren das die Leute, von denen man auf einer Party auf keinen Fall in Beschlag genommen werden will?‹

›Das waren wir, eindeutig. Und dann habe ich mich verwandelt, und zwar in …‹ (Was würde es diesmal sein? Ein Vogel, eine Eidechse, eine Motte, eine Yamswurzel … nein, in ...) ›… einen Zweig! Ist das nicht erstaunlich?‹

›Erstaunlich.‹

Ja, erstaunlich. Ich war so vertieft in meine immer stärker

werdende Verärgerung, daß ich gar nicht bemerkte, wer vor mir auf diesem Waldpfad ging. Aber als wir dann auf eine kleine Lichtung traten, drang ein heller Sonnenstrahl durch das Blätterdach und fiel auf den Pfad. Plötzlich sah ich ein junges Mädchen, in helles Licht getaucht, die schlanke Gestalt goldumrahmt. Sie drehte sich zu mir um. Sie trug die traditionelle Ur-Lalawei-Bekleidung – eine lange, formlose graue Kutte. Einen Augenblick lang sah sie mir in die Augen, ihr Blick war glasig und starr, ihre Hand zupfte und zerrte am Saum ihrer Kutte. Sie zog eine kleine Schnute, wischte sich eine Fliege von der Oberlippe und sagte: ›Heute nacht habe ich geträumt, ich bin ein Haarknäuel.‹

Genau in diesem Augenblick verliebte ich mich. Das Mädchen hieß Jane. Es war die Tochter eines der Stammesältesten, obwohl das so gut wie keine Bedeutung hatte. Du mußt wissen, daß ich zu der Zeit vom Schönheitsbegriff der Ur-Lalawei schon stark beeinflußt war und mir Jane deshalb, wenn nicht direkt schön, so doch sehr attraktiv vorkam, auf eine heimelige, gemütliche Art. Sie war in vieler Hinsicht eine typische Ur-Lalawei, von mittlerer Größe, mit einer ziemlich käsigen Haut und mausbraunen Haaren. Ihr Gesicht war ziemlich aufgedunsen, aber einigermaßen symmetrisch, und ihre Lippen waren verführerisch, die Mundwinkel in einem unglaublich erotischen Ausdruck mürrischer Gleichgültigkeit nach unten gezogen.

Ich begann sofort, um sie zu werben. In der Ur-Lalawei-Gesellschaft gibt es keine speziellen Regeln dafür. Tatsächlich ist die gesamte Haltung der Ur-Lalawei zu Sex und Geschlecht ziemlich verschwommen und unklar. De jure werden vorehelicher Sex, Homosexualität und Ehebruch zwar mißbilligt, de facto ist der Geschlechtstrieb der Ur-Lalawei aber so begrenzt, daß keiner sich darum kümmert, was der andere tut. Die allgemeine Reaktion ist einfach mildes Erstaunen darüber, daß man die Energie für so etwas aufbringt.

Den ganzen Tag über tauchten die Eisvögel in den funkelnden braunen Fluß. Und die Ur-Lalawei standen im Flachwasser herum, oftmals minutenlang völlig bewegungslos, und beobachteten die Wasseroberfläche. Hin und wieder bückte sich einer und zog mit unendlich schlaffen Bewegungen einen Fisch heraus. Mir wurde das bald langweilig, und so ging ich mit Jane ins Unterholz. Ohne etwas zu sagen und ohne uns zu berühren, gingen wir nebeneinander her. Die Mittagssonne stand hoch am Himmel, aber ihre Strahlen konnten das Blätterdach sechzig Meter über uns kaum durchdringen.

Allmählich sickerte die Merkwürdigkeit der Situation in mein träges Bewußtsein, und ich fing an, mich im Wald umzusehen, als wäre es das erste Mal. Bis dahin hatte ich der Natur nur insofern Beachtung geschenkt, als sie Auswirkungen auf das Leben der Ur-Lalawei hatte, aber jetzt betrachtete ich die fremdartige Umgebung in ästhetischen Kategorien, mit den Augen eines Liebenden. Was war das nur für eine langweilige und fade Umgebung! Man mußte kein Biologe sein, um zu erkennen, daß in diesem Teil des Regenwalds ein außerordentlicher Mangel an Variantenreichtum von Flora und Fauna herrschte. Die graubraunen Stämme der hohen Bäume ragten in den Himmel wie unregelmäßige Laternenpfosten, während der Vordergrund bedeckt war mit rhododendronähnlichen Büschen, von denen jedoch kein einziger zu blühen schien. Es war ein Anblick unvergleichlicher Monotonie – das amazonische Äquivalent eines gigantischen Stadtparks.

Ich wußte, daß Jane und ich uns auf die traditionelle Grenze des Ur-Lalawei-Territoriums zubewegten, aber wir machten uns beide keine allzu großen Gedanken darüber. Obwohl der Nachbarstamm, die Yanumani, berüchtigte Kopfjäger und

Kannibalen waren, waren deren Versuche, die jungen Ur-Lalawei-Männer in rituelle Kampfhandlungen zu verwikkeln, von den Ur-Lalawei mit solcher Apathie aufgenommen worden, daß die Yanumani es schon seit langem nicht mehr probierten. So gab es also weder das Gefühl der Gefahr noch die Schönheit der Natur, die mein erotisches Kribbeln hätten erhöhen können, und nach ungefähr einer Stunde Spazierengehen erstarb es völlig. Ich fragte mich, was ich hier eigentlich trieb, in dieser gottverlassenen Gegend mit dieser ziemlich mürrischen, trist gekleideten jungen Frau. In diesem Augenblick sah ich die Zigarettenpackung.

Es war ein altes Silk-Cut-Päckchen, zerdrückt und verdreckt, die geprägte Beschriftung ausgebleicht, aber noch deutlich lesbar, vor allem in dieser fremden Umgebung. Aber lange konnte ich mich über diese Inkongruenz nicht wundern, denn schon hörte ich in der Entfernung das Jaulen von Kettensägen. Ich drehte mich zu Jane um.

›Weiße Männer?‹

›Ja, sie verlängern den Panamerican Highway durch diese Gegend. Geschätztes Fertigstellungsdatum ist Juni 85.‹ Sie zupfte und zerrte an ihrem Saum.

›Aber hast du denn keine Angst? Machst du dir keine Sorgen? Die Straße wird deine ganze Kultur vernichten, vielleicht vernichtet sie sogar dich.‹

›Na und?‹

Wir kehrten um und gingen zum Fluß zurück. In dieser Nacht, als Jane und ich beieinanderlagen und ihr bleischwerer Körper mir die Blutversorgung im Arm abdrückte, bis ich meine Hand nicht mehr spürte, traf ich eine Entscheidung …«

Ich hörte die Haustür auf- und zugehen, und meine Frau kam ins Zimmer. Sie hatte ihre Fahrradlampen in der Hand und trug einen orangen Umhang.

»Was, ihr quasselt immer noch? Hat James geschrien, Liebling?«

»Nein, den ganzen Abend kein Pieps von ihm.«

»Gut, das heißt, daß er es noch nicht gemacht hat. Ich setz' ihn jetzt aufs Töpfchen und bring' ihn dann wieder ins Bett.« Sie wandte sich an Janner. »James hat nämlich gerade eine Bettnässerphase.«

»Ach, wirklich«, sagte Janner. »Also wißt ihr, ich habe ins Bett gemacht, bis ich nach Reigate kam.« Und schon waren die beiden wieder ins Gespräch vertieft. Janner schien absolut nichts Unpassendes daran zu finden, vom hochdramatischen Bericht über seinen Aufenthalt bei den Ur-Lalawei in eine Diskussion mit meiner Frau über die Vorzüge von Gummieinzugtüchern zu springen. Ich lehnte mich in meinem quietschenden Kunstledersessel zurück und hoffte, daß den beiden bald der Stoff ausgehen würde. Ich mußte den Schluß von Janners Geschichte hören, ich würde ihn nicht gehen lassen, bis er mir alles erzählt hatte. Wenn nötig, würde ich ihn zwingen, bis zum Morgen hierzubleiben.

»Du mußt unbedingt mal wiederkommen. Ihr beide scheint ja viel nachzuholen zu haben.«

»Das stimmt, aber das nächste Mal müßt ihr zu uns kommen. Meine Frau kennt nicht viele Leute in Purley, und jetzt, da das Baby da ist, würde sie gern ein bißchen mehr aus dem Haus kommen.«

Ich schrak hoch. Was hatte Janner eben gesagt? Frau? Baby? Meine Frau hatte sich verabschiedet und mich daran erinnert, die Haustür abzuschließen. Jetzt stapfte sie leise die Treppe hoch.

»Deine Frau, Janner, ist das …?«

»Jane, ja. Und wenn du jetzt still bist, erzähle ich dir den Rest der Geschichte.

Ich warb drei Wochen um Jane. Dazu gehörte nicht viel

mehr, als mit ihren Eltern herumzusitzen und Smalltalk zu machen. Die Ur-Lalawei haben einen fast unstillbaren Appetit auf Smalltalk. Wie die Engländer leiten sie fast jedes Gespräch mit einer langatmigen Diskussion des Wetters ein, obwohl es bei ihrem eintönigen Klima darüber viel weniger zu reden gibt. Genaugenommen so wenig, daß ihnen nichts anderes übrigbleibt, als Temperatur, Feuchtigkeit und Niederschlagsmenge bis ins allerkleinste durchzukauen. Janes Eltern waren recht liebenswürdig. Sie schienen nichts gegen unsere Heirat zu haben, solange wir nur die üblichen Formalitäten und Rituale beachteten. Man schaffte mich zum Schamanen, damit ich von ihm die entsprechenden Instruktionen erhielt.

Der Schamane war für einen Ur-Lalawei außergewöhnlich interessant. Ich schätze, daß das etwas mit seinem Beruf zu tun hatte. Seine Hütte stand etwas abseits vom Rest des Dorfes. (Du erinnerst dich bestimmt an die Hütte, in der ich in Reigate wohnte, oder? Es war eine beinahe exakte Kopie einer Ur-Lalawei-Behausung, außer daß die amazonische Art gröbere Schindeln hat und keine Fenster, sondern nur ein rechteckiges Loch.)

›Komm rein, mein lieber Junge, komm doch rein‹, sagte er. ›Du willst also unsere kleine Jane heiraten und sie uns wegnehmen, was?‹ Ich nickte zustimmend.

›Nun, ich nehme an, daß du als Anthropologe ein wenig Bescheid weißt über unsere Glaubensgrundsätze, nicht? Daß wir aus Versehen vom Himmelsgott geschaffen wurden. Wie wir unser Leben gestalten. Daß wir Beschneidung und Infibulation als Reinigungsrituale praktizieren. Daß sich unsere jungen Männer strengen Initiationsriten unterziehen müssen, und daß diese Riten wochenlang dauern und die Einnahme toxischer Mengen halluzinogener Wurzeln beinhalten. Über das alles weißt du Bescheid, nicht?‹

›Nun, im großen und ganzen schon, aber ich muß sagen, ich habe noch nie gesehen, daß einer von euch all diese Dinge je praktiziert hätte.‹

›Nein, da hast du recht. Prima, ganz ausgezeichnet. So ist's recht, du scheinst mir ein kluger Kopf zu sein. Nein, natürlich tun wir das alles nicht wirklich.‹

›Aber warum nicht? Habt ihr denn keine Angst vor all den Göttern und Geistern?‹

›Nun ja, wir glauben an sie nicht auf eine Art, wie du sie kennst. Wir glauben an ihre Gültigkeit als, äh … Beispiele, Metaphern, wenn du so willst, für die Art, wie die Dinge sind, aber wir glauben doch nicht wirklich an Baumgeister, ach du meine Güte, nein!‹

Der Schamane kicherte eine ganze Weile über die Vorstellung eines solchen religiösen Übereifers und bot mir dann eine Tasse Coya an. Coya ist ein lauwarmes Getränk, das aus der pulverisierten Wurzel des Coyabaums gemacht wird, und es sieht beängstigend wie Instant-Kaffee aus, schmeckt aber noch viel fader. Ich machte mir nicht die Mühe, mich mit dieser absurden Figur zu streiten. Im Gegensatz zu anderen Stämmen, die Schamanen haben, ist bei den Ur-Lalawei der Status des Schamanen unklar und irgendwie ohne große Bedeutung. Der Schamane bereitete des öfteren einige der rigorosen Rituale vor, an die die Ur-Lalawei zumindest nominell glauben, doch kaum jemand fand es je der Mühe wert, an einem solchen Pseudovollzug teilzunehmen. Im großen und ganzen wurde er mit einer Art amüsierter Geringschätzung betrachtet. Allerdings legte man immer noch Wert darauf, daß bei Geburten, Hochzeiten und Todesfällen gemäßigte Versionen dieser Zeremonien stattfanden.

Ich besuchte den Schamanen vor unserer Hochzeit noch ein paarmal. Pro forma und ziemlich gelangweilt weihte er mich in die Geheimnisse des Ur-Lalawei-Glaubens ein und gab mir dann noch eine Menge nutzloser Ratschläge für eine erfolgreiche Ehe mit. Sachen wie, daß ich bis zehn zählen sollte, wenn ich wütend sei, oder daß ich Jane ausreden lassen sollte, wenn wir einen Streit hätten, und das ganze übliche Gewäsch, wie man es von der Kummerkastentante eines viertklassigen Frauenmagazins erwarten würde.

Die Zeremonie selbst wurde allgemein als großer Erfolg betrachtet. Zwanzig oder dreißig versammelten sich vor der Hütte des Schamanen, Jane und ich faßten uns an den Händen, und wir alle lauschten, wie er uns den Nerv raubte, indem er mit hoher, säuselnder Stimme Schwachsinn plapperte. Ich habe, ehrlich gesagt, noch nie ein tristeres gesellschaftliches Ereignis erlebt als diese Ur-Lalawei-Hochzeit. Wie wir alle dastanden in unseren grauen Kutten auf dieser düsteren Lichtung und uns rundherum langweilten.

Nach der eigentlichen Zeremonie verteilten sich die Gäste auf der Lichtung und redeten wüst durcheinander. Jane führte mich herum und stellte mich Tanten, Cousins und Freunden vor. Die ich alle bereits nur zu gut kannte. Die Tanten kniffen mich in die Wange und machten alberne Bemerkungen. Es wurde viel ziemlich wäßriges Maniokbier getrunken, was unweigerlich die Art von hohlem Schwulst auslöste, die bei den Ur-Lalawei als gute Laune gilt.

Jane hat einen Bruder, David, und die Ur-Lalawei wußten, daß ich vorhatte, sie beide nach der Hochzeit mit zurück nach England zu nehmen, doch sie zeigten sich deswegen kaum überrascht oder gerührt. Sie wußten auch, daß ich überzeugt war, ihre Gesellschaft sei dem Untergang geweiht, und das beunruhigte sie ebensowenig. Es war ihnen gleichgültig, ob die Zivilisation über sie kam oder nicht, und ich sah mich nicht in der Lage, sie aus ihrer Lethargie zu reißen. Um ehrlich zu sein, ich hatte es schon längst aufgegeben.

Unsere Abreise war ein leidenschaftsloses Ereignis. Es

gab flüchtige Umarmungen, Küßchen auf die Wange und ein allgemeines Händeschütteln. Jane lächelte leicht pikiert. Als unser Kanu ablegte, rief einer der jungen Männer uns nach: ›Kommt bald mal wieder, wenn's euch nicht zuviel Streß ist.‹ Und dann hatten wir sie hinter uns gelassen. In zwei Tagen waren wir in der Ortschaft Mentzos, wo wir eine Barkasse bestiegen, die uns zur Mündung des Amazonas brachte. Zwei Tage danach waren wir in Buenos Aires, und einen Tag später kamen wir in Purley an, wo wir seitdem geblieben sind.«

»Und das ist alles? Das ist die ganze Geschichte?«

»Ja. Wie gesagt, ich lebe jetzt in Purley und unterrichte am Croydon Polytechnic. Und wenn du so willst: Von meiner Obsession mit den Ur-Lalawei bin ich geheilt.«

»Aber was ist mit der Lurie Foundation? Mußt du deine Arbeit denn nicht veröffentlichen? Wird es keine populärwissenschaftlichen Abrisse in den Sonntagsbeilagen geben?«

»Nein, nein, das ist alles nicht nötig. Lurie wollte nur, daß irgendein anderer armer Trottel die unglaubliche Langeweile erleidet, die er während seines Aufenthalts bei den Ur-Lalawei in den Dreißigern erlebte.«

»Und was ist mit Jane und David? Du wirst mir doch nicht erzählen, daß du es geschafft hast, sie ohne Schwierigkeiten in die englische Gesellschaft zu integrieren! Du hast gesagt, daß die Ur-Lalawei rassisch verschieden sind, was heißt das?«

»Ja, das ist richtig, und in gewisser Weise vermutlich sogar faszinierend; die Ur-Lalawei besitzen eigentlich keine Klassifikationsmerkmale als Volk. Sie sind weder mongolid noch negroid, noch kaukasisch, noch sonst irgend etwas in der Richtung. Aber ihr Erscheinungsbild als Volk ist so undefiniert, daß man – wie soll ich es sagen – sich nicht bemüßigt fühlt, es zu definieren. Was Jane angeht, in sie bin ich noch immer sehr verliebt. Ich muß gestehen, daß ich, obwohl es zwischen uns nicht unbedingt optimal funktioniert, sie noch immer wahnsinnig erotisch finde; es hat irgend etwas mit ihrer völligen Trägheit im Bett zu tun, sie vermittelt mir das Gefühl, ein … ein richtiger Mann zu sein. Wir haben jetzt auch ein Kind, Derek, und er ist ein Junge, wie man ihn sich nur wünschen kann. Und David wohnt noch immer bei uns. Warum besuchst du uns nicht nächste Woche mit deiner Frau, dann kannst du sie kennenlernen und dich selber überzeugen, wie gut sie sich assimiliert haben?«

Nachdem Janner gegangen war, saß ich da und starrte die doppelten Heizschlangen des Elektrofeuers im Kamin an. Es war Hochsommer, und sie waren kalt und leblos und mit einer feinen Staubschicht überzogen, die, wie ich wußte, im nächsten Herbst mit metallischem Geruch verschwelen würde. Komisch, daß nie jemand daran denkt, die Heizschlangen von Elektrofeuern abzustauben. Vielleicht war auf dem Markt ja noch Platz für ein spezielles Produkt.

Genau eine Woche später standen meine Frau und ich vor 47 Fernwood Crescent. Das Haus war fröhlich erhellt, alle Vorhänge waren zur Seite gezogen, und drinnen sah alles blitzsauber aus. Nummer 47 war ein mehr oder weniger typisches Purleyer Wohnhaus, eine Doppelhaushälfte mit einem an die Freiseite angebauten Wellblech-Unterstand anstelle einer Garage. Wie alle anderen Bewohner der Fernwood Crescent hatte Janner sich die Mühe gemacht, das sichtbare Balkenwerk und die Regenrinnen individuell anzustreichen, in seinem Fall hellgrün. Die Klingel ding-dongte unter meinem Finger, und die grüne Tür ging auf.

»Du mußt Jane sein.«

»Richtig, kommt rein. Ich habe ja schon so viel von euch gehört.«

Was mir als erstes an ihr auffiel, war ihr Akzent, erstaunlich flach und farblos – es war reinstes Südlondonerisch, bis hin zum leichten Näseln. Ich kann nicht sagen, daß ich ihrem Aussehen irgendeine Beachtung geschenkt hätte, in dieser Hinsicht war Janners Beschreibung von ihr völlig zutreffend. Sie war wie jemand, dem man in einer Menge begegnet, ein Gesicht, auf das man sich kurz konzentriert und dann für immer vergißt. Und was ihren Bruder David anging, der vom Sofa aufstand, um uns zu begrüßen, so war die Familienähnlichkeit unverkennbar.

Wir hängten unsere Mäntel auf und setzten uns in einem ungefähren Halbkreis vor den überflüssigen Kamin, um die konversationellen Albernheiten auszutauschen, die »Einander-Kennenlernen« heißen. Nach einer Weile kam Janner herein. »Tut mir leid, daß ich euch nicht kommen gehört habe. Ich war im Garten und habe ein bißchen gewerkelt. Will jemand was zu trinken?« Er nahm die Bestellungen entgegen und verschwand in der Küche. Als er zurückkehrte, war ich mit David in ein Gespräch über die Vorzüge des Deweyschen Dezimalsystems im Vergleich mit anderen Methoden der Katalogisierung vertieft. Janner bekam einen Fetzen unseres Gesprächs mit. »Wie ich sehe, hat sich David dich bereits geschnappt«, lachte er. »Jetzt läßt er nicht mehr locker; seit er in der Bibliothek arbeitet, ist er der reinste Klassifikationsfanatiker. Er hat sogar die Gewürzgläser in der Küche farbkodiert.« Wir lachten alle herzlich darüber.

Was Janner gesagt hatte, stimmte. David ließ mich den ganzen Abend nicht mehr los. Er war ein irritierender Gesprächspartner, der die Angewohnheit hatte, nicht nur alles zu wiederholen, was man gesagt hatte, sondern auch noch die Sätze für einen zu beenden, so daß ein typischer Wortwechsel etwa folgendermaßen ablief:

»Ja, wir haben da jetzt einen Mikrofiche …«

»Katalog für die älteren Schüler – ihr habt da jetzt einen Mikrofiche-Katalog für die älteren Schüler, hm …«

Ich hätte wohl Lust verspürt, David zu schlagen, wenn er nicht so freundlich und gewinnend gewesen wäre. Das Essen war nicht der Erwähnung wert. Es gab einen Eintopf mit Fleisch und Gemüse, aber ich konnte nicht sagen, was für eine Fleischsorte es war.

Davids unnachgiebiges Interesse kostete mich meine letzte Kraft. Während der Nachspeise wäre ich beinahe eingenickt, und ein- oder zweimal quietschte der Kunstlederbezug meines Stuhls. Meine Frau und Jane waren in ein Gespräch über die Schulbehörde vertieft, und Janner war nach oben verschwunden, um dem Baby die Windeln zu wechseln. Ich entschuldigte mich bei David und schlich hinter ihm her.

Ich fand ihn in einem kleinen Zimmer unter dem Dach, das sie als Kinderzimmer hergerichtet hatten. Geschickt hantierte er mit den Pampers, als wäre er geschaffen dafür. Das Baby war ein nichtssagendes kleines Ding mit kittbleicher Haut und einem Schippel undefinierbar mausbrauner Haare auf dem kleinen Schädel.

»Kommt nach der Mutter«, sagte Janner und packte zwei winzige Füße mit seiner knochigen Hand. »Kann nicht sagen, daß es mir leid tut. Mein Gesicht würde ich keinem Kind wünschen.«

»Janner, was hast du jetzt vor?«

»Was ich vorhabe? Womit?«

»Mit Jane, mit David, mit den Ur-Lalawei.«

»Na, nichts, rein gar nichts.« Er befestigte die Klebebänder und legte das Baby in sein Bettchen zurück. Mit stumpfen, blicklosen Augen starrte es uns ohne jede Neugier an.

»Aber Janner, du bist Wissenschaftler, du hast die Pflicht,

an die Öffentlichkeit zu gehen. Ist es die Lurie Foundation, hat die irgendwas gegen dich in der Hand?«

»Nichts dergleichen. Natürlich könnte ich veröffentlichen, wenn ich wollte, aber irgendwie läßt mich das Thema Ur-Lalawei völlig kalt, ich kann mich einfach nicht dafür begeistern. Ich glaube nicht, daß die Welt in irgendeiner Weise von meinen Erkenntnissen profitieren würde.«

Bald darauf verabschiedeten wir uns. Auf dem ganzen Nachhauseweg redete meine Frau über Jane. Sie schienen sich wirklich blendend verstanden zu haben. Ich schwieg, zu sehr waren meine Gedanken mit Janner und den Ur-Lalawei beschäftigt.

Im Verlauf dieses Herbstes entstand eine recht enge Freundschaft zwischen unseren beiden Familien. Ich würde sagen, daß wir uns mindestens einmal alle vierzehn Tage sahen, wenn nicht öfter. Ich fing sogar an, einen gewissen Respekt für David zu entwickeln. Sein beharrliches Festhalten an den allerschlichtesten Kategorien, die er in die Finger bekam, hatte etwas Bewundernswertes. Was Janner anging, so brachte ich das Thema Ur-Lalawei noch einige Male zur Sprache, doch er hatte völlig das Interesse verloren. Er war eben dabei, zu einer kleineren Berühmtheit zu werden – die Art Popakademiker, die sich die Öffentlichkeit ab und zu herauspickt, um daraus eine TV-Persönlichkeit zu machen. Sein Buch, in dem er die Beobachtung sich drehender Wäschetrommeln mit traditioneller buddhistischer Meditation in Beziehung setzte, war überraschenderweise ein Bestseller geworden, und er stand in Verhandlung mit den Farbbeilagen der Zeitungen, die Auszüge abdrucken wollten.

Was mich anging, so machte ich weiter wie zuvor, unterrichtete, spielte Volleyball und fragte aufsässige Schüler nach den Namen von Kraftwerken. Die Auspolsterung, die für kurze Zeit aus meinem Bewußtsein entfernt worden war, kehrte zurück – zusammen mit neuer, verbesserter Isoliermasse.

Die Quantitätstheorie des Irrsinns

Denver, Colorado

Ein deprimierender Tag hier auf der speziellen interdisziplinären Konferenz. Ich nehme an, daß ich als Verfasser der Theorie, die für soviel akademische Aktivität gesorgt hat, einen gewissen Besitzerstolz verspüren sollte angesichts der Hundertschaften von Psychologen, Soziologen, Sozialwissenschaftlern und anderen, exotischeren Akademikern, die hin und her rennen, reden, disputieren, gestikulieren, debattieren und konferieren. Statt dessen fühle ich mich nur deprimiert und dieser riesigen Gedankenindustrie entfremdet, deren Urheber ich bin. Außerdem fürchte ich, daß die schlechte Qualität des Zelluloids, das für die Namensschildchen verwendet wurde, nur ein Beispiel dafür ist, daß der Fachbereich nicht genug Mittel zur Verfügung gestellt hat.

Am Vormittag habe ich in der großen Aula der Universität vor den versammelten Konferenzteilnehmern meine Begrüßungsansprache gehalten. Gegen meinen ausdrücklichen Wunsch hatte Dagglebert eine Art Video-Display oder Dia-Show zur Illustration meiner Einführungsvorlesung »Einige Aspekte der Quantitätstheorie des Irrsinns« zusammengestellt. Leider hat Dagglebert, trotz seines unerschütterlichen Glaubens an visuelle Hilfsmittel, absolut kein räumliches Bewußtsein. So passierte es immer wieder, daß ich den Kopf hob und merkte, wie mir Grafiken über das Gesicht zuckten, und als ich einmal nach unten sah, mußte ich feststellen, daß mein Bauch fein säuberlich vom Ausschnitt eines Vennschen Diagramms mit der Beschriftung »Manisch-Depressive in Coventry 1977–79« eingerahmt wurde.

Trotz dieser und anderer Zwischenfälle lief es gut. Einige hundert zottelige Männer und Frauen saßen volle drei Stunden lang auf ihren Stuhlkanten, während ich die grundlegenden Aspekte der Theorie erläuterte. Um bei der Wahrheit zu bleiben, ich hätte auch gurgeln können, und sie hätten ebenso aufmerksam zugehört. Inzwischen habe ich, was in der akademischen Welt höchst selten ist, das Gütesiegel eines dozierenden Miles Davis. Ich hätte Dagglebert drei Stunden lang Dias vorführen lassen und dann aufs Podest schlendern und fünf Minuten lang oberflächliches und unzusammenhängendes Zeug quasseln können – sie hätten mir genauso heftig applaudiert.

Doch ich hatte nicht vor, aus der Gutgläubigkeit meines Publikums Kapital zu schlagen. Dieses eine Mal wollte ich es mit der Wahrheit versuchen. Ich wollte ernsthaft versuchen, das fiebrige Wachstum einer Industrie zu stoppen, für deren Entstehung ich mitverantwortlich war. Ich wollte den Mythos der Quantitätstheorie entmystifizieren und dabei ein paar tönerne Götzenbilder vom Sockel stürzen.

Dementsprechend behandelte ich das Thema sowohl persönlich wie historisch. Ich hatte das Gefühl – und das trifft auf alle großen Theorien zu –, daß vor allem ein akademisches Publikum die persönliche Dimension, die grundlegende *Menschlichkeit* der Entstehung eines solchen Gedankengebäudes begreifen muß. Aber es funktionierte nicht. Wenn man erst einmal einen gewissen akademischen Status erreicht hat, wird jede Aussage, die man macht, wie kritisch und tiefschürfend sie auch sein mag, sofern sie in der jeweiligen Fachsprache formuliert ist, immer nur als Verzierung betrachtet, als weitere Schicht kristalliner Ablagerung auf dem Stalaktiten. Um ihn an der Wurzel abzubrechen, müßte man eine Sprache benutzen, die brutal, kompromißlos, emotional, unfachlich ist.

Also erzählte ich ihnen von dem kalten, grauen Nachmittag im vorstädtischen Birmingham, als ich bei der Zusammenstellung des Registers für die amerikanische Collegeausgabe meiner Dissertation »Einige soziale Aspekte der Bewerbung um ein akademisches Stipendium im Großbritannien der 1970er Jahre« einen Gedankenblitz hatte, der mir die Grundzüge der Theorie, wie wir sie heute kennen, bescherte.

Das wäre zumindest eine mögliche Betrachtungsweise dieses Erlebnisses. Aus einem anderen Blickwinkel gesehen war die Quantitätstheorie nur die logische Folge jahrelangen frustrierten Denkens, die Butter, die sich nach langem Rühren endlich bildete. Ich hatte schon oft Gelegenheit zu beobachten – und tatsächlich hat Stacking erst kürzlich und verspätet die Beobachtung als tentatives Syndrom definiert, das er mit der Formel ausdrückt: (Á→Å), wobei Å = *ein nachfolgendes Ereignis* –, daß Ereignisse mehr rekonstruiert werden, als sie je konstruiert wurden.

Hat man erst einmal veröffentlicht, ist alt geworden und gestorben, nehmen die Ereignisse im Umkreis der ursprünglichen theoretischen Entdeckung, die man gemacht hat, eine unmögliche kausale Richtung und Entwicklungsgeschwindigkeit an. Eine, die zum Zeitpunkt der Entdeckung auf jeden Fall noch nicht offensichtlich war. Vor allem Wissenschaftler sind anfällig für dieses Syndrom. Nehmen wir zum Beispiel Gödel und seine Unvollständigkeit. Nachdem er seinen Satz formuliert hatte, führte alles in seinem Leben zu diesem Augenblick, diesem Arbeitsresultat. So konnte, als der kleine Gödel in seinem Bettchen weinte, die spezielle Verwindung der Speichelfäden, die in seiner Kehle von dem Heulen in Schwingung versetzt wurden, nur implizieren, daß kein logisches symbolisches System einen Beweis seiner selbst liefern kann. Der arme Gödel, seine Zusammenbrüche, seine Anorexie, das alles unentwirrbar verbunden mit seinen fünfzehn Minuten akademischen Ruhms. Warum?

Nun, einfach gesagt, wenn abweichende Ereignisse passieren, sind sie – auf der Ebene der menschlichen, sozialen Beobachtung – denselben Prinzipien unterworfen wie Partikel bei der instrumentellen Beobachtung auf subatomarer Ebene. Die Beobachtung hat einen direkten Einfluß auf den Charakter des Ereignisses, sie verändert sozusagen seine Koordinaten, jedoch in keiner der einfachen Dimensionen. Ich meine, wenn ein abweichendes Ereignis passiert, so passiert es, nur wegen der Aufmerksamkeit, die es nachfolgend auf sich zieht, nicht an einem anderen Ort oder in einer anderen Zeit. Es ereignet sich nicht rückwirkend an diesem anderen Ort oder zu diesem anderen Zeitpunkt oder mit dieser anderen *Auftretenshäufigkeit*, bevor es überhaupt stattgefunden hat. Das wäre absurd.

Es ist eher so: Die Wirkung der Beobachtung auf abweichende Ereignisse scheint in der Umkehrung ihrer Kausalität, ihrer kausalen Richtung zu liegen. Doch gibt es hier keine Umkehrung der Notwendigkeit, was das Auftreten von *P* angeht – und ich glaube, das ist etwas, das bis jetzt nicht beachtet wurde.

Als ich mir also die Quantitätstheorie des Irrsinns »ausdachte«, wurde ich eigentlich zu diesem Ausdenken veranlaßt durch die nachfolgende Reaktion auf diese Theorie: die öffentliche Aufregung, die akademische Begeisterung und nicht zuletzt die Titelgeschichten in der seriösen Presse. Ich möchte dies anhand eines Beispiels verdeutlichen: Bei Morden, um ein alltägliches abweichendes Ereignis zu nehmen, ist dieses Syndrom so offensichtlich, daß es kaum einer Erklärung bedarf. X begeht einen Mord, oder *es hat den Anschein*, daß er einen Mord begeht. Vielleicht war es nur ein sehr unglücklicher Unfall? Vielleicht stritt er mit Y und schubste sie etwas zu fest, so daß sie auf dem Linoleum stolperte und sich auf der Kante des Gasherds den Schädel zertrümmerte, einfach so. Anschließend war es möglicherweise so, daß X, wahnsinnig vor Kummer, sie zerschnippelte und im Garten vergrub. Daraufhin gefaßt, wurde X *rückblickend* zum Psychopathen gestempelt, und zwar von jedem, der irgendeine Beziehung zu ihm hatte. »O ja«, sagt ein Nachbar, »wie er mit den leeren Milchflaschen klapperte, wenn er sie vor die Tür stellte, das hatte schon etwas Dämonisches.« X, einst ein aufrechter, loyaler Bürger, vielleicht zu denselben leichten Verschrobenheiten neigend wie jedermann – G zum Beispiel, doch wir wollen es mit den Großbuchstaben nicht übertreiben –, ist ruiniert, und zwar einzig und allein durch den Beobachtungsfaktor.

Nichts von alledem soll, wie Sie jetzt verstehen werden (oder vielleicht schon immer verstanden haben), eine Abschweifung sein. Wenn wir ernsthaft über mein Leben reden wollen wie auch über meinen Anteil an der Entwicklung der Quantitätstheorie, müssen wir in der Lage sein, Beobachtungsfaktoren zu berücksichtigen und sie dann zu ignorieren. Ironischerweise, angesichts der Tendenz, das individuelle Bewußtsein irgendeinem kreativen Zeitgeist unterzuordnen, bin ich der bestmögliche Geschichtsschreiber der Quantitätstheorie. Schließlich war ich dabei. Und das ist mehr, als man von Musselborough, Nantwich und den übrigen Kretins sagen kann.

Nun denn. In meinem frühen Leben war ich geschlagen mit Neurosen. Das Debakel um meine Analyse durch Alkan ist in der Öffentlichkeit wohlbekannt, es ist deshalb sinnlos, es verheimlichen zu wollen. Die allgemeine Meinung über meine Herkunft, mein frühes Leben, meine Schulzeit und mein Grundstudium bei Müller ist die, daß sie von spektakulärer Durchschnittlichkeit waren. Meine Lebensverhältnisse und mein Charakter waren – glaubt man diesen Biographen – so absolut banal wie die eines Hitler. Sie waren so gewöhnlich, daß man, wenn man sie schwarz auf weiß vor sich hat, nur zu dem Schluß kommen kann, daß sie aufgeschrieben wurden als Vorspiel zu einer Moritat.

In dieser Hinsicht ist die »offizielle Version« völlig korrekt. Meine Kindheit war bestimmt von Kunstfaserlaken, Hühneraugenpflastern und sonntagnachmittäglichen Ausflügen zur Baustelle des Heathrow Airport. Meine Eltern waren stille Leute, die gemeinsam alles taten, um unauffällig in einer Welt zu leben, in der niemand schiß, ejakulierte und einen anderen gewaltsam tötete. Diese Erziehung hinterließ bei mir eine morbide Unfähigkeit, im wirklichen Leben zurechtzukommen. Mein eigener Körper widerte mich an. Die Obsession für die theoretischen Aspekte der Psychologie, die ich als Teenager entwickelte, war eine logische Folge daraus, denn sie bot mir eine Befreiung aus der ekelerregenden, kloakalen Enge meiner eigenen Haut.

Ich hatte nie das Gefühl, einzigartig oder gesegnet zu sein. Nie kam mir der Verdacht, daß ich der *Übermensch* sein könnte. Ganz im Gegenteil. Es war mir schmerzhaft klar, daß ich dazu verurteilt war, zu werden wie mein Vater, der durch penible Detailversessenheit das Chaos abzuwehren suchte. Mein Vater war Versicherungsstatistiker, doch die Berechnungen, die er tagaus, tagein anstellte, hatten für ihn keinen Bezug zu wirklichen Lebensrisiken, wirklichen Menschen. Und wenn man ihn fragte, womit er seinen Lebensunterhalt verdiene, antwortete er unweigerlich, er sei Mathematiker.

Sie werden deshalb verstehen, daß meine Begegnung mit Alkan ein Gottesgeschenk war; seine Wirkung auf mich war enorm. Eigentlich erlitt er seinen Zusammenbruch speziell für mich, insofern als der mich tiefer in diese schreckliche Durchschnittlichkeit schleuderte, deren Opfer ich war, so tief und so rasant, daß ich gar nicht anders konnte, als daraus wieder aufzutauchen. Ohne Alkans Einfluß hätte ich meine jämmerlichen Studien wohl jahrzehntelang weiterbetrieben.

Ein trüber Tag im Flachland, so ist er mir in Erinnerung geblieben. Damals hatte ich das erste meiner vielen Postgraduiertenstipendien bewilligt bekommen. Ich hatte es erhalten zur Finanzierung einer Studie über phrenologische und physiognomische Theorien des neunzehnten Jahrhunderts. Besonders angetan war ich von der Arbeit Grutons, eines englischen Fastzeitgenossen und gelegentlichen Mitarbeiters von Fleiß. Gruton behauptete (und das war sein einziges wirkliches Vermächtnis an die Nachwelt), daß die sichtbare Nase nur ein Achtel der »tatsächlichen« Nase darstelle. Die Nase, die wir als Erhebung in unserem Gesicht sehen, sei, so Gruton, nur die Spitze des psychologischen Eisbergs erblicher Veranlagung. Die »Form« der tatsächlichen inneren Nase sei der wahre Indikator für Charakter, Neigungen und so weiter.

In den 1880ern entwickelte Gruton ein System zur Vermessung der inneren Nase unter Verwendung sehr heller Punktstrahler, die in Ohren, Augen und auch die Nase selbst eingeführt wurden. Der Kopf des Patienten wurde kahlrasiert, und nach Einschalten des Lichts wurde die auf dem

Schädel sich abzeichnende Schattenfläche auf Papier übertragen. Mit Hilfe einer komplexen topologischen Gleichung kombinierte Gruton dann die verschiedenen Projektionen, um etwas zu produzieren, das er »Nasoskop« nannte. Und dies war eine präzise Darstellung der Form der inneren Nase.

An dem Vormittag, als ich Alkan traf, überquerte ich auf dem Weg von der Bibliothek in meine Studentenbude eben den Campus. Unter dem Arm hatte ich einen Stapel Nasoskope, die ich an diesem Morgen per Bahn vom Archivar der Gruton Clinic erhalten hatte.

Ich muß hinzufügen, daß Alkan sich zu diesem Zeitpunkt dem Zenit seiner Berühmtheit näherte. Wie von mir nicht anders zu erwarten, mied ich seine Seminare, die er regelmäßig in dem rechteckigen, zweiundzwanzigstöckigen Gebäude der psychologischen Fakultät abhielt. Die waren eindeutig nur für Speichellecker und Groupies – und außerdem war Alkan, trotz seiner Ausbildung als Mediziner und Psychiater, ein Anhänger der psychotherapeutischen Bewegung. Für mich dagegen war die empirische Überprüfbarkeit die Meßlatte jeder Theorie, und ich konnte das krause Phantasieren nicht ausstehen, das diese Seelenstocherei zu dominieren schien.

Alkan war eine imposante Gestalt. Von der Erscheinung her ein wenig wie Le Corbusier, aber viel größer und dünner. Er war völlig kahl und verströmte eine Aura nahezu absoluter Natürlichkeit, die nur schwer zu durchschauen war. Vermutlich war das der Grund für seinen überragenden Ruf als Kliniker. Wenn Alkan fragte: »Wie geht es Ihnen?«, so enthielt diese Frage das gesamte Bedeutungsspektrum: Er wollte wirklich wissen, wie es einem ging, obwohl er die Frage ausschließlich der Form halber stellte. Zugleich schaffte er es, diese beiden widersprüchlichen Botschaften anzuerkennen, aber die Frage so zu formulieren, daß sie beide enthielt und trotzdem keinerlei Anmaßung darstellte. Darüber hinaus schien nichts des Obigen *impliziert* zu sein.

Alkan also. Forsch ausschreitend über die Betonagora des Chelmsforder Campus, seine Gestalt eine Ergänzung zum anthropomorphen Brutalismus der universitären Architektur. Die Schultern eingedreht – willkürlich wie die Stahlenden, die aus armiertem Beton herausragen. Und ich, völlig anonym, zu der Zeit im Begriff, eine soziale Apathie und eine persönliche Merkmalslosigkeit zu entwickeln, die schon ans Pathologische grenzten. Wir stießen mitten auf dem Platz zusammen, weil ich nicht schaute, wohin ich meine Füße setzte. Durch den Aufprall entglitt mir das lose Bündel Nasoskope, und die Blätter segelten auf das Pflaster. Wir bückten uns beide und sammelten sie, unentwegt lächelnd, wieder ein.

Bevor Alkan mir die Diagramme zurückgab, hielt er kurz inne und betrachtete eins der Nasoskope. Ich war beeindruckt, denn er wußte ganz offensichtlich, worum es sich handelte. Er musterte den Umriß, um zu kontrollieren, ob er der »Charaktergleichung« entsprach, die Gruton darunter notiert hatte.

»Faszinierend, ein Nasoskop. Ich habe seit Jahren keins mehr gesehen. Ich habe früher einmal über Gruton gearbeitet …«

»Oh, äh … Ach, das wußte ich gar nicht, zumindest habe ich es nicht gelesen.« Ich wußte absolut nicht, wie ich reagieren sollte. Eigentlich nahm ich für mich ja das Recht in Anspruch, diesen Playboy Alkan zu hassen, doch nun stand er hier und erwies sich als profunder Kenner jenes obskuren Winkels des Fachs, den ich als meinen eigenen abgesteckt hatte.

»Es gibt auch keinen Grund, warum Sie es gelesen haben

sollten. Es wurde nie veröffentlicht.« Noch einmal betrachtete er das in Plastik verschweißte Blatt. Während er die penibel schraffierten Flächen überflog, die die Charakterkarte bildeten, spitzte er die Lippen und stieß die Luft aus, was ein merkwürdig flatterndes Geräusch produzierte. Das war nur eine von Alkans vielen Schrullen, die ich mir später zu eigen machte.

»Schauen Sie hier.« Er deutete auf einen länglichen, spitzenartig ausgezackten Klecks, der Nordinsel Neuseelands nicht unähnlich. »Gruton hätte gesagt, daß das hier auf *heimische* Tendenzen hindeutet.«

»Wie bitte?«

»*Heimische* Tendenzen. Gruton glaubte, daß Masturbation nicht nur eine moralische Degeneration hinsichtlich der individuellen Psyche verursache, sondern daß sie die Menschen auch politisch beeinflussen könne. Er entwickelte ein ganzes Vokabular von Begriffen, die diese verschiedenen Formen der Degeneration beschreiben, und einer davon war *heimisch*. Wenn Sie Lust haben, mit zu mir zu kommen, zeige ich Ihnen ein kleines Lexikon dieser Begriffe, das Gruton zusammengestellt und im Selbstverlag veröffentlicht hat.«

Alkans Büro, in dem er auch wohnte, befand sich im Monoplex, dem Turm, der 1952 für das Festival of Britain gebaut worden war und den Chelmsforder Campus dominierte. Eine merkwürdige, freitragende Konstruktion, die wie eine Zigarre in den flachen Himmel von Essex ragte. Der Lift war wie immer außer Betrieb, und Alkan ging die Treppen mit Verve an. Ich erinnere mich noch, daß er wirkte, als hätte ihm der Anstieg überhaupt nichts ausgemacht, als ich mich etwa fünf Minuten später und fünfzig Meter höher in einen Sessel plumpsen ließ.

Den Rest des Vormittags verbrachten wir zusammen. Alkan war ein erstaunlicher Lehrer, und während wir sein Depot an Gruton-Papieren durchgingen und danach zu allgemeineren Themen überwechselten, erstaunte mich die Art, wie er mir Graubereich um Graubereich erhellte. Seine dialektische Methode war, gelinde gesagt, bizarr. Bei ihr folgte Antithese auf Antithese. Alkan brachte den Studenten zu dem Eingeständnis, daß er eine Theorie oder sogar eine Sammlung von Tatsachenmaterial unhaltbar finde, daß er aber keine Alternative beibringen könne; und dann gab er zu, daß er es auch nicht könne. »Ich weiß es nicht« war sein Lieblingssatz. Und so wurde mir Bereich um Bereich höchst komplexen Gedankenguts mit diesem »Ich weiß es nicht« erhellt.

Zu der Zeit praktizierte Alkan noch als Analytiker, und er behauptete, daß keine pädagogische Beziehung ohne eine gleichzeitige therapeutische Beziehung gedeihen könne. Alkans Studenten/Analysanden waren ein wilder Haufen. Zack Busner, Simon Gurney, Adam Sikorski, Phillip Hurst und der andere Adam, Adam Harley. Jetzt sind diese Namen natürlich so gut wie in aller Munde, aber zu der Zeit waren sie nur eine x-beliebige Truppe junger Stenze, die an ihrer Dissertation pusselten, sich auf bestimmte Art kleideten und über den Campus stolzierten, als gehöre er ihnen.

Alkans Stenze machten sich ein Vergnügen daraus, einander raffinierte psychologische Streiche zu spielen – alle mit dem Ziel, den anderen zu überzeugen, daß er psychotisch sei. Zu diesem Zweck trieben sie oft einen beträchtlichen Aufwand. Da wurde das Frühstückmüsli des Opfers mit Meskalin gewürzt, wurden raffinierte *trompe l'œil*-Effekte inszeniert – an die Außenseite des Fensters geklebte falsche Landschaften – oder Abhörwanzen in Zimmer eingeschmuggelt, um die privaten Ejakulationen ihrer Kameraden »unbewußt« lautlich darstellen zu können. Diese Albernheiten wurden von Alkan mit Wohlwollen betrachtet, er sah sie als notwendiges Muskelspiel der Psyche. Was den Rest der Fakultät anging, so betrachteten Dozenten wie Studenten Alkans Stenze mit unverhülltem Argwohn, der schon beinahe an Abscheu grenzte.

Ich war völlig entwaffnet von dem Interesse, das Alkan an meiner Gruton-Arbeit zeigte. Er schien ehrlich beeindruckt von meiner bisherigen Forschung – und er stellte freimütig meinen Mangel an Überzeugtheit dem seinen gleich. Ich kann wohl sagen, daß ich an diesem Vormittag in seinem Büro-Horst dem *wahren* Alkan so nahegekommen war wie seitdem nie mehr. Sein nachfolgendes Verhalten ließ sich nach seinem Tod auf seine frühe Arbeit zurückführen, und so entstand das komplexe Bild eines Mannes, der viel mehr war als die Summe seiner Teile – eine gewisse Berechtigung darf man dem Urteil der Nachwelt wohl zusprechen –, immerhin hatte er Teile anderer Menschen in seine Persönlichkeit mit aufgenommen.

Dennoch war ich ehrlich erstaunt, als ich im folgenden Monat feststellte, daß Alkan, ohne mich in irgendeiner Weise zu fragen oder vorzuwarnen, die Rolle meines Doktorvaters von Dr. Katell übernommen hatte. Ich erfuhr davon erst, als ich auf dem Schwarzen Brett eine handgeschriebene Notiz entdeckte, die mir unmißverständlich mitteilte, daß mich Dr. Alkan zur allmonatlichen Besprechung erwarte. Ich ging zu Dr. Katell. Er saß in seinem Kiefernholzbüro neben dem rechteckigen Lilienteich. Das Zimmer stank nach Möbelpolitur, und in einer geschliffenen Glasvase quietschte ein leuchtender Strauß Dahlien.

»Mein lieber Junge …«, sagte er und beugte quietschend seinen eiförmigen Körper auf der Kunstledersitzfläche seines Kunstledersessels nach vorne. Ich verabschiedete mich von ihm und ging.

Als ich zu meiner ersten Betreuungssitzung bei Alkan erschien, lächelte er über das ganze Gesicht. Er nahm mir das Bündel Manuskripte und Nasoskope ab, das ich unter dem Arm trug, und bot mir einen Platz an.

»Mein lieber Junge«, sagte er und warf seinen schlaksigen Körper in die Lederschlaufe, die sich zwischen zwei Edelstahlrohren, den Lehnen seines Sessels, spannte. »Mein lieber Junge. Ihnen ist natürlich bewußt, daß ich als Ihr Doktorvater es als meine Pflicht und Schuldigkeit betrachte, mit Ihnen eine Analyse durchzuführen ...«

Wir fingen sofort an. Alkans analytische Methode, die trotz der Prädominanz der Quantitätstheorie noch immer von einigen Therapeuten praktiziert wird, wurde allgemein unter dem Begriff »Implikation« bekannt. Die vollständige Bezeichnung rührte von Alkans Veröffentlichung von 1956 mit demselben Titel her: »Implizierte Techniken der Psychotherapie«. Einfach gesagt (und meiner Ansicht nach war das eine lächerlich einfach gestrickte Idee), bedeutete es, daß Alkan, anstatt dem Patienten zuzuhören und dann eine wie auch immer geartete Interpretation des Gesagten zu liefern, sagte, was er dachte, daß der Patient sagen würde. Der Analysand mußte dann die Interpretation liefern, die seiner Meinung nach Alkan anstellen würde. Alternativ trug Alkan auch zuerst seine Interpretation vor und verlangte dann vom Analysanden einen Bericht, der dazu paßte.

Die Theorie, die dieser Praxis zugrunde lag, postulierte, daß die Psyche eine »refraktive Membran« enthalte. Eine innere, reflektierende Barriere, die automatisch jeden Reiz spiegelte. Natürlich gab es, um diese refraktive Membran »auszutricksen«, nur den einen Weg, ihr Informationen zu präsentieren, die nicht »reflektierbar« waren. Informationen, die ihre Reflexion von Anfang an bei sich hatten. Ich glaube, das Bemerkenswerte an Alkans Methode – und auch an ihrer nachfolgenden Anwendung durch seine Anhänger – ist, daß ihre sämtlichen publizierten Fallgeschichten eine erstaunliche Ähnlichkeit mit denen völlig konventioneller Methoden aufweisen. Mit anderen Worten, die Implikationsmethode brachte absolut nichts Neues, weder im Hinblick auf den Inhalt der Analyse noch auf die Richtung, die sie nahm.

In den letzten beiden Jahren, die ich unter Alkans Obhut verbrachte, wohnte ich in Colchester zur Untermiete. Meine Dissertation entwickelte sich sprunghaft, bis ich die Tippse nicht mehr bezahlen konnte. Alkans Meinung nach schenkte mir die Implikation das Selbstvertrauen, das ich brauchte, um mein volles neurotischen Potential zu erreichen. War ich zuvor introvertiert gewesen, wurde ich jetzt zu einem ausgesprochenen Einsiedler. Der Kontakt zu meinen Kommilitonen beschränkte sich ausschließlich auf die monatlichen Postgraduiertentreffen.

Unermüdlich implizierte Alkan, daß ich ein farbloses, absichtlich langweiliges Individuum sei, dessen Psyche einzig und allein darauf aus sei, jeden Reiz, den die Welt mir bieten konnte, abzuwehren. Meine Studien, meine Lebensgewohnheiten, sogar meine äußere Erscheinung seien alles nur Auswüchse meines grundlegend defensiven Wesens. Er hatte recht. Ich haßte es, unter Leute zu gehen; ich verstand absolut keinen Spaß. Mit voller Absicht machte ich mich so anonym, wie es ging. Ich war zwanghaft ordentlich, doch ohne irgendwelche ausgleichenden Schrullen. Mein Zimmer bei Mrs. Harris war an dem Tag, als ich es verließ, noch genau wie an dem Tag, als ich einzog. Die Nachttischlampe stand noch auf demselben Papierzierdeckchen, das Gasfeuer flackerte, an der Wand tummelten sich noch die jungen Hündchen, das Plastikset aus Kamm und Bürste lag präzise auf seinem Platz. Mrs. Harris war eine gleichmütige, wortkarge Frau, und das war mir nur recht. Morgens saß ich stumm am Frühstückstisch, und sie häufte mir unmögliche Mengen Essen auf den Teller. Ich aß alles auf und litt entsprechend. Es ist der große Erfolg einer gewissen Klasse englischer Puritaner, daß sie die Kasteiung, die sie sich und anderen aufzuerlegen für nötig erachten, fast völlig internalisiert haben.

Und so wurden die banalsten Dinge im Verlauf einiger Monate mühelos in wesentliche Erfahrungen verwandelt. Wirklichen Fortschritt gab es keinen bis zu dem Tag, als Alkan verschwand. Es war das monatliche Treffen von Alkans Studenten/Analysanden, und obwohl ich (der Psychopathologie entsprechend, die Alkan für mich impliziert hatte) zu früh dran war, fand ich die Gruppe bereits versammelt. Sie ignorierten mich, als ich verlegen in eine der klappbaren Tisch-Stuhl-Kombinationen in der hintersten Reihe schlüpfte. Adam Harley sprach eben.

»Es gibt nirgendwo eine Spur von ihm, keine Nachricht, keinen Hinweis, wo er sein könnte …«

»Geh alles noch mal durch, Adam, von Anfang an. Vielleicht hast du ja irgendwas übersehen«, unterbrach ihn Sikorski.

»Na gut. Also. Ich war um halb zehn heute morgen wegen meiner Sitzung an seiner Tür. Ich klopfte, und er rief: ›Herein.‹ Ich trat ein. Da er nicht im Zimmer war, nahm ich an, daß er im Bad war. Ich setzte mich und wartete, aber nach ungefähr fünf Minuten wurde ich ein bißchen unruhig und wanderte herum. Ich nahm ein paar Bücher aus dem Regal, blätterte sie durch und stellte sie wieder zurück. Ich wollte gerade genug Lärm machen, um Alkan daran zu erinnern, daß ich da war, ohne aufdringlich zu wirken. Schließlich wurde ich neugierig, die Badtür war angelehnt, und ich stieß sie auf … das Bad war leer, es war niemand da.«

»Und du bist absolut sicher, daß du ihn rufen gehört hast.«

»Ganz sicher. Außer es war einer von euch mit einem Cassettenrecorder.«

Das sorgte für allgemeines Gelächter. Ich nutzte die Gelegenheit, um mich aus dem Fertigteil-Klassenzimmer zu schleichen. Ich hatte eine bestimmte Ahnung.

Der Wind trieb mich über das perspektivisch zulaufende Schachbrett des Campuspflasters. Die Crux, wenn man so will, meiner frühen Erfahrungen lag in dieser Entscheidung, diesem Sprung ins Unbekannte, diesem Akt, den man nur Eigeninitiative nennen konnte. Man könnte argumentieren (und hat es auch, siehe Stenning: »Grenzgänger, Wahl und Wandel«), daß ich auf einen angemessenen Transfer nur auf die angemessene infantil/neurotische Art reagiert habe.

Rückblickend betrachtet, sofern ich mich überhaupt an diesen Tag erinnere, läßt er sich zusammenfassen als einer meiner letzten, lange nachwirkenden Anfälle von Fluchtzwang. Die scharfen East-Anglia-Böen rissen an mir. Ich schaute mich um, und plötzlich sprang mich der überwältigende Drang an, diese durcheinandergeworfenen Gebäude neu zu ordnen, von denen viele in unbefriedigenden Winkeln zueinander standen. Die Treppe, die sich spiralförmig im Zentrum des Monoplex emporschraubte, warf helle Strahlen der Sicherheit auf mich. Ich nahm immer vier Stufen auf einmal und blieb zum Atemholen auf jeder dritten Etage stehen, wo schwarze Kunstlederbänke die Chromstreben des Treppengeländers reflektierten.

Ich zögerte vor Alkans Tür, bis eine häsische Horde experimenteller Chemiker vorbeigehoppelt und um die Biegung des Korridors verschwunden war. Einen kurzen Augenblick lang überbissen ihre Schneidezähne die zwanzig Meilen Essexer Landschaft, die vom zwanzigsten Stock aus zu sehen waren. Dann trat ich ein. Im Badezimmer fand ich in dem erschlaffenden warmen Knäuel von Alkans vor kurzem noch getragener Kleidung einen Hinweis. Die Karte eines Taxidienstes. Das Büro befand sich in der Dean Street in Soho, London.

Soho war zu dieser Zeit ein verschlafenes Nest, in welchem dem Laster mit minimaler Anstrengung gefrönt wurde. Die Zimmerpflanze der englischen Prostitution gedieh nur in dunklen Gäßchen. Und der gelegentliche Zustrom von Jungs aus den Vorstädten und Männern von den Schiffen spülte die Kaschemmen und Bumsbuden für die nächsten vierzehn Tage sauber.

Das Laster hatte noch dieselbe Größe wie die Architektur, nicht mehr als drei oder vier Stockwerke. Homosexuelle, Jazzmusiker und Journalisten bildeten freundschaftliche Grüppchen. Was die Leute taten, war noch gewagt, bevor es schmutzig wurde.

Ich mietete mich im Majestic Hotel in Muswell Hill ein, einem rosa rauhverputzten Gebäude. Ursprünglich war es wohl für eine edwardische Großfamilie geplant gewesen, doch jetzt war es Heimat für Gesindel aus der ganzen Welt: Vertreter, Hochstapler, Schauspieler und Doktoranden. Ein ruckelnder Bus brachte mich täglich ins West End. Die Taxifirma, die mir die Karte in Alkans Bad genannt hatte, war leicht zu finden. Es war ein Verschlag, in dem ein Italiener mit einer Tweedschieberkappe saß. Seinem Verhalten nach zu urteilen, erinnerte er sich tatsächlich nicht an einen großen dünnen Mann, ein bißchen wie Le Corbusier. Vielleicht war es eine Abneigung gegen den Modernismus im allgemeinen, der ihn so unflätig gegen mich reagieren ließ, als ich ihn ausfragte.

Ich fing an, ziellos umherzuwandern, bis ich meine eigenen Wege kreuzte. Ich war überzeugt, daß Alkan im West End war und daß er gefunden werden wollte. Sein Verhalten sah ich als zielgerichtet. Ich verschwendete keinen Gedanken daran, daß mein Stipendium abgelaufen war, daß ich in ein paar Wochen vor den Promotionsausschuß treten mußte und daß mein Leviathan von einer Dissertation auf der Nylontagesdecke meines Klappbetts in Chelmsford gestrandet war.

Einer der wesentlichen Nachteile einer verarmten, nomadischen Großstadtexistenz ist es, daß man im Winter Privatsphäre nur haben kann, wenn man entweder dafür bezahlt oder sich zu einer abschließbaren Toilettenkabine Zugang verschafft. Ich brauchte dringend meine Privatsphäre, denn in den Jahren meines Rückzugs aus der Welt hatte ich gewisse Gewohnheiten entwickelt, gewisse Rituale, die magische Denkvorgänge mit Körperfunktionen kombinierten und alle vier Stunden durchgeführt werden mußten. Da mir die Mittel für ein Hotel fehlten (aus dem Majestic wurden wir morgens um neun hinausgeworfen und durften es erst ab halb sechs wieder betreten), verlegte ich mich auf die Bedürfnisanstalten und wurde bald Experte darin, die Toiletten zu finden, die mir ein größtmögliches Maß an Frieden und Ungestörtheit boten. Es war eine schwierige und fesselnde Aufgabe. Viele der öffentlichen Toiletten und sogar solche in großen Hotels und Restaurants wurden von Homosexuellen frequentiert. Ich hatte nichts gegen diese Leute, weder in moralischer noch in psychologischer Hinsicht (und ich möchte an dieser Stelle betonen, daß die Quantitätstheorie als ganzes keine feste Position dazu einnimmt), aber das Schieben, Stoßen und dann Scheuern von Fleisch, Stoff und Metallschließen gegen schlecht befestigte Fertigteilwände und verspritzte Toilettenschüsseln stellte eine gewisse Störung meiner Rituale dar.

So erhob ich meine Suche nach der idealen Kabine – warm, diskret, gut ausgeleuchtet – in den Rang einer exakten Wissenschaft. Ohne daß es mir bewußt wurde, begann diese Suche mein ursprüngliches Anliegen zu usurpieren. Es ist deshalb ironisch, daß ich unwissentlich und unbeabsichtigt Hinweise auf den großen Psychologen dort fand, wo ich selbst Zuflucht suchte.

Homosexuellen Realkontakten konnte ich ziemlich leicht aus dem Weg gehen. Doch nur durch den kompletten Verzicht auf meine privaten Studien hätte ich hoffen können, auch jede Berührung mit den Spuren ihrer Aktivitäten zu vermeiden: derbe, aber glaubhafte Kontaktanzeigen, flüchtig mit Kuli hingekritzelt oder ordentlich in Druckbuchstaben verfaßt, scheinbar mit einer Axt eingekerbt oder behutsam mit einem Taschenmesser geschnitzt, die das Augenmerk des Lesers unweigerlich auf die Frage der penilen Größe richteten:

> Ich bin 45 und meine Frau befriedigt mich nicht, weil sie so schlapp ist. Schwänze mit 8 Zoll oder mehr treffen mich hier jeden Mittwoch nach 6. Je mehr geile Jungs, desto besser.

und

> Jungs unter 21 mit 6 Zoll oder mehr treffen mich hier.
> Du machst es mir, ich mach es dir.

Oder das direkte, wenn auch verstörende:

> Her mit den grosen schwänsen.

Es gab unter diesen WC-Kommunikatoren einen ganz eifrigen, der sich unverkennbar von den anderen abhob – ich fand seine Appelle an vielen meiner Lieblingsplätze, stieß aber auch gelegentlich auf sie, wenn ich neues Territorium erkundete. Diese Person erkannte man an dem roten Kugelschreiber und ihren runden, bemühten Buchstaben, die an die Handschrift eines pubertierenden Schulmädchens erinnerten – vor allem das Charakteristikum, anstelle des i-Punkts einen kleinen Kreis zu malen. Außerdem plazierte er seine Graffiti immer präzise auf der Wand direkt über oder unter dem Toilettenpapierhalter. Und sie waren immer sehr sorgfältig ausgeführt. Bei einigen der besten Beispiele konnte ich sogar erkennen, wo der Künstler ein Lineal benutzt hatte, um seine Zeilen perfekt auf Linie zu bringen. Was den Inhalt anging, so war der leider von einer ermüdenden Vorhersagbarkeit.

> Triff mich hier Freitag oder Samstag abend, wenn du mehr als 7 Zoll hast. Ich habe einen 9-Zoll-Schwanz, und den stecke ich gern in einen Mund, der ihn küßt und an ihm saugt, bis ich komme. Ich mag Jungs um die 16, aber auch erfahrenere Männer.

Diese Botschaft schrieb ich mir von der Wand einer schlichten, wenig besuchten, makellos sauberen, unterirdischen öffentlichen Bedürfnisanstalt in Pimlico in mein ledergebundenes Notizbuch ab. Ich hatte keine Ahnung, warum ich angefangen hatte, diese Dinge zu notieren. Ich war damals erst gut vierzehn Tage in London und hatte mich noch nicht entschieden, welche Bedeutung ich meiner Suche nach Alkan zumessen sollte. Im großen und ganzen neigte ich eher dazu, sie als spektakulär wichtig einzustufen. Immerhin hatte ich mein bevorstehendes Examen sausenlassen, um ihn zu suchen. Meine Analyse durch ihn war noch nicht abgeschlossen, ich hatte weder Familie noch Freunde, die mich unterstützten. Andererseits konnte ich die Suche nach Alkan ebensogut als unwichtig und belanglos abtun. Wer brauchte den alten Trottel denn überhaupt? Trotzdem fiel mir sofort die Verbindung zwischen der obigen Anzeige und der folgenden auf:

> Ich blase kleinen Jungs gern einen und lasse mir von ihnen einen blasen. Ich habe nur 5 Zoll, bin aber immer steif. Wenn du 16 oder jünger bist, triff mich hier am Dienstag um 9,

in ordentlicher Schrift unter dem Smallbone-of-Devizes-Keramikblatthalter auf der pastellfarbenen Wand der warmen und geräumigen Herrentoilette der Wallace Collection. Und dieser:

> Spaß gibt's jeden Abend hier oder im XXXX(unlesbar)-Club. Erfahrene Männer mit mehr als 8 Zoll treffen sich mit mir zu einem Blasfest. Ich bin 27 und habe solide 9 Zoll, die du lecken und saugen kannst,

höchst unpassend präsentiert auf einem Stückchen nackten Verputzes, von Fugenkitt eingerahmt, wie mit voller Absicht verfügbar gemacht durch das Auslassen einer Fliese in dem Schachbrettmuster, das den Porzellanthron im Stammgästeörtchen des Reform Club einrahmte.

Es gab nur einen einzigen Grund, warum ich mir diesen Schund-Zyklus notierte: Langeweile. Erst später, Tage später, erkannte ich, bei einem flüchtigen Blick in den schiefhängenden, gesprungenen ovalen Spiegel, der auf der toten Kommode in meinem L-förmigen Windkanal im Majestic kapitulierte, die geheime Bedeutung dieser drei Texthäppchen. Ich sah sie ausschließlich als Sequenz von Ziffern, von ganzen Zahlen, losgelöst von den Penissen per se, dergestalt:

7,9,16,5,16,9,8,27,9.

Für sich genommen stellten sie offensichtlich eine beabsichtigte Sequenz dar. Allein schon die Art, wie Primzahlen und Potenzen zueinander in Beziehung gesetzt wurden, deutete auf einen kapriziösen Geist hin, der mit einem willigen Rechercheur sein Spielchen treiben wollte. Ich spürte sofort Alkan hinter dieser simplen Reihung. Ich wußte, daß ich eigentlich nicht in der Lage war, die Sequenz, so wie ich sie jetzt vorliegen hatte, zu analysieren – und das machte mich wütend ... Ich wußte, daß diese Sequenz, sollte sie sich als bedeutungsvoll erweisen, eine Fortsetzung haben mußte.

Meine Kloexkursionen wurden intensiver. Ich brachte so gut wie alle meine Tage auf Toiletten zu. An dem einen Tag, als ich meine Suche unterbrechen mußte, um vor dem Stipendiumsausschuß zu erscheinen, schaffte ich es, die Wartezeit in der Toilette zuzubringen. Als ich nach Stunden wieder auftauchte, wurde eben meine Nummer aufgerufen, ein Beispiel, so finde ich, für perfektes Timing.

Nach einer Weile fand ich hier und dort kleinere Ergüsse, die unbestreitbar weitere Elemente von Alkans kodierter Botschaft waren. Jeder Ziffernsatz war in dieselbe Form eingebettet, in derselben Handschrift verfaßt und im Toilettenverschlag an derselben Stelle plaziert. Nach vierzehn Tagen hatte ich eine eindrucksvolle Sammlung von ganzen Zahlen wie:

16,3,19,19,5,17,27,9,8,13,33,11,4,9,9,
14,16,27,7,9,16,5,16,9,8,27,9 ...

aber von einem Umfang von vier handschriftlichen Seiten. Ich unterwarf diese Sequenz einer strengen Analyse. Auf den ersten Blick schien sich kein Grund für die Annahme zu ergeben, daß die Sequenz in der Reihenfolge aufgestellt worden war, in der ich sie gefunden hatte. Deshalb zerschnitt ich die Seiten in einzelne Streifen, die ich neu zusammenstellte und dann immer und immer wieder umordnete, Stunde um Stunde, bis ein Gitterwerk aus abgelegten Notizpapierstreifen die kränklich pastellfarbenen Rauten bedeckte, die über den Boden meines Windkanals im Majestic zuckten.

Ich merkte, daß ich, je nach Zusammenstellung der Streifen, eine Reihe recht eleganter Gleichungen extrahieren konnte, von denen einige aufreizend bedeutungsschwanger waren. Doch obwohl ich sie zufriedenstellend lösen konnte, blieben sie reine Abstraktionen ohne echten Wert, echten Gehalt. Aus der Gestalt einiger dieser Gleichungen konnte ich schließen, daß Alkan an einer Art Methodologie statistischer Deduktion arbeitete, doch andere Gleichungen schienen ebenso unmißverständlich darauf hinzudeuten, daß Alkans Gedanken sich eher in Richtung von Entscheidungsbäumen bewegten, die die organische Struktur klinischer Langzeitversuche reflektierten. Aber statistische Studien worüber? Klinische Versuche womit?

Ich versank in Apathie. Es schien keine Lösung zu geben. Ich fühlte mich mehr denn je verlassen, erschöpft, von der Gesellschaft ausgeschlossen. Ohne die Möglichkeit, der Flutgrenze mentalen Strandens zu entkommen und wieder ins offene Meer hinauszuschwimmen.

Eines späten Abends kam ein Mitbewohner des Majestic, Mr. Rabindirath, zu mir, um mich zu einer Runde Cluedo herauszufordern. Ziemlich unkonzentriert spielten wir etwa eine halbe Stunde lang. Rabindirath war ein ärgerlicher

Gegner, weil er immer wieder Familienangehörige in das Spiel einbaute, als wären sie fiktive Verdächtige.

Neben seinem billig bekleideten Schenkel lag auf der Nylontagesdecke meines Bettes ein eselsohriger Stadtplan. Aufgeschlagen auf den Seiten 61 a und b, dem West End. Gelangweilt übersetzte ich die Koordinaten in Zahlenwerte ... Covent Garden, die Koordinaten waren I,16. Die Übersetzung des I in einen Zahlenwert entsprechend seiner Stellung im Alphabet ergab 9. 9,16 – das war ein Teilstück der Sequenz! Plötzlich drehte sich alles in meinem Kopf. Rabindirath fauchte verärgert, als ich das Cluedo-Brett von der Korksitzfläche des Badhockers fegte und mich wie ein Besessener über den Stadtplan hermachte.

Bis zum Morgen hatte ich die Lösung. Die Sequenz war ein Koordinatensatz, der einen Weg durch die Londoner Innenstadt markierte. Einen Weg, der an jeder Kreuzung meinen eigenen vorwegnahm. Ganz offensichtlich beschattete Alkan mich von vorn, verdammt gerissen. Angefangen hatte er wohl damit, daß er meiner einfachen und monotonen Runde folgte, und nachdem mich die Besessenheit gepackt hatte, ihm zu folgen, hatte er die Führung übernommen. Als ich mir jetzt die Route auf dem Stadtplan ansah, wurde mir schnell klar, daß ich mit meinem Weg eine einfache geometrische Form nachgezeichnet hatte. Jetzt mußte ich nur noch das nächste Koordinatenpaar extrapolieren, um den flüchtigen Psychiater zu stellen.

Um zehn Uhr an diesem Morgen erwartete ich ihn in der öffentlichen Toilette unter dem Grünstreifen der High Holborn. Es war ein gemütlicher Ort, gut beheizt, mit einem Toilettenwart, der den ganzen Tag Dienst tat. Nicht die Art Toilette, die zu längerem Verweilen einlud, man konnte sich nirgendwo richtig verstecken. Ich wartete und sammelte verschiedene Versionen der Verachtung von Versicherungsvertretern und Beamten, die hereinmarschierten, ihre dampfende Fracht abluden und Beine und Köpfe schüttelnd wieder hinauseilten.

Ich wurde langsam unruhig. Wenn nicht bald etwas passierte, riskierte ich eine Anzeige wegen Erregung öffentlichen Ärgernisses oder sogar eine Verhaftung. Dann kam von der dichten Reihe Kabinen, die einen Korridor am anderen Ende des gefliesten Unterseeboots einrahmten, ein Husten und dann Wasserrauschen, und dann quietschte eine Tür ... nichts ... niemand kam heraus ... Ich trottete hin und stieß vorsichtig die Tür auf. Alkan drehte sich zu mir um. Er trug einen grauen Flanellanzug und einen zugegürteten Gannex-Regenmantel, er hatte eine Aktentasche bei sich und war eben im Begriff, sich einen Regenschirm unter den freien Arm zu stecken. Er wirkte furchtbar schockiert, als er mich sah. Das erste, was er sagte, war: »Was zum Teufel tun Sie denn hier?«

Es zeigte sich, daß die ganze Geschichte ein absoluter Dusel war, reines Glück, ein erstaunlicher Zufall, oder eben bedeutungsschwangerer Synchronismus, ein Beweis für Schicksal, Karma, das Göttliche. Alkan hielt es für Zufall. Ich war geneigt, ihm zuzustimmen. Denn er hatte mir nichts mitzuteilen, absolut nichts, nur seine verkniffene, glubschäugige Wahnvorstellung von einer Verschwörung, die kommunistische Psychiater gegen ihn anzettelten. Alkan war völlig verrückt geworden, psychotisch, Opfer seines Wahns. Seine abrupte Flucht aus Chelmsford hatte mitten in einer ausgedehnten paranoiden Periode stattgefunden. Er war nur noch eine nutzlose Hülle. Nachdem ich eine Weile mit ihm Tee getrunken hatte, gab ich ihm mein restliches Geld. Es war die einzige Möglichkeit, ihn davon zu überzeugen, daß meine Anwesenheit in der Toilette nichts mit dieser

Mutter aller Verschwörungen zu tun hatte. Das letzte, was ich von ihm sah, war, wie er an dem furnierten Tisch saß, die Hände locker gefaltet, die Augen zerfressen von der Nervosität, die aus seinem Hirn strömte. Ich sah ihm zu lange in diese Augen, während ich meinen Toast aß. Als ich damit fertig war, war all mein Vertrauen in Alkan so ziemlich aufgezehrt.

Ich kehrte ins Majestic zurück und packte meine Sachen. Dann verließ ich London. Sieben Jahre lang sollte ich nicht zurückkehren.

Ich bewarb mich erfolgreich um die Stelle als Forschungspsychologe bei Mr. Euan MacLintock, dem Vorsitzenden und Geschäftsführenden Direktor von Morton-MacLintock, dem riesigen Futtermittelhersteller. MacLintock war ein altmodischer schottischer Dilettant, dessen spezielle Obsession die Psychologie war. Er erhob wenig Anspruch auf Originalität, war aber entschlossen, einige seiner Theorien auszutesten, und als Folge davon finanzierte er während seines langen, öden Lebens ein Forschungsprojekt nach dem anderen.

MacLintock hatte sich an den eigenen Haaren aus dem Sumpf gezogen. Geboren in bedrückendster Hochland-Armut, hatte er sein ganzes Leben lang hart gearbeitet, vorwiegend als reisender Viehknecht. Jahrelanges Beobachten der Tiere, wie sie grasten und defäkierten, war Grundlage für seinen schlafwandlerisch sicheren Umgang mit dem Rindvieh. Und zweifellos war das auch der Grund für den phänomenalen Erfolg des Tierfutters, das er produzierte, nachdem er sein eigenes Geschäft eröffnet hatte.

Irgendwie hatte MacLintock die Zeit gefunden, sich zu bilden. Er hatte den unbekümmerten und unstrukturierten Verstand eines typischen Autodidakten. In einigen Gebieten (zum Beispiel südamerikanische Vulkane und deren Höhen) besaß er ein umfassendes Fachwissen, in anderen (die Geschichte des westlichen Denkens) zeigte er deutliche Mängel. Warf die Welt gelegentlich ein Licht in MacLintocks Höhle des Unwissens, so machte ihn das rasend vor Zorn. Ich erinnere mich noch gut an den Tag, als er ein massives Mahagoni-Sideboard zu Kleinholz hackte, weil er sich von mir hatte sagen lassen müssen, daß man auch im Weltraum die Schwerkraft nicht »sehen« könne.

Es wäre falsch, wenn ich Ihnen den Eindruck vermittelte, MacLintock wäre ein gütiger Mensch. Er war unglaublich geizig, launisch und gelegentlich gewalttätig. Nach der eisigen, inzestuösen Arroganz der Chelmsforder Akademiker fand ich seine Gesellschaft eindeutig belebend. Einfach nur zu lernen, wie man einen Tag mit MacLintock überstand, ohne mit ihm Krach zu bekommen, war eine wertvolle Lektion in Selbstbehauptung.

Die Firmenzentrale von Morton-MacLintock befand sich in der Nähe von Dundee, aber MacLintock lebte in einem riesigen, modrigen viktorianischen Jagdhaus eine Fahrstunde weiter nördlich. Man stellte mir dort eine Wohnung zur Verfügung und erwartete von mir, daß ich auch dort wohnte, wenn nicht meine Arbeit mich in einen abgelegenen Teil des M-M-Imperiums rief.

MacLintocks eigentliche Obsession war die Beziehung zwischen dem Sozialverhalten von Rindern und Menschen. Das war nur angemessen für einen Hersteller von Rindermastfutter (und anderen Teigwaren, die eher auf den zweifüßigen Markt zielten). Das ganze und furchterregende Ausmaß seiner Exzentrizität wurde mir erst im Verlauf von ein oder zwei Jahren bewußt. In dieser Zeit befleißigte ich mich, eine Reihe von Studien, Monographien und sogar Artikeln (die ich in meiner Naivität glaubte, publiziert zu bekommen) zusammenzustellen, die alle das Ziel hatten, die grundlegenden Ähnlichkeiten zwischen Menschen und Kühen herauszustellen und Wege vorzuschlagen, wie man die beiden Spezies näher zusammenbringen könnte.

Ich glaube, daß diese scholastische Unternehmung rückblickend nicht so töricht wirkt wie damals. Erst in der letzten Dekade hat die Moralphilosophie die Frage der Tierrechte als eins ihrer Anliegen entdeckt. Das Tier ist aus der Peripherie ins Zentrum unseres kollektiven Willens zur Ganzheitlichkeit gerückt. Umweltschutz, Naturerhaltung, die dritte Welt, die Frage des Hundekots – es wird immer deutlicher, daß unsere Beziehungen zueinander ohne Einbeziehung der tierischen Dimension nicht mehr adäquat definiert werden können. In diesem Kontext erscheint meine Arbeit für Euan MacLintock jetzt als Pionierleistung.

Es wäre eine Übertreibung zu sagen, daß ich mich in dieser Zeit endgültig aus meinem Kokon löste. Doch immerhin erkannte ich, daß meine Tage in Chelmsford vergeudete Zeit gewesen waren. Ich hatte mich an den Rand drängen lassen. Ich hatte die Kontrolle über mein eigenes Schicksal aufgegeben. Zu der Zeit hatte ich geglaubt, ich würde mir nur die Objektivität verschaffen, die nötig wäre zur Formulierung einer neuen umfassenden Theorie über die Psychopathologie von Gesellschaften als Ganzes. Tatsächlich aber wankte ich auf die Institutionalisierung zu.

Während ich über das MacLintocksche Anwesen wanderte und übellaunig mißratene Soden in die erwartungsfrohen Gesichter kurzer Hochland-Rinder kickte, entwickelte ich eine neue Entschlossenheit, in den Ring zurückzukehren. Ich erkannte, daß ich, wenn ich etwas von bleibendem Wert schaffen, Gehör finden wollte, mich in irgendeiner Form bemerkbar machen mußte. Ich mußte meine Persönlichkeit mit meinen Theorien vereinen.

So kam es, daß ich mich abends, während MacLintock zeternd umging, mit meinen plagiierten Schrullen herumschlug. Wir hatten unsere Plätze beidseits des prachtvollen offenen Kamins, in dem schwach ein paar Latten einer kaputten Orangenkiste glühten. Er knabberte an verkohltem Keks um verkohltem Keks, nur um jeden halbgegessen auf einen speichelfeuchten Haufen auf dem Linoleum zu werfen, während ich an Kugelschreibern saugte, zu den kreosotkonservierten Deckenbalken hochstarrte und je nach Mondphase prustende oder heulende Geräusche produzierte.

Man muß MacLintock zugute halten, daß er sich nie besonders um die Erzeugung dieses persönlichen Mythos kümmerte. Er besaß eine herrliche Egozentrik, die ihn davor bewahrte, sich für irgend jemand anderen zu interessieren. Er war ein kleiner Mann mit einem absurden, mächtigen Backenbart und trug stets einen Anzug. Seine bemerkenswerte Tüchtigkeit, Genauigkeit und Geschäftsmäßigkeit brachten ihm zwar in der Firmenzentrale, in der Fabrik und in der Experimentier- und Teststation auf Eugh Ergebenheit und Respekt ein, manifestierten sich jedoch zu Hause als ein zermürbender Mangel an menschlichem Gefühl.

Das große Haus war leer bis auf ihn, mich und eine ältliche Haushälterin, Mrs. Hogg, die so sehr dem calvinistischen Fatalismus verhaftet war, daß sie lieber zusah, wie ein Hühnchen Feuer fing, als daß sie die Herdtemperatur herunterdrehte. Bizarr ausgeleuchtet von Strahlern unterschiedlichster Neigungswinkel und billiger Provenienz, erlebte die große Halle einen gelegentlichen abendlichen Höhepunkt, wenn Mrs. Hogg auf einem Laufsteg aus zusammengestückelten Teppichresten auf uns zukam. Ihr zerknittertes Profil trat als tief verschattete Fratze vor der gesprenkelten Wand deutlich hervor, und die Einfallswinkel des Lichts straften kurz die Tatsache Lügen, daß ihre Nase tatsächlich ihr Kinn berührte. Dann stellte sie ein Spanplattentablett auf den Kaminvorsetzer, deutete auf die Tupperware-Tassen mit Tee und den frischen Haufen verbrannter Kekse und schlurfte über den Laufsteg wieder in die Dunkelheit.

Nach einer Weile wurde MacLintock unzufrieden mit meiner Arbeit. Er hatte sehr genaue Vorstellungen von den Zielen, die ich seiner Meinung nach mit meiner Arbeit erreichen sollte:

1. Die Erschaffung einer idealen Gesellschaft, in der Mensch und Rindvieh gleichberechtigt zusammenleben können. Dies sollte gemeinschaftlich von MacLintock und der Schottischen Regionalentwicklungsbehörde finanziert werden.

2. Die Veröffentlichung einer populärwissenschaftlichen Arbeit, die MacLintocks Theorien einem Massenpublikum zugänglich machen sollte (er war auch ganz vernarrt in die Idee einer Fernsehdokumentation).

Er konnte mir nicht allein die Schuld daran geben, daß das erste Ziel nicht erreicht wurde, wenngleich ich glaube, daß meine Arbeit nicht unbedingt dazu beitrug, die relevanten Bürokraten zu überzeugen. Für das Nichterreichen des zweiten Ziels gab er mir jedoch eindeutig die Schuld. Meines Erachtens ungerechtfertigterweise. Ich hatte mich während meiner Arbeit an *Menschen und Kühe: Die Gesellschaft der Zukunft?* regelmäßig mit ihm abgesprochen. Und er hatte jedes neue Kapitel abgesegnet. Trotzdem wurde er böse, als sich keiner der etablierten Verlage für das Buch gewinnen ließ. Schließlich wurde es von einem der kleinen Alternativverlage, die damals aufkamen, herausgebracht, aber sofort verramscht. Tagelang wanderte MacLintock durch das Jagdhaus und hüpfte wie aufgezogen vor Wut von Teppichrest zu Teppichrest. Hin und wieder drehte er sich auf dem Absatz um und schleuderte mir eine Haßtirade entgegen. Schließlich wurden mir seine Beschimpfungen zuviel, ich packte meine Sachen und verließ das Haus.

Das letzte, was ich sah, als ich die Auffahrt hinunterpatschte, war Mrs. Hogg. Sie stand, an den Zaun gelehnt, auf der Weide hinter dem Haus und pflegte allem Anschein nach Konversation mit einem riesengroßen Herefordshire-Bullen.

Doch das war nicht das letzte, was ich von Euan MacLintock hörte oder von der Arbeit, die ich für ihn getan hatte. Etwa acht Jahre später, als die Kontroverse um die Quantitätstheorie ihren Höhepunkt erreichte, entdeckte Harding, einer meiner beharrlichsten Kritiker, ein Exemplar von *Menschen und Kühe*. Triumphierend hielt er es, wenn man so will, meinem guten Ruf vor die Nase. Natürlich fiel dieser Versuch, mich zu diskreditieren, böse auf ihn zurück, denn die Öffentlichkeit, die das Buch als Satire sah, nahm es begeistert auf. Ich glaube, im Augenblick ist die zwölfte Ausgabe in Vorbereitung.

Was MacLintock anging, so machte er ohne die Schottische Regionalentwicklungsbehörde weiter und gründete sein Utopia in einem isolierten Tal auf Eugh. Es drangen nie Informationen an die Öffentlichkeit, ob das Experiment mit Erfolg gesegnet war. Aber nachdem ein Schäfer unnatürliche Schreie in der Nachbarschaft der Kommune hörte, wurde die Polizei alarmiert. Bald darauf wurde MacLintock des Mordes angeklagt. Zweifellos ist die Geschichte apokryph, aber damals ging das Gerücht, daß der geisteskranke (bitte beachten Sie die völlig einleuchtende Reklassifikation von »exzentrisch« zu »verrückt«) Rindermastmagnat nackt mit einer Gruppe tollwütiger Rinder aufgefunden wurde. MacLintock und die Kühe fraßen Streifen und Fetzen von Fleisch und Sehnen, die Überreste des letzten von MacLintocks menschlichen Mitkommunarden.

Und damit nach Birmingham, zu der Zeit ein wenig fruchtbarer Boden für das psycho-soziale Pflänzchen. Zum Glück war es auch eine Zeit, in der man, wenn man eine Idee hatte, die nur halbwegs plausibel klang, zumindest die Chance auf ein Stipendium oder anderweitige Unterstützung hatte. Außerdem entdeckte ich nach meiner Rückkehr aus der menschlich-bovinen Ödnis, daß ich mir einen »Ruf« erworben hatte. Einen Ruf allerdings, der ausschließlich ein übertragener war, der nichts mit meinen Leistungen, sondern nur mit Alkans Zusammenbruch zu tun hatte. Busner, Gurney, Sikorski, Hurst und Adam Harley. Sie alle waren dabei, sich einen bescheidenen Namen zu machen. Und es ging das Gerücht, daß ihre Arbeit ein gewisses »Ziel« habe, daß Alkan ihnen Einblick in ein »Geheimnis« gewährt oder eine »Suche« initiiert habe, bevor er verrückt wurde.

Als Mitglied dieser auserwählten Gruppe begegnete man mir mit beträchtlichem Respekt. Ich hatte keine Probleme, ein bescheidenes Stipendium für Forschungsarbeiten zu einem Buch über gewisse Aspekte der Bewerbung um ein Stipendium zu bekommen. Die Art dieses Projekts führte mich aus der akademischen Gemarkung Aston (zu der ich formal gehörte) in den Dunstkreis des Institute of Job Reductivism, einem Institut, das es sich zur Aufgabe gemacht hatte, die Arbeitswelt mit den Mitteln der reduktionistischen Soziologie zu analysieren, und das zu der Zeit geleitet wurde von John (dem späteren Sir John) Green, der anschließend Direktor des Institute of Directors wurde.

Es ging sehr zwanglos zu in dem Institut, jeden Mittwoch und Freitag gab es einen gemeinsamen Morgenkaffee mit Seminarcharakter. Die forschenden Mitglieder wurden ermutigt, sich untereinander über ihre Arbeit auszutauschen oder sogar kurze Essays zu präsentieren. Hier herrschte endlich ein gesellschaftliches Umfeld, das mir entsprach. Das rosige Glühen künstlicher Kohlen; Bourbons, die auf einem blauen Plastiktablett herumgereicht wurden; das Plätschern von Tee in Tasse – und über allem das freundschaftliche Geplapper von Leuten, die gruppenweise in beigefarbenen Sackleinensesseln saßen.

Die meisten Institutsmitglieder waren mit eindeutig reduktionistischen Studien beschäftigt. Essays wurden – unter anderem – verfaßt über die Vermittlung von Personal für die Personalvermittlungsbranche, die Gestaltung firmeninterner Kommunikation in Kommunikationskonzernen, über Prüfungsverfahren für Wirtschaftsprüfer und über die Festsetzung von Lebensversicherungsbeiträgen für Versicherungsstatistiker. Der hausinterne Marxist war beschäftigt mit einer komplexen Analyse der Arbeitsteilung bezüglich häuslicher Reinigungsaufgaben unter Leuten, die bei Reinigungsfirmen beschäftigt sind. Ich kam ziemlich gut aus mit diesen Leuten, sie akzeptierten mich als ihresgleichen, und das empfand ich als große Erleichterung.

Ungefähr fünf Jahre lang führte ich ein stilles, aber produktives Leben. Nach einer Weile siedelte ich ins Institut um, obwohl ich immer noch einen Präexamenskurs der soziologischen Fakultät in Aston besuchte. Ich beendete meine Doktorarbeit über die Stipendienbewerbung und begann mit den Vorarbeiten zu einer großangelegten Betrachtung des Reduktionismus in der Arbeitswelt aus theoretischem Blickwinkel. Im nachhinein erkenne ich natürlich, was da vor sich ging, aber zu der Zeit, das können Sie mir glauben, hatte ich keine Ahnung. Ich dachte überhaupt nicht daran, das Leben wieder umzustürzen, das ich mir so behutsam aufgebaut hatte. Ich hatte mir einen gewissen akademischen Ruf erworben, ich hatte mir eine Wohnung gemietet – zugegeben, sie war möbliert, und ich verbrachte kaum Zeit darin, aber dennoch waren mir diese Insignien dessen, was man lächerlicherweise »gesellschaftliche Akzeptanz« nennt, wichtig geworden. Immerhin wird auch der eingebildetste Langweiler als gesellschaftlicher Gewinn betrachtet, wenn er nur saubere Hände und einen sauberen Anzug hat. Alles in allem hatte ich es für einen so gut wie Mittellosen ziemlich weit gebracht.

In dieses Midlands-Arkadien platzte ein Brief von Zack Busner:

> Lieber Harold,
> es ist möglich, daß dies ein Brief ist, den Du lieber gar nicht erhalten willst, aber damit muß ich leben. Vielleicht erinnerst Du Dich nicht mehr an mich, aber ich war ein Kommilitone von Dir in Chelmsford und außerdem einer von Alkans Analysanden/Studenten. Ich kann mich kaum noch an Dich erinnern, aber wie dem auch sei, Deine Arbeit ist mir aufgefallen, und ich brauche Hilfe – und zwar äußerst dringend – in meinem Concept House in Willesden. In einem Brief kann ich auch nicht annähernd die Arbeit beschreiben, um die es geht, ebensowenig wie ich den Rahmenbedingungen gerecht werden kann, innerhalb deren wir »praktizieren«. Wenn Du vielleicht so freundlich wärst, mich zu besuchen, dann könnten wir darüber sprechen.

Busner war der Student/Analysand aus Alkans Kreis, den ich am wenigsten gemocht hatte. Er war ein draller Schinken von einem jungen Mann gewesen, unbezähmbar lustig und von den fünfen derjenige mit dem stärksten Hang zu derben Streichen. Wie ich mich erinnerte, war er es gewesen, der Adam Harleys sämtliche Anzüge über Nacht so hatte umnähen lassen, daß sie nur noch einem Zwerg paßten. Er war über den Campus in Chelmsford stolziert und hatte die Leute schulterklopfend und mit einer so überschwenglichen wie falschen Jovialität begrüßt, daß sich mir dabei die Haare aufstellten. Dennoch war niemandem und vor allem mir nicht entgangen, daß er trotz seines schier grenzenlosen Übermuts, oder vielleicht sogar deswegen, zu einem beeindrukkenden Wissenschaftler wurde. Ich wußte, daß seine Dissertation sehr wohlwollend aufgenommen worden war. Und daß er sich nach seinem Medizinstudium zum Psychiater weiterqualifiziert hatte und inzwischen ein allseits geachteter Kliniker war.

Ich fuhr nach London. Busner hatte mir freundlicherweise einen U-Bahnplan mitgeschickt, auf dem Willesden Junction mit einem Kreuz markiert war. Das Concept House lag an der Chapter Road, einer dieser langen nordwestlichen Alleen Londons, die im Winter gesäumt sind von perspektivisch sich verjüngenden Reihen von Gewächsen, die aussehen wie die amputierten, arthritischen, verfaulenden Glieder von Riesen. Es hatte den ganzen Tag geschneit, und die Chapter Road war ein schmutziger Badvorleger aus kalten, grauen Flocken. Es war dunkel, als ich sie entlangtrottete und die glatten PVC-Sohlen der Schuhe verfluchte, die ich mir erst kurz zuvor gekauft hatte. Vor mir gingen mitten auf der Straße zwei Kinder von fünf oder sechs Jahren Hand in Hand.

Die ganze Atmosphäre deprimierte mich. Als ich diese endlose Straße hinunterging, beschlich mich das Gefühl, in einem schmutzigen, kalten Zimmer zu sein, einem Zimmer, in dem sich niemand die Mühe gemacht hatte, die Stoßkante zwischen dem ausgefransten Teppichboden und der zerkratzten, abgestoßenen Randleiste zu saugen. Ich wünschte mir, ich wäre mit dem Auto gefahren, anstatt es an der Raststätte bei Tolworth stehenzulassen und den Rest zu trampen.

Das Concept House war nicht anders als die übrigen großen edwardischen Gebäude, die diese Straße säumten. Es sah höchstens ein bißchen mehr wie ein Zuhause und ein bißchen weniger nach einer Institution aus als der Rest. Der Garten war übersät mit Spielzeug, und in einem Fenster im Obergeschoß konnte ich die Rückseiten von kindlichen Klecksereien sehen, die man mit Kreppband an die Scheibe geklebt hatte. Busner selbst öffnete mir die Tür; hätte er nicht einen schrillfarbenen Pullover mit der Aufschrift *Zack* in roten Comic-Buchstaben auf der Brust getragen, hätte ich ihn wohl kaum erkannt.

Busners Wangen waren eingefallen, sein Gesicht dünn und hohl. Der übrige Körper war so drall wie früher, sein Gesichtsausdruck aber war der eines getriebenen Asketen. In seinen Augen glühte kaum unterdrückter Fanatismus. In diesem Augenblick hätte ich beinahe auf dem Absatz kehrtgemacht und ihm jedes Gespräch verweigert. Ich hatte Busner, den Possenreißer, erwartet, auf Busner, den Revolutionär, war ich nicht vorbereitet.

Wir glotzten einander an. Dann zog er mich blitzschnell in die Diele, überredete mich, meinen triefnassen Regenmantel und meine Aktentasche abzulegen, und führte mich in eine große, warme Küche, wo er mir eine Tasse Kakao machte. Dabei redete er die ganze Zeit.

»Ich hätte mir nie gedacht, daß du mal so ein schicker Junge wirst, mein Lieber. Dein Anzug ist klasse.« Tatsächlich verformte sich der jetzt in der Wärme schnell trocknende, billige dünne Stoff zu einer faltigen Elefantenhaut. »Im Ernst, wenn ich nicht gewußt hätte, daß du kommst, hätte ich dich nicht erkannt. Ich hatte das furchtsame Bürschchen erwartet, das wir in Chelmsford hatten.«

Mit erstaunlicher Geschwindigkeit skizzierte Busner mir die Philosophie des Concept House, was er zu tun versuchte und warum er meine Hilfe brauchte. Das Haus war im wesentlichen eine autonome Gemeinschaft von Therapeuten und Patienten, nur daß diese Rollen nicht eindeutig auf die Bewohner verteilt waren, sondern jeder den Part übernehmen konnte, den er gerade spielen wollte.

Beim Kakao legte Busner mir seine Vision des Concept House und der Zukunft der Psychotherapie dar. Entrüstet über das, was er als Klinikpsychologe erlebt hatte – und über das engstirnige Bestreben, Geisteskrankheit auf eine chemische Formel zu reduzieren –, hatte Busner rebelliert:

»Nächtelang habe ich wachgesessen und Nietzsche, Dostojewski und Sartre gelesen. Ich fing an, systematisch alle Prinzipien in Zweifel zu ziehen, auf die ich bis dahin meine Karriere aufgebaut hatte. Ich habe das Universum, in dem ich dreißig Jahre lang gelebt hatte, dekonstruiert.

Mit der Zeit wurde mir klar, daß die Art, wie man bisher Geisteskrankheit betrachtet hat, philosophisch zweifelhaft ist. Die Unterscheidung zwischen Arzt und Patient fußt auf einer unberechtigten erkenntnistheoretischen Hypothese. Hier im Concept House sind wir bemüht, diese Schlüsselbeziehung neu zu definieren.

Wir wollen herausfinden, bis zu welchem Grad die Kategorien der Psychopathologie nichts sind als eben das: trokkene, leere Kategorien ohne wirkliche Bedeutung, die nur den taxonomischen psychischen Faschismus einer Bande verschrobener alter Männer darstellen.«

Es war eine lange Ansprache, und Busner glänzte durch

Eloquenz. Außerdem akzentuierte er seine Bemerkungen, indem er Topfhandschuhe auf seiner Brust hin und her schob. Im nachhinein vermute ich, daß sie mit Klettverschlußstreifen befestigt waren, die ich nicht sehen konnte, aber zu der Zeit war ich sehr beeindruckt von dem Trick.

Busner erklärte mir, daß im Concept House alles demokratisch geordnet sei. Bei den Hausbesprechungen, die jeden Morgen stattfanden, würden Dienst- und Tagespläne erstellt und Aufgaben verteilt. Das Haus gehörte Busner oder, genauer, Busners Eltern. Er hatte sie überredet, es seiner »Liga für psychische Befreiung« zu stiften. In den folgenden Wochen sah ich die alten Busners gelegentlich wie aufgescheuchte Gespenster in den oberen Stockwerken herumwandern oder schüchtern in nachgemachten Queen-Anne-Sesseln sitzen und das *Sunday Telegraph Magazine* lesen, während fiebrige, wie mit überirdischer Energie geladene Psychotiker mit ihrem Zierat spielten.

Nachdem Busner mir seine Theorien dargestellt und die Philosophie seiner neuartigen, von ihm ins Leben gerufenen Institution erläutert hatte, nahm er die geleerten Kakaotassen und stellte sie aufs Abtropfblech. Dann drehte er sich um und sah mich mit verschmitzter Miene an.

»Du fragst dich wahrscheinlich, warum ich dir geschrieben habe, nicht?«

»Na ja. Schätze schon.«

»Schließlich waren wir uns ja nicht gerade sympathisch, was?«

»Ja, ja. Ich glaube, da muß ich dir zustimmen.«

»Nun, ich will's dir sagen. Es ist so, daß ich mit dem, was ich hier versuche, ziemlich viel Publicity auf mich ziehe. Ein Teil ist eindeutig wohlwollend, aber das scheint diejenigen, die mich diskreditieren wollen, nur zu verstärkten Anstrengungen zu treiben. Ich weiß, daß du dich nie als programmatischen Vertreter irgendeiner Avantgarde definiert hast. Andererseits weiß ich aber auch, daß du dich im Verlauf deiner Karriere auf einige ziemlich merkwürdige Forschungsrichtungen verlegt hast. Habe ich nicht recht?

Was ich nun hier von dir will, ist das, was du am besten kannst: forschen. Es gibt eine Möglichkeit, wie ich wirklich in dieses Hornissennest des psychiatrischen und psychotherapeutischen Establishments schlagen und sie alle aufscheuchen kann. Dazu müßte ich gar nicht beweisen, daß meine Methoden, den Leuten zu helfen, die an sogenannten ›Geisteskrankheiten‹ leiden, effektiver sind als die konventionellen; ich müßte nur beweisen, daß sie kosteneffektiver sind. Das würde die Leute wirklich auf die Palme bringen. Wenn ich beweisen könnte, daß Concept Houses überall im Land die öffentlichen Ausgaben senken würden, könnte mir wahrscheinlich niemand mehr Knüppel zwischen die Beine werfen.«

»Und ich?«

»Ich will, daß du Versuche entwickelst und durchführst und die Resultate sammelst, die dann in einem von uns beiden verfaßten Artikel im *British Journal of Ephemera* veröffentlicht werden.«

Und so geschah es auch. Ich wurde ein Mitglied des Concept House und gab meine Anzüge und glänzenden Schuhe zugunsten unbequemer Overalls, die mich in den Hintern zwickten, und völlig schwachsinniger Schuhe auf. Warum? Nun, wie ausufernd Busners Egoismus und wie dubios seine Ideen auch sein mochten, fand ich im Concept House doch eine menschliche Wärme, die mir sowohl in Aston wie im Institute of Job Reductivism abgegangen war. Ich sehnte mich nach ein wenig von dieser Wärme. Sie dürfen nicht vergessen, daß ich seit meinem siebzehnten Lebensjahr ein fast völlig institutionalisiertes Leben geführt hatte. Dennoch gab ich, schlau wie ich war, meine akademischen Positionen nicht auf, sondern nahm mir nur Urlaub, um Busners Studie durchführen zu können. Natürlich gab es Getuschel, worauf ich mich denn da einlasse, aber ich achtete nicht darauf.

Der Versuch, den ich für Busner entwickelte, war äußerst komplex. Das Problem hatte zwei Aspekte: wieviel als geisteskrank diagnostizierte Patienten selbst ausgaben und wieviel für sie ausgegeben wurde. Es sollte ein Doppelblindversuch sein, der außerdem in einem Doppelblindkontext ablaufen sollte. Drei Versuchsgruppen wurden ausgewählt: die Bewohner des Concept House, eine Gruppe als stark psychotisch diagnostizierter Patienten aus Friern Barnet und vierzehn Bet-Din-geprüfte Fleischer, die alle in der Gegend um Temple Fortune wohnten. Daß wir uns die letzte Gruppe ausgesucht hatten, sollte uns die Stichhaltigkeit unserer Ergebnisse noch jahrelang verpfuschen. Ich möchte hier nun ein für allemal festhalten, daß die Leute, die sich für den Versuch meldeten und die notwendigen Kriterien erfüllten, rein zufällig alle koschere Fleischer mit Wohnsitz in dieser Gegend waren. Rückblickend betrachtet, war natürlich diese Tatsache zweifellos eine der geheimen Triebfedern meiner späteren theoretischen Bemühungen, einer der »tieferen Zusammenhänge«, die ich herzustellen begonnen hatte und die letztendlich zur vollentwickelten Quantitätstheorie führten.

Der Versuch wurde über einen Zeitraum von sechs Monaten in vier getrennten »Versuchsperioden« durchgeführt. Die Resultate bekam ich ausschließlich in Form von Computerdaten in die Hand. Ich hatte weder direkten Zugriff auf den Ablauf des Versuchs selbst noch auf die dazwischengeschaltete Sammlung von Daten. Natürlich verlangt ein Doppel-Doppelblindversuch nicht nur, daß der Techniker, der den Versuch unmittelbar überwacht, nicht weiß, ob er ein Placebo verabreicht oder nicht, sondern auch, daß der Gesamtleiter des Versuchs – ob er nun Psychologe oder Statistiker ist – nicht weiß, ob er nun wirklich einen Versuch leitet oder mit Sorgfalt völlig beliebige Zahlen, Summen und Prozentanteile sammelt und analysiert. So bezogen sich zwei der Datengruppen, mit denen Zack Busner mich »fütterte«, auf folgendes: die Anzahl von Schneckenspuren, die er auf der gesprungenen, von Winden überwucherten Betonplatte in der Mitte des leeren Grundstücks hinter dem Concept House gefunden hatte; und eine beliebige Auswahl von Handikap-Gewichten aus einer alten Nummer von *Sporting Life*.

In den beiden anderen Fällen waren die Daten natürlich »real« – wenn auch nur in sehr eingeschränktem Sinn. Die beiden realen Versuche enthielten eine offensichtliche Umkehrung. In dem einen erhielten die geisteskranken Patienten ein ökonomisches Placebo und die Bewohner des Concept House Geld. Im anderen wurde der Spieß umgedreht. Die Metzger erhielten willkürlich entweder Geld oder so gut wie wertlose Discount-Gutscheine für Haushaltsreiniger. Schematisch ließe sich der Gesamtversuch etwa in folgendem Diagramm darstellen:

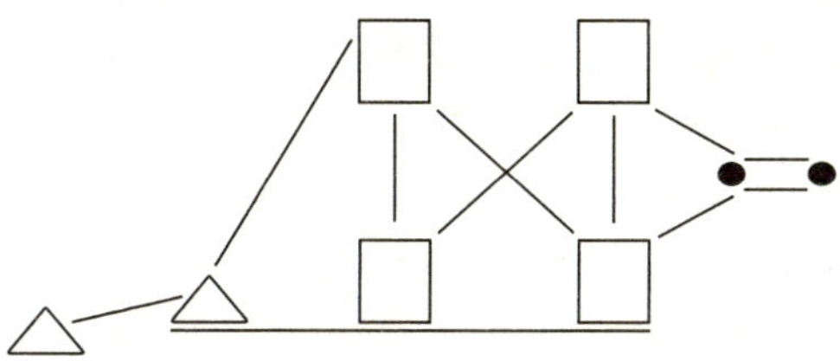

Meiner Ansicht nach drückte dies mit absoluter Klarheit die einschränkenden Bedingungen aus, die notwendig waren für eine Kosten-Nutzen-Analyse der Variablen der geistigen Gesundheit. Der informierte Leser wird in der Struktur des Versuchsdiagramms natürlich schon die Grundzüge der Quantitätstheorie entdeckt haben. Es ist meine erklärte Absicht, hier jene unbeholfenen Versuche zu vermeiden, die oft unternommen werden, um im nachhinein die Entstehungsgeschichte einer Idee zusammenzubasteln. Die Probleme im Umkreis des Concept House, die mich am meisten interessierten, waren rein methodologischer Natur. Zum Beispiel Olsens Aufsatz im *BJE* von 1978, in dem er die Ergebnisse seiner eigenen Versuche vorstellte. Olson nahm drei Gruppen frisch als geisteskrank diagnostizierter und hospitalisierter Patienten. Eine Gruppe erhielt zu gleichen Teilen Lithium, Chloropromasin und ein trizyklisches Antidepressivum. Die zweite Gruppe erhielt ein Placebo, und die dritte Gruppe erhielt überhaupt nichts; statt dessen ließ Olsen die Patienten dieser Gruppe gnadenlos blutig prügeln.

Falls einer der Patienten in den drei Gruppen Symptome einer deutlichen Verschlechterung seines Gesamtzustandes zeigte, erhielt er ECT. Doch die Substanz oder auch die Stichhaltigkeit und dergleichen von Olsens Ergebnissen interessierten mich wenig. Was mich vielmehr äußerst beunruhigte, war Olsons Kritik, daß die doppel-doppelblinde Natur meines Versuchs eine ergebnisverfälschende doppelte Negation produziere. Zum Glück mußte ich auf diese Anschuldigung nicht mehr antworten, denn es kam ans Tageslicht, daß Olson selbst an der Verabreichung der Prügel an die Kontrollgruppe teilgenommen hatte. Eine solche Verletzung des Blindcharakters des Versuchs diskreditierte ihn natürlich völlig.

Bis zum Abschluß der Versuche dauerte es sechs Monate, und in dieser Zeit wurde ich in die Gemeinschaft des Concept House aufgenommen. Das war, wie Sie im weiteren Verlauf noch erfahren werden, ein gemischtes Vergnügen. Busner und seine Therapeuten machten schon längst keinen Unterschied mehr zwischen sich und ihren Patienten. So entstand im Verlauf der Versuche die weitere Komplikation, daß am Ende keiner mehr so recht wußte, wer wem was gegeben hatte. Das Versuchsgeld und das Placebogeld wurden zu willkürlichen Zeiten ausgegeben, jedoch immer dann, wenn ich nicht in der Nähe war. Hin und wieder erhaschte ich einen kurzen Blick auf einen Mann mit Käppi, Schläfenlocken und verdächtig fleckiger Schürze, der ein Bündel bunt glänzender Papierstreifen in der Hand hielt. Doch ich tat dies als Trugbilder ab, die ich der generell erhöhten parapsychischen Atmosphäre des Concept House zuschrieb.

Theoretisch wohnten im Haus sechs Therapeuten, sechs Patienten, Busners Eltern und ich. Die Patienten waren ein bunt zusammengewürfelter Haufen von den Chronikerstationen, auf denen Busner im Lauf der Jahre gearbeitet hatte. Seine Rekrutierungstaktik für das Concept House war im wesentlichen eine Mischung aus Betrug und Raffinesse. Busner war insofern typisch für die Experimentatoren der psychiatrischen und pädagogischen Fachgebiete, als er das Versagen seiner Methoden nicht ihrer theoretischen Basis zuschrieb, sondern der Tatsache, daß er nur wohlhabende Eltern dazu überreden konnte, ihre chronisch gestörten Kinder in seine Institution zu schicken.

Ich beteiligte mich an den strapaziösen Gruppentherapiesitzungen, die häufig lange Perioden entweder des Schweigens oder des unzusammenhängenden monomanischen – und für gewöhnlich Busnerschen – Schwadronierens waren. Um die Wahrheit zu sagen, auch wenn ich mich im Concept House akzeptiert fühlte, war es doch nicht wirklich eine kongeniale Umgebung. Leute mit ernsthaften geistigen Störungen neigen bei allzu großer Zwanglosigkeit zu schlechtem Betragen. Bei genauerer Betrachtung drängt sich mir die Vermutung auf, daß man sie deshalb überhaupt erst als geistesgestört diagnostiziert. Und was die »Therapeuten« anging, die Busner um sich geschart hatte, so waren sie im großen und ganzen ebenfalls ziemlich labil, kamen sie doch alle aus den exotischeren Gefilden der therapeutischen Welt. Zu ihnen gehörten ein gescheiterter ganzheitlicher Chiropraktiker, einige Naturheilkundler und eine Frau, die sich als »seismisch empfänglich« bezeichnete. Eigentlich ziemlich blöd. Ich blieb vorwiegend deshalb, weil ich die Versuchsreihe abschließen wollte und weil es ein ziemlich stimulierendes Milieu für Diskussionen war. Busners alte Kumpel aus Chelmsford – Harley, Sikorski und die anderen – kamen regelmäßig vorbei. Sie waren alle gerade dabei, sich einen Namen zu machen, und immer begierig auf eine ausgedehnte Diskussion all der neuesten Entwicklungen in unseren diversen Fächern.

Das waren natürlich die Männer, die den Kern meiner Forschungsgruppe zur Quantitätstheorie bilden sollten. Jetzt, da ich sehe, was aus ihnen geworden ist, wäre es mir fast lieber, ich hätte sie alle außen vor gelassen, aber zu der Zeit war ich so froh, von ihnen akzeptiert zu werden, daß vermutlich schon das aufkeimende Bewußtsein, ich könnte ihnen intellektuell überlegen sein, für mich Grund genug war, ihre Nähe suchen zu wollen.

Irgendwann jedoch verließ ich das Concept House. Es wurde unerträglich. Man konnte nicht einmal frühstücken, ohne daß einem jemand in den Halsausschnitt des Pullovers sabberte oder Zeitanteile an einem Pyramidenbauprojekt verkaufen wollte. Busner selbst wurde nun langsam von den Medien als Prophet einer neuen Bewegung propagiert, und seine Eitelkeit war so unerträglich wie seine Anmaßung. Er konnte stundenlang in einem verdunkelten Zimmer sitzen, gedankenlos einen Elektrobaß zupfen und dabei seine »verbalen Tongedichte« komponieren. Ich kann Ihnen sagen, in dem, was ich damals erlebte, deutete sich sein letztendlicher Sündenfall an. Ich wußte, daß er schließlich in TV-Spielshows enden würde.

Was unseren Versuch und seine Ergebnisse anging, so machte das psychologische Establishment damit kurzen Prozeß, wurden doch sowohl unsere Methoden wie unsere Ziele für ziemlich unverständlich befunden. Das war deren Problem, und obwohl es mir nicht gelang, die Ergebnisse zu produzieren, die Busner gern gehabt hätte, hatte ich, zu meiner eigenen Befriedigung, wenigstens bewiesen, daß man mit £ 7 jemanden, der ernsthaft geisteskrank ist, soweit bringen kann, daß er sich ein wenig besser fühlt.

Der einzige Mensch im Concept House, von dem mir der Abschied schwerfiel, war Professor Lurie. Er hatte es als glücklicher Exzentriker auf ein beträchtliches Alter gebracht, bevor er endgültig dem Wahn verfiel. Dennoch hatte ich einige glückliche Stunden damit zugebracht, bei ihm zu sitzen und seinen klugen, originellen Phantasiegeschichten über ein Leben im Dschungel des Amazonas inmitten eines Stammes von unaussprechlicher Banalität zu lauschen.

Zurück also nach Birmingham und ans Institut. Zu meinem Lehrauftrag, meinen Büchern, meinem im wesentlichen einsamen, aber zufriedenen Gelehrtenleben. Etwas hatte sich jedoch geändert. Es lag eine neue Ruhelosigkeit in der Art, wie ich Ideen anging und mich in sie verbiß wie ein Terrier, eine neue Schärfe meines Denkens. Dies alles kam so richtig zum Ausbruch, als ich mich mit dem Register der revidierten Ausgabe meiner Dissertation abplagte. Ein ziemlich obskurer amerikanischer Collegeverlag war zur Publikation bereit, und ich wußte, daß diese Arbeit Konzentration verlangte. Doch es war keine Aufgabe mehr, die mir den Puls beschleunigte. Um ehrlich zu sein, hatte ich längst aufgehört, mich für das Wesen der Stipendiumsbewerbung zu interessieren. Die ganze Studie erschien mir sinnlos und fruchtlos, interessant vielleicht nur noch als der reinstmögliche Ausdruck der Sammel- und Sortiermentalität so vieler akademischer Bemühungen – vor allem in den Sozialwissenschaften. Was ich wirklich wollte, war, eine allgemeine erklärende Theorie für die Beziehung zwischen normaler und abnormaler Psychopathologie zu finden. Eine Theorie im Rang von Freuds Gesamtwerk, im Gegensatz zum Freudianismus aber aufs engste verbunden und verknüpft mit einer Theorie sozialer Struktur und Veränderung.

Als ich mich mit dem langweiligen Register abmühte, spürte ich, daß etwas in mir reifte. Es war ein großer, warmer runder Kloß von einem Gedanken. An ihm klebten all die Erkenntnisse und Erfahrungen der letzten zehn Jahre: meine ersten Semester bei Müller in Oxford, meine Abschlußarbeit in Chelmsford, meine Forschung für MacLintock, mein Doktorat in Birmingham, meine Versuche mit Busner. Dies alles sollte jetzt seinen angestammten Platz finden, sollte sich vereinigen zur Quantitätstheorie des Irrsinns.

Nieselregen über Bromsgrove. Der triefende Postbote trottet über den Bürgersteig, bleibt kurz stehen, als wollte er durch das grüne Gartentor eintreten, und trottet dann weiter. Sogar über sieben Meter triefenden Windengestrüpps hinweg ist das feuchte Kleben von Stoff auf Haut spürbar, als er vor den Fensterstreben vorbeigeht. Mein Schreibtisch – normalerweise ein Schrein der striktesten Ordnung, ein

Bollwerk gegen die Entropie – ist im Verfall begriffen. Wellige und fleckige Typoskriptseiten kanalisieren in ihren Senken glitschige Kekskrümelablagerungen. Kugelschreiber, durch getrockneten Speichel miteinander und mit Staub- und Fusselbällchen verklebt, liegen der Papierlawine im Weg wie Mikadostäbchen. Hier und dort türmen sich Bände aus der Institutsbibliothek zu Schutzwällen, von ihren Rücken lösen sich die Etiketten des Deweyschen Dezimalsystems und rollen sich zu Tesafilmschnecken zusammen. Ich habe nicht mehr die Motivation, die Hingabe, um das Register zu beenden, statt dessen kritzle ich auf einem Blatt Schmierpapier herum, mein Stift malt sinnlose Diagramme, die mit einer Konstellation aus Linien und Pfeilen die Beziehungen beschreiben, die zwischen einer Reihe von Punkten bestehen …

Und doch hat dieses Diagramm eine so reizvolle, zwingende Form. Es sieht aus, als sollte es irgendeine tatsächlich existierende Beziehung ausdrücken. Es ist zu solide, zu offensichtlich funktional, um nur Gekritzel zu sein. Ich sehe darin die Gestalt des Diagramms, mit dem ich damals den Doppel-Doppelblindcharakter des Concept-House-Versuchs darstellte … Und dann sehe ich es glasklar in einem einzigen Gedankenhäppchen vor mir; die Quantitätstheorie des Irrsinns zeigt mir ihr Gesicht.

Ich vermute, daß jeder, der zum erstenmal eine neue, umfassende erklärende Theorie betrachtet, sich so fühlt, wie ich mich in diesem Augenblick gefühlt habe. In einem Aufwallen gigantischer Arroganz, schmerzender Hybris fühlte ich mich, als betrachtete ich die wahre Urform jedes Sinns, jeder Erklärung, die dem Stoff dieser Erde, diesem Leben inhärent sind.

»Was, wenn …«, dachte ich. »Was, wenn in einer gegebenen Gesellschaft zu einem gegebenen Zeitpunkt nur ein begrenzter Anteil an geistiger Gesundheit zur Verfügung steht?« Keine bisherige Theorie abnormaler Psychologie hatte je eine solche gesamtgesellschaftliche Dimension angenommen. Jahrelang hatte ich nach einer Hypothese gesucht, die die individuelle Psyche mit der Gruppe verknüpfte; dabei hatte ich sie die ganze Zeit direkt vor mir. Aber ich machte weiter, ich arbeitete die Theorie aus und rundete sie ab, oder, genauer, sie rundete sich selber ab. Sie schäumte auf und nahm Gestalt an, wie eine Papierblume sich in Wasser ausdehnt. »Was, wenn«, dachte ich weiter, »wenn jeder Versuch, Geisteskrankheit in einem Teil der Gesellschaft einzudämmen, nur zu ihrem Aufwallen in einem anderen Teil der Gesellschaft führen kann?«

Das war es also. Die Oberfläche der kollektiven Psyche war wie der abgenutzte, gestreifte Drillich einer alten Matratze. Wenn man die federgekernte Umhüllung an einer Stelle eindrückte, sprang ein anderer Teil hervor – es gab keine Aktion ohne Reaktion, kein Lachen ohne Tränen, keine Normalität ohne ihren elenden Begleiter.

Der durchweichte Halbmond am Rand meines vor langer Zeit eingetunkten Kekses klatschte auf die Tischplatte wie Exkrement. Ich achtete nicht darauf. In diesem Augenblick sah ich eine ganze Serie einander überlappender Distributionsmodelle geistiger Gesundheit vor mir – denn wenn jede gesellschaftliche Gruppe einen bestimmten Quotienten der geistigen Gesundheit hat, warum dann nicht auch jede gesellschaftliche Subgruppe? Von den Bangladeschis bis zum Bowling Club, von den Juden bis zum Juweliersverband. Es mußte so sein. In jedem Modell wäre die Menge der verfügbaren geistigen Gesundheit eine andere, und das Modell einer gesellschaftlichen Gruppe hätte Einfluß auf das einer anderen. Vor meinem geistigen Auge sah ich es als endlose Ebene einander überlappender Matratzen, jede von einer anderen Größe. Tritt auf eine und die Wirkung pflanzt sich über alle anderen hinweg fort.

Das also war die Quantitätstheorie in ihren knappsten Grundzügen, das Erstaunlichste an ihr war jedoch, daß sie mir bereits vollständig ausgestattet mit einer Unzahl konkreter Hypothesen in den Sinn kam. Wie etwa:

i) Wird die Anzahl der Magersüchtigen in Gesellschaftsschicht 2 reduziert, erhöht sich notwendigerweise die Anzahl der Valiumabhängigen in Gesellschaftsschicht 4.

ii) Wird Manisch-Depressiven in den Fens eine wirksame Medikation verabreicht, sind in der Anzahl der Agoraphobiker an der Südküste deutliche Veränderungen feststellbar.

iii) Wird Verhaltenstherapie angewandt, um sechs Schüler der Grundschule St. Botolph's auf Anglesey vom Bettnässen abzubringen, wird das vermehrte Ausbrüche soziopathischer Raserei unter den zehn dieselbe Schule besuchenden Borderline-Psychotikern zur Folge haben.

Und so weiter.

Mit einem Streich wischte ich nun all die Modelle der geistigen Gesundheit und der Geisteskrankheit beiseite, die ich in meinen Studienjahren in mich aufgesogen hatte. Der Schlüssel zur abnormen Psyche lag weder im Nebeneinanderstellen von Erlerntem und Instinktivem noch in einem Modell der Funktionsweise des Bewußtseins, sondern in einer viel reineren, viel mathematischeren Richtung. Der traditionellen Psychologie haftete der Ruch einer Pseudowissenschaft an, ihre Erkenntnisse konnten die riesige Kluft zwischen den empirisch überprüfbaren Ergebnissen der Neurophysiologie und den nicht mitteilbaren Wahrheiten geistiger Zustände nicht überbrücken. So wie die Philosophie, mag sie sich noch so bemühen, keine innige Verbindung mit der formalen Logik eingehen kann. All dies würde mit der Quantitätstheorie enden. Der individuellen Psyche würde es nun überlassen sein, ihr eigenes Schicksal selbst zu erforschen; die Psychologie würde sich auf die Erarbeitung statistischer Wahrheiten beschränken.

Ich will kein Hehl daraus machen, die Quantitätstheorie war meine Rettung. Niemand tadelt etwa einen großen Künstler, wenn der gesteht, der Hunger nach Anerkennung und Geld habe ihn dazu getrieben, ein Meisterwerk zu schaffen. Aber ein Wissenschaftler? Nun, ein solcher soll ohne Eigeninteresse, rein sein; sein Ehrgeiz sollte nur auf die Erforschung des Mörtels, der das Universum zusammenhält, gerichtet sein. Er sollte ihn nicht benutzen, um seine Terrasse damit zu pflastern. Ich wurde aus Bromsgrove, aus Aston, aus Chelmsford, aus dem Majestic Hotel gerettet, einzig und allein durch die Quantitätstheorie. Von Anfang an war mir klar, daß sie die Kriterien erfüllte, die Vorbedingung aller großen Theorien waren: 1. Sie machte großangelegte Voraussagen. 2. Diese waren empirisch nachprüfbar. 3. Die Überprüfung würde sehr viel Geld verschlingen.

In dieser Nacht malträtierte ich den Teppich mit meinen Sohlen, bis er nach versengtem Nylon roch. Ich konnte nicht schlafen, zermarterte mir das Hirn, denn ich wurde gequält von der Angst, daß ich, falls ich einen falschen Zug machte, falls es mir nicht gelingen sollte, der Quantitätstheorie Gerechtigkeit widerfahren zu lassen, nicht den ganzen Ruhm für mich allein würde einheimsen können. Ich wußte, daß ich als verantwortungsbewußter Gelehrter mich nach finanzieller Förderung umsehen, dann ein bißchen Feldforschung betreiben und schließlich die Ergebnisse in einem relevanten Periodikum veröffentlichen sollte. Aber ein widerspenstiger, verzagter Teil von mir befürchtete sofort, daß irgendein anderer, irgendein Eindringling in diesem Augenblick über dieselbe Wahrheit stolperte und schon dabei war, sie der Welt bekannt zu machen – und mir damit den Ruhm wegschnappte, der mir und nur mir allein zustand. Ich war versucht, die großen Zeitungen anzurufen, eine Art Konferenz zu veranstalten, die akademische Gemeinschaft zu übergehen und es in die Welt hinauszuschreien.

Doch dann siegte die Vernunft. Ich wußte, daß ich die Quantitätstheorie erst einmal völlig unter Kontrolle bekommen mußte. Sie jetzt halbgar auf die Welt loszulassen, würde nur bedeuten, daß die gigantische Maschinerie des Denkens, und zwar Forschung und Praxis, deren Aktivierung ich bereits voraussehen konnte, unter der Kuratel anderer ablaufen würde. Wenn ich die Kontrolle behalten wollte, mußte ich Ränke schmieden, intrigieren, inszenieren und vor allem meine Pläne sorgfältigst ausarbeiten.

Dementsprechend setzte ich mich am nächsten Morgen hin, um Briefe an meine Mitstudenten/Analysanden aus Chelmsford zu schreiben: Sikorski, Hurst, Harley und natürlich Zack Busner. (Ich hätte auch Simon Gurney gefragt, hätte er nicht das Praktizieren aufgegeben, um Bildhauer zu werden.) Ich lud sie zu mir nach Birmingham zum Abendessen ein, um mit ihnen eine Idee zu diskutieren, die sie vermutlich interessieren dürfte.

Ich wartete drei Tage … eine Woche … von keinem ein Wort. Der Abend des geplanten Treffens kam und zu meiner Überraschung auch die gesamte Truppe. Einer nach dem anderen. Sie waren alle gemeinsam in Adam Harleys Auto Richtung Norden gefahren. Aber bei der Raststätte Toddington waren sie über die kulturell bedingt unterschiedliche Wahrnehmung der postnatalen Depression in Streit geraten. Busner vertrat die Ansicht, daß postnatale Depressionen ausschließlich ein Phänomen patriarchaler Gesellschaften seien und daß es matrilinear strukturierte Stammesgesellschaften gebe, in denen sie völlig unbekannt seien. Adam Harley vertrat die Ansicht, daß Busner ein »aufgeblasener Heini« sei, und bekräftigte seine Kritik, indem er Busner einen Leviathan-Burger, garniert mit Cocktailsauce und triefenden Bröckchen halbgegrillter Industrieshrimps, ins Gesicht klatschte.

Nach ihrer Ankunft bot ich ihnen Plätze an und machte Tee. Ich ließ Busner nicht einmal Zeit, sich zu säubern, sondern machte mich ohne Umschweife an die Erläuterung meiner Offenbarung. Sie waren unruhig und kaum zum Zuhören bereit, aber ich brauchte ihre Aufmerksamkeit nur wenige Minuten zu fesseln, dann hatte die Theorie sie gepackt. Natürlich spürten sie, daß etwas an meiner Art sich verändert hatte. Etwas in der Art, wie ich Richtung Decke prustete, der Art, wie ich Kugelschreiber fellationierte, der Art, wie ich eine Schulter viel, viel höher hielt als die andere, so daß ich aussah, als würde ich von einem Fleischerhaken baumeln, etwas, das sie faszinierte, sie einschüchterte und sie merken ließ, daß ich es war, der Alkan als Objekt ihrer Zuneigung ersetzen sollte.

Wir bildeten ein kleines, interdisziplinäres Team. Ziel war es, die Quantitätstheorie in Relation zu gesellschaftlichen Mikrogruppierungen zu entwickeln. Alkans Studenten waren bekannt für die Vielfalt der Pfade, die sie nach ihrem Abgang von Chelmsford eingeschlagen hatten; in unserer kleinen Gruppe waren alle notwendigen Disziplinen vertreten.

Was aus Busner geworden war, wissen wir bereits. Phillip Hurst, dessen Vater dem Chelmsforder Campus eine beträchtliche Summe gespendet hatte, war von der reinen Psychologie ins psychometrische und statistische Fach gewechselt. Seine Mithilfe bei der Entwicklung des Quotientenkonzepts sollte sich als unschätzbar erweisen. Adam Sikorski war über die kruden behavioristischen Modelle, die er als Doktorand mit solcher Begeisterung entwickelt hatte, hinausgewachsen. Die Phase, in der er Ratten zu Alkoholikern, Heroinsüchtigen und Dieben machte – nur um zu beweisen, daß er es konnte –, hatte nicht lange gedauert. Jetzt machte er aus Gürteltieren Magersüchtige, aus Narwalen Neurastheniker, und aus Kaltblutpferden hilflose, wimmernde Agoraphobiker. Sikorski hatte sich eine großzügige staatliche Förderung für diese Experimente gesichert, und seine Vertrautheit mit den Winkelzügen des politischen Nahkampfs sollte sich zu Beginn als höchst nützlich für die Quantitätstheorie erweisen. Im Lauf der Zeit war dies natürlich der Grund für seine völlige Entfremdung. Was Adam Harley anging – Harley, den Aktivisten, Harley, den Idealisten, Harley, den Visionär –, so war er der ultimative fünfte Kolonnist. Er saß in einer kalten Souterrainwohnung in Maida Vale und erniedrigte sich selbst vor den pubertären Ängsten und den diversen Existenznöten des mittleren Alters, die seine »Klienten« vor ihm ausbreiteten. Harley mit seinen Bluthundaugen, die so triefig waren, daß man befürchtete, sie würden gleich seinen Rollkragen berühren, überzeugte mich von seinem Engagement, seiner Menschlichkeit, seiner Hingabe an die sehr realen therapeutischen Vorzüge der Quantitätstheorie, aber die ganze Zeit …

Unsere erste Aktion bestand darin, daß wir uns nach einer angemessen kleinen, in sich geschlossenen gesellschaftlichen Gruppe umsahen, an der wir unsere Theorie überprüfen konnten. Wir hatten das große Glück, meinen Cousin Sid zu finden. Genaugenommen war Sid noch nie geisteskrank gewesen. Er hatte allerdings, wie viele andere eher introvertierte Kinder, eine Anzahl »imaginärer Freunde«. Sids Fall war insofern etwas Besonderes, als er seine imaginären Freunde in der Vorpubertät aufgab, sie jedoch an der Universität wiederentdeckte. Wo sie alle zusammen ein aktives Sozialleben führten.

Sid lebte jetzt in einer kleinen Kommune auf den Shetland-Inseln, wo er und seine Mitkommunarden sich der Zucht unglaublich großer Hydrokultur-Zwiebeln widmeten. Die anderen Mitglieder der Kommune waren Exzentriker, aber nicht ganz so wirr im Kopf wie Sid. Sie glaubten, daß ihr Erfolg in der Zucht von Metergemüse einzig und allein von der Umlaufbahn des Saturnsatelliten Ceres abhing.

Aus einer ganzen Reihe von Gründen stellte die Kommune den idealen Prüfstand für unsere Theorie dar. Sie wohnte abgelegen, war in sich geschlossen und besaß einen einfach zu quantifizierenden Geistigen-Gesundheits-Quotienten (den ich, da diese Abkürzung inzwischen in Literatur und Diskussion eingegangen ist, von nun an und der Einfachheit halber GG-Quotient nennen werde), zu dessen Bestimmung nur ein minimaler Aufwand vonnöten war. Außerdem gab es in der Nachbarschaft der Kommune noch einige andere Beispiele experimentellen Lebens, die das vergangene Jahrzehnt dort an den Strand gespült hatte. Es wäre deshalb sehr einfach, eine passende Kontrollgruppe zu finden.

So brach das interdisziplinäre Quantitätstheorieteam ohne weitere Präliminarien zu den Shetland-Inseln auf. Dort angekommen, wollten wir den GG-Quotienten messen und dann entscheiden, ob wir eher stimulierend oder eher dämpfend auf Sid einwirken sollten. Anschließend hofften wir zu beobachten, ob und, wenn ja, wie sich das auf die anderen acht Kommunemitglieder auswirkte.

Jetzt fällt es schwer, die damalige Popularität dieser Art von Kommunenleben zu verstehen, und ganz ehrlich gesagt, mir fiel es damals schon schwer. Rückblickend betrachtet glaube ich, daß all diese »alternativen« Lebensweisen nicht viel mehr waren als das Ausleben von Entwicklungsstörungen. In Schlafsäcken übernachten, streiten, sich an den Haaren ziehen. Es war eigentlich nichts anderes als eine gigantische »Laß uns im Garten zelten, Mummy«-Übung. Das Zwiebelzüchterlager bildete hier keine Ausnahme. Es war eine Ansammlung von Hütten, teilweise gut und mit Sorgfalt abgedichtet, teilweise aber nur mit alten Nummern der *Shetland Times* in den Ritzen. Wenn der Nachmittag dunkel wurde und der Wind über die öde Landschaft pfiff, schoß der Regen aus dem Quell der Dunkelheit und fuhr in entschlossenen Tropfen durch den zentralen Wohnbereich, wo käsige Jungs und Mädels saßen, sich die Haare hinter die Ohren schoben und in Häkeln, Makramé und Nachhauseschreiben vertieft waren.

In diesem Kontext waren die Mitglieder des Teams ebensosehr als Anthropologen wie als Psychologen gefordert. Keinesfalls würde uns die Kommune für die Zeitspanne, die zur Durchführung unseres Experiments nötig war, akzeptieren, wenn wir nicht zumindest oberflächlich eine gewisse Sympathie für die von ihnen propagierten Ideen zeigten. So kam es, daß ich mich Abend für Abend, die gebeugten Knie vom dreckigen Denim meiner adaptiven »Jeans« wundgescheuert, im Gemeinschaftsraum wiederfand, während dieser oder jene Kommunarde, das Hirn dümmlich umnebelt vom Marihuana, sich abmühte, über Ley-Linien, Shiatsu oder irgendeinen tantrischen Blödsinn zu referieren.

Natürlich bestimmten wir auch unser eigenes mentales Profil, unseren eigenen GG-Quotienten. Sowohl als Gruppe an sich wie in Kombination mit den Kommunarden. Diese Daten konnten wir dann im Kontext der Fluktuationen, die wir auszulösen versuchten, in Betracht ziehen. Als die Experimente abgeschlossen und auch die Daten der Kontrollkommune, bei der Phillip Hurst einsame Wacht gehalten hatte, gesammelt waren, stellten wir fest, daß die Ergebnisse viel besser waren, als wir uns erhofft hatten.

Die Manipulationen der in der Kommune gegebenen Verteilung der geistigen Gesundheit waren natürlich ziemlich primitiv. Wenn wir Sids Symptome, seine Wahnvorstellungen, seine paranoiden Phantasien und vor allem sein lebhaftes, aber eingebildetes Sozialleben, dämpfen wollten, sedierten wir mit Kendal-Minzkuchen, den wir mit Largatil versetzten. Er vernahm dann keine Stimmen mehr, und die Welt hörte auf, sich in eine gräßlich komplexe chinesische Marketerie ineinandergreifender Verschwörungen aufzusplittern. Sogar seine »Freunde« verschwanden. Bis auf einen zumindest. Ein rätselhafter Schweißer aus Weirside mit dem Namen George Stokes trat beharrlich weiterhin auf.

Und die Zwiebelzüchter? Nun, obwohl wir warten mußten, bis wir die Daten quantifizieren konnten, sahen wir mit eigenen Augen, daß sie angefangen hatten, einige erstaunlich bizarre Verhaltensmuster an den Tag zu legen. Wenn Sid sediert war, glaubten sie nicht nur an den günstigen Einfluß des Ceres auf die Landwirtschaft, sondern glaubten darüber hinaus an Ceres als reale Person, die sie besuchen würde, um an der Sommersonnwendfeier teilzunehmen. Einige der besonders enthusiastischen Kommunarden ließen sich sogar aus Lerwick Twiglets und exotische Partyknabbereien bringen, um ihren göttlichen Gast besser bewirten zu können.

Als wir Sids Medikation reduzierten, kehrte alles in den Normalzustand zurück. Nun versuchten wir es in der anderen Richtung und fingen an, Sids Nahrung kleinste Dosen LSD beizumengen. Die »Freunde« wuchsen und gediehen prächtig. Sid verbrachte seine Tage auf dem Zwiebelfeld in einem rasanten gesellschaftlichen Strudel: Cocktailpartys, erste Rendezvous, Vernissagen und Hauspartys. Einige der imaginären Freunde hatten erstaunlich gute Beziehungen. Ich war sogar kurz davor, neidisch zu werden auf Sid wegen seiner Tuchfühlung mit unzähligen einflußreichen – wenn auch eingebildeten – Persönlichkeiten, doch meine Kollegen tadelten mich rechtzeitig wegen meines höchst unprofessionellen Verhaltens.

Selbstredend war auch dieser Teil des Experiments ein uneingeschränkter Erfolg. Als Sids Verrücktheit zunahm, veränderte sich auch das Verhalten der Kommunarden wieder. Sie fingen an, geistesabwesend auf dem Zwiebelfeld herumzuwandern. Nun war keine Rede mehr von Ceres' bevorstehender Ankunft – statt dessen gab es Gemurmel wie: Man wolle »nach Lerwick fahren und sich eine regelmäßige Arbeit suchen«. Und ein oder zwei verzweifelte Kommunarden wandten sich sogar an Mitglieder des interdisziplinären Forschungsteams mit der Frage, ob sie jemanden kennen würden, der ihnen einen Einstieg in die Werbebranche verschaffen könne.

Wir kehrten nach London zurück und führten eine umfassende Analyse unserer Befunde durch. Indem wir unsere standardisierten Beobachtungen und die Ergebnisse der Abertausend von Psycho-Profil-Tests, die wir mit den Kommunarden durchgeführt hatten, auf eine Reihe von Quotienten reduzierten, fanden wir das, wonach wir gesucht hatten: Unabhängig von den Fluktuationen im Verhalten der Individuen blieb der GG-Quotient der Gruppe als Ganzes immer konstant.

Nun wurde es Zeit zum Veröffentlichen. Drei Monate später erschien »Einige Aspekte der Mechanismen des GG-Quotienten in einer einfältigen Shetland-Kommune« im *BJE*. Es kam zu einem Aufruhr. Meine Ergebnisse provozierten heftigste Kritik und derbste Schmähungen. Man warf mir »mutierten Sozialdarwinismus«, »syphilitischen kryptonietzscheischen Schwachsinn« und noch viel Schlimmeres vor.

In der akademischen Presse behauptete Kritiker um Kritiker, daß ich mit meiner Behauptung, es gebe in jeder Gesellschaft nur eine gewisse Menge an geistiger Gesundheit, einer neuen Ära des Vorurteils und der Unterdrückung Tür und Tor öffnete. Der Irrsinn würde rigoros auf Minderheiten und unterprivilegierte Gruppen beschränkt werden – die herrschenden Klassen würden dafür sorgen, daß sie in horrendem Maße ausgeglichen blieben, damit sie einen um so effektiveren »Medikationskrieg« gegen Gruppen mit anderen GG-Quotienten führen konnten.

Das Ausmaß und die Intensität dieser Reaktionen auf die Theorie schlossen jedoch von vornherein die Möglichkeit aus, daß sie ignoriert wurde. Darüber hinaus ließen sich meine Kritiker zwar von den moralischen Implikationen meiner Theorie ablenken, nicht aber von der ihr inhärenten Mathematik.

Der Grund dafür wurde um so klarer, je stärker die Debatte in Schwung kam. Niemand war in der Lage, unsere Ergebnisse zu widerlegen, wenn er nicht unsere Experimente reproduzierte. Und natürlich wurden sie reproduziert und reproduziert und reproduziert. Bis das ganze Land brummte vom Kratzen von Bleistiften, die Buchstaben und Ziffern auf Multiple-Choice-Formularen einkreisten, und dem Plopp unzähliger Kapseln, die in spitze, nicht abstellbare Pappbecher geworfen wurden: Die Maschinerie des Denkens war angesprungen.

Das hätte das Ende der Geschichte sein können. Im Hinblick auf das naive Modell von Motivation und Kausalität, das ich Ihnen zuerst dar- und dann so wunderbar widerlegt habe, habe ich eine vollständige Erklärung geliefert. Aber wir alle wissen, was anschließend passierte. Wie sich die Quantitätstheorie des Irrsinns aus einem originellen, aber dennoch rein akademischen Gedankengebäude zu etwas völlig anderem entwickelte. Einem Kult? Einem System esoterischen Wissens? Einer politischen Ideologie? Einer Religion? Einer Privatphilosophie? Wer kann das sagen? Wer kann erklären, warum die bastardisierte Anwendung der Theorie plötzlich eine so rasende Verbreitung fand? Zuerst bei den Intellektuellen, dann bei der Gesamtbevölkerung.

Auch wenn der genaue Gehalt der Theorie schwer zu definieren ist, so ist doch leicht zu erkennen, warum die Theorie auf die Leute eine so starke Faszination ausübte. Sie nahm den heiligsten aller modernen Orte, diese Welt in der Walnußschale des Geistes, und behauptete, daß das, was in ihm vorgehe, nichts anderes sei als eine Funktion mathematisch beschreibbarer Fluktuationen innerhalb der jeweiligen gesellschaftlichen Gruppe. Vorbei die Zeit, da man sich schwierigen und schmerzhaften Therapien unterziehen mußte, um seine teuren Neurosen zu lindern. Rettung war eine Frage gesellschaftlicher Planung.

Zumindest behaupteten das die anderen. Ich habe für meine Theorie nie dergleichen postuliert. Meine Arbeit war rein deskriptiv, nie präskriptiv. Es waren die Mitglieder der Gruppe, die ich um mich versammelt hatte, um diese bahnbrechende Forschung durchzuführen, die auf dem Rücken meiner großen Innovation zu Pseudoruhm ritten. Busner mit seinem absurden RÄTSEL und danach seinen erniedrigenden Spielshow-Auftritten, in denen er absurde Slogans brüllte. Hurst und Sikorski erwiesen sich als unfähig zu irgend etwas anderem als einem höchst brutalen und unverantwortlichen Zerfetzen des Gewebes der Theorie, aber das kam erst später. Wer mir zuallererst Probleme machte, war Harley. Harley, der Idealist, Harley, der Freundliche, Harley, der Salonfähige, Harley, der Therapeut.

Etwa neun Monate nach der Veröffentlichung im *BJE* erhielt ich einen Anruf von Harley, der mich bat, ihn in seinem Haus in Hampstead zu besuchen. Mir waren die Echos der Aktivitäten, auf die meine Kollegen sich verlegt hatten, zu Ohren gekommen, und ich hatte in meinen Interviews immer großen Wert darauf gelegt, mich von allem zu distanzieren, was sie ausheckten. Ich war argwöhnisch und brannte vor Neugier, als ich auf meinem Klapprad von der Wohnung, die ich in Child's Hill gemietet hatte, hinauf in die Höhen von Hampstead strampelte.

Der große Fehler im Design dieser Klappräder sind die zu kleinen Reifen. Darüber hinaus verleiht das Scharnier dem Rahmen einfach nicht genug Steifheit, um die merkwürdigen Schwingungen zu verhindern, die einem das Vorwärtskommen erschweren. Dies erwähne ich nur nebenbei, weil ich glaube, daß der Zustand, in dem ich mich befand, als ich die Gayton Road erreichte, womöglich eine Erklärung liefert für meine anfängliche Passivität angesichts einer Eröffnung, die man nur als Ungeheuerlichkeit bezeichnen kann.

Harley öffnete mir persönlich die Tür. Er bewohnte ein großes Reihenhaus an der Gayton Road. Ich hatte gewußt, daß er wohlhabend war, dennoch überraschte es mich, daß es an der glänzenden Vordertür nur eine einzige Klingel mit seinem Namen darauf gab. Er führte mich in ein großes Zimmer, das die Tiefe des gesamten Hauses einnahm. Es wurde erhellt von wäßrigem Tageslicht, das durch die hohen Schiebefenster hereinströmte. An den Wänden des Zimmers reihten sich Bücher, die meisten davon waren Taschenbücher.

Die Bodendielen waren abgeschliffen, schwarz lackiert und auf Hochglanz poliert. Hier und dort lagen Teppiche mit farbenfrohem, abstraktem Muster auf dem Boden. Schmale, abgewinkelte Stehlampen von offensichtlich italienischem Design warfen isolierte Inseln gelben Lichts. Eine stand auf dem Schreibtisch, einem großen, flachen, soliden Eichentisch, und ihr Schnabel bebte über dem wuchernden Wirrwarr von – wie ich vermutete – Harleys Arbeit, der aus dem klappernden Maul seines Computerdruckers hervorsprudelte.

Ansonsten stand auffallend wenig in dem Zimmer, nur das eine oder andere Bibelot, eine japanische Elfenbeinarbeit oder ein aus Bimsstein geschnitzter Arawakkopf, von einem Stahlrohr auf einen Zedernholzklotz gespießt. Ich war völlig ausgepumpt und ließ mich auf einen Leder-Aluminium-Stuhl fallen. Harley ging zum Schreibtisch und spielte mit einem Stift, kritzelte abwesend mit ausgestreckter Hand. Er wirkte nervös.

»Du weißt doch, die Quantitätstheorie des Irrsinns …«, begann er. Ich lachte kurz auf. »… Nun ja … hast du nicht immer behauptet, daß das, was auf gesellschaftliche Gruppen zutrifft, auch für jede beliebige gesellschaftliche Subgruppe bewiesen werden kann?«

»Ja, das ist ein Aspekt der Theorie. Genaugenommen sogar ein wesentlicher Teil. Denn wie soll man ›Gesellschaft‹ oder ›gesellschaftliche Gruppe‹ präzise und dauerhaft definieren? Man kann es nicht. Deshalb muß die Theorie anwendbar sein auf alle möglichen Gruppierungen von Menschen.«

»Elternbeiräte?«

»Ja.«

»Wölflingsgruppen bei den Pfadfindern?«

»Ja.«

»Vorstädtische Philatelistenvereine?«

»Mit Sicherheit.«

»Lockere Zusammenschlüsse von Latexfetischisten?«

»Warum denn nicht … mein lieber Mann …«

»Wie wär's mit Therapiegruppen, die ausdrücklich deswegen zusammenkommen, weil sie aus den verborgenen Mechanismen, die die Quantitätstheorie uns aufzeigt, Nutzen ziehen wollen?«

»Was soll denn das heißen?«

»Na, du weißt schon. Gruppen von Leuten, die sich zusammentun, um eine kalkulierte Umverteilung der Elemente ihres speziellen, individuellen GG-Quotienten zu erreichen. Die eine künstliche Gruppe bilden, um eine Periode geistiger Labilität gegen eine Periode radikaler Stabilität einzutauschen.«

»Was! Du meinst eine Art Seelenlagen-Timesharing?«

»Ja, so etwas in der Richtung.«

Ich täuschte natürlich Unwissenheit vor. Ich hatte diese Entwicklung vorausgesehen – und meine Kritiker ebenfalls, obwohl sie sich geirrt hatten bei der Lokalisierung der Gefahr. Sie ging nicht von eitlen und machtversessenen Despoten aus, die ethnische Minderheiten sedieren wollten, um die Mehrheit zu stabilisieren, sondern von Leuten wie Harley, den Gebildeten, den Liberalen, den schnell Begreifenden.

»Also ich weiß nicht, theoretisch vielleicht …«

»Schau dir das mal an ...« Er riß einen Stapel Computerpapier von dem noch immer klappernden Drucker und gab ihn mir. Ich las und sah sofort, daß Harley durchaus nicht von der Theorie redete, sondern von der Praxis. Der Ausdruck enthielt die jüngsten Ergebnisse einer Reihe offensichtlich noch laufender Versuche mit begrenzter Teilnehmerzahl, bei denen es um die Überwachung des GG-Quotienten von zwei Gruppen ging. Es gab eine »aktive« und eine »inaktive« Gruppe. Die Zusammensetzung der Gruppen war völlig willkürlich. Das war alles, aber es reichte. Die quantitative Analyse, die Harley unternommen hatte, zeigte deutlich, daß die Stabilität der beiden Gruppen in reziprokem Verhältnis zueinander stand.

»Was ist denn das?« fragte ich. »Wer sind diese Leute, und warum sammelst du auf diese Art Daten über sie?«

»Pssch!« Harley kauerte sich hin und watschelte über einen grellen mexikanischen Teppich auf mich zu, den Zeigefinger fest an die Lippen gepreßt. »Bitte sprich leise, die Leute könnten dich hören.«

»Was für Leute? Was für Leute könnten mich hören?« wollte ich wissen. Harley kauerte noch immer oder, genauer, hockte vor mir. Die Haltung paßte zu ihm. Mit seinem dünnen rötlichen Bart und dem halbspitzen Kopf hatte er schon immer etwas Gartenzwerghaftes gehabt.

»Die Leute, die zum Treffen kommen – zum Treffen der Exklusionistengruppe.«

»Verstehe, verstehe. Und das da?« Ich hielt den Computerausdruck in die Höhe.

Harley nickte grinsend. »Freust du dich denn nicht?«

Ob ich mich freute? Ich war sprachlos vor Verblüffung. Die folgenden zwei Stunden saß ich zusammengesunken in meinem Sessel und sagte keinen Ton. In dieser Zeit kamen sie herein. Alles ziemlich durchschnittliche Vertreter der oberen Mittelschicht. Ein bunter Haufen, einige Akademiker: Anwälte, Ärzte, Dozenten, alle mit der schnuppernd hochnäsigen Art von Leuten, die glauben, »Eingeweihte« zu sein. Neben den Akademikern gab es noch einige wohlhabende Frauen, die den Eindruck vermittelten, als hätten sie eben Tee im Brown oder bei Fortnum & Mason getrunken. All diese Menschen flanierten in dem großen Zimmer auf und ab, bis sie zur Ordnung gerufen wurden und das Treffen begann.

Es war eine komische Angelegenheit, dieses Treffen, denn es ging ausschließlich um Verfahrensweisen und Verwaltung. Es gab kein eigentliches Thema, keinen erkennbaren Grund, warum gerade diese Gruppe von Leuten zusammenkommen sollte. Sie sprachen über die Einkünfte der Gruppe, über den nächsten Treffpunkt, die Bereitstellung von Erfrischungen und einen Gruppenausflug nach Glyndebourne, der in ein paar Wochen stattfinden sollte. Zu keinem Zeitpunkt machte irgend jemand eine Äußerung oder wenigstens eine Andeutung hinsichtlich des eigentlichen Zwecks der Gruppe.

Nach einer Weile zersplitterte die Zusammenkunft in Grüppchen von Leuten, die herumstanden und redeten. Eine der Frauen, die ich im Geiste als »wohlhabend« etikettiert hatte, setzte sich in den Sessel neben mir. Sie war mittleren Alters, schlank und trug ein elegantes Kostüm, das im Schnitt entfernt an die Vierziger erinnerte. Ihr Gesicht sah aus wie kaltes Hähnchen unter straff gespannter Klarsichtfolie – das Gesicht einer alternden Frau, die sich erbarmungslos fit hält.

»Wer sind Sie?« fragte sie sehr unverblümt. Äußerst untypisch für eine englische Frau. »Ich habe Sie bei unseren Treffen noch nie gesehen.«

»Ach, ich bin einer von Harleys Kollegen. Ich bin nur vorbeigekommen, um zu sehen, was er so treibt.«

»Adam ist ein wunderbarer Mann. Was er hier in nur drei Monaten geschafft hat, muß man als den Triumph betrachten, auf den die Psychotherapie schon lange gewartet hat.«

»Waren Sie in Therapie, bevor Sie zu der Gruppe stießen?«

»Ob ich in Therapie war?« Sie schnaubte. »Ist Kenton eine Vorstadt? Ich bin seit zehn Jahren in allen möglichen Therapien. Ich habe Freudsche Analyse gemacht, habe Antidepressiva genommen, habe es mit eklektischer Psychotherapie versucht, mit Rebirthing. Sie können sich nicht vorstellen, was ich schon alles probiert habe. Und ich kann Ihnen sagen, nichts davon hat mir auch nur im geringsten geholfen. Meine Neurose bricht immer und immer wieder durch.«

»Und wie äußert sich diese Neurose?«

»Wie sie gerade will. Ich hatte Bulimie und Anorexie, Klaustrophobie und Agoraphobie, ich war Alkoholikerin und Hysterikerin oder einfach nur unglücklich – das alles bis vor drei Monaten. Seit ich in Adams Gruppe bin, sind die Symptome einfach verschwunden. Ich weiß nicht einmal mehr, was mich eigentlich so aus der Fassung gebracht hat. Und an die quälerische Selbstanalyse und Nabelschau, die meine verschiedenen Therapien mit sich brachten, erinnere ich mich wie an einen schlimmen Traum. Ich fühle mich jetzt so völlig anders als früher, daß man es überhaupt nicht vergleichen kann.«

»Hmm, hmm. Ich nehme an, Sie haben einen Verwandten oder einen Freund, der ...«

»Der zur anderen Gruppe gehört. Ja. Natürlich. Meinen Sohn John. Na ja, er war schon immer ziemlich labil, aber ehrlich gesagt, ich habe keine Ahnung, ob es seine beschissene Erziehung war oder, wie die eher chemisch orientierten Fachleute meinen, eine rein endogene Geschichte. Auf jeden Fall genießt John seine kleinen manischen Phasen. Er hat ein wenig Kapital geerbt, und es macht ihm Spaß, fünfzig oder sechzig Stunden am Stück wachzusitzen und zuzusehen, wie es auf dem Futures-Markt steigt und fällt. Und er nimmt gern eine längere manische Phase in Kauf, wenn er mir dadurch eine neurosenfreie Zeit ermöglichen kann. Ich schätze, einige Leute würden das pervers nennen. Aber ich finde, es ist, nach so vielen Jahren der Streitereien, eine liebevolle Annäherung zwischen Mutter und Sohn ...«

Ich weiß nicht mehr, ob Obiges wörtlich dem entspricht, was die Frau gesagt hat, aber den Kern trifft es auf jeden Fall. Ich war entsetzt. Das war die Inkarnation von allem, was ich zu vermeiden suchte. Die Umformung der Quantitätstheorie in ein therapeutisches Werkzeug mit dem einzigen Zweck, die Zipperlein der Reichen zu lindern. Ich verließ das Haus, ohne noch ein Wort mit Harley zu wechseln. Den Rest der traurigen Geschichte kennen wir alle. Harley ist hier bei der Konferenz, zusammen mit seinen Schülern. Seine Bewegung der exklusionistischen Therapie ist in den letzten fünf Jahren sprunghaft angewachsenen. Und Harley ist, in meinen Augen, menschlich direkt proportional dazu geschrumpft. Ich weiß nicht genau, was mit ihm passiert ist. Vielleicht hat er einfach die Kehrseite seiner eigenen Therapietechnik mitgekriegt und war zu lange in der falschen Gruppe. Aber seine affektierten Auftritte in einem bizarren Stammeskostüm, sein zusammenhang- und belangloses Geplapper – das seine Schüler für bare Münze nehmen –, dies alles scheint mir die logische Folge seines Herumpfuschens mit der natürlich Ordnung der GG-Quotienten zu sein.

Übrigens fand ich heraus, was mit dieser entsetzlichen Frau passierte, die ich in Harleys Haus traf. Ihr Sohn starb an einem Herzanfall, ausgelöst durch eine Asthmaattacke während einer seiner manischen Phasen. Die Frau selbst ist natürlich inzwischen sicher verwahrt in einer geschlossenen Anstalt.

Und was die anderen angeht, diese armseligen Menschlein, die ich vor einem Leben in fast völliger Bedeutungslosigkeit bewahrt habe, so erwiesen sie sich alle der Gnade, an wirklichem theoretischem Fortschritt beteiligt gewesen zu sein, unwürdig. Hurst war wenigstens berechenbar, auch wenn seine Aktionen in gewisser Weise die abscheulichsten waren.

Etwa neun Monate nach diesem Nachmittag, den ich in Hampstead verbracht hatte, stieß ich in der Zeitung auf einen Artikel, der meine schlimmsten Befürchtungen in bezug auf ihn bestätigte. Eine kurze Meldung, aufs Wesentliche beschränkt. Dort hieß es, daß Phillip Hurst, der bekannte Statistiker und Psychologe, einer der Begründer der Quantitätstheorie des Irrsinns, von der Regierung zum Leiter eines neuen Büros ernannt worden sei, das sich, unter dem Dach des Central Office of Statistics, einer völlig neuartigen Aufgabe widmen solle – einer landesweiten Erhebung des GG-Quotienten. Ziel sei es, ein effektives Meßsystem für den Quotienten zu entwickeln, so daß die Regierung die Ausgabe von Palliativa, in Form von Geldern, die für die geistige Gesundheit aufgewendet werden, präzise steuern und dosieren könne, um damit eine gerechte und ausgewogene Verteilung anomalen Verhaltens im ganzen Land zu erreichen.

Weitere Nachrichten wartete ich gar nicht mehr ab. Ich wußte, daß sie schlecht sein würden. Ich nahm den erstbesten akademischen Job an, der mich so weit wie möglich fortbrachte vom Ansturm des verrückten Molochs, den ich gezeugt hatte. In Darwin, im Nordterritorium Australiens, saß ich da und wartete. Jeden Samstag kletterte ich in meinen Moke und fuhr zur Victoria Mall, wo der einzige gute Zeitungshändler in Darwin zu finden war, der Publikationen, meist drei oder vier Tage alt, aus der ganzen Welt führte.

So kam es, daß ich inmitten von Männern in verschwitzten, am Schritt elefantenhautfaltigen Denim-Shorts dastand und las, während sie Tatsalotto-Karten rubbelten, daß ihnen die Plastikfitzel auf die Gummisandalen rieselten. Die Nachrichten betrafen hauptsächlich merkwürdige Theateraufführungen von äußerster Brutalität. Die Zeitungsredaktionen veröffentlichten Programmhinweise, gespickt mit dicken schwarzen Pfeilen und der Art Zeichnungen von Männern in Windjacken und Maschinenpistolen in der Hand, wie man sie von Letraset-Bögen kennt.

Was die Bemühungen der Regierung anging, ein effektives Meßsystem für den GG-Quotienten zu entwickeln, so waren diese behaftet mit Problemen, die einerseits rein semantischer Natur zu sein schienen, sich andererseits aber als beunruhigend, anomal, unbegreifbar erwiesen.

Zuerst wurde ein Meßsystem für die geistige Gesundheit entwickelt, dann ein zweites und schließlich noch diverse andere, alle in der Absicht, irgendwann das endgültige zu finden. Das Problem war, daß das unkomplizierte Meßsystem S1 auf einer Reihe von Berechnungen basierte – die Zuwachsrate bei Schizophreniediagnosen wurde ins Verhältnis gesetzt zur Zuwachsrate der Bevölkerung –, die selbst offen waren für verschiedene Berechnungsmethoden und damit für Interpretation.

Auch wenn die verschiedenen, einander bekriegenden »Experten« (Wer waren diese Leute? Wo waren sie, als ich in zugigen Hütten auf den Shetlands kauerte oder die Toiletten der Londoner Innenstadt durchstreifte?) sich auf ein

Meßsystem einigen konnten, zeigte das bald mathematische Instabilitäten, die es entweder unbrauchbar oder unberechenbar oder beides machten.

S9 war eine Zeitlang ziemlich in Mode. Hierzu wurden sämtliche Einheiten Valium und verwandter Sedativa, die landesweit in einem bestimmten Zeitraum verschrieben wurden, addiert. Diese Summe wurde durch eine Basisdosis von 5 mg dividiert und die so entstandene Zahl durch die Ausstrahlungshäufigkeit von Werbespots für streßlösende Produkte in den einzelnen Regionalfernsehsendern noch einmal dividiert. Musselborough, früher ein ätzender und durch und durch ablehnender Kritiker meiner Studien über Reduktionismus in der Arbeitswelt, gab sich größte Mühe, auf den fahrenden Zug S9 aufzuspringen, hatte dieses System doch eine Zeitlang eine beträchtliche Gefolgschaft, da es, wie seine Verfechter behaupteten, nicht nur den Basisquotienten der geistigen Gesundheit messe, sondern auch Rate und Richtung der Veränderung dieses Quotienten innerhalb der Gesamtgesellschaft angeben könne. Doch diese Ziffer fluktuierte in sehr kurzen Zeiträumen auf so beunruhigende Weise, daß ernsthafte Zweifel an der Aussagekraft der so gesammelten Daten laut wurden.

Ich verfolgte das Ganze von der Millarrapulla Road aus mit distanzierter Belustigung. Das Leben hier gefiel mir recht gut. Ungefähr jeden Monat lud mich der Direktor des örtlichen College, an dem ich unterrichtete, zum Grillen ein, und zusammen mit anderen Männern in kurzärmeligen Hemden, gebügelten Shorts und weißen Kniestrümpfen stand ich dann auf dem sattgrünen Rasen und lauschte den Flughunden, die schwirrend zur Landung ansetzten und in den Mangobäumen schnatterten. Die anderen Männer waren höflich, weiß, erträglich. Sie lebten in einer Gesellschaft, in der stabile Raten der geistigen Gesundheit erreicht worden waren durch die Schaffung einer rassischen Unterschicht, die sich selbst mit Alkohol umbrachte. Genaugenommen brachte sich auch die Oberschicht mit Alkohol um, aber es gab erstaunlich wenige, die die klassischen Pathologien aufwiesen.

Simon Gurney besuchte mich für eine Weile. Er war ein lustiger Gesellschafter; wenn ich abends vom College nach Hause kam, sah ich ihn mit einer kleinen Gruppe Groote Eylandters auf der Veranda sitzen, wo sie sich gegenseitig entlausten. Gurney arbeitete hart, und am Ende seines Besuchs schenkte er mir eine einsachtzig hohe, unbearbeitete Basaltplatte, die ich heute noch habe.

Das Spektakel einer wuchernden, zentralisierten Bürokratie, die versucht, eine auf den Ergebnissen der Quantitätstheorie basierende, zentralisierte Politik umzusetzen, belustigte mich. Wie auch die Nachricht, daß ein universitärer Fachbereich nach dem anderen es nötig fand, die Theorie nicht nur in den Lehrplan aufzunehmen, sondern sich auch Fördermittel zu beschaffen, um die möglichen Anwendungen der Quantitätstheorie in so unterschiedlichen Bereichen wie der Ölförderung in der Nordsee und der Ausbildung von Grundschullehrern zu untersuchen.

Hin und wieder spürte ein Journalist oder ein Doktorand mich auf. Vermutlich stand ich in dem Ruf, der »Gründervater« zu sein, aber in der Praxis bedeutete das sehr wenig. Ich glaube, wenn diese Leute, psychotisch von der Hitze, nach mörderischer Fahrt über Vorstadtstraßen endlich bei mir ankamen, fanden sie jemanden, der nicht unbedingt nach ihrem Geschmack war, jemanden, der nicht bereit war, ihnen einen leicht zu definierenden und zu analysierenden Satz persönlicher Merkmale zu präsentieren. Die Dissertationen und biographischen Skizzen, die daraufhin erschienen, spiegelten diese Schwierigkeit wieder. Einfach gesagt: Sie wußten schlicht nicht, was sie von mir halten sollten. Ich war ganz offensichtlich kein Bohemien, und doch war ich ausgestiegen. Ich hatte kein nennenswertes Charisma, ich hatte keine Schüler um mich geschart, und doch war ich in keiner Weise exzentrisch. Ich war nicht einmal exzentrisch gewöhnlich; ein Magritte in seinem tropischen Brüssel.

So kam es, daß mein Ruf unerbittlich wuchs. Meiner Ansicht nach war das vorwiegend eine Folge der Unfähigkeit meiner ehemaligen Kollegen, sich auf eine gemeinsame Meinung zu einigen. Und während zu Beginn der Quantitätsära mein Name kaum einmal erwähnt wurde, sahen sich innerhalb von fünf Jahren Busner, Harley, Hurst und sogar Sikorski dazu genötigt, mich als Gradmesser der Orthodoxie ins Spiel zu bringen, als Beweis für die völlige Irrigkeit der Ansichten des jeweils anderen. Auf merkwürdige Art war dieser Erfolg aus den völlig falschen Gründen für mich doch eine Genugtuung. Die beträchtlichen Tantiemen, die wiederausgegrabene und neu veröffentlichte Essays abwarfen, kamen mir auf jeden Fall sehr gelegen, und ich war gerissen genug, meinen Preis für ein Interview in die Höhe zu schrauben.

Als mir die PiggiBank einen Beraterposten anbot, dachte ich ernsthaft darüber nach. Man flog mich in einem Privatjet von Darwin nach Tokio. Die bizarre siebenstündige Fahrt vom Flughafen zu meinem Zielort (einem »Land«-Gasthof knapp außerhalb des Ballungszentrums, in dem der Bankdirektor ein fanatischer Stammgast war) gestaltete sich so langsam, daß ich mir vorkam wie ein Despot, der in Schulterhöhe durch den Ansturm Aberzehntausender kleiner Menschen getragen wurde.

Mir gefiel die Tagungsstätte des Direktors. Der Gasthof, gelegen auf einer Tagesdecke grüner Landschaft, dem Ausläufer eines Hügels, dessen konische Spitze in das schmutzige Blau eines statischen Himmels ragte, war geduckt und gehörnt, sein Dach ein spröder Stapel aufgebogener, vertrockneter Toastecken. Zwischen Gasthof und Hügel lag eine Erdölraffinerie oder eine Chemiefabrik oder etwas ähnliches – ein wirrer Wurzelballen ineinander verschlungener Röhren.

»Wal!« Die Begrüßung des Direktors war so überschwenglich wie ein Babyfurz durch eine gedämpfte Trompete. Er und seine Leute wuselten gestikulierend durch das Zimmer, gaben mir Leckerbissen und brachten japanische Bedienstete dazu, mir Leckerbissen und Getränke und ihnen ebenfalls Leckerbissen zu geben. Sie gingen durch die Schiebetüren in den Garten hinaus und kamen wieder herein. Ihre Bewegungen in dem Zimmer mit seinem polierten Holzboden, den Lackmöbeln und den Papierwänden waren lüstern. Sie belästigten den Leerraum. Jedesmal, wenn ihre rosigen Hände hineingriffen oder ihre derben Gesichter daran rieben, schrumpfte er in sich zusammen, ein bißchen mehr verletzt, ein bißchen mehr beschädigt.

Vulker selbst trug einen Kimono, der so groß war, daß sogar sein massiger Körper klein darin wirkte und mein bereits beim Eintreten gestörtes Gefühl für Proportionen sich völlig verzerrte.

»Wal«, sagte Vulker, »ich glaube, wir sollten uns nun den Implikationen von Fluktuationen des GG-Quotienten im Kontext einer kollektivistischeren, potentiell statischen Situation zuwenden.« Er sah mich dabei kaum an, die Bemerkung schien eher an die Fischhäppchen auf seiner Handfläche gerichtet zu sein. Ich murmelte etwas Unverbindliches. Ich wußte, was ich wirklich dachte: daß nämlich der Größenfaktor einen viel bedeutenderen und weitreichenderen Einfluß auf die Weltgesellschaft haben würde als irgendeine spezifische interne Reaktion auf oder Einstellung zu Geisteskrankheiten mit klar umrissenen Pathologien. Wenn diese wirklich kleinen Orientalen erst einmal alle in den Westen kämen, würden sie über kurz oder lang an einem quälenden Minderwertigkeitskomplex leiden. Die Auswirkungen dieses Phänomens auf die globalen GG-Quotienten könnten katastrophal sein. Aber warum sollte ich Vulker das sagen?

»Sehen Sie hier?« Einer von Vulkers Gehilfen reichte mir, bereits an der richtigen Stelle aufgeschlagen, einen Bericht in Klarsichtschutzhülle. Ich überflog gelangweilt die Zahlenreihen und merkte nur bei einem Sternchen im Text auf, denn in der dazugehörigen Fußnote entdeckte ich Harleys Namen. Das war es also; sie hatten schon ohne mich angefangen. Ich entschuldigte mich nicht, sondern ging einfach. Vierzehn Stunden später war ich wieder in Darwin.

So wurde Harley der GG-Quotient-Berater der Piggi-Bank. Und später ging das Gerücht, daß er in wichtiger Funktion für den Direktor selbst tätig sei. Ich wollte nichts davon wissen. War es Stolz? Ich glaube nicht. Ich glaube, mir wurde einfach immer stärker bewußt, in welche Richtung sich die Dinge entwickelten. So wie die Entdeckung der Quantitätstheorie den traumhaften Charakter einer Eingebung gehabt hatte, so spürte ich jetzt, daß ich in einer kreativen Art träger Unempfindlichkeit dümpelte, in der ich die Dinge sah, wie sie wirklich waren.

Im Flughafen von Denver. Und die Bergluft stößt mich nackt in ein weißgekacheltes Bad. Dagglebert müht sich mit den Koffern ab. Erst zwei Tage später, mitten auf dem Campus, mit Blick auf die Kette blauer und weißer Berge, wird mir bewußt, daß ich noch nie in Amerika war. Das ist unwichtig – der Grund meines Hierseins ist die Bestätigung eines Verdachts. Sie sind alle hier: Hurst aus Hampstead, Harley aus New York, Busner aus Montreux, wo er einen Fernsehpreis erhalten hat. Ich bin nicht hier um einer Konfrontation willen, sondern um Zeugnis abzulegen.

Cathcart, der ortsansässige Repräsentant der Theorie, der sich die Zeit nahm, diese Feier zu organisieren, ist ein lebhafter Mann Anfang Fünfzig mit mysteriös geknickter Taille, was so aussieht, als hätte jemand auf ihn eingehackt und sich aus mysteriösen Gründen vorzeitig wieder aus dem Staub gemacht. Trotz seiner säuselnden Stimme und seiner unsäglichen Aufstecksonnengläser ist er freundlich und, viel wichtiger noch, respektvoll. Er hat mir eine abgeschiedene, aber komfortable Hütte in einem entfernten Winkel des Universitätsgeländes zugewiesen. In den letzten paar Tagen habe ich mich auf dem Campus, im Fakultätsgebäude und an einem Abend sogar im Stammbistro der Gastakademiker in Denver genügend gezeigt, um etwaige Vorwürfe des Snobismus und der Hochnäsigkeit parieren zu können.

Wenn ich meinen alten Kollegen begegne, bemühe ich mich, höflich und freundlich zu sein. Ich weiß, daß sie mich für einen fürchterlichen Tugendbold halten, aber warum sollte ich mich erniedrigen und mich in dem pseudokulturellen Abfall suhlen, der sich um mein Lebenswerk herum aufgehäuft hat? Warum sollte ich zulassen, daß mein ureigenstes Denken zu einer Modeerscheinung wird?

Also hinauf aufs Podium und zum Katheder. Nach der Vorstellung durch Cathcart stehe ich da und betrachte die mir zugewandten Gesichter. Jetzt ist mein Augenblick gekommen, jetzt habe ich die Chance, der Nachwelt eine unverfälschte Darstellung zu hinterlassen ... Ich zögere und fange dann an zu sprechen; die farbigen Lichter wandern über meine Hose. Unter mir sabbert Dagglebert.

Meine Ansprache ist ein Triumph, eine *cause célèbre*. Glaube ich zumindest. Jedenfalls wurde sie sehr gut aufgenommen. Aber ich habe ja auch nichts Extravagantes versucht, ich habe mich strikt auf Bereiche beschränkt, die allgemein bekannt sind. Ich habe mein Publikum nicht mit Komplexitäten gequält, und ich habe ihm auch keine wirkliche Vorstellung davon gegeben, was für eine enorme gedankliche Hitze im Schmelztiegel des Schaffens vonnöten ist. In einem Wort, meine Ansprache war – meiner Meinung nach – palliativ.

Gegen Ende des Vormittags, als ich den Blick in immer fernere Gefilde schweifen ließ, um nicht in die zerknitterten, impotenten Gesichter meiner Kollegen schauen zu müssen, sah ich zwischen den Bäumen am Rand des Rasens, der das Auditorium umgab, etwas Weißes aufblitzen. Es kam und verschwand und kam dann wieder. Bis daraus schließlich die Gestalt einer jungen Frau in einem weißen Krankenhauskittel wurde, die ziellos umherrannte, die Hände entweder ausgestreckt oder in ihren Haaren wühlend. Sie drehte sich um sich selbst und stieß ihr Becken, als würde sie heftigst masturbieren, gegen die Stämme der stattlichen Douglas-Tannen. Nach einer Weile gesellten sich andere Gestalten zu ihr, einige ähnlich gekleidet, einige in Teilen ärztlicher Tracht, andere gefesselt in Vorrichtungen zur Ruhigstellung Verwirrter und wieder andere nackt bis auf entweder zerrissene Pullover oder ausrangierte Hosen.

Während diese Prozession, dieser merkwürdige Festzug zwischen den Bäumen hervorquoll und auf den Rasen strömte, redete ich automatisch weiter. Ich wußte, was passieren würde. Ich hatte Gerüchte gehört. Mein Verdacht bestätigte sich, als im Gefolge der Tänzer ein großgewachsener Mann auftauchte. Er überragte sie um Haupteslänge, er war nackt bis zur Taille, und darunter trug er nur eine Trikothose und einen absurden, priapischen Hosenbeutel. Sein Bart ragte in Richtung Auditorium, seine Augen blitzten, und trotz der Entfernung von mehreren hundert Metern schien sein Blick den meinen zu suchen. Der letzte meines ursprünglichen Teams hatte zu mir gefunden. Sikorski war eingetroffen, zusammen mit seinen Radikalen Psychofeld-Sprengern.

Wenn Hurst die therapeutische Korrumpierung der Quantitätstheorie darstellte, so hatte Sikorski sich größte Mühe gegeben, eine politische Korrumpierung zu bewerkstelligen. Sikorskis erste Veröffentlichung im Anschluß an unsere gemeinsame Arbeit war eine aufgeregte Widerlegung der Theorie, daß GG-Quotienten im Kontext gesellschaftlicher Gruppierungen zu messen seien. Für ihn war schon das gedankliche Konstrukt der »Gesellschaft« ein Trugschluß. »Gesellschaft« könne nicht quantifiziert werden, physisch-materielle Zonen dagegen schon. Sikorski postulierte deshalb etwas, das er »Psychofelder« nannte – ein Begriff, der gar nicht so schwer zu verstehen ist, er meinte einfach Zonen. Innerhalb jedes dieser Psychofelder gab es natürlich einen bestimmten GG-Quotienten. Es sei nun im Interesse des Establishments, so Sikorski weiter, daß ein komplexes und beständiges System solcher Felder erzeugt werde, das garantiere, daß die Hauptlast an Depressionen, Schizophrenie, Alkoholismus und manischen Zuständen vor allem die Benachteiligten zu tragen hätten: die Arbeiterklasse, ethnische Minderheiten und so weiter.

Gegen diesen Faschismus der Seele mußte natürlich etwas unternommen werden. Sikorski, Sproß einer wohlhabenden Landbesitzerfamilie aus East Anglia, einst ein brillanter Kliniker mit der Aussicht auf eine vielsprechende Karriere als orthodoxer Mediziner, wagte den Sprung und folgte dem Pfad, den seine Überzeugungen ihm wiesen. Nach dem Auseinanderbrechen des interdisziplinären Quantitätstheorie-Teams verschwand er. Später tauchten Gerüchte auf, daß er sich selbst in eine geschlossene Anstalt eingewiesen habe, daß er sich mehr als zwanzig Elektroschockbehandlungen unterzogen habe, daß er mit einer Überdosis Halperidol traktiert worden sei. Und später hieß es dann noch, daß an ihm eine partielle Leukotomie durchgeführt worden sei … privat … von einem Freund.

Zwei Jahre später tauchte er an den Rändern der Metropole wieder auf. Inzwischen war er Anführer eines Lumpenhaufens, der sich selbst »Radikale Psychofeld-Sprenger« nannte. Absicht dieses Konglomerats aus Studienabbrechern, Junkies, Schauspielern und diversen anderen Unangepaßten war es, als eine Art Feuerlöschkommando der geistigen Gesundheit zu operieren.

Wie der Stanislawski-Methode anhängende Schauspieler verfeinerten und vervollkommneten sie ihre Darstellungen der Symptome von Geisteskrankheiten. (Gelegentlich traten Mitglieder der Truppe in einem der regionalen Fernsehprogramme auf, um den Leuten zu Hause eine Demonstration ihres Könnens zu geben.) Dann gingen sie hinaus in die Welt, um psychologische Tagesstätten, geschlossene Anstalten, Sicherheitstrakte für geisteskranke Verbrecher und natürlich Praxen von Analytikern und Psychiatern zu belagern. Derart herumlungernd, gliederwerfend, geifernd und kollektiven Wahn demonstrierend, wurden die Radikalen Psychofeld-Sprenger im Verlauf von zwei oder drei Jahren zu einem vertrauten Anblick in ganz Großbritannien. Sie hatten denselben Ruf – bizarre Abweichler, die durch die Masse der Konformisten schnürten – wie die Hare Krishnas zehn Jahre zuvor.

Ich hatte schon immer eine gewisse Schwäche für Sikorski. Er war ein so attraktiver Mann, so enthusiastisch und zu großen Leidenschaften fähig. Sehr slawisch. Er war der Bakunin der Psychologie, asexuell und mit der Neigung, sich große Geldsummen zu leihen, die er nie würde zurückzahlen können.

Jetzt steht er da. Und dann stolziert er auf der Grasnarbe auf und ab. Mit ausgestreckten Armen reißt er Rasenstücke aus und drückt sie sich an die Stirn. Sein Mund öffnet und schließt sich, aber ich kann nicht hören, was er sagt. Offensichtlich soll seine Einladung nach Denver ein Geschenk der Konferenzorganisatoren an die Stadt sein. Die Radikalen Psychofeld-Sprenger werden ihre merkwürdige Kunst vor der staatlichen Nervenklinik ausüben, um damit den Zustand der Patienten zu verbessern – das ist zumindest die Absicht dahinter.

Viele Leute, einige davon durchaus respektable Denker, glauben vorbehaltlos an die Wirksamkeit der Radikalen Psychofeld-Sprengung. Was für ein Witz! Diese Leute haben keine Ahnung, worum es bei der Quantitätstheorie eigentlich geht. Die Quantitätstheorie ist kein Instrument zur physisch-materiellen Ursachenforschung, sie operiert auf der Ebene der Symptome. Es melden sich in Scharen Leute, die behaupten, die Aktionen von Sikorski und seinem Gefolge hätten ihnen geholfen. Und in gewissen Kreisen der Intelligenz ist es gerade in, sich an die Psychofeld-Sprenger dranzuhängen, um sich so von einer unangenehmen Neurose zu befreien – um eine Abhängigkeitsbeziehung abzuschütteln oder dieses oder jenes Gefühl zu »bewältigen«. Ich habe mir sagen lassen, daß es inzwischen so gut wie unmöglich ist, an einer psychiatrischen Klinik oder ähnlichen Einrichtungen vorbeizugehen, ohne ein kleines Pseudo-Narrenschiff vor dem Eingang verankert zu sehen und im Schatten daneben einen teiggesichtigen Sproß der Sonntagsbeilage, der, wie auch immer, von dieser Feldsprengungsaktion profitiert.

Kaum ist meine Ansprache vorüber und der Applaus verebbt, verlasse ich das Auditorium. Auf dem Weg durch das Foyer wende ich mich wütend an Dagglebert.

»Was zum Teufel tun denn diese Leute hier? Warum haben die Organisatoren sie auf das Universitätsgelände gelassen?«

»Ach, die«, sagt Dagglebert – und als er den Mund aufmacht, muß ich wieder einmal erkennen, wie albern es ist, einen Forschungsassistenten zu haben, der sabbert –, »die sind auf Einladung der Konferenz hier, als Geschenk für die Stadt Denver…«

»Das weiß ich, das weiß ich!« Ich wende mich von Dagglebert ab und gehe in Richtung Cafeteria, die am anderen Ende des Foyers liegt. Dagglebert läßt sich nicht abschrekken und folgt mir sabbernd.

Sicher versteckt hinter einem brusthohen Vorhang aus Plastikbambusstengeln, sehe ich dem Hin und Her der Konferenzteilnehmer zu, wie der Schwarm aus dem Auditorium sich mit dem Verkehr im Foyer mischt und die Radikalen Psychofeld-Sprenger von draußen dazukommen. Schwankend und geifernd stehen sie herum und reden mit ehemaligen Kollegen, soweit sie sich im Nebel der Beruhigungsmittel an sie erinnern.

Auch ich sehe dort meine früheren Kollegen. Zack Busner steht bei einem großen verschleierten Mädchen und spielt nervös mit seiner Mohairkrawatte. Phillip Hurst hat, einen Fuß auf einen Betonpflanzkübel gestützt, sein Aktenköfferchen auf dem Knie aufgeklappt und blättert in seinen Notizen, um einem stämmigen Menschen behilflich zu sein, der unaufhörlich seine muskulösen Arme beugt und streckt. Adam Harley sehe ich im Gespräch mit Janner, dem Anthropologen, den ich nur vage kenne. Janner trägt etwas, das aussieht wie ein Burton-Mantel aus zweiter Hand, und an seiner Hand baumelt eine Plastiktüte mit dem Logo eines beliebten Südlondoner Supermarkts. Janner ist ein abstoßendes Individuum; es hat etwas von Alkan an sich – die Art, wie er den Kopf in den Nacken legt, um sich den Rotz in den Schlund zu ziehen, ist besonders auffällig. Ich habe keine Ahnung, was er hier in Denver will.

Hier und dort entdecke ich noch andere vertraute Gestalten. Gesichter aus der Vergangenheit, die im Reden aufplatzen und wieder zusammenwachsen. Ein manischer Typ mit jüdischen Zügen, der aussieht wie ein Buchhalter, steht mit einem Stapel Werbebroschüren unter dem Arm da und lauscht konzentriert, während Stein, der Scharlatan dieses Jahrtausends, sein neues Evangelium verkündet. Sikorski bewegt sich durch das Gewimmel. Es ist ein lustiger Anblick, wie sein falscher Penis das forschende Köpfchen in die Luft reckt, vor allem, wenn man, wie ich, weiß, daß er völlig impotent ist. Er bleibt stehen, um Gönnern die Hand zu schütteln und mit ihnen zu plaudern. Doch seine Arbeit hat er noch nicht ganz aufgegeben. Ein leise schwankender Speichelfaden, der sich durch seinen wirren blonden Bart windet, funkelt im Sonnenlicht, das durch die Glasüberdachung hereinfällt.

Und während ich Sikorski und seine Schar beobachte, fällt die nervöse Verstimmung, die mich seit der Ankunft in Denver geplagt hat, langsam von mir ab. Was bleibt, ist das Gefühl, daß diese Konferenz, diese Szene, eine Wasserscheide der Quantitätstheorie ist. Eine zweite Chance, die mir der Himmel gewährt hat, um dieses Gedankengebäude auf der richtigen Ebene und mit den richtigen Schwerpunkten neu zu errichten. Wo liegt der Fehler der Quantitätstheorie? In ihrer Anwendung. In ihrer Weiterentwicklung zu einer Therapieform? Zu einer Methode der sozialen Kontrolle?

Zu einem Werkzeug radikaler psychiatrischer Politik? In all diesen Bereichen und in keinem davon. Die Wahrheit kommt mir wie immer wie ein Blitz, in einem Sekundenbruchteil reinen Erkennens.

Auf der Suche nach Notizbuch und Bleistift stoße ich den Styroporbecher mit lauwarmem Kaffee um, den Dagglebert neben meinem Ellbogen plaziert hat. Ich werfe einen ersten Versuch der formalisierten Darstellung meiner Erkenntnis aufs Papier:

$$Q(Q><[Q]) = Q(Q><[Q])$$

Natürlich sind hier noch Modifikationen möglich. Vielleicht ist die Formel selbst zu verblüffend einfach und elegant, vielleicht muß der Wert »Q« mittels eines externen Bezugsrahmens definiert werden. Aber im Augenblick genügt sie vollauf, um das zu erklären, was ich um mich herum sehe.

Die Radikalen Psychofeld-Sprenger; die amerikanischen Studenten in pludriger, herbstlicher Sportkleidung; die Dekane von einem Dutzend Fakultäten, die leidenschaftlich gestikulierend über ein Thema reden, das sie weder kennen noch verstehen. Und sie alle, wohlgemerkt, sie alle gefangen in klar definierbaren gesellschaftlichen Gruppen.

Die Quantitätstheorie des Irrsinns hat ihre erste erkenntnistheoretische Wasserscheide erreicht. Wie die Theoretische Physik muß sie jetzt ebenjenes Phänomen erklären, zu dessen Identifikation sie beigetragen hat. Sie muß, ausgehend von ihrer praktischen Umsetzung, ihre Seinsberechtigung neu beweisen. Allein indem sie so viele anomale oder beinahe anomale Menschen an einem Ort oder einer Reihe von Orten zusammenführt, beeinflußt die Quantitätstheorie den GG-Quotienten.

Nun geht es darum, eine Gleichung zu entwickeln, mit der man feststellen kann, ob zutrifft, was ich befürchte. Daß nämlich, wenn Irrsinn sich immer stärker im Umkreis von Lehr- und Forschungsanstalten konzentriert, die Häufigkeit von Geisteskrankheiten in der Gesamtgesellschaft …

Ausgewählte Bibliographie:

Ford, Hurst, Harley, Busner & Sikorski: »Einige Aspekte der Mechanismen des GG-Quotienten in einer einfältigen Shetland-Kommune«, *British Journal of Ephemera*, September 1974

Ford, H., »Wie man Börsenmaklern Ringelreihen beibringt«, *Practical Mental Health*, Januar 1975

Ford, H., *Die Quantitätstheorie des Irrsinns*, Publish Yourself Books, London 1976 (limitierte Auflage)

Ford, H., »Wie man Leute zügelt, die alleine lachen: Ein Beitrag zu mehr Effizienz im öffentlichen Verkehrswesen«, *The Bus*, Oktober 1985

Harley, T., »Schamanismus und Soja-Futures«, *World Bank Research Briefs*, September 1979

Hurst, P., »Nagelbeißen in Bornemouth versus Bettnässen in Poole: Behandlung und Besserung«, *Journal of Psychology*, März 1976

Hurst, P., »Zensus der GG-Quotienten in Großbritannien«, HMSO, Januar 1980

Sikorski, A., *»Daddy, Mummy ist verrückt.« »Gut.«*, Shefcott and Willer, London 1976

Einzellig

Als Kind spielte ich gerne ein Spiel. Na ja, es war weniger ein Spiel, sondern eher ein Zeitvertreib. Wenn ich im Bett lag und mit zugekniffenen Augen in die Lichtstrahlen sah, die durch die Vorhänge fielen, wurden sie fest. Feste Röhren der Helligkeit. Ich konnte diese Röhren ausdehnen oder zusammenziehen, je nachdem, wie weit ich die Augen zusammenkniff. Es war ein Gefühl unglaublichster Macht, einer Macht über eine periphere Welt, die hinter der dünnen Trugfassade der alltäglichen Erscheinungen liegt. Eine geheime Welt. In meiner Kindheit erlebte ich viele Dinge. Sie war weder glücklich noch unglücklich, sie war ereignisreich, aber woran ich mich am besten erinnere, sind diese festen Röhren der Helligkeit.

Ich erinnere mich deshalb so gut an sie, weil sie wieder da sind, wenn auch in anderer Form. Ich sitze im Wohnzimmer, und diese festen Röhren der Helligkeit umspielen fast alles, was ich sehe. Ein blauer Dunst fällt auf die Rückenlehne des Lederdreisitzers an der hinteren Wand. Er funkelt über dem Teppich, fünfzehn Zentimeter über dem Wilton-Flor, und ahmt auf gespenstische Weise das Rautenmuster nach. Purpurfarbener Dunst um die Schabracken. Vor der Schrankwand pulsiert leise grüner Dunst. Und durch die Flügeltür mit ihren verzerrenden Scheiben aus Riffelglas sehe ich meine unrechtmäßigen Kinder im Eßzimmer. Sie liegen da in ordentlicher Reihe, leicht gekrümmt, eine militaristische Schule miniaturisierter Wale. Über jedem schwebt eine kleine Korona schwarzen Lichts. Wenn ich die Augen zusammenkneife, kann ich die Korona zu einer Wolke verfestigen. Wenn ich die Augen aufreiße, verschwimmt sie, bis sie nur noch ein schwaches Nachbild auf der Netzhaut ist, nicht mehr.

Wissen Sie, ich fühle mich folgendermaßen: Ich werde hier einige Zeit sitzen. Wahrscheinlich die nächsten drei Stunden. Wissen Sie, wenn ich mich bewege, habe ich da so eine kleine, stark schmerzende Warze – ein hartes kleines Ding – in meiner Ellbeuge. Und ich hasse es, wie sie ruckelt und wackelt, wenn ich mich bewege. Und das tut sie, sogar wenn ich etwas so Einfaches mache wie einen Schluck Bier trinken. Wer weiß, was sie tun würde, wenn ich in die Küche gehen und mir ein paar würzige Pilze braten würde. Das wäre ein echter Fehler.

Diesen Fehler werde ich nicht machen. Ich habe mich an meine Umgebung angepaßt. Ich habe mir hier eine kleine Blase errichtet. Ich bin wie eins dieser Kinder, die auf alles allergisch sind. Ich kann meine Blase nicht verlassen. Ich würde den Tod riskieren. Die falsche Art der Stimulation könnte im Augenblick für mich fatal sein. In diesem Zusammenhang möchte ich vor allem die würzigen Pilze noch einmal erwähnen. Obwohl ich eigentlich nicht empfänglich bin für diese Pilze. Noch für ihr Aluschälchen.

Oben sind noch viel mehr von meinen Kindern. Sie schlafen still. Wenn der Morgen kommt und Gavin anruft … werden sie mir weggenommen. Und in PFLEGE gegeben. Ja, mir gefällt dieses PFLEGE. In Großbuchstaben. Sie schlafen da oben, eingehüllt in Bläschenfolie, umgürtet mit Riffelpappe. Wenn diese Warze nicht wäre, diese widerliche Warze, würde ich zu ihnen gehen. Mich für eine Weile in das kleine hintere Schlafzimmer legen. Ins zweite Schlafzimmer gehen und mich dann ins Elternschlafzimmer begeben. Bei ihnen liegen wie ein Patriarch. Eigentlich könnte ich das tun. Wenn ich es wirklich wollte. Aber ich will nicht. Ich will hier sein, wenn die Morgendämmerung das Gitter auf der anderen Straßenseite zum Britzeln bringt. Wenn ein Heiligenschein die Statue der nackten Frau an Henley's Corner umstrahlt. Wenn Gavin anruft.

Eigentlich. Eigentlich glaube ich, ich glaube, daß Gavin bald anruft. Es ist jetzt sechs Uhr morgens, und man muß den Zeitunterschied berücksichtigen. Ich mache mir Sorgen wegen etwas, nein, ich will es Ihnen erklären. Ich mache mir Sorgen, daß Sie mich für unnötig kryptisch halten: Kinder, Warzen, würzige Pilze, purpurfarbene Schabracken ... aber lassen Sie es mich auf meine Art erzählen. Weil ich bereits fertig bin. So wie ich es sehe, enthält jeder Satz, jeder Teilsatz, den ich äußere, die ganze Geschichte. Anfang, Mitte und Ende. Wenn ich so handeln würde, wie ich es sehe, würde ich jetzt den Mund halten. Ich könnte sofort den Kopf schütteln und in einem Schneeflockentanz fragmentierten Lichts vergehen ... also lassen Sie mich kryptisch sein. Wenn ich durchhalte, kann ich so tun, als hätte ich die Geschichte noch nicht zu Ende erzählt, und das macht sie erzählenswert, wissen Sie.

Ein Haufen Bücher liegt um meinen Sessel verstreut. Sie sehen aus wie ein kleines Dorf. Halb aufgeschlagen, die Rükken nach oben, ragen sie auf. Kleine Häuser des Wissens. Ich mag Bücher, die Rat geben. *Wirtschaftsratgeber. Finanzratgeber. Firmengründungsratgeber. Emailschmuckratgeber. Bootsbauratgeber.* In der letzten Stunde habe ich jedes dieser Bücher durchgeblättert. Und in der nächsten Stunde werde ich es wieder tun. Dasselbe habe ich mit dem Haufen Zeitungen und Zeitschriften in der Lücke zwischen meinem

Sessel und der Wand gemacht. Zu den Platten komme ich später.

Ich sehe mir die Bücher eins nach dem anderen an. Ich lese einen Satz oder einen kurzen Absatz. Und das reicht. Ich habe das Boot gebaut. Den Anhänger emailliert. Die Firma gegründet. Es ist dasselbe Problem wie mit meiner Geschichte. Alles ist in allem enthalten. Aber ich verzweifle nicht, ich nehme weiter ein Buch nach dem anderen in die Hand, blättere es durch, bleibe bei einem Absatz hängen und lege es dann wieder weg. Davor war es in anderen Zimmern des Hauses genauso. In der Küche, bevor die würzigen Pilze die Herrschaft übernahmen, las ich Kochbücher. Auf der Toilette Witze. Oben Romane. Ich vermute, daß die Bücher noch immer dort sind, verlassene Dörfer.

Ich suche in den Büchern und den Zeitungen nach einer Tatsache, einer Information, die den Schlüssel darstellt ... aber ich kenne ihn bereits. Was ich Ihnen noch nicht erzählt habe, ist, daß ich alt bin, wirklich alt. Unmenschlich alt. Alt wie eine vor Urzeiten gegrabene Katakombe. Ziegel fallen aus meinen Mauern und entblößen das Erdreich. Ich bin ein riesiger verschrumpelter Finger. Ich war zu lange in der Badewanne. Meine Haut hängt in Zotteln und Säcken an mir. Jeder Teil meiner Kleidung ist ein verschwitzter Zwickel. Und ich habe das Pulsieren noch nicht erwähnt. Das Dröhnen. Das Tosen des Ozeans, das mir den Kopf auf dem Hals herumreißt.

Und dann wieder. Das ist besser. Gut, wenn die Wäscheleine straffgezogen wird. Es ist furchtbar deprimierend, wenn man diese grauen, vielmals gewaschenen Aertex-Hemden sieht. Die ihre Manschetten durch den Dreck schleifen. Ha! Ha, ha ... Wir haben uns eine Firma gekauft, von der Stange. Ich mag dieses »von der Stange«. Muß dabei an lauter brave Manager denken, die an Bügeln ordentlich nebeneinander von einem Kleiderständer hängen. Nicht ganz so. Unsere Firma, das heißt Gavins und meine: Ocean Ltd. Früher Planktonzucht und -handel, als Fischfutter, wissen Sie. Zierfische. An einer Flußmündung – irgendwo. Jetzt die unsere. Und versehen mit neuen Direktoren: Gavin, ich selbst und Mr. Rabindarath. Letzter, ohne daß er es weiß. Er verläßt sein Zimmer nur, um sein Medikament abzuholen. Gavin ist so freundlich und erspart ihm die Mühe, die Firmenkorrespondenz von Ocean Ltd zu lesen. Wie er ihn auch von seiner Verantwortung als Finanzdirektor der Firma entbunden hat. Sehr nett von Gavin. Mr. Rabindarath ist ein hoffnungsloser Neurotiker. Er würde sich nur Sorgen machen.

Ich fühle mich schon viel besser. Gut genug, um mich in die Küche zu wagen. Die purpurfarbene Einfassung um alles flackert nicht mehr so heftig. Entweder das, oder sie oszilliert jetzt mit so hoher Frequenz, daß sie statisch wirkt. Auf jeden Fall haben alle Gegenstände eine kristalline Reinheit der Linie. Diese Bierdose zum Beispiel. Haben Sie je eine reinere Bierdose gesehen? Die Zeichnung der Castlemaine Brewery ist so scharf, daß man meinen könnte, man steht direkt davor. Ich trinke. Dieser schale Geschmack. Absolute Reinheit der Linie.

Ich erhebe mich aus dem Sessel. Ein wenig steif. War zu erwarten. Zigarettenasche bildet ein Netz von Linien, die alle auf meinen Schritt zulaufen. Schrittstriegeln! Ha! Ha, ha …

Gehen erfordert, wie fast alle menschlichen Tätigkeiten, eine Menge Selbstbewußtsein. Wenn man will, daß es gut aussieht, muß man es mit enormer Sicherheit und Verve tun. Einen jungen oder unerfahrenen Geher erkennt man normalerweise an seinem Mangel an Stil oder an seiner Anmaßung eines Stils, der zu alt oder zu kompliziert für ihn ist. Prätentiöses Gehen kann ein echtes Problem sein. Aber sehen Sie, ich schreite recht natürlich in die Diele. Ich bin auf dem Weg in die Küche ... »Würzige Pilze«, sagen Sie? Zum Teufel damit, ist meine Antwort. Sie haben sich von meinem Geplapper hinters Licht führen lassen.

Es gibt keine Unterbrechung im Bodenbelag zwischen Wohnzimmer und Diele, das ist ein Trost. Der bedachtsam zweifach geknickte Anstieg der Treppe in der Ecke ist ebenfalls beruhigend. Ich habe dieses Aquarell, das in der Mitte der Wand direkt über dem ovalen Dielentisch hängt, bei Betws-y-coed gekauft. Es stellt eine steinerne Hütte dar, im Mittelgrund. Im Vordergrund sieht man ein Feld und ein Steinmäuerchen, im Hintergrund Wolken. Es wirkt ausgesprochen heimelig, dieses Aquarell, wie auch der Tisch, bei Beccles gekauft, der im Licht, das vom Wohnzimmer in die Diele fällt, dunkel und hölzern aussieht. Er vermittelt meinem Haus eine alte Mahagonigediegenheit, die es eigentlich gar nicht verdient hat.

Sogar die Kinder, die Früchte meiner Arbeit, sehen hier harmlos aus, wie sie, paarweise aufgereiht, die Treppenstufen belagern und aus der Tür des Wandschranks unter der Treppe hervorquellen. Sie haben ihr militaristisches Aussehen verloren. Hier kann ich stehenbleiben, die Hand beiläufig auf einen Stapel Wurfsendungen auf dem Tisch stützen und erzählen.

Gavin sagt, dieses Haus sei ein vollgestopftes Kabinett kleinbürgerlichen Schnickschnacks. Es verrate meine Sehnsucht nach Ehrbarkeit. Ich weiß nur, daß ich mich in seiner minimalistischen Wohnwelt nie wohlfühlen könnte: Punktstrahler, stahlwollegeschmirgelte Spritzgußformen, lackiertes Holz, kleine Läufer, das ist alles.

Als ich dieses Haus kaufte, als notwendigen Teil der Defizitfinanzierung für Ocean Ltd, war ich entschlossen, daraus einen Ort der Erholung zu machen. Zu der Zeit verbrachte ich fast meine ganze Zeit damit, vor freistehenden, mit glänzendem grauem Gewebe überzogenen Trennwänden zu sitzen und mit Männern zu reden, deren Haare abstanden und die ihre Gesten mit kleinen Hieben ihrer Aluminiumkugelschreiber untermalten. Die Rückkehr in dieses Haus war eine Flucht. Ich wohne erst ein paar Monate hier, aber ich fühle mich wirklich zu Hause.

Die Kreditlinien für Ocean Ltd auszuhandeln war das einfachste auf der Welt. Gavin war durch und durch überzeugend; er hat nichts Gezwungenes an sich, er bringt die Leute einfach dazu, sein Freund sein zu wollen. Als Folge davon sind die Leute seine Freunde und, wie Freunde eben sind, tun ihm jeden Gefallen. Er spricht zu ihnen mit seiner selbstsicheren, sanften Stimme, die nur den allerschwächsten Nachhall gesellschaftlicher Überlegenheit hat. Sie liegt gänzlich im Nachhall, die Leute hören sie nicht, aber sie absorbieren sie unterbewußt und reagieren darauf. Ocean Ltd konnte sich sein Betriebskapital problemlos leihen.

»Nicht jeder spricht auf eine Hochglanzbroschüre an«, sagte Gavin und stupste seinen Whiskey sour mit ausgestrecktem Finger an – ich bemerkte die knotige Wölbung aus Plastikfleisch, wo die Nagelhaut sein sollte –, »aber es muß eine dasein.« Ocean Ltd hatte eine Hochglanzbroschüre: eine Flucht aus Strukturpapier, glanzlichtverzierte Zweifarbabbildungen unserer schnieken Babys, winzige Fließtextbausteine, variantenreiches Schriftbild und das Ocean-Ltd-Logo: eins der Babys in Schraffur.

Die Luft ist unangenehm kabbelig hier in der Diele. Es ist alles zu nah, das ist das Problem. Ich verliere mich im Detail. Gavin sagt, daß das mein Problem sei. »Du bist ein klassischer Stuhlverhalter«, sagt er, »endlos fixiert aufs Allerkleinste, zwanghaft bis zum Gehtnichtmehr – sei bloß froh, daß du dich mit dem großen Ganzen beschäftigen, abstrakt denken mußt.« Das kann schon sein, aber Gavins abstrakte Gedanken haben zu einigen erstaunlich konkreten Dingen geführt, wie zum Beispiel zu der Wohnung in Bloomsbury, der Rolex, den Anzügen aus Bromsgrove, den Hemden von Barries. Während meine kronkete Mentalität, mein Auge fürs Detail mich …

… in die Küche geführt hat. Aah! ... Verdammter Trottel. Ein weißes Aufblitzen. Ich habe auf den Wandschalter gedrückt, die Neonröhren flackerten einmal in verspäteter Warnung auf und sprangen dann voll an, daß mir das grelle, öde Licht gegen die Seidenpapiernetzhaut prallte. Ich bin eine Lochkamera. Iih! … Alles ist erhellt. Der Küchenschrank in der Ecke ist dem Licht ausgesetzt – eine alte Frau, die sich auszieht. Die Gewürzgläser dort sind wie der Mond, eine Seite versilbert, die andere in ewiger Dunkelheit versunken. Alles in der Küche ist lunar, polarisiert. Auf dem rechteckigen Resopaltisch steht das Essen vom Vorabend; diese teuflisch würzigen Pilze, die wie Maden in ihrem Aluschälchen hocken. Leibhaftig sind sie viel weniger furchterregend, als ich mir eingebildet hatte. Ich entspanne mich, mein Herz taucht wieder vom Grund des leeren Magentümpels auf, in den es purzelte, als das Licht ansprang. Ich werde jetzt einfach zum Spülbecken gehen und mir ein Glas Wasser eingießen.

Uh, uh, äh, gch … Ich habe nicht mehr drangedacht. Ich würge. Ich kann mich kaum noch beherrschen. Bitter abgestanden steigt es mir die Kehle hoch. Ich kann mir gerade noch eine Dose aus dem Kühlschrank holen, auf den Lichtschalter schlagen und über die Diele ins Wohnzimmer und in meinen Sessel am Fenster zurückkehren. Ich habe nicht an die Tandoori-Hähnchenflügel gedacht, die auf dem Abtropfblech lauerten. Allein schon der Anblick dieser geknickten roten Glieder, umhüllt von Kurkumapaste, in ihrer Folienfesselung. Das reichte, um mich aus dem Gleichgewicht zu bringen. Jetzt sitze ich im Sessel. Und nichts ergibt einen Sinn. Nicht mehr. Meine Haltung ist schwindelerregend. Vornübergebeugt sitze ich da. Hinunterstarrend aufs Hinunterstarren, hinunterstarrend. Und wie mich diese purpurfarbenen Schabracken ärgern. Und diese bösartige Warze, dieser kleine harte Knoten des Schmerzes pulsiert in meiner Ellbeuge, als wollte er gleich platzen. Es ist kein einfacher organischer Schmerz; es ist ein Schmerz, dessen Heimtücke alles Fleischliche verhöhnt; es ist ein Schmerz, der auf eine Zukunft weist, in der wir alle zu Cybernauten geworden sind; die Warze ist eine Schraube, die in den Ausleger meines Arms gedreht wird, wo sie beiläufig verrostete Sehnenkabel abquetscht …

»Kommando zurück, Kommando zurück.« Ich muß diese vorübergehende Besatzungsarmee drillen und dann an mich gewöhnen. Als sie gestern nachmittag ankamen, konnten ihre Wärter nicht so recht glauben, wo sie Quartier nehmen sollten. In ihren Pseudodenim-Windjacken, Schildchen mit den Firmennamen auf der Brust, standen die Männer vor der Tür, musterten argwöhnisch meine Doppelhaushälfte und drückten dann die Dreiklangglocke. Einer von ihnen hielt in seiner kräftigen Faust die schlappen Zwiebelschalenblätter des Lieferscheins.

Mit der gemächlichen Gelassenheit von Arbeitern auf der ganzen Welt, die Tag für Tag bemüht sind, das Schwinden ihrer Körperkräfte zu vermeiden, trugen sie die Kinder herein und verstauten sie im ganzen Haus. Schachtel um Schachtel, insgesamt hundert Gros, auf sämtliche Zimmer verteilt. Nachdem die Männer gegangen waren, vergnügte ich mich eine Weile mit ihnen, ich nahm sie heraus und spielte mit ihnen, bildete Muster und verschob sie, und als mir das langweilig wurde, stellte ich sie in Reih und Glied auf. Vor allem nebenan im Eßzimmer, wo jetzt im Augenblick vier Kompanien in dichter Formation unter dem Tisch zusammengezogen sind.

Als alle abgeladen und die diversen Papiere unterzeichnet waren, hätte ich die drei Männer, die zu ihrem orangefarbenen Transporter zurückkehrten, am liebsten zum Bleiben veranlaßt. Ich fühlte mich entsetzlich verlassen und fremd. Der ganze graue Nachmittag besaß eine so dünne Realität, daß ich mich daran hätte schneiden können. Ich wollte sie zurückrufen, doch mir fiel kein Vorwand ein. Die Luftdruckbremsen zischten, und mit krachenden Gängen donnerten sie in Richtung North Circular davon.

Wissen Sie, ich bin nicht mehr überzeugt von Gavin. Das ist die Wurzel des Ganzen. Ich bin argwöhnisch. Als wir uns vor zwei Wochen mit David Hangleton zu einem »kleinen italienischen Dinner« in Hampstead trafen, war er so viel überzeugender. Ich habe nie so getan, als verstünde ich etwas von diesen Dingen. Es war noch nie meine Aufgabe, Ocean Ltd Attraktivität und Charisma zu verleihen. Ich war immer der Junge im Hinterzimmer, der Dinge geradebiegt und auf dem Papier gut aussehen läßt. Aber neben Hangleton wirkte Gavin wesenlos. Als hätte ich mit Gavin immer nur die gekonnte Imitation des Echten vor Augen gehabt. Alles, was Gavin tat, seine Gesten, was er sagte, die Anzüge, die er trug, wirkte gezwungen, wie eine Inszenierung. Hangleton dagegen war eindeutig ein echter Unternehmer, er meinte alles ernst. Er war natürlich und ungezwungen, und das Kapital, mit dem er prahlte, war, wenn auch nicht gänzlich sein eigenes, so doch wenigstens nicht mit horrenden Zinsen belastet.

»Kauf etwas sehr billig, mit fremdem Geld, und dann verkauf es schnell wieder, aber nicht so billig.« Das war Gavins Maxime und das Motto von Ocean Ltd. Er brachte mich sogar dazu, ein kleines Schild mit diesem Spruch anfertigen zu lassen und über den Computer zu hängen.

»Dann können wir die Darlehen zurückzahlen.«

»Dann können wir die Darlehen zurückzahlen.«

»Und die Kreditkartenschulden.«

»Und die Kreditkartenschulden.«

»Und die Girokonten.«

»Und die Girokonten.«

»Und die Kundenkarten.«

»Und die gottverdammten Kundenkarten.«

»Und das Kapital in ein richtiges Unternehmen stecken.«

»Schon, aber was wir jetzt machen, ist auch nicht nur irgendein Blödsinn. Wir sind Geschäftsleute, Unternehmer.«

Geschäftsleute, Unternehmer. Gavin hatte jedenfalls so ausgesehen und sich auch so verhalten. Zumindest hatte ich das anfangs gedacht. Er sah ja auch so gut aus, mit seinen adretten sandfarbenen Haaren, seinem glatten, ebenmäßigen Gesicht. Er hatte eine Nase mit einem ganz schmalen, feinen Rücken, anders als mein platter Lehmklumpen, und eine makellose Gesichtshaut, so makellos, daß es mich nicht wundern würde, wenn er im Nacken eine Naht hätte.

Als Gavin und ich Kollegen wurden, machte er mit mir die Runde und stellte mir all seine Freunde vor. Sie hatten alle dieselbe Art wie er, eine gewisse ungezwungene, witzige Lokkerheit. Es war die Art von Charme, auf die ich immer hereinfiel. Gavin und seine Freunde mit ihrem Privatschulslang, ihren Backgammon-Spielen und ihren Limousinenwettfahrten auf Londons Hauptverkehrsstraßen erinnerten mich an die neureichen Kinder, mit denen ich zur Schule gegangen war. Sie betrachteten das Geschäft des Lebens mit den Augen des Konsumenten. Wie Gavin schauten sie nur auf den Profit, ohne sich um die Bilanzen zu kümmern. Ich glaube, der Unterschied war der, daß Gavin dabei den Anschein äußerster Seriosität vermittelte, eine Art Blue-chip-Sicherheit. Außerdem beherrschte er die Kunst des Schmeichelns, er gab einem das Gefühl, etwas ganz Besonderes zu sein: »Ich sage dir das, weil ich weiß, daß du ein Geheimnis für dich behalten kannst und …«, eine längere Pause, »… na ja, weil ich dich als einen meiner engsten Freunde betrachte.« Die Augen niedergeschlagen, um Verlegenheit anzudeuten, und dann ein kurzer, tiefer Blickkontakt, um völliges Vertrauen auszudrücken.

Wissen Sie, eigentlich ist es falsch von mir, Gavin derart schlechtzumachen. Es ist falsch, und ich bin dumm. Er sitzt jetzt allein in irgendeinem Hotelzimmer, er hat alles, was er besaß, für Ocean Ltd aufs Spiel gesetzt. Ich dagegen hatte nie etwas, das ich aufs Spiel hätte setzen können. Er ist mein Freund – wenn auch ein wenig kapriziös. Vielleicht ist das ja das Wesen der Freundschaft, erst Abwatschen, dann Schulterklopfen. Ich schätze, ich bin ein wenig nervös, weil ich auf den Anruf warte und weil der letzte Satz, den ich im *Firmengründungsratgeber* gelesen habe, lautete: »Geschäftliche Partnerschaften können sehr problematisch sein, und auch enge Freunde sollten dafür sorgen, daß der Partnerschaftsvertrag von einem erfahrenen Anwalt geprüft wird.« Aber wir haben natürlich keine Partnerschaft, wir haben eine Gesellschaft mit beschränkter Haftung, mit Geschäftsführern. Mr. Rabindarath und natürlich Sandy – auch wenn man dessen Identität als ein wenig problematisch bezeichnen könnte.

Aus den Augenwinkeln heraus kann ich einen Winkel des Gartens sehen. Anscheinend dämmert es bereits. Gavin sollte anrufen. Es ist feucht dort draußen, Nässe funkelt im orangen Licht auf dem Liguster und dem plattgedrückten Gras. Hier drinnen ist es genauso. Mein Sessel. Das Sofa. Die Schrankwand, das Dreieck Boden zwischen meinem Sessel und der Wand, bedeckt mit locker übereinandergeworfenen Zeitungen. Die Miniaturlandschaft der Zeitung, rauf die Artikelspalten und runter die Anzeigen. Wer kann sagen, daß sie wirklich kleiner ist als das Zimmer, der Garten oder die Welt? Wenn ich mit der Hand auf der Armlehne meines Sessels rauf und runter streiche, richtet der Bezugsstoff sich, je nach Richtung, stachlig auf oder wird glatt und weich. Koordination ist hier der Schlüssel, es ist ein Blödsinn, in Büchern Weisheit zu suchen, weil sie nichts Neues zu sagen haben. Sie enthalten alles in dem einen langen Satz. Alles und nichts. Wohingegen ich mir mit diesem simplen Ritual – mit der flachen Hand über den Bezugsstoff streichen, gleichzeitig rhythmisch atmen und den Blick aufmerksam über die Zeitungshügel schweifen lassen – Kontrolle verschaffe. Ich erschaffe mir ein winziges geordnetes Universum, was bedeutet, daß Gavin anrufen wird. Er muß anrufen, weil das Universum geordnet ist. Ich kann die dichte Formation der festen Strahlen ausdehnen und zusammenziehen. Die Kinder sind alle still zu Bett gegangen. Die Pilze ruhen umhüllt von Panade, die Hähnchenflügel nächtigen auf ihrer Styropormatratze. Und die Warze fängt an als Punkt und lodert dann auf zu einem Portal. Zu einer gräßlichen Tür. Ihre *Subkutaneität*. Uäh … ihre *Geschichtetheit*. Ich hasse die Schichten meiner Haut, weil sie überall am ganzen Körper sind und darunter die Schichten der *Eingeweide*. Jemand hat mir Sand zwischen die Schichten meiner Eingeweide gestreut. Und das Bier ist schon wieder schal. Und ich habe diesen Song schon tausendmal gehört. Wo ist meine Kontrolle …

Eigentlich ist dieser Song gar nicht so schlimm. Er hat eine gewisse volkstümliche Unschuld, eine Wehmut, die ziemlich gut zu meiner augenblicklichen Stimmung paßt. Er könnte ironisch sein – vielleicht aber auch nicht. Ich sitze hier und schaue, denke ich mir, ziemlich frisch aus für jemanden, der die ganze Nacht wach war. Mein Anzug ist ziemlich ausgebeult, vielleicht liegt's an dem leichten Stoff. Ich sitze in dem Lichttümpel, den die Stehlampe wirft, das Orange der Straßenlaterne überspült mich und das Fahlgrau der beginnenden Dämmerung sickert dazu. Und die Strahlen, diese festen Strahlen, die überall sonst im Zimmer geordnet und kontrolliert sind, umtanzen und umflirren mich, sie kreuzen sich, und ich bin ihr Ziel.

Ich bin ein kleines, leuchtendbuntes Flöckchen des Lebens auf dem Objektträger eines Mikroskops. Wunderschön, gewichtslos, so winzig, daß weder die Schwerkraft noch die Sonne auf mich einwirken, dümple ich im Fruchtwasser des Wohnzimmers. Die Tapete säuselt leise. Und plötzlich und ohne Vorwarnung dringt ein feindlicher Strahl ins Zimmer, schießt durch die Deckleiste, ein Strahl, ganz anders als die anderen, der sich meiner optischen Kontrolle entzieht: ein Strahl reiner Angst. Der mich mit seiner Nadelspitze antippt, mich nur einmal berührt. Nur ein einziges Mal zusticht, in mein weiches Zwerchfell, das heliotrope Herz meines so erbärmlich simplen Organismus. Und ich ziehe mich zusammen. Ich krümme mich und balle mich zu einer kleinen Gallertfaust. Langsam, langsam entspanne ich mich wieder, quelle auf, treibe in der klaren Flüssigkeit, die meinen transparenten Körper vergrößert. Es passiert wieder und wieder. Ich bin nichts als ein Einzeller, der nur zu einem einzigen riesigen Kniereflex fähig ist. Das ist jetzt eine kleine Abweichung vom eigentlichen Gegenstand meiner Besorgnis, oder zumindest vom Gegenstand der Diskussion, der sich gründet auf Begriffe wie »Palette« und Ausdrücke wie »Frachtbrief« und »Proforma-Rechnung«. Im weiteren Sinne gehören auch maschendrahtumzäunte, asphaltierte Umschlagplätze dazu. Die Welt von Ocean Ltd ist eine aktive Welt quantifizierbarer Phänomene, keine amöbische Phantasie, zusammengestopselt in einem großstädtischen Wohnzimmer um … kurz vor halb sieben.

Und wer kann schon sagen, daß Sandy, Mr. Rabindaraths arthritischer alter Labrador mit angegrauter Schnauze und Watschelgang, kein Anrecht hat auf einen Platz an Bord der Ocean Ltd? Auch wenn für ihn erst eine Identität konstruiert werden mußte, zusammengestückelt von Grabstein bis Geburtsurkunde, Paß und Bankkonto. Mr. Sandy Eccles ist jetzt eine vollendete Tatsache. Sein Name erscheint in unserem Briefkopf. Immer wieder fällt sein Name, und viele stellen sich vor, wie er in seinem Vauxhall über Autobahnen rast, Radio Two im Ohr. In Hemdsärmeln, das Jackett auf dem Haken hinter seinem Kopf, zuversichtlich, daß er dieses Geschäft wird abschließen können …

Ich muß mir selber auf die Schulter klopfen … gut gemacht, alter Junge! Dieses Wohnzimmer ist ein stolzes Zeugnis deines Kampfs gegen die Angst. Alles ist genau an seinem Platz, nichts stört das Auge. Das Dorf aus Büchern, der präzise plazierte Sessel, der Keil aus Druckerzeugnissen, der Fächer aus Plattenhüllen, lauter erstklassige mediale Vorleger. In hübschem Kontrast zum gedämpften Beige des Teppichbodens. Magnolie ist vielleicht nicht gerade der originellste Ton für eine Tapete, aber er beruhigt. Und was die Einrichtung angeht, so war es sicherlich die richtige Entscheidung, sie unauffällig zu halten, modern zwar, aber nicht zu … Schließlich verträgt sich mit der Form des Zimmers, den Sechsscheibenfenstern im Metallrahmen, mit all dem nichts anderes als Rechtwinkligkeit und Pastelltöne.

Dieser Folksong. Ich hasse ihn wirklich, er sagt mir nichts. Aber ganz ruhig jetzt, ich habe Jazz probiert, mit Klassik geflirtet, die ganze Skala von Rock, Reggae, Fusion und Soul durchgespielt. Nichts hat funktioniert; aus den Lautsprechern tröpfelte nur sinnloses Geklimper. Ich kann weder Rhythmus noch Melodie hören, ich muß mich beschränken auf Songs über geschlagene Kinder und alte Alkoholiker. Vielleicht sind sie ja real. Außerdem habe ich keine Zeit, die Platte zu wechseln. Jetzt sind die Zeitungen an der Reihe ...

Und als erstes heute morgen ein Blick in den *Hendon Advertiser* vom letzten Monat, wo wir lesen, daß St. Peter's Mount einen sehr erfolgreichen Wohltätigkeits-Flohmarkt veranstaltet hat, der £ 176 000 für das Kinderkrankenhaus an der Great Ormond Street einbrachte. Ein ganz besonderer Dank geht ... offensichtlich ... an Mrs. Tyler, die diese Veranstaltung organisierte und nicht weniger als zwanzig Ingwerkuchen dafür buk. Hmmm, hmmm, ein durchschlagender Aufmacher, gut flankiert von Artikeln über neue Bushäuschen, ein Mobilitätsprogramm für alte Leute und das Ausscheiden einer altgedienten Schulkantinendame. Da ist sie, auf Seite fünf, strahlend über einem stilisierten Barometer. Leitartikel? Mal sehen ... raschel, raschel, raschel. Aha. Hundehäufchen, wie ich vermutet habe. Dieses ewige und verzwickte Problem. Das wohl nie gelöst wird. Es beeinflußt die Kommunalpolitik in Finchley nicht weniger, als die Irische Frage das Großbritannien des ausgehenden neunzehnten Jahrhunderts bestimmte.

Aber die echten Nachrichten finden sich ganz hinten in der Zeitung. Nach den Ganzseitenanzeigen für Stoßdämpfer und ähnliches stoßen wir auf die Kleinanzeigen, und dort tobt das ganze Pathos des Lebens. Pathos, das nicht nur in den Anzeigen selbst steckt:

Reisekoffer, kaum benutzt, innen und außen sauber. £ 3. 6710042 nach 18 Uhr

oder

MFI Regalbretter. 150 x 45, 7 Stück. £ 15. Teilw. Tausch g. Couchtisch etc. möglich. 2295389 (tagsüber)

und

Tit Bits, Nr. 148–546, für Sammler. £ 40 V.B. 2294917 nach 20 Uhr 30,

sondern auch in der Einstellung zu ihnen. Ich verrate mich hier selbst. Gavin würde die Kleinanzeigen im *Hendon Advertiser* nie lesen. Er sieht sich höchstens die Hochglanzdoppelseiten an, auf denen Frauen mit so langen Beinen, daß sie bei Dr. Moreau gewesen sein müssen, die Promenade des Anglais entlangflanieren und Geruchswässerchen, Euronorm-Frachtcontainer, alles mögliche anpreisen …

Die ausgefranste Type dieser Kleinanzeigen. Sie deprimiert mich, und was schlimmer ist, ist sehe mich, wie ich sie lese, und ich sehe mich, wie ich mich selber sehe. Wieder alles zu schwindelerregend. Ich muß die Zeitungen sein lassen. Und ein Buch in die Hand nehmen … Irgendeinen dieser Ratgeber … irgendeinen … Mit blauem Einband und weißen Tüpfelchen. Die Punkte des Deweyschen Dezimalsystems, mißbraucht als Kugeln, die mir zwischen die müden Augen schießen. Ich bin schon zu lange wach, um so etwas noch aufzunehmen:

1.21 Für infrastrukturelle Defizite sind Analysen des Tagesgeschäfts kein Lösungsansatz.

Ganz klar ... ganz klar ... und daraus folgt natürlich, daß:

1.22 Vor jeder mittelfristigen Strategieplanung müssen unsichtbare Transaktionen separiert werden.

Das war mein Fehler. Daß ich diese verdammten unsichtbaren Transaktionen nicht separiert habe. Da bin ich also, in verantwortlicher Position, Geschäftsführer einer nicht unbedeutenden Import- und Großhandelsfirma, konzessionierter Buchprüfer, und trotzdem lasse ich mich von diesen unsichtbaren Transaktionen noch immer durcheinanderbringen. Unsichtbares und Immatrielles sind – wie die feuchte, nach Eisen schmeckende Kurkumapaste und das Pathos der Kleinanzeigen – Sachen, bei denen mir das Kotzen kommt. Ich bin auch der richtige Mann dafür, mit einem unerschöpflichen Vorrat an salziger Galle, meinem übersäuerten Magen. Mein Zwerchfell flattert ... also komm, nicht vor den Kindern, *pas devant les engafangas*. Konzentration auf eine scheinbar sinnlose, aber therapeutische Aufgabe, das ist es, was ich jetzt brauche, um durchzuhalten. Mein autodidaktisches Dorf neu arrangieren, so daß alle Dächer parallel zueinander stehen und mit demselben Giebelwinkel aufragen. Ja, von meinem Sessel aus kann ich sie gerade noch alle erreichen. Das Blut schießt mir in den Kopf, als ich den Miniaturkran meiner Klaue von Hand nach unten strecke. Scheißwarze! Pest und Cholera über dich, du blödes Ding. Eine Höllenschraube in meinem Arm, einem Arm, wie ein Schwamm getränkt mit sickernder, wäßriger Infektion. Die Sinnlosigkeit der Aufgabe. Merken Sie denn nicht, daß ich Schmerzen habe?

»Ich mache mir absolut keine Sorgen wegen diesem Kredit.« Der Kind-Banker saß hinter seiner schrägen Schreibunterlage, mit einem Gesicht von besorgniserregender Faltenlosigkeit.

»Was die ausgewiesenen Sicherheiten angeht, scheint alles in Ordnung zu sein, und ...« Kaffee erkaltete ungetrunken in Star-Trek-Bechern. Gavin setzte sich auf, sein Anzug ein Hauch von Blau im Rembrandtbraun des Büros dieses Kind-Bankers, sein Attaché-Köfferchen aufgeklappt am Rand des Schreibtisches. Darin eine Welt en miniature: Notizblock, Filofax, Broschüren von Ocean Ltd, Schlüssel, Stifte und ein paar unserer verschiedenen Sorten von Kindern. Im Augenblick noch in Pflege, aber, mit der Hilfe des Kind-Bankers, für eine – zumindest vorübergehende – Adoption bestimmt. Ich sah zu, wie der Kind-Banker einen Notizblock heranzog und mit hübschen Strichen seines Füllers affektiert Zahlenreihen addierte. Ein kleines Mädchen in einem Nadelstreifenkostüm stand im Halbdunkel hinter seiner rechten Schulter und tippte Ziffern auf einen grünen Monitor, dessen Bild von Zeit zu Zeit in hellen Streifen nach oben rollte. Der Kind-Banker drehte uns den Block zu, damit wir sehen konnten, was er geschrieben hatte; achtunddreißig Prozent stand unter dem Strich. Achtunddreißig Prozent. Wir mußten diese Kinder aufziehen und dann so schnell, so verdammt schnell in die Welt hinausschicken.

»Kein Problem.« Gavin schloß die grüne Tür auf, und wir traten in den feuchten Korridor.

»Schau mal ...« Mr. Rabindaraths und Mr. Eccles' Post lag locker gestapelt auf dem Sperrholzgehäuse, das eine Hernie des ächzenden Hauses verbarg, den Gas- oder Stromzähler, der aus der bauchigen Wand quoll. Gavin riß den obersten Umschlag auf und überflog den Brief.

»Sie sind unterwegs, einhundert Gros. Die Papiere liegen beim Spediteur am Terminal. Übermorgen sind sie hier.«

Mr. Rabindarath kam um die Treppenbiegung. Sandy alias »Mr. Eccles« trottete neben ihm her. Mr. Rabindarath trug einen sehr langen Gabardinemantel, der ihm bis zu den Füßen reichte. Er stieg weiter die Treppe hinunter, an uns vorbei, die leeren Augen tief in das graue, verwitterte Gesicht gesunken. Sein Medikament hielt er in der einen Hand und in der anderen einen blauen Kinderspaten aus Plastik mit Mr. Eccles' Bißspuren darauf.

»Ich fürchte, das ist nicht so gut.« Gavin las eben einen Brief, der an Sandy in seiner Funktion als Marketingleiter von Ocean Ltd adressiert war. »In Hamburg scheinen sie ziemlich kalte Füße zu bekommen. Ich muß rüber. Wenn ich erst mal dort bin, läßt sich das sicher alles bereinigen, ich muß Horst nur gut zureden. Du bleibst hier, kümmerst dich um den Weitertransport. Zwischenlagern bringt nichts, das schmälert nur unseren Profit. Nimm sie zu dir ins Haus, ist ja nur für eine Nacht ...«

Wir verließen das Haus und gingen die North End Road hinunter. Gavin schien die bedrückend tiefhängenden Wolken oder das traurige Nebeneinander von schmuddeligen Sprossenfenstern und dreckigen Tafelglasscheiben nicht zu bemerken. Er ging aufrecht, den Sinn in die Ferne gerichtet. Mir aber hielt die Stadt sie vor die Nase, drückte mich dagegen wie eine vertrocknete und verkrustete Absonderung, ein Spiegelbild der rauhverputzten Wand über dem Zählerkasten, wo Mr. Rabindaraths und Mr. Eccles' Post gelegen hatte.

Gavin lud mich ins Savoy zum Abschiedstee ein, und wir aßen getoastete Sandwiches und tranken Earl Grey am Grund dieses riesigen versunkenen Teppichstrudels. Kellner kamen und gingen mit leisesten Schritten, beladen mit dickwandigem Geschirr und schweren Edelstahlkannen. Das gestärkte weiße Leinen des Tischtuchs und das gestärkte weiße Leinen meiner Serviette schichteten sich auf meinem Schoß. Gavin redete über Ocean Ltd und sein Sexualleben, als wären sie ein und dasselbe, und ließ dabei angeregt die Hände fliegen. Gavins Hände, stumpf, mit spatelförmigen Fingern und tief ins Fleisch gesunkenen Nägeln, waren wie eines anderen Menschen Schultern.

Ich konnte mich nicht konzentrieren. Die Details schlugen mich in Bann: die Unterseite eines Blattes an einem Gummibaum, die geriffelte Gummisohle am Schuh eines Kellners, die präzise Drei-Knopf-Wampe eines fetten Mannes am Nebentisch und schließlich die grüngoldenen Schabracken, die die fließenden Bahnen der Vorhänge am Ende des Raums krönten. Eine Schabracke ist kein Möbelstück, andererseits ist sie aber auch nicht rein dekorativ. Diese Schabracken waren gewaltige, erwachsene Versionen meiner Schabracken zu Hause. Die Vorhänge rauschten aus ihnen zu Boden. Sie waren mit gekräuseltem Goldband eingefaßt. Gavin wedelte mit gebuttertem Toast, und ich konnte es nicht erwarten, nach Hause zu kommen, in meinen Sessel und meine Blase und den stillen Teil des Abends.

Das war vor sechsunddreißig Stunden. Ungefähr zweiunddreißig davon sitze ich nun schon hier. Ausflüge zur Toilette, zum Kühlschrank und vor die Tür, um das Abladen der Kinder zu überwachen. Einmal hat Gavin angerufen: Alles läuft gut. Ich brauche nur dazusitzen und auf seinen Anruf zu warten und dann die Proforma-Rechnung auszufüllen, die aus dem alten Unwin auf dem Tisch im Eßzimmer herausspitzt. Eine leichte Art, seinen Lebensunterhalt zu verdienen, glaube ich zumindest. Ich bin privilegiert in meinem Haus, das nur oberflächlich mit den anderen Häusern verbunden ist, die ein Rechteck isolierten Grüns mitten in der Vorstadt säumen. Mein Handtuchgarten stößt an andere

Handtuchgärten, identische Parzellen im Westen wie im Osten. Mein Haus ist in den Nachbarn hineingebaut, aber nur einen Ziegel tief. Im Inneren ist es ein Tardis, viel größer, als man sich das vorstellen kann. Es ist eine Insel, die, losgelöst vom übrigen Brent, in einem viskosen Bad salziger, verkrusteter Flüssigkeit schwimmt.

Verdammt, ich sollte eine EWG-Erklärung ausfüllen, wenn ich Gegenstände von einem Zimmer des Hauses in ein anderes transferiere oder auch nur gedachte Objekte in meinem Kopf. Ja, das ist es. Willenserklärungen, die den Zweck des Gedankens, seinen Wiederverkaufswert und so weiter angeben. Das Problem ist nicht, jedem Gedanken eine solche Erklärung (in dreifacher Ausfertigung) beizufügen. Es ist einfach so, daß niemand da ist, der sie kontrolliert, keine Zollbeamten. Nichts Neues, nur Meile um Meile bräunlicher Tundra unter einem Himmel, der ihr entspricht in Flachheit und geblähter Merkmalslosigkeit, bis auf, hier und dort, die brackige offene Wunde eines riedgrasgesäumten Torftümpels.

In einer halben Stunde fängt das Frühstücksfernsehen an. Ich habe eben auf die Uhr gesehen. Es gibt zwei Gewißheiten. Zwei Beweisstücke ... und diese beiden belegen ... meine Kontrolle: ein echter Nachweis, daß ich meine Umgebung steuern kann. Es liegt eine gewisse Gemütlichkeit in einer Strickjacke ... die, um 6 Uhr 30 morgens, von einem onkelhaften Mann getragen wird ... auf einem Bildschirm. Es ist die Art von Beruhigung, die ich brauche. Ich muß dieses Bastardkind von Fernsteuerung finden ... eine völlig unpassende Bezeichnung. Was ich damit steuere, ist überhaupt nicht fern. Ein Druck auf das weiche Knöpfchen, und der Fernseher springt an. Ich kann das Testbild überprüfen und die Programmvorschauen sehen, die sie um diese Zeit senden.

Wo ist das Bastardkind? Meine Finger gleiten nervös über den Teppich, fahren das schwache, zerfaserte Nachbild jener eben noch so festen und soliden purpurnen Strahlen nach. Verschwunden … verschwunden … weg! Jetzt nur noch der graue Schleier der beginnenden Dämmerung und der verbleichende gelbe Lichttümpel um meinen Sessel, der die Grenze meiner Blase markiert.

Die Bilder an der gegenüberliegenden Wand, die während der ganzen langen Nacht durchaus angemessen wirkten … voller Bedeutung … geschmackvoll, sind jetzt alte Briefmarken und eselsohrige Poster an der Wand eines Jugendzimmers: Snoopy, eine Frau im Tennisröckchen, die sich den nackten Hintern kratzt, und Schlimmeres. Die Farbgebung hier drinnen ist so anonym und ungastlich wie in einem Supermarktgang oder der vernachlässigten Lobby einer großen Firma.

Meine Hand ist blutschwer. Ich würde jetzt gerne ihre schlanke, kühle Schwärze in den Fingern halten, das Spiel ihrer weichen Knöpfe spüren … die so anders sind … als die Warze. Die jetzt in meiner Ellbeuge pocht, ein harter Knopf, der nichts als Schmerz verheißt. Allein der Gedanke, draufzudrücken – igitt! O Gott! O Gottele! Hart, aber schwabbelig … wenn ich draufdrücken würde … was dann … kein Steuerbefehl, keine Kontrolle … sondern weniger Steuerung. Weniger Kontrolle …

Na, du Bastardkind. Da bist du ja, brav in meiner Hand, als wärst du nie weggewesen, und die Vorschau flackert sanft vom Bildschirm ins Zimmer. 6 Uhr 45, *Good Morning Britain*. Ebenfalls guten Morgen … sage ich. Ein einfacher Gruß. Um freier atmen zu können, habe ich das Fenster geöffnet, und ein frischer Hauch ligusterduftender Luft weht vom Vorgarten herein. In der Entfernung kann ich das

Rauschen und Donnern von Sattelschleppern hören, die auf dem North Circular versuchen, verlorene Zeit wettzumachen.

Der Morgen bricht an ... Wenn ich mich aus meinem Sessel beuge, bewegt die Blase, die mich umgibt, sich mit. Spannt sich klebrig um meine Hand. Haftet sich an mich wie Frischhaltefolie und macht aus mir einen Cyberman. Es ist Zeit, wieder aufzustehen, die Kleidung zu lockern, wo sie an meinem Körper klebt, ein bißchen durchs Zimmer zu gehen, die Glieder ein wenig zu schütteln. Eine andere Nacht ... ein anderer Dollar. Was für ein Quark. Huh! Eigentlich sinnlos, so viele Selbsthilfebücher zu lesen ... Hier ... Ich werde sie jetzt einsammeln und ins Regal räumen. Was wir hier drinnen brauchen, ist ein wenig Ordnung, damit wir uns dem neuen Morgen stellen können. Tschonk. Sie knallen auf die Regalbretter ... und jetzt diese Plattenhüllen, die auf dem Boden ausgebreitet liegen ... die kommen hierhin ... und jetzt die Werbeblättchen, die den Freiraum zwischen Sessel und Wand verstopfen ... *voilà*. Jetzt sehe ich nur noch ein gewöhnliches Zimmer in einem gewöhnlichen Haus, mit einem Fernseher, auf dem in Kürze das Frühstücksprogramm angeschaut wird, von mir: Firmengeschäftsführer.

Wir zogen um die Häuser. Das heißt, die Geschäftsführer von Ocean Ltd, die nicht spasmodisch zuckend in ihrem Zimmer saßen oder blaue Plastikspaten beknabberten. Wir hatten eben den letzten Kredit unter Dach und Fach gebracht, den wir brauchten, um den großen Kauf zu tätigen, und Gavin und ich waren bester Laune. Wir waren einfach nur zwei junge Männer mehr, die um die Häuser zogen. Es gibt doch nichts Schöneres, nicht? Dieses Gefühl, daß man dazugehört, daß man mittendrin ist. Du gehst die Old Compton Street entlang, und das ist dein Viertel, dein Dorf.

In einem Pub am Cambridge Circus rissen wir ein paar Mädchen auf, so wie es Matrosen auf Landurlaub in Hollywood-Filmen tun. So etwas war mir noch nie passiert … es muß wohl an Gavin gelegen haben. Sie waren rot und braun in maßgeschneiderten Kostümen und machten so etwas normalerweise eigentlich nicht und lachten viel und warfen sich verschwörerische Blicke und Stichworte zu. Und Gavin und ich waren interessiert an ihnen und redeten mit ihnen über ihre Arbeit und ihre Wohnungen und lernten sie näher kennen, weil dies unser Abend war und wir eben junge Hengste waren, die um die Häuser zogen.

Und ich erinnere mich, daß wir von dem Pub aus weiterzogen. Weniger konkret zwar als an das Vorhergegangene; alles war noch lustig, aber irgendwie ein bißchen gespannt. Eins der Mädchen fragte: »Und was machst du so?« Und ich sagte, wir hätten eine Firma, Ocean Ltd, und gab ihr meine Karte – blöd eigentlich, weil sie keine Geschäftsfrau war. Dann saßen wir in La Capresa, knabberten Grissini und tranken Rotwein, der mir in der Kehle kratzte. Als sie auf die Toilette gingen – keine Ahnung, warum ich mich daran erinnere, es ist eigentlich nicht wichtig –, bat mich Gavin, eine Bürgschaftserklärung für das Geschäftskonto von Ocean Ltd zu unterschreiben. Zumindest bin ich mir ziemlich sicher, daß es das war.

Zu der Zeit unterschrieb ich einfach. Er gab mir immer Sachen, die ich in meiner Funktion als Geschäftsführer unterschreiben sollte, und bei dieser Gelegenheit erschien es mir, Jungtürke, der ich war, als genau das richtige, hier im La Capresa meinen dicken Füller aus der Tasche zu ziehen und meine verdammte Unterschrift auf die gepunktete Linie zu setzen … und dann … das war's. Der Rest des Abends war der Rest des Abends. Und ich weiß noch, daß ich nicht mit einem der Mädchen nach Hause ging, weil ich so was nie tue … und ich weiß, daß Gavin es wahrscheinlich schon tat, weil er das immer tut. Ich weiß nicht, warum mir diese Geschichte mit dem Unterschreiben der Erklärung gerade jetzt in den Sinn kommt, weil es doch eigentlich vollkommen unwichtig ist, oder?

Jetzt stehe ich auf dem rechteckigen Podest, das den Treppenabsatz bildet. Entsetzt über die Flusen, die sich zwischen Teppichflor und geriffelter Unterlage angesammelt haben. Entsetzt auch über den Staubfilm, der meine Kinder trübt. Ich bin ein blasses Gesicht am Fenster eines Treppenabsatzes … Ich bin ein halberinnertes surreales Gedicht, vor Jahren in der Schule auswendig gelernt. Ich bin auf dem Weg nach oben, um eine Inspektionsrunde zu machen, aber ich komme nicht weiter. Wieder bin ich gebannt von einer Miniaturwelt, in der die Messingstangen, die den Treppenläufer straffziehen, Nazca-Linien in einer wahnhaften Wüste sind. Weil alles eben alles enthält. Und dieser Treppenabsatz kann mit demselben Recht als Welt betrachtet werden wie irgend etwas anderes, meinen Sie nicht auch? Das ist eine rhetorische, rhetorische Frage, vielleicht die erste ihrer Art, hihi! Solange man unglücklich sein kann in gepflegter Umgebung.

Hoh … Es könnte ein Fehler sein, nach oben zu gehen, irgend etwas ist ein wenig komisch an der Riesenschildkröte, in die mein Bett sich verwandelt hat, beladen wie es ist mit den Früchten der Arbeit von Ocean Ltd. Und ich glaube nicht, daß ich fähig sein werde, meine Buchaufräumaktion zu wiederholen. Ich will nicht oben sein, wenn Gavin anruft, weil ich ungern renne, wenn das Telefon klingelt. So wie die Dinge liegen, kann ich nach unten schweben. Ich fühle mich getragen von Kreditlinien, die fließen wie die purpurfarbenen Strahlen, wie die leuchtenden Strahlen meiner Kindheit, nur leichter, flimmernder, welliger. Ich schwebe nach unten auf einem Netz aus Kreditlinien, sie umwogen mich sacht und tragen mich hinunter ins Wohnzimmer. Frühstücksfernsehen ist angesagt, und vielleicht ruft Gavin jeden Augenblick an. Ich sehe ihn im Geiste vor mir. Er trägt eine Lederhose und steht in einer internationalen Telefonzelle, die aussieht wie ein emailleverkleideter Herd. Wir beide im Splitscreen: Ich in meinem Sessel, er in seinem Herd; und er schiebt seine – mit einem Doppeladler verzierte – Telefonkarte in den gußeisernen Schlitz … Klicken und Rattern und Surren, während das Signal von Schaltkreis zu Schaltkreis quer über den Kontinent springt … aber nein … es klingelt nicht. Vielleicht ruft er ein bißchen später an.

Jetzt blitzt das Studio vor mir auf. Und mir wird übel bei dem Anblick. Die Unwirklichkeit dieses vorfabrizierten Raums, der ausschließlich als Bühne für posierende Präsentatoren dient. Mit beigem Samt überzogene Sperrholzsitzwürfel, türkis gestreifte Polsterbänke – es ist ein Schaukasten für menschliche Fische … Ich kann es nicht ertragen, wie sie heranschwimmen und mich albern anglotzen … Ich habe drängendere Probleme, Flachheit des Geschmacks zum Beispiel … und die bösartige Warze … Darf ich vorstellen? Ich möchte betonen – und denken Sie an meine Worte –, daß diese Warze kanzerös ist. Sie stellt eine neue und sehr virulente Form des Krebses dar, die nur bei mir vorkommt. Dies ist ein implosiver Krebs. Andere Krebsarten befallen wie in einer Kettenreaktion Zelle um Zelle, aber dieser Krebs infiltriert sich selbst, er löscht Zellen aus und verwandelt sie in schwere und immer schwerere tote Materie, klebrige Materie, die wie ein Nagel in meiner Ellbeuge steckt. Die Symptome? Nun, Flachheit des Geschmacks zum einen, Flachheit des Mundgeschmacks, des Augengeschmacks, des

Ohrengeschmacks. Geruch? Va-gisses. Die einzige Behandlungsmöglichkeit ist Chemotherapie … und die Nebenwirkungen können beunruhigend sein …

Was ich mir überlegen muß, während der Fernseher mich feucht flimmernd beobachtet, ist eine Strategie, die Gavin dazu bringt, mich anzurufen, und zwar jetzt. Ich habe das Warten satt. Ich weiß, daß es gewisse Rituale gibt, mit deren Vollzug ich ihn dazu bringen kann, mich anzurufen. Unterschätzen Sie nie die Macht der Magie. Wir glauben vielleicht, daß Ursache und Wirkung Billardkugeln sind, die aneinanderstoßen, aber wir wissen, daß wir den Tisch kippen können. Und das werde ich tun, ich werde den Tisch kippen.

Was ist es nur, das mich hier hält, das mich, mit immer steiferen Gliedern, in einem nachgemachten Queen-Anne-Sessel aus einem Versandhauskatalog sitzen läßt, wo ich doch schon längst schlafen könnte? Ich könnte zwischen warmen Laken aus angerauhter Baumwolle liegen und diesen speziellen, unendlich süßen Morgenschlaf genießen, der den schmerzenden Körper umkrempelt wie eine Socke. Statt dessen sitze ich steif und aufrecht da und starre und warte. Ich werde mir jetzt eine Liste mit Sachen zusammenstellen, die mich vom Schlafen abhalten, und mein Verhalten unverzüglich dementsprechend ändern:

1. Die Warze
2. Appetitmangel
3. Warten, daß Gavin anruft.

Appetit und Warze und Gavin sind innig miteinander verbunden. Ich erkenne das erst jetzt, obwohl es die ganze Nacht schon offensichtlich war. Wenn ich gegen ersteres etwas unternehme, wird letzteres sich richten. (Das ist natürlich alles nur Spaß – glauben Sie mir –, reine Beschäftigungstherapie. Ich glaube nicht wirklich, daß ich Gavin mit Zauberei beeinflussen kann, aber es ist doch ein netter Gedanke, nicht?) Ich sehe die Warze als ein hungriges Ding … genaugenommen als hungrige Entität. Merken Sie, daß ich im Augenblick sehr offen und ungezwungen über die Warze reden kann? Das ist so, weil die Warze gerade nicht hungrig ist. Die Warze ist das Ventil, das meinen Zyklus bestimmt, meine Ausdehnung und Zusammenziehung. Ich muß ihr nur echte Nahrung geben, etwas, das sie völlig befriedigt. Da die Warze ihre Existenz der Gründung von Ocean Ltd verdankt, wird die Befriedigung ihres unerbittlichen Hungers den Abschluß des Ocean-Geschäfts nach sich ziehen. Ich hoffe, Sie können mir folgen?

Die Warze nimmt Materie auf und verdichtet sie massiv. Sie ist, wenn Sie so wollen, das biologische Äquivalent eines schwarzen Lochs, unendlich schwer. Und was ist mit der Nahrung, die sie verlangt? Nun, es muß eine Mischung aus echtem Essen sein – würzige Pilze, Tandoori-Hähnchenflügel, altbackene Bagels, Schattenmorellenkompott, Scheibletten – und Material, das mit Ocean Ltd zu tun hat. Als da sind: Rechnungen, Frachtbriefe, Lieferscheine, Zollerklärungen, Balkendiagramme und ein paar Broschüren, eine für das Produkt – das Kinderalbum – und eine für Ocean Ltd selbst.

Ich muß wandern, um die Ingredienzien meines Zaubers zusammenzubekommen. Ins Eßzimmer, um das Ocean-Material zu holen, und dann in die Küche, um das Essen zu holen. Bevor ich gehe, möchte ich noch eine Bestandsaufnahme machen. Ist das die einzige Handlungsweise, die mir noch offensteht? Oder schaffe ich es auch mit einer einfacheren, nüchterneren Sicht auf meine Welt? Ich sage absichtlich

»meine Welt«, denn eigentlich geht es doch um die Frage, ob ich es schaffe, »meine Welt« elegant wieder in »die Welt« zurückzuführen. Eine Welt der Hausjacken, der Geschirrbürsten, der bilateralen Übereinkünfte, der Steuerrückzahlungen, der Sexualkontakte und Seifenopern. Schaffe ich das?

Nein. Mit Nachdruck nein. Dafür ist es jetzt zu spät. Ich hätte nie diesen Blödsinn mit den festen Röhren der Helligkeit anfangen dürfen. Ich habe mir mein epiphänomenales Bett selbst gemacht, jetzt muß ich darin stehen. Hoch. Und ins Eßzimmer. Die notwendigen Unterlagen holen und dann weitergehen, mit lockerem, gemächlichem, völlig natürlichem Schritt, in die Diele. »Guten Morgen, Aquarell.« »Guten Morgen, Tisch.« In der Küche ist es schon recht hell, aber ich muß genau sehen, was ich tue, deshalb schalte ich besser die Deckenbeleuchtung an. Aha! Die Pilze winden sich zum Gruß, die Hähnchenflügel buckeln auf dem Abtropfblech. Runter mit der Verpackung!

Jetzt habe ich alles beisammen. Auf dem Tisch ausgebreitet. Nur eine Frage bleibt ... wie soll ich es essen? Orale Einnahme ist undenkbar. Da ist zum einen die Flachheit ... daran ist die Warze schuld ... und zum anderen mein Magen, der mir beständig Gabelstaplerladungen voller metallisch schmeckendem Speichel in den Mund hochschickt. Nein, ich muß die Arznei durch die Haut absorbieren. Einen würzigen Pilz zwischen zwei Rechnungen packen und dieses Sandwich an die Kuhle meines Halses drücken, es in die faltige, fettige Weiche reiben. Das müde Hemd öffnen ... Scheibletten auf die Brust drücken und spüren, wie sie mit den dünnen Haaren verschmelzen ... nicht mehr lange ... altbackene Bagels müssen zerdrückt und die Brösel vorn in die Hose gesteckt werden, zusammen mit Schnipseln von laminiertem 275er Kunstdruckpapier ... Schattenmorellenkompott auf die Stirn … nichts ist klebrig, wenn man ganz darin eintaucht … die Dreifachrechnung auf die Schlutze pappen … das Beste zum Schluß … die Warze selbst … der Hähnchenflügel … wie ein fötaler Arm … den Ärmel hochkrempeln und die Kurkumapaste auf die Warze streichen … O Gott, tut das weh! Aber ja, es tut gut … es tut gut … Was ist das? Ein Trillern im Wohnzimmer … ein »rrg« und dann ein Trillern … das Telefon klingelt … es hat funktioniert … ich stürze aus der Küche … ich spüre, wie mir die Brösel an den Beinen herunterrieseln … das Kompott verklebt mir die Augen … Emulgatoren und E207 schießen rasant in die Warze … ich habe nur eine begrenzte Zeit zur Verfügung … der erste Ton aus dem Wohnzimmer ist scharf, barsch, drängend … das war schnell! Ich schaffte es vom Wohnzimmer in die Küche, bevor das erste Klingelzeichen vorüber war … aber wo ist das Telefon … Wo ist das Telefon! … Ich sehe es nirgends … Ich habe es seit zwei Tagen nicht benutzt … Ich weiß nicht, wo es ist … Halt. Woher kommt das Läuten … Nicht von hier drinnen … Ich höre es durch die Decke … Es kommt von oben aus dem Schlafzimmer … Und ich bin oben, bevor der Gedanke zu Ende gedacht ist … aber ich kann den Apparat nirgends finden … Das Klingeln kommt von der Schildkröte auf meinem Bett … es ist eins meiner Kinder! Ich reiße mit scharrenden Nägeln die Verpackung von seiner grazilen Gestalt, die Plastikbläschen platzen zwischen meinen Fingern … der Riffelkarton ist merkwürdig glatt … Meine Kinder … mit ihren Knöpfen, ihrer Krümmung … mit ihren kleinen gummierten Penissen … eins davon ruft mich … Aber welches? Nicht dieses … nicht dieses … nicht dieses … Ich reiße Verpackung um Verpackung auf … Und jetzt fängt ein anderes an … und noch eines … und noch eines … Oben und unten … im Wohnzimmer … in der Küche … im Gang … im Gästezimmer … bis alle einhundert Gros in synchroner Kakophonie trillern … pulsieren wie verrückte elektronische Zikaden, anschwellend, abschwellend … sich ausdehnend und zusammenziehend, sich ausdehnend …

Warten

»Ich halt' das nicht mehr aus, ich muß hier raus.« Jim hatte sich das Plastiklenkrad des Sierra zwischen die Unterarme geklemmt und starrte stier durch die Windschutzscheibe. Mir fiel auf – was völlig belanglos war –, daß seine Unterarme so abstanden, als gehörten sie zu den Bedienungshebeln des Autos, wie überlange Blinkerschalter. Und plötzlich war er verschwunden; er stieß die Tür mit dem Ellbogen auf, drehte sich zur Seite und schleuderte die Füße mit solchem Schwung aus dem Auto, daß der übrige Körper ihnen folgte. Dann stürzte er davon. Er sprang über die gewellte Stahlbarriere, die die beiden Fahrbahnen voneinander trennte, und rannte über die nach Osten führende Seite der Autobahn, wobei er nur knapp den entgegenkommenden Fahrzeugen entging, die durch die lange, gestreckte Schikane rasten, als wollten sie die Autos verhöhnen, die sich in Richtung Westen stauten. Ein Dopplerchor aus Huptönen schwoll an und ebbte wieder ab, und er verschwand in der dichten Dunkelheit.

Die Tür schaukelte sanft auf ihren Angeln und fächelte Diesel- und Benzindämpfe in die Fahrgastzelle. Die Nacht war warm und wie das Vinyl der Innenverkleidung des Autos. Es war, als wären die Autobahn, der Mittelstreifen, die unfertigen Geröllaufschüttungen an den Seiten – die ganze Umgebung – eingeschlossen in einem größeren, schaleren

Fahrzeuginneren. Der Himmel war flach, zweidimensional, eine allumfassende, mückenverschmierte Windschutzscheibe, gesprenkelt von getrockneten, schmutzigen Tröpfchen.

Nachdem Jim sich aus dem Staub gemacht hatte, weil er keine Lust mehr hatte zu warten, dachte ich geschlagene drei Minuten lang, daß alles sich schon wieder irgendwie einrenken würde. Eigentlich müßte man eine Szene, in der der Held, des Fahrens nicht mächtig, mitten in der Nacht in einem endlosen Stau auf der M25 zurückgelassen wird, einfach ausblenden. Es wäre ein idealer Schluß. Aber nach drei Minuten setzte der Verkehr sich wieder in Bewegung, und ich geriet in Panik. Nach einer Weile stiegen einige erzürnte Autofahrer – Familienväter, Lagerverwalter, Rechtsanwaltsgehilfen – in beigefarbener Freizeitkluft und gemusterten Bermudas aus ihren Wagen und schoben den Sierra über die beiden inneren Fahrspuren auf den Seitenstreifen. Dann stiegen sie wieder in ihre Heckklappen-Daihatsus und ihre Passat-Kombis und zockelten unendlich langsam auf das Gewirr aus gestreiften Absperrkegeln und tuckernden Straßenbaumaschinen zu, die den Auslöser des Staus darstellten.

Ich saß allein gelassen da. Der Knopf oben an der Steuersäule blinkte – was für ein lächerlicher Auftritt – und schickte eine trügerische Botschaft hoffnungsvoller Warnung ins Nichts.

Zwei Stunden später schnallte ein wirklich fetter Mann Gurte um die Vorderachse des Autos, drückte auf einen Hebel am Heck seines Abschleppwagens, und ein Elektromotor surrte. Das Stahlseil straffte sich und zog den Sierra vorne in die Höhe. Wir stiegen ins Führerhaus und machten uns davon in Richtung gekerbte und gefurchte Ausfahrtsstraßen, die die Orbital, die Ringautobahn um London, umgaben wie Futtermauern eine moderne Hügelfestung und uns letztendlich in die Metropolis zurückführten. Die AA war unbarmherzig, der Abschleppmann in ihren Diensten wollte Bargeld sehen. Es war schon fast drei Uhr morgens, als ich Carol, Jims Frau, aufweckte. Die Ursache des Ärgers hockte wie ein Krüppel am Rand der abschüssigen Straße, der Knopf blinkte noch immer. Man muß Carol zugute halten, daß sie zahlte, ohne zu murren. Der wirklich fette Mann fuhr davon. Carol warf mir nur einen stummen Blick trauriger Resignation zu und schloß leise die Tür vor meiner Nase.

Jim und ich hatten den Tag oben in Norfolk verbracht. »Ich mag flache Gegenden«, sagte Jim, »Gegenden, wo der Himmel die Erde definieren kann. Ich habe die Nase voll von dem winzigen Proszeniumsbogen der Londoner Umgebung. Wenn ich an meinem freien Tag schauspielern wollte, würde ich einem Amateurtheater beitreten.« Er redete gern so – in Gestalt einer Reihe von Beobachtungen, die einen Standpunkt zementierten. Einen, dem man nicht widersprechen, den man nur akzeptieren oder übernehmen konnte. Am Nachmittag waren wir von Dorf zu Dorf gewandert. Jim fotografierte eifrig mit seiner neuen Kamera. Er war ein guter Fotograf, seine Fotos wirkten kunstvoll uninszeniert, es waren visuelle Apartes. Er schoß nur Fotos, in denen Objekte im Vordergrund hinterlistig die Szene dominieren konnten. Er interessierte sich nicht für Menschen und auch nicht für Natur. Natürlich hatte Jim auch eine feste Meinung zur Fotografie: »Sie bedeutet rein überhaupt nichts. Eine Kamera ist ein Spielzeug – sonst nichts – und keine mächtige Waffe zur Transformation der Wirklichkeit. Man richtet sie auf ein Objekt, man drückt auf den Knopf, und ein paar Tage später sieht man das ›Ding‹ und muß doch ein wenig staunen.«

Gegen 22 Uhr machten wir uns auf den Rückweg. Die Dunkelheit brachte jedoch nicht die erhoffte Abendkühle.

Statt dessen wich der klebrige schwüle Nachmittag nur einem heißen stickigen Abend. Der erste Teil der Fahrt war entspannend und angemessen. Wir rauschten über die Ebene von Norfolk, unsere Reifen flüsterten mit dem Gestrüpp am Straßenrand, die straffe Federung des Sierra ratterte über die Schlaglöcher.

Ich saß leicht durchgeschüttelt auf dem Beifahrersitz, gefesselt von Jims Konzentration aufs Fahren. Er saß tief, den Sitz weit nach hinten geschoben, die Rückenlehne schräggestellt. Seine unproportional langen Arme hielten das Lenkrad in der unkorrekten Sieben-Uhr-fünfundzwanzig-Position. Seine Augen schienen ungefähr auf Höhe des Armaturenbretts zu sein. Er interessierte sich mehr für die roten und grünen Lichter im Auto als für die vor ihm auf der Straße. Aber er fuhr gut, mit einer ungezwungenen, intuitiven Gelassenheit, als wären die Bedienungselemente des Autos natürliche Verlängerungen seiner Glieder.

Doch als wir die A45 erreichten, änderte sich die Lage. Es war, als würden wir in einen riesigen Strudel des Verkehrs hineingezogen. Obwohl wir noch über fünfzig Meilen von London entfernt waren, spürte ich die magnetische Anziehungskraft der Stadt. Die Autos, die im Wechselspiel des Überholens die Spuren der Schnellstraße füllten, waren wie Eisenspäne, die gegen ihren Willen in Feldlinien und so letztendlich alle in dieselbe Richtung gezwungen werden. Ich kam mir vor, als säßen wir gar nicht mehr in einem Auto, sondern im einzigen Waggon eines winzigen Zugs. Wir fuhren wie auf Schienen. Wir konnten die Geschwindigkeit erhöhen oder vermindern, aber wir konnten die Richtung nicht ändern. Und wenn wir eine Kreuzung oder einen Kreisverkehr erreichten, waren die Weichen bereits im voraus gestellt. Wir kreischten durch enge Kurven, die Räder preßten sich gegen die Schienen, und weiter ging's.

Dreißig Minuten später verließen wir die A11 und bogen in eine Tankstelle ein. Während Jim volltankte, blieb ich sitzen und starrte weiter durch die Windschutzscheibe. Der Vorplatz war hell erleuchtet. Vor dem Fenster des Kassierers war eine Verkaufsausstellung mit Gartenmöbeln aufgebaut, blumengemusterte Stühle und Liegen mit mattiertem Aluminiumgestänge. Es herrschte ein reges Kommen und Gehen von Freizeitklamotten und Bermudas. Ein hochoktaniger Gestank, vermischt mit flachem, orangefarbenem Neonlicht, das sich über die fleckige Betonfläche ausbreitete. Es war wie eine Parodie der Freizeit.

Jim bezahlte mit seiner Firmen-Tankkarte. Die Quittung warf er zusammengeknüllt auf den Rücksitz zu unseren Jacken, und dann rollten wir wieder auf die Fahrbahn. Er schaltete schnell durch die fünf langen Gänge hoch und lehnte sich dann wieder in seinen Sitz zurück.

Wir unterhielten uns schon lange nicht mehr, als wir uns dem Autobahnkreuz der M11 und der M25 näherten. Ich spürte Jims Unentschlossenheit an der Art, wie das Auto auf der Straße klebte. Er überlegte sich mögliche Routen zum südwestlichen London. Ich wußte, daß er die M25 haßte. »Das Dümmste daran ist der Name. Wenn eine Straße ›Orbital‹ heißt, kann man Gift drauf nehmen, daß man sich, sobald man drauf ist, auch so vorkommt wie in einem Orbit im Weltraum.«

Die Alternative zur M25 war, geradeaus weiterzufahren und dann bei Gants Hill auf die North Circular einzubiegen. Jim straffte sich hinter dem Lenkrad auf merkwürdige Art. Ein Körper strafft sich, um sich gegen einen erwarteten Schlag zu wappnen. Jim straffte sich, als wollte er sich wappnen gegen die schwere Verkehrsstockung vor dem Kreisverkehr, wo die A404 auf die Great North Road stößt. Der Sierra schlitterte ein wenig, dann war es geschafft, und wir schnellten in die Ausfahrt. Es folgten zwei Sekunden, in denen es bereits zu spät war: In der ersten fuhren wir die Ausfahrtsstraße entlang, und in der zweiten sahen wir die große gelbe Tafel mit der vertrauten Aufschrift: »Staugefahr bis Ende 91.« Jetzt konnten wir nichts mehr tun. So als wäre unser Schicksal vorherbestimmt. Die Zyniker haben recht, wir empfinden es als freien Willen, wenn wir uns für die erzwungene Option entscheiden, die uns am meisten zusagt. Jetzt konnten wir nichts mehr tun, außer haßerfüllt das Autobahnmobiliar anzustarren, während wir langsam ausrollten und schwankend zum Stehen kamen am Ende der langen Schlange von Autos, die sich durch die lange, gestreckte Schikane quälten.

»Ein dreispuriger Stau um Mitternacht an einem Sonntag! Das gibt's doch nicht. Ich glaub's einfach nicht. Ich glaub's nicht. Schau dir diese Leute an.« Jim deutete wütend auf die gelben Profile, die in der Entfernung entschwanden wie ein Fries unbedeutender Assyrer. »Die wissen einfach nicht, was sie tun. Sie warten. Verstehst du mich? Warten? Und während sie warten, passiert nichts, und wenn sie aufhören zu warten, passiert wieder nichts, und solange sie gewartet haben, hat sich nichts ereignet – außer vielleicht der Zusammenbruch von ein paar Kohlenstoffmolekülen mehr. Mmmmm! Atme tief ein, Mann!« Mit übertriebener Geste schnappte Jim nach einer Handvoll Luft und sog sie durch Mund und Nase ein. »Allerfeinste Zerstörung der Ionosphäre, perfekteste Erschöpfung fossiler Energiereserven. Ich liebe es. Und wie ich es liebe. O Gott Geschwindigkeit, du künftige Patina grauen chemischen Rußes auf den Blättern der Stadtparks von Osterley, Eggham, und weil wir grad dabei sind, Stockholm! Mmm, meine Luftsäcke haben sich noch nie so gut gefühlt!

Hallo! Hallo! Wie geht's euch? Wie wär's mit ein bißchen

Kommunikation? Schließlich stecken wir alle gemeinsam hier fest. Wie wär's, wenn wir ein paar Hemmschwellen überwinden? Ich heiße Jim. Und wie heißt ihr?« Jim redete mit den Profilen, aber sie hörten nicht auf ihn, sie saßen nur da und setzten Grünspan an im Licht ihres Armaturenbretts. »He, Kinder, wollt ihr spielen? Wie wär's mit einer Runde Cricket auf dem Grünstreifen? Sechs Runs, wenn ihr es schafft, den Ball von der Autobahn zu schlagen.« Aber die Kinder wollten nicht spielen. Ihre kleinen, mit geliertem Tango und Sprite verschmierten Münder klebten an elterlichen Schultern. Und die elterlichen Schultern waren gestrafft in Erwartung des Kommenden. Wann immer die stählerne Schildkröte die Beine streckte und ein paar Meter vorwärtskroch, liefen sämtliche Fahrer zu Höchstform auf und versuchten, die Spur zu wechseln, um auch noch den winzigsten Vorsprung zu ergattern – einfach weil er da war.

Jim gab seine Versuche der Kommunikationsförderung auf. Er zog seine Kamera heraus und stützte sie aufs Lenkrad. Leise murmelnd spähte er durch den Sucher. »Sehr lange Belichtung, dann sollte es funktionieren. Unglaublich, ein dreispuriger Stau auf der M25 um Mitternacht, das ist doch genau das Bild. Das isses. Auseinander und wieder zusammen, Stoßstange an Stoßstange, Immanenz und Imminenz. Es ist alles da. Alles da.« Er knipste munter drauflos, seine Stimme war kurz vor dem Überschnappen.

Ich drehte mich um und sah nach hinten. Wir hatten den Tiefpunkt der Senke erreicht, durch die die Schikane sich schlängelte, und hinter uns stauten sich ebenso viele Autos wie vor uns. Ich hatte das Gefühl, daß das, was ich sah, absolut keine räumliche Tiefe hatte. In beiden Richtungen gab es nur das flache Muster der verschiedenen Autoformen. Die Fahrzeuge in der Gegenrichtung wurden größer und kleiner ohne Dreidimensionalität. Die Autos waren nur Kleckse vielfarbigen Öls, die sich in einer gigantischen Version dieser lächerlichen Psychodelic-Lampen ausdehnten und zusammenzogen. Jim und ich waren winzigste Splitter Menschheit in einem Objektträger namens Sierra.

Jim drehte sich zu mir. »Weißt du, warum ich dieses Auto so mag?« Es war eine rhetorische Frage. »Wegen seiner Essentialität, seinem nackten Sosein. Es hat keine andere Eigenschaft, es ist. Es hat es nicht nötig zu werden – es ist bereits absolut mittelmäßig. Im letzten Jahr wurden fünfundzwanzigtausend davon verkauft. Fünfundzwanzigtausend. Wir könnten in jedem davon sitzen. Vielleicht zockeln wir sogar noch auf der Fertigungsstraße voran. Jeden Augenblick kann ein Mechaniker daherkommen und dir neue Prothesen anschrauben, neue Formen von Biotechnologie, die du dir noch gar nicht vorstellen kannst. Dieses Auto wartet nicht. Verstehst du das? Dieses Auto ist bereits angekommen. Wir sind, wohin wir gehen, die da …«, er deutete auf die Assyrer, die Daihatsus, die Passats, die orangefarbene Nacht, »sind zu Hause.«

Eine Weile saß er da, das Lenkrad zwischen die Unterarme geklemmt, und ruckte mit den anderen zentimeterweise vorwärts. Vollführte unermüdlich den Absatz-Zehen-Step der langsamen Fortbewegung, dann: »Ich halt das nicht mehr aus, ich muß hier raus«, und verschwunden war er.

Ich arbeitete ungefähr zwei Straßen von Jim entfernt, und am nächsten Tag ging ich in der Mittagspause in seine Redaktion. Ich war entschlossen, ihn wegen seines Verhaltens in der vergangenen Nacht zur Rede zu stellen. Jeder hat bei jedem anderen einen gewissen Spielraum. Jeder hat das Recht, gelegentlich mal auszuflippen. Aber Jims Eskapaden wurden allmählich zur Gewohnheit. Ich kannte seine Fixiertheit aufs »Warten«, und ich hatte miterlebt, wie aus gelegentlichen

Tiraden zu diesem Thema – immer amüsant und eine effektvolle Partyeinlage – eine ausgewachsene Obsession wurde, und wie alle Arten obsessiven Verhaltens fing sie nun an, seine Mitmenschen zu belästigen. Jim wurde zu einem rein ichbezogenen und destruktiven Egoisten. Wenn unsere Beziehung Bestand haben sollte, mußte er einsehen, daß letzte Nacht nichts anderes gewesen war als ein neurotischer Kniereflex. Und nicht das, als was er es gerne sehen würde: als tiefgründige Aussage über »die Art, wie wir sind«, und »die Art, wie wir leben«.

Ich fand Jim an seinem Schreibtisch, er ließ sich gerade übers Telefon etwas diktieren. Den Hörer hatte er sich zwischen Schulter und Ohr geklemmt, so daß er beide Hände zum Tippen frei hatte. Seine Finger flogen mit unglaublicher Geschwindigkeit über die Tasten. Er grunzte in den Hörer und las gelegentlich zur Kontrolle eine Zeile laut vor. Als er fertig war, legte er auf, drehte sich zu mir um und streckte die Hand in die Höhe.

»Stop. Sag es nicht. Weil ich es weiß, und ich kann dir gleich sagen, daß ich mich schäme und daß es mir leid tut. Ich habe mich aufgeführt wie ein ichbezogener Egoist. Ich bin obsessiv, und meine Kritik an der ›Art, wie wir leben‹ ist nichts als der beleidigte Zynismus eines überempfindlichen Kinds.«

»Hat Carol dir schon den Kopf gewaschen?«

»Hat sie, Mann. Sie ist nicht gerade eine glückliche Frau, aber sie akzeptiert die Wahrheit dessen, was ich zu sagen habe.«

»Ach, tatsächlich? Also ich zumindest habe keine Lust, einen Freund zu verlieren, damit ich sein Adept werden kann.«

»Hör doch auf mit diesen verblasenen Phrasen. Komm, ich lad' dich zum Mittagessen ein.«

Aber aufs Mittagessen mußte ich dann noch einmal zehn

Minuten warten. Der Chefredakteur von Jims Käseblatt tauchte mit einem übergewichtigen Textbeitrag auf, der eine Radikalverschlankung dringend nötig hatte. Jim tat ihm den Gefallen. Er war der schnellste Redakteur, den ich je bei der Arbeit erlebt hatte. Es war fast so, als könnte er eine ganze Textseite geistig abfotografieren und dann die einzelnen Passagen simultan bearbeiten. Außerdem beherrschte er die Feinheiten des englischen Sprachgebrauchs aus dem Effeff; er wußte genau, wann er vom Standard abweichen mußte, um größere Klarheit zu erreichen, und wie ein Satz genau auf den Punkt zu bringen war.

Wo Jim auch arbeitete, wurde er bald zu einem unschätzbaren praktischen Aktivposten, gleichzeitig aber auch zu einer verheerenden emotionalen Belastung. Er konnte sich nie lange in einem Job halten, und inzwischen hatte er es geschafft, sich bei fast allen großen Tageszeitungen unbeliebt zu machen, so daß er jetzt bei den Illustrierten gelandet war.

»Um ehrlich zu sein, mir gefällt es hier bei *Bicycling* viel besser«, sagte er, als wir die Treppe zur Straße hinunterpolterten. Er blieb ein paar Stufen unter mir stehen und warf sich in Pose. »Willst du wissen, warum?«

»Na gut, Jim. Warum?«

»Weil ich nicht warten muß, Trottel. Die ganze Zeit bis zur Drucklegung tippe ich Text in mein kleines Terminal, und ich muß nur kurz um die Ecke gehen, um auf einem anderen Monitor gleich das fertige Layout zu sehen. Sogar in Wapping mußte ich stundenlang warten, bis ich eine fertige Seite zu Gesicht bekam. Aber hier ist alles Formatarbeit. Die Schreiber arbeiten präzise auf Zeile, und ich weiß schon, wie eine Seite aussehen wird, bevor ich zu arbeiten anfange.«

»Aber Jim, was soll denn daran Spaß machen, da könntest du ja ebensogut Kataloge redigieren.«

»Kataloge, hm ... du bringst mich da auf eine Idee. An

Kataloge habe ich noch gar nicht gedacht, aber eine gewisse Reinheit ist ihnen nicht abzusprechen.«

Ich stieß die Feuerschutztür auf, und wir traten auf die Straße. Über die High Holborn wälzte sich der Mittagsverkehr, auf Rädern wie auf Beinen. Die Luft war blau von den Abgasen. Menschen zwängten sich aneinander vorbei und zwischen den Autos hindurch in Richtung New Oxford Street. Angestellte und Sekretärinnen bildeten wuchernde Klumpen aus Proteinen, die sich auf der Adernbahn festsetzten und beständig wieder abgelöst wurden von Antikörperströmen aus EDV-Managern, Bankkassierern und Verkäuferinnen. Als ich, erst nach links, dann nach rechts, die wimmelnde Straße entlangsah, hatte ich denselben Eindruck wie in der Nacht zuvor auf der M25. Es war, als wäre die ganze Szene zweidimensional. Ich existierte an einem Punkt, der keine Ausdehnung hatte. Zu beiden Seiten hatte ich nur flache Tafeln pulsierender Farbe.

Jim war in seinem Element. Er drehte am Bordstein eine kleine Pirouette.

»Schau dir das an. Weißt du, was diese Leute tun?«

»Sie machen Mittagspause.«

»Ja, ja. Natürlich tun sie das in gewisser Weise. Aber was tun sie wirklich? Schau.« Er hob die Hände, um ein imaginäres Orchester zu dirigieren. Seine Finger streckten sich, damit sie auch noch die subtilsten Modulationen der Menge erfassen konnten. So hielt er sie eineinhalb Takte lang und riß sie dann nach unten. Eine braune Locke fiel ihm in die Stirn und deutete direkt aufs Trottoir. Die Passanten ignorierten ihn völlig.

»Hast du das gesehen?« fragte Jim triumphierend. »Eineinhalb Takte lang hatte ich sie in der Hand, habe ich sie gesteuert. Das ganze Gewimmel. Ich habe die Kadenz der Menge unterbrochen; sie haben gewartet.«

»Gewartet!« schnaubte ich. »Auf was denn gewartet?«

»Auf das Ende der Mittagspause, auf einen Atomkrieg, auf die Vergiftung der Erde, aufs Alter, auf das Millennium, aufs Jüngste Gericht, daß die Haare grau werden, auf die Pensionierung, auf einen großen Lottogewinn, auf eine neue sexuelle Erfahrung, daß die Hand Gottes sie berührt, daß ihre Kinder sie unterstützen, auf den richtigen Menschen, auf ein neues Auto, daß die Zinsen fallen, auf die nächste Wahl, daß ihr Stuhlgang wieder normal wird. Worauf, ist egal. Ich habe es einmal gesagt, und ich kann es auch noch tausendmal sagen – jeder wartet.

Im ausgehenden zwanzigsten Jahrhundert sind nur noch zwei große Gefühle übriggeblieben. Zwei große Gefühle, die alle anderen kleinen Gefühle aufgefressen haben, Gefühle wie Liebe, Treue, Begeisterung, Wut und Entfremdung, so als wären sie Krill, der in den Schlund eines Wals gesaugt wird. Immanenz und Imminenz, Immanenz und Imminenz. Jeder ist überzeugt, daß etwas passieren wird, aber niemand weiß, was es ist. Einige Leute befürchten, daß es, was auch passieren mag, zu einer Implosion des Numens kommen wird, zu einer großen Entlarvung des Transzendenten. Der Rest weiß es nicht … noch nicht. Aber sie werden es erfahren, sie werden.«

»Jim, wir wollten doch zum Mittagessen gehen, und du hast versprochen, das Schwadronieren zu lassen.«

Er fing sich wieder, und wir gingen auf einen Drink und ein Sandwich ins Mitre. Während des Essens verhielt sich Jim recht vernünftig, und ich war schon fast bereit, ihm seinen Ausbruch auf der Straße zu verzeihen. Er verlor kein Wort mehr übers Warten, obwohl der Service ziemlich mies war und die Zweireiher sich in Fünferreihen vor der Bar drängten. Auf dem Rückweg über das Holborn Viaduct sagte ich zu Jim, daß ich ihn wohl bald wiedersehen werde.

»Ja, das wirst du. Gegen sechs in der Houghton Street; wir gehen zu einer Vorlesung.«

»Eine Vorlesung? Was für eine Vorlesung?« Er drückte mir einen zerknitterten A-5-Flugzettel in die Hand. Er hatte eine blaue Randleiste, und obenauf prangte das Wappen der University of London. Der Text lautete:

Sinn und Millenarismus
Der Übergang in ein neues Zeitalter
Eine offene Vorlesung von Richard Stein, emeritierter Professor für Geistesgeschichte an der London School of Economics
18.00 The Old Lecture Theatre
etc.

»Na gut.« Jim sah schockiert drein. »Es wird mir ein Vergnügen sein, mal einen anderen als dich dozieren zu hören.«

Ich verabschiedete mich von Jim vor der Tür seiner Redaktion und ging in Richtung Central School in der Southampton Row davon. An der Ecke drehte ich mich um, um ihm zu winken, aber Jim bemerkte es nicht. Er war ins Gespräch mit zwei Motorradkurieren vertieft, die ihre Räder am Bordstein abgestellt hatten. Der eine war klein und rothaarig und hatte einen schlaffen, zahnlückigen Mund. Der andere war schwarz und kantig und hatte seine Haare zu einem dreieckigen Keil auf dem Schädeldach geschoren. Beide trugen sie die Kurieruniform: rippenverstärkte Lederjacke, Lederhose und hohe, gummierte Stiefel mit Wülsten und Versteifungen. Ich musterte sie eine Weile. Es war klar, daß Jim sie gut kannte. Die Art, wie die drei dastanden, gestikulierten und grinsten, deutete auf Freundschaft hin; doch obwohl ich Jim gut kannte, ein enger Freund von ihm war, hatte er seine Kurierfreunde noch nie erwähnt. Ich drehte mich um und kehrte in mein Büro zurück.

Sowohl Telefonanrufe wie Post-it-Zettel haben ganz eigene Lebenszyklen. Sie sind nicht bloße Diener des Menschen, sondern clevere Parasiten, die den Fleiß des Menschen dazu benutzen, das Wachstum ihrer Gattung zu befördern. Zumindest fühlte ich mich so, als ich nach der Arbeit zur Houghton Street ging, um mich mit Jim zu treffen. Ich fand ihn vor dem Australischen Hochkommissariat. Er stand vor dem hohen Tafelglasfenster und starrte in ein Aquarium voller Menschen, die in langen Schlangen vor den Visaschaltern anstanden.

Ich erwartete eine Tirade, aber er verkniff sie sich und führte mich über die Aldwych zur Houghton Street. Doch anstatt nach links in die Vorhalle der London School of Economics einzubiegen, ging er nach rechts ins Gebäude der Students' Union. Er marschierte, als kenne er sich hier aus. Nachdem wir um eine Ecke gebogen waren, standen wir vor einem Lift der besonderen Art.

Es war eher eine vertikale Rolltreppe als ein gewöhnlicher Lift. Eine Reihe von Abteilen zog langsam, aber beständig an uns vorbei. Um einzusteigen, mußten wir nur in die Öffnung springen. Links fuhren die Abteile nach unten, rechts in die Höhe. Ein paar Minuten standen wir in stummer Betrachtung dieses mechanischen Kuriosums da, dann machte Jim mit vieldeutiger Geste auf dem Absatz kehrt und sagte: »Kein Warten.« Wir gingen zum Eingang zurück.

Als das Gebäude an der Houghton Street in den Dreißigern errichtet wurde, mußte man die Nutzung des Old Lecture Theatre als Vorlesungssaal schon im Sinn gehabt haben. Es war viel breiter als tief und merkwürdig keilförmig, wie ein Kuchenstück, das sich ein zwanghafter Esser abschneiden würde. Die Veranstaltung war nur spärlich besucht, oben in der Galerie waren gerade noch die runden Köpfe einiger eifriger Studenten zu erkennen, die sich tief über ihre Schreibblöcke gebeugt Notizen machten, während das Publikum um uns herum in den Rängen aus einer merkwürdigen Mischung aus Achtzigjährigen und jenen etwas nichtssagend glattgesichtigen schwarzen und braunen Männern bestand, denen man sofort ansieht, daß sie ewige Studenten aus der dritten Welt sind. Männer, die sich jahrelang mit einer Doktorarbeit über Kommunalpolitik in Coventry abmühen und gleichzeitig gewissenhaft einen Teil ihres Stipendiengeldes an die Familie zu Hause in Bangladesch schicken.

Professor Stein und der Akademiker, der ihn vorstellen sollte, saßen bereits auf dem Podium, als Jim und ich eintraten. Das Podium nahm die gesamte Vorderseite des Hörsaals ein und war mit dem gleichen dunkelbraunen Holz verkleidet wie alle übrigen sichtbaren Oberflächen. Man dachte sofort an Eingesperrtsein und Verdummung. Eine staubige Karaffe mit Wasser und eine Kristallglasvase mit welken Blumen standen auf dem Podiumstisch, hinter dem der Professor saß und das Publikum mit sanften, traurigen braunen Augen ansah, als wäre er eine Kuh, die keine Milch mehr geben kann. Ich versuchte, es mir auf meinem harten, engen Klappsitz zum Schlafen bequem zu machen.

Der Vorsitzende erhob sich. »Hrrrm … es ist jetzt, äh … 18 Uhr 15, und es sieht nicht so aus, als würden noch viele kommen. Ich glaube deshalb, wir sollten anfangen.« Meine Lider fühlten sich klebrig und schwer an. »Die meisten von Ihnen sind zweifellos mit Professor Steins Arbeiten vertraut. Bei denjenigen unter Ihnen, die es nicht sind, muß ich mich an diesem Punkt entschuldigen. Der Professor hat mich ausdrücklich gebeten, eine ausführliche Aufzählung seiner Veröffentlichungen und der akademischen Ämter, die er bekleidet hat, zu unterlassen und mich nur auf die Arbeiten zu konzentrieren, die in direktem Bezug zu der Vorlesung stehen, die er heute abend halten wird. Daher möge es genügen, wenn ich nun erwähne, daß Professor Stein seit seiner Emeritierung hier an der LSE sich vorwiegend der Organisation, Verwaltung und der Lehre am Zentrum für millenaristische Studien widmet, das er selbst in Erith Marsh gegründet hat. Seine Veröffentlichungen in diesem Zeitraum reflektieren seine Beschäftigung mit dem bevorstehenden Ende unseres Zeitalters; ich möchte hier vor allem sein Essay ›Wittgenstein und das Fernstraßennetz im Südosten Englands‹ erwähnen und natürlich ›Spiegelbild: Reduktive kulturelle Identität im Großbritannien des späten zwanzigsten Jahrhunderts‹, beide veröffentlicht im *BJE*.

Mit dieser Vorlesung möchte uns Professor Stein nun die Möglichkeit geben, einen, wenn man so will, ersten Blick in sein neues Buch *Sinn und Millenarismus* zu werfen, das nächste Woche auf den Markt kommt, und aus dem Mund des Autors selbst einige der Argumente zu hören, die er in diesem Buch propagiert. Ich möchte an diesem Punkt hinzufügen, daß es nach der Vorlesung Gelegenheit für Fragen und Diskussion geben wird, jedoch wird die Zeit dafür notgedrungen beschränkt sein, da wir den Hörsaal für die studentische Theatergruppe räumen müssen, die, soweit ich weiß, eine Neuaufführung von *Oklahoma* probt. Ähm ... Professor Stein.«

Der Professor schlenderte zum Pult, blieb jedoch ein Stück davor stehen und musterte sein Publikum mit finsterem Blick. Schockiert stellte ich fest, daß er für einen emeritierten Professor ziemlich elegant gekleidet war, nämlich in einen raffinierten italienischen Anzug mit feinsten Nadelstreifen. Außerdem wirkte er um einiges männlich markanter, als ich zuerst angenommen hatte. Trotz seiner gut sechzig Jahre waren seine Haare noch voll und ohne eine Spur von Grau, sein Kinn war kantig, und über seine Schläfen schlängelten sich zwei Adern, die im fahlen Licht des Hörsaals sichtbar zu pochen schienen. Er beugte sich über das Pult wie ein Chirurg über den Operationstisch. Notizen hatte er keine bei sich.

»Stellen Sie sich die Zukunft vor. Stellen Sie sie sich folgendermaßen vor.« Seine Stimme klang sonor, eindringlich und überzeugend, eher spirituell als akademisch. »Eine ordentliche Phalanx von Flagellanten, etwa vierhundert an der Zahl, marschieren über das Marylebone Flyover. Sie züchtigen sich selbst mit präzisen, rhythmischen Schlägen ihrer Lederpeitschen. Sie beanspruchen die gesamte Innenspur der Straße. Die Züchtigung ist wohlüberlegt und heimtükkisch. Jeder Schlag auf jeden Rücken läßt Blut fließen, das auf die Windschutzscheiben der Autos spritzt, die sich auf den beiden Außenspuren stauen, in einer langen Schlange von der Lisson Grove her. Die Morgenluft ist geschwängert mit einem rosafarbenen Sprühnebel, und die passiven Pendler schalten ihre Wisch- und Waschanlagen ein, damit ihnen die Schlieren nicht auf den Windschutzscheiben gerinnen.

Oder, wenn Ihnen das lieber ist, stellen Sie sich folgendes vor: Reges Treiben an der Speaker's Corner an einem Sonntagnachmittag. Der übliche Haufen Exzentriker – Spinner und Leute mit extremen politischen Ansichten –, aber an diesem Sonntag werden sie zu ihrem Verdruß völlig in den Schatten gestellt von zerlumpten Männern und Frauen in schmutzigen grauen Kutten. Diese Leute mischen sich unter die Zuschauer und fordern sie auf, sofort in den Zustand der Gnade einzutreten und die Fesseln menschlicher Moral abzuwerfen.

›Frohlocket! Wir sind bereits errettet!‹ rufen sie. Sie wälzen sich schamlos auf der Erde, raufen, kopulieren und saufen, um ihren Worten Nachdruck zu verleihen. Zusammen mit anderen Anhängern bilden sie im Hyde Park eine

Abtrünnigenkommune, die sich ganz der Erwartung der Apokalypse hingibt. Können Sie sich das vorstellen? Oder geht das über Ihr Begriffsvermögen?« Stein hielt inne und ließ den Blick gedankenschwer über den verdunkelten Saal schweifen. Ich konnte es mir gut vorstellen, ich war gebannt. So etwas hatte ich nicht erwartet. Auch Jim konnte es sich offensichtlich gut vorstellen, er saß keuchend vornübergebeugt auf seinem Sitz. Ich sah mir das übrige Publikum an: Die Achtzigjährigen schliefen weiter, die ewigen Studenten schrieben noch immer mit. Stein fuhr fort: »Meine Absicht in dieser Vorlesung ist es, das Hauptargument meines demnächst erscheinenden Buches kurz zu skizzieren. Natürlich kann diese Skizze aus Zeitgründen nur unvollständig sein, dennoch hoffe ich, Ihnen verdeutlichen zu können, daß solche Szenarios, wie ich Sie Ihnen eben geschildert habe, keine zutreffenden Exemplifikationen der Art sind, wie der Millenarismus die Bevölkerungen der westlichen Gesellschaften an der Schwelle zum dritten Zeitalter nach dem Tod der Christusgestalt beeinflussen wird. So etwas mag in der Vergangenheit vorgekommen sein, aber ich glaube, daß es inzwischen gewisse übergeordnete Faktoren gibt, die ein Wiederauftauchen derartiger Phänomene höchst unwahrscheinlich machen ...«

Von da an konnte ich ihm nicht mehr folgen. Der Rest der Vorlesung wurde zunehmend verworren, schwülstig und kaum mehr nachvollziehbar. Stein machte die Sache auch nicht besser, indem er beständig von seinem Hauptargument abschweifte, um über andere Akademiker seines Fachs herzuziehen. Und auch diese Abschweifungen beinhalteten wieder Abschweifungen. Soweit ich das mitbekam, ging es darin vorwiegend um die Schwierigkeiten bei der Exegese gewisser obskurer Texte, die in den letzten Jahren des neunten Jahrhunderts von über ganz Europa verstreuten Mönchen niedergeschrieben worden waren. Stein hob die Stimme, er kam hinter dem Pult hervor und trat an den Tribünenrand, als wollte er sein Publikum umarmen wie ein alternder Sänger, der in Las Vegas sein Comeback feiert.

Mir half das alles nichts. Die schiere Masse der Details zehrte meine Konzentration auf. Seine Abschweifungen begannen sich aufzulösen in eine Reihe von Post-it-Zetteln, die durch mein Hirn flatterten ... Ich schaltete ab. Als ich schließlich wieder zuhörte, war es 18 Uhr 50, und Stein faßte zusammen.

»... Um es zusammenzufassen: Die Existenz der Möglichkeit der Zerstörung der Welt durch den Menschen, in einer Reihe verschiedener Varianten – durch einen Atomkrieg, eine ökologische Katastrophe, durch vom Menschen verursachte Pandemien –, bedeutet, daß, obwohl wir in gewisser Weise in einer Zeit leben, die sich der Möglichkeit einer Form der Apokalypse mehr denn je bewußt ist, die Apokalypse in keinster Weise mehr ein Beweis des Immanenten ist, sie ist lediglich etwas potentiell Imminentes. In der Vergangenheit löste das Ende eines Zeitalters oder auch eines Jahrhunderts große Ängste aus und auch eine Hinwendung zu Erlösungsbewegungen der unterschiedlichsten Art, eine Hinwendung, die umfassend nur zu verstehen ist im Kontext der jüdisch-christlichen Kulturdialektik. Das Ende des gegenwärtigen Zeitalters wird schlimmstenfalls Gleichgültigkeit und bestenfalls einige ziemlich gute TV-Retrospektiven hervorrufen.«

Bevor der Vorsitzende sich erheben und fragen konnte, ob es Fragen gebe, war einer der ewigen Studenten bereits auf den Füßen und fragte. Er war ein grau-schwarzer Mann, groß und langgliedrig in einem leicht ausgefransten Raglanpullover und hatte drei markante fischförmige Narben auf jeder Wange.

»Professor Stein. Sir, inwieweit, Sir, kann man die Argumente, die Sie eben dargelegt haben, Sir, ernst nehmen? Angesichts der *Tatsache*« – besondere Betonung auf Tatsache –, »daß derartige Argumente auch schon in anderen Kulturen am Ende anderer Zeitalter laut geworden sind. Entkräftet nicht die Tatsache, daß es nicht das erste Mal ist, daß Leute glauben, sie hätten die Macht, ihre Welt zu zerstören, in gewisser Weise Ihr Argument? Nun, Sir, was sagen Sie dazu?«

Der narbige Afrikaner setzte sich so abrupt wieder hin, wie er aufgestanden war. Eine verlegene Pause entstand. Professor Stein beugte sich vor. An seinem Gesichtsausdruck sah man deutlich, daß er von dem Argument des Afrikaners kein Wort mitbekommen hatte. Schließlich flüsterte der Vorsitzende ihm etwas ins Ohr. Stein nickte mehrmals und stand auf.

»Ich glaube, die Antwort ist nein. Und auf die Frage ›Warum?‹ lautet die Antwort, daß frühere Kulturen zwar glaubten, sie hätten die Macht, ihre Welt zu zerstören, sie aber tatsächlich nicht hatten. Wir haben es in unserem Fall mit einer Realität zu tun, die empirisch verifiziert werden kann.«

Ich merkte, daß Jim es kaum mehr aushielt. Er schwitzte heftig und hatte mit seinen langen mechanischen Armen die Rückenlehne des Sitzes vor ihm gepackt, als wollte er sie herausreißen und aufs Podium schleudern. Jim ließ dem Afrikaner keine Gelegenheit für eine Erwiderung – er war bereits auf den Füßen.

»Professor Stein. Sie sagen, der Unterschied zwischen unserem Zeitalter und früheren bestehe darin, daß die Menschheit jetzt tatsächlich die Möglichkeit hat, die Welt zu zerstören, in der wir leben, und dies bedeute, daß die wilderen Manifestationen des Millenarismus an der Schwelle zum 21. Jahrhundert eher nicht auftreten werden. Könnte man nun aber nicht sagen, daß gerade diese Vorlesung eine dieser wilderen Manifestationen darstellt? Unser Zeitalter ist doch offensichtlich das erste, in dem die historisch Gebildeten sich das Recht herausnehmen zu sagen: ›Nun, in der Vergangenheit haben die Menschen sich bei einer Jahrtausendwende allzusehr aufgeregt und Armageddon und alle möglichen entsetzlichen Dinge erwartet, aber wir haben das nicht mehr nötig.‹ Ist das nicht die reinste Form von Hochmut? Meinen Sie nicht auch, daß es in unserer Gesellschaft ein starkes Gefühl der Sehnsucht gibt, daß die Leute verzweifelt darauf warten, daß etwas passiert – irgend etwas? Sehen Sie sich diese Leute an« – Jim deutete mit weit ausholender Geste auf die uralten Fabier und die ewigen Studenten –, »warten sie denn nicht darauf, daß etwas passiert? Ich glaube nicht, daß Ihre Vorlesung, Ihr gelassenes, wohlüberlegtes Argumentieren die enormen Ströme der Erwartung wird abschwächen können, die zwangsweise mit wachsender Macht durch die Bevölkerung fließen. Nun, was sagen Sie dazu?«

Noch immer zitternd und schwitzend setzte Jim sich wieder. Ich war mir nicht sicher, ob das, was er gesagt hatte, wirklich als Frage klassifiziert werden konnte. Stein jedoch schien den Einwurf ernst zu nehmen. Als Jim sich setzte, legte der Professor seinen Stift nieder und musterte uns.

»Was Sie sagen, hat eine beträchtliche emotionale Kraft, junger Mann. Und ich glaube, Sie könnten recht haben – in einem sehr begrenzten Sinn. Das Gedankengebäude, auf das Sie unsere Aufmerksamkeit lenken, ist nichts als eben dies: ein Gedankengebäude. Es hat keinen wirklichen Bezug zur Motivation der Masse der Menschen. Vor ein paar Jahren, als die SALT-Verhandlungen ins Stocken gerieten und bevor der gegenwärtige Generalsekretär an die Macht kam, schien es wirklichen Grund zur Besorgnis zu geben, und einige Manifestationen von politischen Randgruppen waren unbestreitbar millenaristisch, aber jetzt, pah! Sämtliche politischen Krisen der letzten vierzig Jahre haben nur gezeigt, daß die Dialektik, die der technologische Fortschritt produziert, unwiderlegbar und nicht zu beseitigen ist; daß sie ursprünglicher ist als das Denken selbst. Obwohl Sie sich sehr beredt ausdrücken, junger Mann, neige ich doch eher dazu, die Ironie, auf die Sie unsere Aufmerksamkeit lenken, als eine typische Wahrnehmung einer marginalisierten Jugend zu betrachten, die über die graue Macht des mittleren Alters nachdenkt. Es ist eher eine Haltung als eine zeitgemäße Wahrnehmung. Und vielleicht ist sie aus diesem Grund um so bewundernswerter.«

Jim hatte das Ende von Steins Erwiderung nicht abgewartet. Er verschwand bereits durch die braunen Flügeltüren. So mußte ich mich allein aus unserer Sitzreihe zwängen, vorbei an einigen anderen Zuhörern, denen ich meinen zerknitterten Hosenschritt in die mißbilligenden Gesichter streckte. Das letzte, was ich sah, war der Vorsitzende, der mit dem Finger Kringel auf die staubige Tischplatte malte.

Jim ging in der Lobby vor einer Anschlagtafel auf und ab, die mit einem Gewirr aus Plakaten, Flugzetteln und handschriftlichen Mitteilungen tapeziert war. Ein Flugzettel für die offene Vorlesung der kommenden Woche prangte an herausgehobener Stelle. »Eine autoritative Darstellung neuerer Entwicklungen der Quantitätstheorie des Irrsinns.« Offensichtlich gehört es zur Politik der LSE, eine langweilige Vorlesung zu einem Nischenthema mit einer interessanten Vorlesung von allgemeinem Interesse zu kontrastieren. Es war merkwürdig, und es war mir zuvor noch gar nicht so recht aufgefallen, aber für eine Kultur, die das Ende eines Zeitalters angeblich ziemlich kalt läßt, zeigten wir eindeutig großes Interesse an esoterischen Theorien. Jim warf mir einen wütenden Blick zu und zuckte die Achseln. »Ich habe von ihm nichts anderes erwartet.«

»Ach, ich weiß nicht, so schlecht fand ich die Vorlesung gar nicht. Allerdings muß ich zugeben, daß ich das meiste verdöst habe.«

»Ja, ja, Stein ist nicht dumm, aber er kapiert einfach nicht. Er ist Akademiker. Auch wenn er sich wirklich mit zeitgenössischen Themen befaßt, reduziert er sie auf mikroskopischen Maßstab, weil er sie durch das falsche Ende seines theoretischen Teleskops betrachtet. Das Warten ist nicht so. Es ist eine unmittelbare, körperliche Erfahrung. Wenn er Carlos in Aktion sehen würde, würde er begreifen.«

Jim machte auf dem Absatz kehrt und marschierte zum Ausgang. Von hinten fiel mir auf, wie komisch er aussah mit seinem langen, muskulösen Torso und seinen lächerlich kurzen Beinen. In diesem Augenblick erinnerte er mich an einen Schimpansen aus der PG-Tips-Teewerbung. Sein millenaristischer Ausbruch hätte durchaus von einer Stimme aus dem Off kommen können. Vielleicht hatte der echte Jim nur »Oh, ooh, ohh! Ahh! Ahh!« gemacht. Sein Schottenkarohemd hing ihm aus der Hose, und sein Kragen war voller Schuppen. Er achtete zu wenig auf sich. Ich folgte ihm mit schlechtem Gewissen, als hätte er meine Gedanken gehört.

Draußen auf dem Trottoir. Im kalten, dunklen, nächtlichen Canyon der Houghton Street sah ich Jim mit den beiden Kurierfahrern zusammenstehen, die mir schon mittags aufgefallen waren. Rotschopf schimpfte gerade, als ich dazukam, während der Typ mit der dreieckigen Frisur sich mit verschränkten Armen im Hintergrund hielt. Alle drei waren zu beschäftigt, um mich zu bemerken. Ich hörte das folgende:

»Carlos will sonst niemanden dabeihaben. Was nichts mit dem Job zu tun hat, ist Carlos scheißegal.«

»Aber er ist genau die Art Mensch, die wir überzeugen müssen. Früher oder später wird Carlos sich offenbaren müssen ... und dann ...«

»Und dann, scheiß drauf!«

»Ich hänge nicht hier rum und höre mir diesen Quatsch an.«

Das kam von Keilfrisur. Er hatte, für einen Mann seiner Größe, eine merkwürdige Falsettstimme. Noch während er seinen Kommentar abgab, nahm er seinen Helm vom Sattel des Motorrads und stülpte ihn sich mit einem hermetischen »Plopp« auf den Kopf. Das war das Ende der Unterhaltung. Auch Rotschopf setzte seinen Helm auf. Und ohne Abschiedsgruß ließen die beiden ihre Maschinen an und brausten in Richtung Aldwych davon. Nur ein beißender Gestank blieb zurück.

»Worum ging's denn da?« fragte ich Jim, als wir die Houghton Street hinter uns ließen und in Richtung U-Bahnstation an der Strand gingen.

»Nichts Besonderes. Lohnt sich nicht, drüber zu reden.«

»Also komm, Jim. Du schuldest mir eine Erklärung. Diese Typen waren doch nicht bei dir wegen einer späten Lieferfahrt. Zumindest habe ich nicht gesehen, daß du was unterschrieben hättest. Die haben doch über mich geredet.«

»Na ja, schon, ich habe ihnen gesagt, daß du vielleicht interessiert sein könntest ...«

»An was? Interessiert an was?«

»Diesen Carlos kennenzulernen.«

»Ich weiß ja nicht mal, wer das ist. Woher willst du denn wissen, daß ich daran interessiert sein könnte, ihn kennenzulernen?«

»Steins Vorlesung hat dich ja auch interessiert. Und Carlos ist nicht unähnlich, nur daß er nicht nur Lehrer ist, sondern auch eine Art Führer.«

»Und was führt er? Wen unterrichtet er?«

»Diese kleine Gruppe von Motorradkurieren. Ich schätze, dir kommt das alles ein bißchen wunderlich vor. Eine weitere Facette meiner allgegenwärtigen Obsession. Aber diesen Bikern gehen ganz ähnliche Gedanken durch den Kopf wie mir.« Er hielt inne. »Sie haben keine Lust mehr zu warten.«

»Na, ich hätte auch keine Lust mehr zu warten, wenn ich Kurierfahrer wäre. Das muß doch ein unglaublich frustrierender Job sein. Haben die nicht die höchste berufsbedingte Todesrate? Ich bin mir sicher, das kommt daher, weil sie frustriert sind und dann Fehler machen.«

»Du verstehst nicht. Diese Leute arbeiten absolut am Limit.« Jim redete sich in Rage. Er schaltete wieder in den Schwadroniermodus. »Die drücken Methedrin, werfen Koks ein und schnupfen Sulfate. Sie fahren Tag und Nacht, ihr Nervenkostüm ist auf eine Art angespannt, wie wir uns das kaum vorstellen können. Sie funktionieren nicht auf der Ebene des normalen Verkehrs, einer simplen Ebene von Aktion und Voraussicht, sondern auf der Ebene der Nuance, der reinen Nuance. Sie nehmen noch den winzigsten Stimulus mit gespenstischer Klarheit wahr und reagieren darauf. Stell dir das mal vor, Mann! Sich auf einem monströs übermotorisierten Bike durch dichtesten Verkehr schlängeln, immer unter Zeitdruck, über den Helm mit dem Äther verbunden. Sie müssen mutieren, um zu überleben!«

Nach diesem kleinen Ausbruch gingen wir eine Weile schweigend weiter. In der Essex Street kamen wir an einer der weltgrößten Steuerberatungsfirmen vorbei. Zwischen den Lamellen einer zu drei Vierteln zugezogenen Jalousie konnte ich einen Mann in Hemdsärmeln erkennen. Der, trotz der späten Stunde, im Lichtkegel einer Anglepoise-Lampe vor einem flackernden Monitor saß. Er drückte auf einen

Knopf, und die Ziffern auf dem Schirm rollten in grün leuchtenden Schlieren nach oben weg.

Jim atmete schwer, aber er hatte sich wieder ein wenig beruhigt. Ich wußte nicht, was ich sagen sollte, war zwar neugierig, wollte ihn aber nicht provozieren. Zum erstenmal wurde mir mit absoluter Klarheit bewußt, daß Jim diese schmale, schmale Grenze zwischen Exzentrik und Wahnsinn überschritten hatte. Schließlich öffnete ich den Mund. »Diese Kurierfahrer, Jim, glauben die auch ans ›Warten‹?«

»Natürlich, natürlich, natürlich. Sie sind die wahren Warter. Das Warten ist ihnen zur zweiten Natur geworden. Jeder Augenblick könnte eine Ankunft sein, bei einer Aufnahme oder einer Ablieferung, oder die finale Ablieferung, der Tod! Kein Wunder, daß sie verstehen, was vor sich geht. Sie leben genau am Schnittpunkt des Imminenten mit dem Immanenten! Carlos hat ihr Potential erkannt. Er ist ein Mann von außergewöhnlichen Fähigkeiten, er begreift, daß die Zukunft jenen gehört, die das Große Warten deutlich artikulieren!«

Wir standen auf dem Vorplatz der U-Bahnstation. Ein paar verspätete Büroangestellte mischten sich unter das Hin und Her der Touristen in ihren leuchtend pastellfarbenen Stretchklamotten. Es war eine klare Nacht, und das Neonschild über dem National blinkte seine Botschaft über das stille Wasser. Ich faßte Jims Oberarm in einem, wie ich hoffte, festen, onkelhaften Griff.

»Jim, meinst du nicht, daß du dir das alles ein bißchen zu sehr zu Herzen nimmst? Ich glaube, du bist übermüdet und überarbeitet. Und ich bin mir sicher, daß du nicht genug Zeit mit Carol verbringst. Warum nimmst du dir nicht ein paar Tage frei? Ich hoffe, du verzeihst mir, wenn ich es so sage, aber die Welt läuft dir nicht davon.« Seine Antwort überraschte mich.

»Hm, ja, äh … du könntest recht haben. In letzter Zeit wirkt sie tatsächlich ein bißchen distanziert. Sie kommt mit meiner Schlaflosigkeit nicht zurecht, weißt du. Vielleicht hast du recht. Aber Carlos solltest du trotzdem kennenlernen, er ist kein Spinner, kein Freak. Seine Fähigkeiten sind echt, glaub mir. Ich hatte doch noch nie was mit irgendwelchen Kulten oder anderem mystischen Quatsch am Hut, oder?«

Nein, das hatte er noch nie, dachte ich, nachdem wir uns verabschiedet hatten und unserer Wege gegangen waren. Und vielleicht ist an dem, was er sagt, ja was dran. Mein Blick huschte über die Gleise, zwischen denen der übliche Müll lag. Ich sah Jims Gestalt am anderen Ende des Bahnsteigs. Mit hochgezogenen Schultern stand er zwischen einem an der Wand hängenden Eimer mit Sand und einem zusammengerollten Leinwandschlauch in einem Holzschränkchen. Es sah aus, als versuchte er, sich im Zaum zu halten. Seine Haltung und sein starrer Blick zeigten deutlich, was er tat. Er wartete auf einen Zug.

In den folgenden Tagen versuchte ich, nicht an Jim zu denken. Wenn er eine Art von Zusammenbruch erlitten hatte, konnte ich wahrscheinlich wenig für ihn tun – und wenn nicht? Nun, nach Norfolk und Steins Vorlesung wollte ich ihn für eine Weile eigentlich überhaupt nicht sehen. Ich brauchte mal eine andere Gesellschaft, ich brauchte Leute, die nicht ganz so anstrengend waren. So ging ich abends ins Kino und auf Partys, ich bedüdelte mich und hatte kreischende Unterhaltungen mit Leuten, die ich eben erst kennengelernt hatte. Unterhaltungen, in denen, so erschien es mir zu der Zeit, jedes Kreischen ein Prüfstein der Empathie war. Zu der Zeit zumindest.

Aber sosehr ich es auch versuchte, Jim ließ mich nicht los.

Er nagte an mir, und ich wußte auch, warum: Ich sollte zumindest versuchen, ihm zu helfen. Das Bild, das ich am deutlichsten vor Augen hatte – und das jeden Morgen, wenn ich meinen Monitor einschaltete, als flackerndes Gespenst auftauchte –, war das von Jim, wie er in dem Hörsaal saß, die Hände um die Rückenlehne verkrampft, das Gesicht verzerrt.

Nach einer Woche wurde mir wirklich angst. Jim hatte sich nicht gemeldet, was sehr untypisch für ihn war. Ich beschloß, Carol zu besuchen, seine Frau. Schließlich, dachte ich mir, hatten wir uns, bevor diese Geschichte mit dem »Warten« anfing, ziemlich häufig gesehen. Ich war regelmäßig bei ihnen zum Abendessen eingeladen. Kinderlose Paare neigen dazu, Singles zu adoptieren, aufzupäppeln und zu verheiraten. Und so war es auch bei uns gewesen. Carol hatte mich zu einer Reihe von Dienstagabenden eingeladen, an denen ich Spinat-Tomaten-Lasagne aß und ihre Kolleginnen kennenlernte.

Nach einer Weile waren diese Dienstagabende eingeschlafen. Ich vermißte sie. Ich vermißte die Atmosphäre eines Ortes, wo regelmäßig gekocht wurde, und ich vermißte auch Carol, denn ich mochte sie. Und sie schien mich, trotz meiner Unzulänglichkeiten als Heiratskandidat, nie zu verurteilen. Sie war einer dieser Menschen, die eine unglaubliche Genügsamkeit ausstrahlen, deren Körperhaltung allein schon die stille Botschaft vermittelt, es sei alles gut so, wie es ist, und sie tue gern dies oder jenes, aber es sei eigentlich nicht notwendig. Als sie und Jim heirateten, hatten ihre Freunde es eine »Vermählung der Gegensätze« genannt. Bezeichnenderweise hatte im Lauf der Jahre niemand es für nötig gehalten, dieser Bemerkung etwas hinzuzufügen.

Carol arbeitete zu Hause als freischaffende Redakteurin. Deshalb konnte ich auch sicher sein, sie anzutreffen, wenn ich unangekündigt vorbeischaute. Ich nahm mir den Vormittag frei und den Zug nach Wandsworth. Ihr Haus stand am Rand des Stadtparks, dem Bahnhof gleich gegenüber. Als ich den Rasen überquerte, spürte ich den morgendlichen Schleim in meiner Brust schwappen und gurgeln. Mein Mund schmeckte bitter nach altem Eisen, und ich hatte eine ungute Vorahnung.

Jims Sierra stand am Rand der abschüssigen Straße vor ihrer Wohnung, wie ein nach allgemeinem Wunsch umgestalteter Käfer. Ich ging an der Ligusterhecke entlang über den gepflasterten Gartenpfad zur Tür und drückte auf die Klingel. Nach einer Weile kam ein Knistern aus der Gegensprechanlage.

»Wer da?«

»Ich bin's, Carol. Ich muß mit dir reden, über Jim.«

»Gib mir eine Minute, ich bin noch gar nicht richtig aufgestanden.«

Ich wartete mehr als eine Minute. Aber als ich dann durch den Glaseinsatz der Haustür die Wohnungstür aufgehen sah, war es nicht Carol, die heraustrat. Es war ein junger Mann. Ein großer junger Mann, der zur Haustür kam, sie öffnete und mit einem fröhlichen Nicken und einem noch fröhlicheren »Guten Morgen« an mir vorbeiging. Er steckte die Hände voller Elan in die Taschen seiner Windjacke und ging beschwingt davon, als hätte er einen arbeitsreichen Tag vor sich. Einen Tag, auf den er sich freute.

Ein paar Minuten später kam Carol heraus und ließ mich ein. Sie trug einen pastellfarbenen, blumengemusterten Morgenmantel. Sie war flüchtig hergerichtet, verströmte aber den feinen, leicht säuerlichen Geruch eines Menschen, der am Morgen Sex gehabt hatte. Ich folgte ihr über den Gang in die Küche und setzte mich an den Tisch, während sie mir eine Tasse Kaffee machte.

»Und, was ist mit Jim?« fragte Carol keuchend, während sie mit Schwung das Edelstahlsieb des Kaffeebereiters niederdrückte.

»Na ja, ich glaube, daß er irgendwie einen Zusammenbruch erlitten hat, Carol. Ich glaube, er braucht Hilfe. Ich habe ihn eine ganze Woche nicht gesehen, und beim letztenmal war er wie im Delirium.«

»Ich habe ihn auch nicht gesehen. Schon eine ganze Zeit habe ich ihn nicht mehr zu Gesicht bekommen. Weißt du, daß er jetzt abends Taxi fährt?«

»Er fährt Taxi? Warum denn das? Doch nicht wegen dem Geld?«

Carol lachte und wischte sich eine Haarsträhne aus dem Gesicht. »Nein, nein, nicht wegen dem Geld. Zur Entspannung. Deswegen macht er es. Er sagt, es entspannt ihn.«

»Er ist verrückt.«

»Vielleicht, vielleicht, aber glaub mir, wer sich nicht helfen lassen will, dem kann man nicht helfen.« Sie sagte das mit ernster Miene und setzte sich mir gegenüber, eine identische Kaffeetasse in den Händen.

Ich glaubte ihr. Welche Rolle die junge Windjacke in ihrem Leben auch spielen mochte, an ihrer Liebe zu Jim gab es keinen Zweifel. Wenn sie ihn nicht beeinflussen konnte, dann konnte es niemand.

»Er kommt jeden Abend von der Arbeit nach Hause und geht sofort wieder weg. Ich glaube nicht, daß er sonderlich viel Geld damit verdient. Es ist ihm wichtiger, mit seinem Freund Carlos in Kontakt zu bleiben.«

»Dann weißt du also darüber Bescheid.«

»O ja.«

»Und die Kurierfahrer? Was hältst du davon?«

»Na ja, wenn man es sich genau überlegt, könnte es durchaus sein, daß er recht hat, aber ich denke, es gibt schon genug, das offensichtlich falsch ist auf dieser Welt, da braucht man sich nicht auf etwas so Immaterielles zu versteifen.«

Ich fuhr mit dem Zug in die Stadt zurück. Ich hatte noch ein paar Stunden Zeit, bis ich wieder zur Arbeit mußte. Ich beschloß, nach Soho zu gehen und in der Bar Italia ein paar Espressos zu trinken. Das klare, scharfe Licht des Morgens war dem intensiven Sepiaton und der griesigen Luft gewichen, die in London ein Sommergewitter ankündigen. Der Luftdruckanstieg war körperlich spürbar. Ich war bedrückt und verwirrt von meinem Gespräch mit Carol. Ich konnte noch immer nicht akzeptieren, daß man für Jim nichts tun konnte. Es war, als würden jene, die ihn liebten, nur darauf warten, daß etwas Schreckliches passierte.

Ich schleifte meine feuchten, juckenden Füße über die Oxford Street und bog auf den Soho Square ein. Eine Windbö trieb mir Grus in die Augen. Einen Augenblick lang sah ich nichts. Ich lehnte mich an eine Wand, während mir die Tränen in die Augen traten und über die Wangen liefen. Als ich wieder klar sehen konnte, entdeckte ich Jim.

Er stand an die Innenseite seiner Autotür gelehnt und redete mit einem Kurierfahrer. Dieser Kurierfahrer war noch seltsamer als die anderen, die ich bei Jim gesehen hatte. Zwar hatte er die vorgeschriebene Jacke und den üblichen grellfarbigen Vinylüberwurf an. Doch anstelle von Stiefeln und Lederhose trug er eine weite grüne Cordhose und abgenutzte Turnschuhe. Er hockte auf seiner Maschine, einer alten, schwarzen 250er MZ und betrachtete Jim mit milder Verachtung. Sein Kopf war ziemlich abstoßend. Er sah aus wie ein mißratener Albino. Seine Haare waren vom allerblassesten Rot, das Gesicht kittweiß, seine Züge weich und verkümmert, seine Augen vom rosigsten Rosig-Blau.

Ich überquerte die Straße und begrüßte sie. Der mißratene Albino drehte sich zu mir um, ich konnte seine Hand auf dem Lenker sehen. Sie war flach wie ein Rochen, die Nägel – schmutzige kleine Hornhalbmonde – waren tief ins Fleisch eingesunken.

»Ich war gerade bei dir, Jim, und habe dein Auto vor der Tür gesehen. Warst du zu Hause?«

»Nein, Kumpel, ich war im Stadtpark und habe meine Übungen gemacht. Dann bin ich kurz nach Hause gegangen, um das Auto zu holen, und in die Stadt gefahren, um Carlos zu treffen.« Mit einer Handbewegung deutete er auf den mißratenen Albino.

»Warum bist du nicht in der Arbeit, Jim?«

»Dasselbe könnte ich dich fragen, Kumpel.«

Jims Verhalten hatte etwas Beschwingtes und Fröhliches, das mich beruhigte. Rückblickend betrachtet hätte mich diese Veränderung natürlich stutzig machen sollen. Immerhin hatte er beim letztenmal absolut gehetzt gewirkt, aber trotz des Stimmungsumschwungs und der merkwürdigen Gesellschaft, in der er sich befand, freute ich mich zu sehen, daß mein Freund wieder eher der alte war.

»Carlos macht heute eine Fahrt mit mir. Willst du mitkommen?«

Bevor ich etwas erwidern konnte, mischte sich Carlos dazwischen: »Kann er mitkommen, James? Kann er bitte mitkommen? Das ist die Frage.« Carlos hatte eine hohe, säuselnde Stimme und sprach mit dem Akzent eines Waliser Komikers. Es war sofort klar, daß er immer nur Witze machte und alle seine Fragen rhetorisch waren.

»Carlos, das ist der Mann, von dem ich dir erzählt habe. Mein alter Freund. Er ist derjenige, mit dem ich in Steins Vorlesung war. Er weiß das meiste schon.«

»Es ist immer ein Unterschied zwischen wissen und sehen, nicht, James? Das wirst du doch wohl nicht leugnen wollen, oder?«

Eigentlich hörte ich gar nicht richtig zu. Carlos kam mir einfach lächerlich vor. Ich mußte zurück zur Arbeit. Und ich war plötzlich wütend auf Jim. Alles, was er sagte, war ganz offensichtlich eine Manifestation einer Krankheit, das merkte ich jetzt deutlich. Es war merkwürdig, aber plötzlich spürte ich, wie der Pegel angestauten Gefühls, das ich in ihn investiert hatte, kehleabwärts sackte. Ich hätte nie versuchen sollen, ihm zu helfen. Er war jemand, den ich nur vage kannte. Ich kam auch ohne Jim aus. Er verblaßte schnell.

»Worauf wartest du, Mann?«

»Was ist?«

Carlos redete mit mir. »Warum kommst du nicht und siehst es dir an? Ich gebe viel auf Bruder James' Meinung, wirklich sehr viel.«

»Hör zu, Carlos. Ich weiß wirklich nicht, wovon ihr beiden redet. Ich weiß nur, daß mein Freund hier« – ein Deuten mit dem Daumen und eine spezielle, starke Betonung auf »Freund« – »eine gefährliche, bedrohliche Obsession entwickelt hat. Er hat versucht, mich in diese Phantasiewelt, die er sich um diese Obsession herum aufgebaut hat, hineinzuziehen, aber das interessiert mich nicht – ich glaube, er braucht Hilfe. Anscheinend bist du in dieser Phantasiewelt ein aktiver Mitspieler. Deshalb bleibt mir nichts anderes übrig, als dich mit denselben Augen zu betrachten.«

Kaum hatte ich das gesagt, kam ich mir lächerlich vor. Als ich die Worte aussprach, hatten sie noch ganz richtig geklungen. Aber jetzt, da sie in der Luft hingen und einfach nicht verklingen wollten, stellten sie einen Vorwurf dar. Der mißratene Albino und mein zuckender früherer Freund standen da, beide von ihren Fahrzeugen gestützt. Jims Warnblinkanlage blinkte. In dem kleinen Park auf dem Soho Square lagen weibliche Büroangestellte, eingezwängt von engen, schenkelkurzen Röcken, auf dem Rasen und aßen

Sandwiches. Sie waren wie eine spezielle Spezies verkrüppelter Fohlen. Jim und Carlos sahen mich komisch an.

»Komm und schau's dir an.«

Der rosige, schlaffe Waliser hatte einen Tonfall hinterhältiger, leiser, beharrlicher Autorität. Im Gänsemarsch gingen wir die Oxford Street entlang. Dann blieben wir vor einer Ladenfront auf dem Bürgersteig stehen, dicht beisammen, eine merkwürdige kleine Protuberanz, um die der dichte Strom der Fußgänger herumfloß. Carlos lehnte sich gegen das Schaufenster des Tie Rack. Seinen Helm hatte er auf dem Motorrad gelassen, und seine hellen Haare kringelten sich über den Ohren. Als er sich gegen die Scheibe drückte, rutschte ihm sein Plastiküberwurf über die Schultern hoch. Seine Augen schienen plötzlich wie losgelöst, sie wurden glasig und desynchronisiert und waren nur noch ovale farblose Kleckse in seinem verschwommenen, farblosen Gesicht. Jim und ich standen links und rechts von ihm, verlegen und stumm.

Nach einer Weile trat Carlos der Schweiß auf die Schläfen. Seine Augen flackerten. Ich hatte noch nie jemanden gesehen, der so schwitzte wie er – der Schweiß tröpfelte ihm nicht aus dem Haaransatz, sondern quoll direkt aus der nackten Haut. Als würde ein Stiefel in torfigen, morastigen Boden treten. Der Schweiß lief ihm, milchig auf der blassen Haut, die Schläfen herab. Mir wurde übel bei dem Anblick, er jagte mir Angst ein. Doch so unvermittelt Carlos in Trance gefallen war, so schnell tauchte er, mit einem fröstelnden Schaudern, wieder daraus hervor. Er wandte sich mir zu.

»Wie gut kennst du dich aus?« Ich war überrascht.

»Gut genug, schätze ich. Ich weiß, wie ich wohinkomme.«

»Was meinst du, wie schnell könntest du von hier über den Shootup Hill zum Hornimans Museum fahren?«

»Na ja ...« Ich sah mich um. Es war kurz vor eins, und

über die Straßen wälzte sich der Mittagsverkehr. In der zähen Luft brodelten blaue Abgasschwaden. Ich berechnete Routen, schätzte die Strömungsdichte von PKW, Transportern, LKW und Bussen. Ich versuchte, mir die Straßen vorzustellen, die ich nehmen würde. »Mit ein bißchen Glück schafft man es in einer Stunde und zwanzig Minuten, aber ich würde eineinhalb Stunden ansetzen.«

»Wir schaffen es in fünfundvierzig Minuten«, entgegnete Carlos entschieden. Er wischte sich mit einem großen roten Taschentuch die Schläfen und machte auf dem Absatz kehrt. Jim und ich folgten ihm zum Platz zurück. Eine Politesse, adrett in dunkler Uniform und fluoereszierender Schärpe, klemmte eben einen Strafzettel unter den Scheibenwischer des Sierra. Als Carlos auf seine MZ stieg, rupfte Jim ihn weg und zerriß ihn. Die Politesse zuckte die Achseln. Die Zentralverriegelung klickte, und als ich mich auf den Beifahrersitz setzte, empfand ich das Wageninnere sofort als völlig anderen, isolierten Ort.

Wir scherten aus, fuhren hinter Carlos her um den Platz herum und bogen dann links in die Gasse ein, die zur Charing Cross Road führt.

»Achte nicht auf die Geheimpolizei des Wartens.« Es war eine völlig sachliche Aussage. Jim sagte es mit zusammengebissenen Zähnen. Ich achtete nicht darauf. Ich war wie betäubt, konnte mich auf nichts anderes konzentrieren als auf die flatternden Röhren der Cordhose von Carlos, der sich vor uns durch den Verkehr schlängelte.

Jim fuhr mit seiner gewohnten, zurückgelehnten Entspanntheit. Das straffgefederte moderne Auto ratterte und tschockte über den Straßenbelag. Carlos ritt vor uns auf seinem Motorrad. Es war, als wären wir über eine unsichtbare Nabelschnur mit ihm verbunden. Er führte uns nicht durch den Verkehr, wir bewegten uns synchron mit ihm.

Über die Gower Street und dann nach rechts, vorbei am Royal Ear Hospital bis zum Ende der Straße, dann links und rechts und weiter zur Tottenham Court Road. Die Ampel an der Euston Road stand auf Grün, wir konnten direkt durchfahren in das Wohngebiet an der Hampstead Road. Ganz nebenbei fiel mir auf, daß die Stadtverwaltung einige der älteren Blocks, anstatt sie neu zu verputzen, mit karamelfarbenen Platten verkleidet hatte. Unser kleiner Konvoi beschleunigte durch den Halbkreis des Outer Circle. Die Nash Terraces schnurrten bei diesem Tempo zu einem einzigen hohen, dünnen Haus zusammen. Wir schlitterten über die Brücke, die aus dem Regent's Park hinausführt. Die Belsize Road hinunter, eine Weile auf gleicher Höhe mit dem roten, rostigen Knubbel eines alten Datsun 180 D. Er schoß mit uns auf die Ellbogenkurve zu, wo die Straße sich zu einer Fahrspur verengt. Die Nabelschnur zwischen der MZ und dem Sierra straffte sich. Wir überholten den Datsun. Im Seitenspiegel waren die Chromringe der blinden, rostgeröteten Scheinwerfer erst scharf zu sehen und dann verschwunden. Wir brausten durch die aggressive Beschilderung des Einbahnstraßensystems zwischen Finchley Road und West End Lane. Tauchten dann auf der anderen Seite ein in eine Rinne aus Bruchbuden und Gebrauchtmöbelläden, die uns anschließend wieder ausspuckte auf die breite, narbige, schwielige Kilburn High Road.

Ich registrierte das alles, aber nur nebenbei. Diese Fahrt hatte etwas Irreales, Statisches. Die langen Londoner Straßen waren nur Kulissen, die an uns vorbeigezogen wurden, um die Illusion von Bewegung zu vermitteln. Die MZ und der Sierra standen regungslos in einer anderen Zone.

In knapp siebzehn Minuten hatten wir den Shootup Hill erreicht. Die Mühelosigkeit, mit der Carlos uns führte, war unnatürlich. Wann immer er zwischen zwei Routen wählen mußte, entschied er sich für die richtige. Immer wieder kam es vor, daß wir in eine Richtung abbogen und ich im Rückspiegel sah, daß wir, wenn wir in die andere, eigentlich näherliegende Richtung gefahren wären, fünf Minuten oder länger in einem blechknirschenden Rückstau festgesteckt hätten. Noch befremdlicher war die Erkenntnis, daß die chaotischen Richtungsentscheidungen uns Zeit sparten. Carlos hatte nicht nur jede Hauptverkehrsstraße vorhergesehen, er hatte jedes Gäßchen, jede Wohnstraße, jeden Garagenhof und die Position und den Schaltzyklus jeder Ampel vorausgeahnt. Er konnte unmöglich wissen, was er zu wissen schien – die Route, die wir fuhren, hätte er höchstens aus der Luft sehen können, und sogar dann hätte er beständig trigonometrische Berechnungen anstellen müssen, um die Winkel herauszufinden, die er anscheinend intuitiv einschlug.

Wir fuhren mit etwa vierzig Meilen den Shootup Hill hoch in Richtung Kilburn, als Carlos plötzlich das rechte Bein ausstreckte und sein Motorrad in einer engen Kehre herumriß. Jim folgte ihm sofort, ohne auf den Gegenverkehr zu achten, und bevor mir das Risiko, das wir eben eingegangen waren, so richtig bewußt wurde, fuhren wir schon wieder den Hügel hinunter und unter der Eisenbahnbrücke hindurch.

Das Rauschen einer Unterführung, das Surren einer Überführung, eine lange Reihe von Seitenspiegeln, die sich uns entgegenstreckten, das Steigen und Fallen identisch gegiebelter Dächer. Jims Arme – die Innenseite des Unterarms gegen das Lenkrad gedrückt – insektoid und manipulierend. In der Kindertagesdeckenwelt der Londoner Straßen – wo sich hinter jeder Ecke eine neue Aussicht verbergen kann, eine plötzliche Ahnung von Kissen in der Ferne oder das Eintauchen in eine Senke – kann es einem passieren, daß man völlig in einer winzigen Welt versinkt, in der das Licht sich nie ändert und windverwehte Schokoriegeltüten sich in einer unermüdlichen Pavane jagen.

Als wir die Blackfriars Bridge überquerten, blitzte kurz das Wasser auf; rechts ein schneller Blick auf dichtgedrängte, gesichtslos pompöse Gebäude – eine Verkrustung der Verwaltung, die in jeder Stadt der Welt stehen könnte – und dann weiter, zurück ins homogene, undifferenzierte London, wo schicke Ladenzeile auf Durchgangsstraße folgt, gelegentlich flankiert vom staubigen Paradeplatz eines Stadtparks, wo einzelne, stumme Gestalten, an ausgestopfte Hunde gefesselt, herumstehen.

Keine Hektik, keine Eile. Niemand, der einem anderen den Stinkefinger zeigt. Carlos schlängelte sich, und wir schlängelten uns mit ihm, pflügten durch lange Fahrzeugschlangen, ignorierten Einordnungssignale, schlichen uns in Kreisverkehre ein. Die Fahrt hinaus zum Shootup Hill hatte sich als elegantes Stück Geometrie dargestellt. Der Weg von dort zu Hornimans Gardens hinunter war List und Unverfrorenheit. Ich fröstelte in dem muffigen, schalen Auto. Ich fröstelte, und ich hatte Angst.

Im Dulwich Park tuckerte der Motor des Sierra in saubere Luft, und Sonnenlicht, das durch die Bäume fiel, sprenkelte Carlos' Hose.

Genau fünfundvierzig Minuten, nachdem wir vom Soho Square losgefahren waren, hielten wir vor dem Hornimans Museum an. Carlos stellte sein Motorrad auf der geteerten Auffahrt ab, und wir taten es ihm gleich. Zum erstenmal seit Überqueren des Flusses eröffnete sich uns nun eine freie Aussicht. In mittlerer Entfernung ragten einige zinnenbewehrte, rechteckige Gebäude aus dem Bäume- und Dächermeer. Dahinter erstreckte sich London zum nördlichen Horizont, blauer und grauer.

Carlos zog seine Handschuhe aus, als ich mich aus dem

Auto wuchtete und zugleich versuchte, mich aus dieser merkwürdigen Trance zu lösen. Carlos trug zwei Paar Handschuhe übereinander. Das billige Vinyl der äußeren war durchgescheuert, die Wollmaschen der inneren kamen zum Vorschein. Aus irgendeinem Grund fesselten mich diese Schadstellen, sie waren irgendwie anatomisch. Das Blut schoß mir in die Schläfen – ich starrte die Handschuhe an. Mir wurde übel. Carlos lehnte sich an die Tafel, die die Ausstellungsstücke des Museums anpries.

Die irritierende walisische Stimme: »Weißt du, Junge, wenn ich so in Trance bin« – er verdrehte die Augen, bis nur noch das Geflecht der Adern auf den rosigen Äpfeln zu sehen war –, »taxiere ich einen kurzen Augenblick lang den Verkehrsfluß an einer Stelle. Aber weil ich eben so viel weiß über das alles« – er deutete zum Horizont –, »bedeutet das, daß jede Bewegung zum Stillstand kommt. Ich weiß al-les.« Er rollte die Silben mit säuselnder Betonung. »Jeden Stau, jede Stockung, jedes geplatzte Wasserrohr und jede von einem Lastwagen gefallene Ladung in der Metropole – in diesem einen Moment sehe ich alles. Zeig mir irgendeine Straße, irgendeine Straße in London, in der reger Verkehr herrscht, und ich brauche nur einmal hinzusehen, um den Zustand jeder anderen Straße in der Stadt zu kennen. Dann gibt's kein Warten. Verstehst du? Ich muß nie warten.«

Der Albino drehte die bleiche Stirn zur Seite, die Tafel dahinter wurde sichtbar. Ein Poster kündigte die bevorstehende Ausstellung von amazonischen Artefakten an. Ein Doppeldeckerbus keuchte, von der Forest Hill Station kommend, den Hügel hoch. Der traumähnliche Zustand, in dem ich mich seit dem Zusammentreffen mit Jim und Carlos befunden hatte, fiel so plötzlich von mir ab, als würde ich aus der Badewanne steigen. Ich spurtete zum Bus.

»Verstehst du denn nicht!« rief Jim mir nach. »Er muß

nicht warten. Verstehst du denn nicht, er hat das Warten überwunden, wohin er auch fährt, er ist bereits angekommen! Ach, du verdammter Narr ...«

Die letzten Worte waren ein Schrei. Ich achtete nicht darauf und schwang mich auf den Perron des Busses, als der eben anfuhr und sich auf die lange Rückreise nach East Dulwich machte.

Eine Woche verging, dann ein Monat. Ich hörte nichts von Jim und machte auch keinen Versuch, ihn zu kontaktieren. Dann klebte eines Tages ein Post-it-Zettel auf der Tastatur meines Computers. Ich solle einen Mr. Clifton in einer Anwaltskanzlei in Camden anrufen. Bevor ich es tun konnte, rief Mr. Clifton mich an. Er hatte eine entsetzliche Telefonstimme, atemlos und schwer verständlich, und sein Anwaltschinesisch klang aufgesetzt.

»Es betrifft unseren Klienten Mr. Stonehouse.«

»Ach ja, Jim. Was hat er denn angestellt?«

»Gegen ihn liegt eine Anklage wegen eines Auffahrunfalls vor, ein Fall, und wegen tätlichen Angriffs in zwei Fällen.«

»Hat er es getan?«

»Er hat vor der Polizei ein dementsprechendes Geständnis abgelegt und ist bereits vor dem Magistrates' Court in Highgate erschienen, der den Fall zur Festsetzung des Strafmaßes nach Snaresbrook verwiesen hat.«

»Verstehe, verstehe. Ist natürlich ziemlich happig. Aber ich muß sagen, es überrascht mich nicht.«

»Nicht?«

»Na ja, er war in letzter Zeit ziemlich unberechenbar.«

»Genau darum geht es. Es scheint uns die günstigste Vorgehensweise zu sein, wenn wir für Mr. Stonehouse eine eingehende psychologische Begutachtung beantragen.«

»Was passiert, wenn Sie es nicht tun?«

»Es könnte drei bis sechs Jahre bedeuten.«

»Verstehe, verstehe ... aber was ich nicht verstehe – was habe ich damit zu tun?«

»Nun, wie Sie selbst gesagt haben, war Mr. Stonehouse in letzter Zeit ziemlich unberechenbar, und Sie sind Zeuge dieses Verhaltens geworden. Eine Aussage vor Gericht von jemandem wie Ihnen, in Ihrer Position, könnte der entscheidende Faktor sein.«

»Darum geht's also – Sie wollen, daß ich vor Gericht erscheine?«

»Und, wenn möglich, eine schriftliche Aussage.«

»Das Ganze natürlich auf einem Blatt mit Briefkopf.«

»Das könnte durchaus von entscheidender Bedeutung sein.«

»Können Sie mir sagen, was genau passiert ist?«

»Ich fürchte nicht, die Details muß ihnen Mr. Stonehouse schon selbst sagen. Würden wir etwas sagen, würde dies eine Verletzung unserer Schweigepflicht darstellen.«

Jim rief mich später an diesem Vormittag an. Er war völlig unbußfertig.

»Nur 'ne kleine Meinungsverschiedenheit hinterm Marylebone Flyover. Ist eigentlich absurd, daß die Sache jetzt vor dem Crown Court gelandet ist.«

»Dein Anwalt sagt, er will dich für eine psychiatrische Beobachtung in eine Klinik einweisen lassen.«

»Na ja, das, äh, scheint wirklich die beste Vorgehensweise zu sein. Ich persönlich habe nichts dagegen – ein paar Wochen Pause würden mir bestimmt guttun. Du weißt schon, Aschenbecher basteln und mit drögen Seelenklempnern quatschen.«

»Was ist denn genau passiert, Jim?«

»Also, ich war gerade auf dem Weg zur Arbeit. Ich hatte

bei Carlos in Acton übernachtet, und es war gerade mal halb sieben. Ich war auf der Westway, und alles sah so aus, als wäre die Strecke frei, und ich könnte bis Marylebone durchfahren und müßte nicht schon bei Paddington runter. Aber als ich dann auf den Marylebone Flyover kam, staute sich dort der Verkehr, um halb sieben in der Früh! Ich weiß auch nicht, ich schätze, ich fühlte mich gedemütigt. Fünf Minuten steckte ich da oben fest und wartete, bis es weiterging. Es war verdammt ärgerlich, dieses Gefühl, grundlos eingesperrt zu sein, und schuld daran war eine intellektuelle Entscheidung. Wenn ich mich in Trance versetzt hätte, wie Carlos es mir beigebracht hat, wäre alles okay gewesen.«

»Was ist passiert, Jim?«

»Na ja, ich hatte endlich das Ende der Überführung erreicht, als dieser Typ sich von links hereinzuzwängen versuchte, von dem Zubringer von der Edgeware Road. Es war so ein kurzer, fetter Wichser in einem dieser Datsun Minivans. Ich erinnere mich noch genau an das Auto, es war schmutzig cremefarben lackiert und hatte eine handgemalte Beschriftung auf der Seite. ›Exodus Fruiterers, Crouch End & Standmore‹ stand darauf und eine Telefonnummer. Total rücksichtslos war dieser Kerl, und wie der über seinem kleinen Lenkrad hing! Irgendein alberner Krimskrams baumelte an seinem Rückspiegel, und aus dem Fenster plärrte altmodische Bazouki-Musik, igitt! Und ich hatte volle fünf Minuten in diesem Stau gesteckt. Also habe ich diesen kleinen Obstmann mit meiner Stoßstange ein bißchen angestupst und zur Seite gedrängt, nur so ein bißchen an den Straßenrand. Ich habe seinen blöden Karren überhaupt nicht beschädigt, nur den Lack ein bißchen angekratzt, aber er ist total ausgerastet, dieser schwitzige kleine Prolet, und ist sofort aus dem Auto geschossen. ›Warum Sie das tun? Warum Sie das tun?‹ Immer und immer wieder, und gestoßen hat er mich außerdem. Ich sagte ihm: ›Weil ich Lust dazu hatte.‹ Und das machte ihn noch wütender. Er war ein Niemand, ein Warter, er bedeutete rein gar nichts. Am Ende habe ich ihm eine verpaßt, nur damit er endlich den Mund hält.«

»Nur damit er endlich den Mund hält …«

»Wie gesagt, er war ein Warter, er war ein Niemand.«

»Dann erklär mir doch bitte, warum du auf Geistesgestörtheit plädierst.«

»Na ja, als die Polizei meine Aussage aufnahm, erzählte ich ihnen die Wahrheit, und sie fingen an, sich anzugrinsen und Grimassen zu schneiden – und da war es irgendwie das Nächstliegende. Eins kann ich dir sagen, das könnte viel mehr sein als nur ein blöder Tätlichkeitsfall. Es könnte das Ende des Wartens für eine Menge Leute sein.«

Es kam noch viel mehr desselben, bevor ich es schaffte, das Gespräch zu beenden. Ich war nicht überzeugt, und ich neigte immer mehr zu der Ansicht, daß er eher böse als verrückt war. Die bizarre Fahrt mit ihm und dem säuselnden mißratenen Albino hatte sich mir als etwas Unheimliches eingeprägt. Ich mochte Carlos nicht und seinen Einfluß auf Jim ebensowenig. Jim wurde immer verdrehter und verquerer, seine Persönlichkeit zu einem Zerrspiegelbild. Seine mechanischen Arme wurden immer länger, seine geschlechtslosen Hüften breiter und voller.

Ich beschloß, Jim seine Referenz zu schreiben, aber nicht vor Gericht in Snaresbrook zu erscheinen, außer er zeigte eine gewisse Bereitschaft, mit Carlos und der perversen Philosophie des Wartens, die er sich zusammengeschustert hatte, zu brechen. Ich wollte, daß Jim zugab, daß er Hilfe brauchte – und sie auch annahm.

In den nächsten Wochen rief ich Jim ein paarmal an, sowohl zu Hause wie in seinem Büro. Er war nie da. Carol war distanziert, aber nicht ohne Mitgefühl. Ich glaube, sie empfand ähnlich wie ich, nur daß bei ihr noch erschwerend hinzukam, daß sie mit diesem Mann fünf Jahre das Bett geteilt hatte. Ich sagte ihr, daß ich zwar die Aussage schreiben, aber nicht vor Gericht erscheinen würde, außer Jim zeigte eine gewisse Bereitschaft. Ich bat sie, ihm das auszurichten. Jim rief nie zurück. Ich hinterließ ihm Nachrichten in der Arbeit, offensichtlich ignorierte er sie einfach. Am Ende hatte ich die Nase voll von der ganzen Sache und kümmerte mich nicht weiter darum.

Mr. Clifton schrieb mir und dankte mir für meine Referenz – in der ich ziemlich deutlich zum Ausdruck brachte, was ich über Jim Stonehouse dachte – und nannte mir den Verhandlungstermin und die Nummer des Gerichtssaals. Ich gab mir Mühe, diese Information zu vergessen. Aber an dem betreffenden Morgen konnte ich mich überhaupt nicht auf die Arbeit konzentrieren. Ich wanderte durch mein Büro, rupfte die Post-it-Zettel ab, die auf jeder verfügbaren Oberfläche klebten, und knüllte sie zu dicken Knäueln aus gelbem Papier und Klebrigkeit zusammen. Ich wußte, es war richtig, nicht vor Gericht zu erscheinen, ich wußte, es zeugte von Stärke – und letztendlich auch von echter Fürsorglichkeit. Um halb zehn rief Jim an.

»Ich wollte mich nur verabschieden, ich schätze, wir werden uns jetzt eine ganze Weile nicht sehen.«

Ich schluckte, das schlechte Gewissen steckte mir wie ein salziger Kloß in der Kehle. »Jim, das tut mir alles so leid …« Ich war kurz davor, schwach zu werden.

»Nein, es braucht dir nicht leid zu tun. Clifton hat zwar seine eigenen Ideen, aber ehrlich gesagt, ich gehe ganz gern in den Knast. Carlos war ein paar Jahre drinnen, und er sagt, es wäre die prägende Erfahrung gewesen, die ihn das Millennium erst richtig hat verstehen lassen. Das ist Warten der besonderen Art!« Ein frohlockender, manischer Unterton schwang in seiner Stimme mit. Er lachte, als wir uns verabschiedeten.

Kaum hatte ich den Hörer aufgelegt, klingelte es erneut. Diesmal war es Clifton.

»Ich möchte noch ein letztes Mal an Ihr Mitgefühl appellieren. Ignorieren Sie, was mein Klient sagt; er ist zweifellos ein sehr labiler Mensch. Ich habe persönliche Gründe für meine Überzeugung, daß er unter den Einfluß von Menschen geraten ist, die ...«, er zögerte, »böse sind. Ich möchte Sie dringend bitten, um halb elf nach Snaresbrook zu kommen. Mr. Stonehouse braucht Hilfe. Er ist nicht der Mensch, der im Gefängnis gut zurechtkommt.«

Als Clifton aufgelegt hatte, saß ich an meinem Schreibtisch und zerriß krampfhaft meine zusammengeknüllten Post-it-Zettel. Nach einer Weile schaute ich auf die Uhr, es war 9 Uhr 30. Ich stürzte aus dem Büro und auf die Straße. Ich war schon in der Gray's Inn Road, als ich endlich ein Taxi fand.

»Ich muß um halb elf im Gericht in Snaresbrook sein – meinen Sie, Sie schaffen das?«

»Schwer zu sagen, Kumpel.« Es war eine nüchterne, lakonische Aussage. Mit einer trägen Kreisbewegung seiner Hand lenkte der Fahrer das Taxi in den Verkehrsstrom. »Wir könnten es schaffen, es hängt davon ab, wie wir durch Clapton durchkommen.«

»Warum nicht erst nach Norden und dann über die Marsh nach Leyton?«

»Nee, nee, das bringt nichts.«

»Aber ...«

»Glauben Sie mir. Außerdem, was soll die Eile?«

»Es geht um einen Freund, er braucht mich als Leumundszeugen, sonst kann es sein, daß er in den Knast muß.«

»Ah, verstehe.«

Dann verstummten wir. Das Taxi zockelte, laut schnurrend wie ein riesiger, bronchitischer Panther, durch den vormittäglichen Verkehr. Ich zupfte an meiner Lippe, meinen Wangen. Ich rauchte und schnippte Asche, spähte durchs Fenster auf das Auf und Ab der Häuserfassaden. Der Fahrer befolgte nun doch meinen Rat. Wir verließen Green Lanes und fuhren über Stoke Newington zur Tottenham High Road. Die Reihen von Doppelhäusern und Villen wichen einem noch unfertigen Industriegebiet aus Lagerhäusern und Fabrikhallen, als wir auf die Lea Bridge Road einbogen. Es war 10 Uhr 25. Ich beugte mich vor und versuchte mit meiner Willenskraft, eine Schneise in den dichten Verkehr vor uns zu schlagen.

»Was hat er denn angestellt, Ihr Freund?«

»Er hatte keine Lust mehr zu warten.«

»Ha! Wenn das ein Verbrechen ist, sitzen wir wohl alle bald im Knast.«

»Ja, wahrscheinlich. Er hat allerdings ziemlich drastisch reagiert. Erst hat er einen Transporter von der Straße gedrängt und dann den Fahrer geschlagen, und als die Polizei kam, ist er auf die auch noch losgegangen.«

»Kann ich mir vorstellen. Aber das ist noch gar nichts. Ich war am Samstag bei einer Hochzeit, und dort ist ein Gast mit dem Messer auf den Brautvater losgegangen, weil er nicht länger auf einen Drink warten wollte.«

»Wirklich …?«

»Einfach so. Hat's ihm in den Hals gerammt. Der arme Mann liegt noch immer im Koma. Der Kerl ist dann auf die Straße gerannt. Aber ein paar andere Gäste haben ihn wieder eingefangen. Haben ihn zu Boden gedrückt, und dann hat ihn einer mit seinem Auto überfahren. Jetzt liegt er auch im Koma.«

»Auch?«

»Wie der Brautvater.«

»Nette Freunde haben Sie da.«

»Na ja, eigentlich hatte ich mit denen überhaupt nichts zu tun. Der Trauzeuge des Bräutigams war ein Freund von meinem Sohn, und ich bin da einfach so aus Spaß mitgegangen.«

»Verstehe.«

Wieder verstummten wir. Der Fahrer gab sein Bestes. Immer, wenn wir irgendwo feststeckten, zog er seinen Stadtplan heraus und suchte nach einer Abkürzung. Aber es war nicht seine Schuld, daß dieser Teil des nordöstlichen Londons eine krumme, verschlungene Hauptstraße nach der anderen war. Es gab kaum Alternativen.

Es war 10 Uhr 30. Wir steckten in einem Stau auf der Leyton High Road. Ich hatte die Hoffnung mehr oder weniger aufgegeben. Der Taxameter zeigte schon mehr als sechzehn Pfund an. Ein Sattelschlepper war auf der Kreuzung liegengeblieben. Plötzlich ein Knattern von hinten, und ein Trupp Motorradfahrer schlängelte sich sehr schnell durch den stehenden Verkehr. Kleckse von Signalfarben, Lederschultern, schmutzige Visiere, Vinylüberwürfe und vorneweg, schon fast nicht mehr zu sehen, die flatternden Beine einer vertrauten Cordhose.

Ein Ruck ging durch die Schlange. Die Ampel schaltete auf Grün und zwei Minuten später hielten wir vor dem Gerichtsgebäude. Ich sprang aus dem Taxi und schob dem Fahrer einige Scheine zu. Jims Verhandlung fand in Saal 19 statt, in dem modernen Anbau. Ich rannte über den Parkplatz und in das Gebäude. Die Treppe hoch ging ich langsamer, um wieder zu Atem zu kommen. Auf dem Flur im ersten Stock kam ein großer schwarzer Mann mit schütterem Bart auf mich zu. Es war 10 Uhr 40.

»Sie müssen …«

»Ja, ja …«

»Ich bin Clifton.« Jims Rechtsberater streckte mir die Hand entgegen. Carol entdeckte ich in einer Ecke in einem Knäuel Menschen, die eine Anwältin im Talar umringten.

»Aber die Verhandlung …«

»Wir mußten eine Verschiebung beantragen. Mr. Stonehouse ist noch nicht da.«

»Noch nicht da! Wo zum Teufel ist er denn? Auf den Richter macht das bestimmt keinen guten Eindruck.«

»Da dürften Sie recht haben.«

Ich ging zu Carol hinüber, die eben mit der Anwältin redete, die, wie ich nun erfuhr, Jim vor Gericht vertreten sollte – eine ziemlich hepatitisch aussehende Frau.

»Ach, hallo«, sagte Carol und machte uns bekannt.

»War Jim denn letzte Nacht nicht zu Hause?«

»Nein, ich hab's eben erzählt. Er ist jetzt mehr oder weniger zu Carlos gezogen. Und von Acton hierher ist es eine ziemlich lange Fahrt quer durch die Stadt.«

»Ich hoffe, er hat es wenigstens geschafft, sich für den Anlaß einen Anzug anzuziehen.«

In diesem Augenblick tauchte der Teufel, von dem wir sprachen, am Ende des Flurs auf und kam, aufrecht und mechanisch den Kopf hin und her drehend, auf uns zu. Er strahlte den bunten Haufen aus Angeklagten, Anwälten, Klägern, Zeugen und Polizisten, die alle warteten, bis sie an der Reihe waren, verächtlich an.

»Tut mir leid, daß ich zu spät komme. Bin im Aufzug steckengeblieben. Mußte eine Stunde warten, bis sie mich rausgeholt haben.«

In diesem Augenblick ging die Flügeltür des Gerichtssaal auf, und Leute strömten heraus. Die hepatitische Gerichtsanwältin zwängte sich durch die Menge, und ich sah sie mit dem Gerichtsdiener reden. Ich wandte mich Jim zu. »Sieht so aus, als ob wir dran wären.« Wir betraten den Gerichtssaal.

Jim nahm auf der ziemlich langen Anklagebank auf der rechten Seite des Gerichtssaals Platz. Genaugenommen nahm die Anklagebank die gesamte Breite des Saals ein; es gab genug Platz für ein ganzes Konglomerat von Terroristen und Börsengangstern. Carol und ich setzten uns in die letzte der vier Reihen Klappsitze unmittelbar rechts neben der Tür, durch die wir hereingekommen waren. Zusammen nahmen Zuschauerraum und Anklagebank die hintere Hälfte des Gerichtssaals ein. Gegenüber der Anklagebank befand sich der Richtersitz, und dazwischen, in der Mitte des Saals, waren Reihen von Tischen für die Anwälte. Helle, flimmerfreie Neonröhren leuchteten von der Decke. Jede Oberfläche – die Verkleidung der Anklagebank, die Tische der Anwälte, der Zeugenstand, der Richtersitz – bestand aus hell lackiertem Holz. Es erinnerte mich an das Old Lecture Theatre, nur daß dort alles dunkel und düster war. Hier war alles hell: Die Wahrheit, schien das Holz auszusagen, und wenn auch nur die spezielle, eingeschränkte, vorformulierte Variante, kommt hier ans Licht.

Der vorsitzende Richter schwang schüchtern sein Hämmerchen, und die Sitzung war eröffnet. Der Protokollführer erhob sich und verlas die Anklage.

»... daß Sie am 21. August mit voller Absicht das Fahrzeug im Besitz von Mr. Takis Christos, wohnhaft 24 Rosemont Avenue, Crouch End, beschädigt haben; daß Sie hierauf Mr. Christos tätlich angegriffen haben; daß Sie den Unfall weder gemeldet noch zur Feststellung des Sachverhalts am Unfallort geblieben sind; daß Sie einen Polizeibeamten tätlich angegriffen haben, der Sie am 22. August an Ihrer Arbeitsstelle aufsuchte, um Sie zu dem Unfall zu befragen. Wie bekennen Sie sich zu diesen Anklagen, schuldig oder nicht schuldig?«

»Schuldig.« Jim klang wie eine große Plastikpuppe, das Wort »schuldig« pfiff aus ihm in einer atemlosen, erstickten Stimme heraus, etwa eine Oktave höher, als ich erwartet hatte. Es war klar zu sehen, daß all seine aufgesetzte Tapferkeit ihn verlassen hatte, er hatte Angst. Ein spitzer Zahnstocher des Mitleids drang mir ins Herz. Mein Freund stand vor Gericht. Es war schmerzhaft lächerlich.

»Mr. Stonehouse.« Das kam vom Richter, einer schlafmausähnlichen Gestalt, die auf dem hohen Sitz thronte. Er war klein und rosig; ein schnupperndes Näschen ragte unter seiner Perücke hervor, und seine rosigen Augen zwinkerten, als hätte er sie eben in Tee gebadet. »Können Sie dem Gericht erklären, warum Sie heute vormittag zu spät gekommen sind?« Der Richter hatte eine völlig unpassend gewichtige und respektheischende Stimme, zugleich imposant und bedrohlich. Anscheinend hatte er im stillen Kämmerchen eifrig geübt.

»Ich steckte im Stau, Euer Ehren.«

»Verstehe. Woher kamen Sie?«

»Aus Acton, Euer Ehren.«

»Um welche Zeit sind Sie losgefahren?«

»Halb neun, Euer Ehren.«

»Verstehe. Sie haben also fast drei Stunden gebraucht?«

»In Hackney ist eine üble Baustelle, Euer Ehren.«

»Verstehe, verstehe.«

Der Staatsanwalt kam Jim zu Hilfe.

»In Hackney gab es wirklich einige schlimme Staus, Euer Ehren, ich bin selbst steckengeblieben.«

»Schon gut, schon gut. Wir führen hier eine Gerichtsverhandlung durch, keine Lagebesprechung des Verkehrsdienstes. Also kommen wir bitte zur Sache.«

Der Staatsanwalt legte seinen Fall dar. Jims Anwältin, die Polizisten und sogar Mr. Christos faßten sich kurz und beschränkten sich aufs Wesentliche. An der Art ihrer Aussagen spürte ich, daß sie alle Jim für verrückt hielten und ihn eigentlich gar nicht im Gefängnis sehen wollten. Was sie sagten, war ohne jede Gehässigkeit, es klang eher so, als spielten sie nur ihre Rollen als kleine Rädchen in einem gut geölten Getriebe. Nach jeder Aussage fragte der Staatsanwalt den Richter, ob er noch weitere Fragen stellen wolle – die einzige, die der Richter zusätzlich zu stellen hatte, war an Mr. Christos gerichtet.

»Ich habe hier ein Schreiben der Polizei, aus dem hervorgeht, daß Sie nicht in der Lage waren, Ihren Führerschein und Ihre Versicherungspapiere vorzulegen, Mr. Christos. Ist das korrekt?«

»Es ist wahr, ja, aber ich habe sie, aber sind noch in der Post, wie ich schon gesagt, aus Swansea, wie gesagt.« Mr. Christos war ein sehr kleiner, kugeliger Mann mit schütteren Haaren, die in wirren Büscheln von seinem Schädel abstanden. Es war schwer, ihn als Repräsentanten jener schweigenden Mehrheit zu sehen, die Jims Überzeugung nach in spiritueller Ekstase den Beginn des Millenniums erwartete.

»Sehen Sie zu, daß Sie die Dokumente vorlegen, sobald sie verfügbar sind.«

»Natürlich, natürlich, wie gesagt ...« Der Richter brachte ihn mit einer Handbewegung zum Schweigen. Der Obsthändler kehrte zu seinen Freunden zurück, die in der Reihe vor mir saßen. Es waren zwei ziemlich gerissen wirkende junge Männer, die aussahen wie Immobilienmakler, und eine dralle Frau mittleren Alters in einer elefantösen Bundfaltenhose und mit einem Anti-Atomwaffen-Sticker auf ihrem Regenmantel.

Ich hatte keine Zeit, mir zu überlegen, was dies bedeuten

könnte. Die Sitzung ging weiter. Jims hepatitische Anwältin stand auf und sah sich im Gerichtssaal um, offensichtlich um nachzuprüfen, ob alle ihre Zeugen anwesend waren. Diese Zeugen erwiesen sich als ich selbst und ein Dr. Busner vom Heath Hospital. Busner war der Psychiater, der vom Magistrates' Court in Highgate den Auftrag erhalten hatte, Jims Geisteszustand zu begutachten. Busner wurde in den Zeugenstand gerufen.

»Sie sind Dr. Busner, psychiatrischer Facharzt am Heath Hospital?« Eine Pause entstand. Busner war ein alternder Hippie mit graumelierten, kragenlangen Haaren. Er trug einen gestreiften Popelineanzug und eine Krawatte, die wie ein Putzlumpen aussah. Er kam mir irgendwie bekannt vor, aber ich wußte nicht, woher. Persönlich kannte ich ihn nicht, da war ich mir sicher, aber vielleicht vom Fernsehen. Er mußte schon ein verdammt guter Zeuge sein, um einen Auftritt vor Gericht in solchen Klamotten zu riskieren. Wenn ich der Richter gewesen wäre, hätte ich Jim allein schon wegen des Erscheinungsbilds seines Gutachters ins Gefängnis geschickt.

Busner rieb sich das Kinn, und einen gespenstischen Augenblick lang sah es so aus, als würde er zu einer philosophischen Analyse der Frage nach seiner Identität ansetzen, aber dann nahm er sich zusammen und antwortete: »Das bin ich.«

»Würden Sie bitte dem Gericht Ihre professionelle Einschätzung des Geisteszustands des Angeklagten darlegen, insofern er den Antrag auf Strafmilderung infolge eingeschränkter Zurechnungsfähigkeit betrifft.«

»Ich habe Mr. Stonehouse im letzten Monat während drei jeweils einstündigen Sitzungen beobachtet. In dieser Zeit konnte ich mir ein relativ umfassendes Bild seiner Persönlichkeit machen. Er hat den Großteil dieser drei Sitzungen darauf verwandt, mir in aller Ausführlichkeit seine Überzeugungen in bezug auf die möglichen Auswirkungen des Millenniums auf unsere Gesellschaft darzulegen. Überzeugungen, die er mit ›Immanenz und Imminenz‹ charakterisiert. Mr. Stonehouse behauptet, daß die beiden tätlichen Angriffe auf Mr. Christos und Police Constabler Winch sowie die Beschädigung von Mr. Christos' Transporter notwendige revolutionäre Akte im Sinne einer Verbreitung seiner Überzeugungen waren.«

Busner hielt wieder inne. Zumindest wirkte es am Anfang wie eine Pause, aber je länger sie dauerte, um so deutlicher wurde, daß er nicht vorhatte, noch mehr zu sagen. Es wurde unruhig im Gerichtssaal. Der Polizist, den Jim geschlagen hatte und der seine Aussage bereits gemacht hatte, fing an, ziemlich hörbar mit seinem Kollegen zu flüstern. Der Richter, der in Busners schriftliches Gutachten vertieft war, merkte gar nicht, daß Busner zu reden aufgehört hatte.

Jims Anwältin war offensichtlich bestürzt. Schließlich faßte sie sich wieder. »Sind Sie deshalb der Ansicht, Dr. Busner, daß Mr. Stonehouse zum Zeitpunkt der ihm zur Last gelegten Taten im Vollbesitz seiner geistigen Kräfte war?«

»Das ist schwer zu sagen; entweder er hat recht mit dem, was er sagt, und in dem Fall war er natürlich völlig *compos mentis*, oder er ist Opfer eines außergewöhnlich komplexen Wahnzustands, und in diesem Fall ist er für seine Taten natürlich nicht moralisch verantwortlich.«

Der Richter schrak bei der Formulierung »moralisch verantwortlich« hoch und richtete seine Aufmerksamkeit nun wieder auf den aktuellen Ablauf.

»Ist er es nun oder ist er es nicht?«

»Was, Euer Ehren?« fragte Jims Anwältin, die wohl spürte, daß der Fall schon beinahe verloren war.

»Ist er moralisch verantwortlich?«

»Unserer Ansicht nach nicht, Euer Ehren.«

Ein langes Aufseufzen von der Richterbank.

»Mr. Stonehouse, wir haben in aller Ausführlichkeit sämtliche Beweismittel in diesem Fall geprüft. Wir haben Mr. Christos' Schilderung gehört, wie Sie seinen Transporter angefahren haben und, als er Sie deswegen zur Rede stellte, ihn ausgelacht und gesagt haben …«, der Richter konsultierte seine Unterlagen, »›Ich habe keine Lust mehr zu warten.‹ Wir haben von zwei Polizisten gehört, daß Sie, als die Beamten Sie aufsuchten, um Sie zu dem Fall zu befragen, der Polizei gegenüber dieselbe Mißachtung an den Tag legten wie zuvor gegenüber Mr. Christos' Besitz und Person. Alles in allem war Ihr Verhalten verwerflich, unreif und kriminell. Ich habe mich jedoch beeindrucken lassen von den Argumenten unseres Gutachters Dr. … Dr. …«

»Dr. Busner, Euer Ehren.«

»Dr. Busner – und deshalb werde ich Sie an ihn für eine weitere psychiatrische Begutachtung und, soweit möglich, Behandlung überweisen. Die Urteilsfindung wird für drei Monate ausgesetzt und abhängig gemacht von den Ergebnissen dieser Begutachtung. Mr. Stonehouse, möchten Sie dazu noch etwas sagen?«

Nun hatte Jim Gelegenheit, die Sache noch richtig zu vermurksen. Ich wartete darauf, daß er sie nutzte. Seine mechanischen Arme griffen nach dem Geländer der Anklagebank, und er richtete sich linkisch auf; dann strich er sich eine Strähne aus der Stirn.

»Nur, daß ich dem Gericht dankbar bin, daß es mir die Gelegenheit gibt, erst einmal wieder zur Ruhe zu kommen. Ich stand in letzter Zeit unter ziemlichem Druck.«

Nur Carol und ich und vielleicht Clifton und Busner konnten wissen, wie unnatürlich Jims Stimme klang, als er das sagte. Für alle anderen im Gerichtssaal klang es nach einer ehrlich gemeinten Aussage. Aber ich kannte diese Stimme, Jim redete Unsinn.

Das Gericht erhob sich und zog sich zurück. Ich ging zu Clifton, der mit der Rechtsanwältin vor dem großen Fenster stand, das auf den Parkplatz hinausging.

»Meinen Glückwunsch, das ist kein schlechtes Ergebnis, und Sie brauchten dazu nicht einmal meine Aussage.«

»Ja, tut mir leid, daß Sie sich herbemühen mußten.« Clifton strich sich mit der Ecke eines Papierbündels über das Gestrüpp auf seiner Oberlippe. »Aber ich fürchte, das Ganze hatte nichts mit uns zu tun. Snape kann es sich einfach nicht leisten, in dieser Sitzungsperiode noch jemanden ins Gefängnis zu schicken. Mr. Stonehouse ist einer Gefängnisstrafe nur entgangen, weil im Augenblick kein Platz für ihn ist, nicht wegen der Güte unserer Argumente.«

»Na, ich hoffe, Sie sagen ihm das nicht. Und hoffentlich hilft ihm diese Episode, wieder ein wenig zur Vernunft zu kommen.«

Von meinem Platz am Fenster aus sah ich, wie Carol aus dem Haupteingang des Gerichtsgebäudes kam und sich zwischen den abgestellten Autos hindurch einen Weg über den Parkplatz bahnte. Sie erreichte den Rand der Teerfläche und betrat den Rasen, um einem Trupp Motorradkurieren auszuweichen, die rauchend bei ihren Maschinen standen. Dann ging sie über das Gras zum Haupttor. Ich wandte mich vom Fenster ab.

Jim kam, sich aus dem Sakko schälend und die Hemdsärmel hochkrempelnd, auf mich zu. Er grinste breit. Dann musterte er kurz unsere Gruppe – Busner hatte sich inzwischen zu uns gesellt – und fing an zu schwadronieren.

»Na, denen haben wir's gezeigt. Ich habe nachgedacht und bin zu dem Entschluß gekommen, daß das, was an Warten sein muß, sinnvoller in Freiheit erledigt werden kann.

Irgendwann muß ich sicher ins Gefängnis, aber im Augenblick ist es wichtiger, daß ich mein Wissen vergrößere. Für diese Chance danke ich euch allen …« Er fing an, sich steif aus der Hüfte zu verbeugen, hielt aber mitten im Kotau inne und sah sich in der Runde um. »Wo ist denn Carol, ist sie nicht mit euch herausgekommen?«

Ich schaute noch einmal auf den Parkplatz hinunter. Carlos starrte zu mir herauf. Sein rosiger Kopf leuchtete schwach im grellen Sonnenlicht. Eine verschrumpelte Selbstgedrehte hing zwischen seinen Lippen, sein Vinylüberwurf war ihm über die Schultern hochgerutscht. »Ja, sie war da, Jim, aber ich glaube, sie hatte keine Lust mehr zu warten.«

Inhalt

Die Originalausgabe erschien 1991
unter dem Titel *The Quantity Theory of Insanity*
bei Bloomsbury, London.

1 2 3 4 5 02 01 00 99

© 1991 Will Self
© 1999 für die deutsche Ausgabe
Luchterhand Literaturverlag GmbH, München
Satz: Filmsatz Schröter GmbH, München
Druck und Bindung: Wiener Verlag, Himberg
Alle Rechte vorbehalten. Printed in Austria
ISBN 3-630-87040-6